진실로 보람된 삶을 창조시키는
성공의 비망록

아카바의 선물

오그 만디노 · 著
白基完 · 譯

學一出版社

머 리 말

사람에게는 누구나 욕망이 있다. 그 욕망이 크건 작건 사람들은 부지런히 일하며 땀흘리고 그 목표를 향하여 한 걸음씩 다가가고 있다.

그 이상적인 목표를 달성하는 방법에 대해 현명한 사람은 지름길을 발견하여 보다 빠른 성공을 이루어 행복한 생활의 기쁨을 누리고 있다. 그러나 그렇지 못한 사람은 그저 평범하고 지리하게 살다가 덧없이 지구상에서 사라져 갔다.

현재의 생활에서 보다 풍요로운 생활로의 도약을 바라지 않는 사람이 세상에 한 사람이라도 있겠는가.

비정한 현대 메카니즘의 늪에서 벗어나질 못하여 가난에 찌들고 말라 비틀어질 운명이라면 너무나 슬프고 참혹하다. 당신은 그 흔해빠진 가난의 그늘에서 벗어나 푸른 잔디가 끝없이 깔리고 목이 긴 백조가 노니는 호수도 있는 눈부신 낙원을 찾아야만 한다.

절대로 어려운 일이 아니다. 여기에 그 가장 빠른 지름길이 있기 때문이다.

오직 당신이 45주일만 이 책을 기억하고 여기에서 가르치는 바를 실행하기만 한다면 당신의 인생은 싱그러운 하늘 밑에 빛나는 파라다이스의 낙원과 마음의 평화와 참을 수 없는 희열의 연속이 될 것이다.

인간은 성공을 성취하기 위해 만들어졌으며 성공을 위한 기능도 주어졌으며, 가장 위대한 재능과 재질도 부여되어 있다.

이 책이 가르치는 무척 쉬운 것에 힘입어 당신이 살아가는 참된 보람과 부와 멋진 대인관계, 그리고 아기자기한 행복을 소유할 수 있다면 얼마나 근사한 일이겠는가.

오그 만디노의 일곱 가지 대표작 중에서

『세계에서 제일 위대한 상인 The greatest salesman in the world』,
『세계에서 제일 위대한 비밀 The greatest secret in the world』,
『세계에서 제일 위대한 기적 The greatest miracle in the world』 그리고
『아카바의 선물 The gift of acabar』을 정성들여 읽고 기억한다면 당신은 가장 축복받은 사람으로 다시 태어날 것이다.

　아직도 기적을 바라는 많은 사람들에게 이 책은 더할 수 없이 좋은 지침서가 될 것이다.

　세상의 모든 사람들이 물질적으로 풍요로워지고 행복할 수 있다면 또 얼마나 멋진 일인가.

　당신은 지금까지 꿈만 먹고 살았는지도 모른다. 그러나 지금부터는 맑고 시원한 현실의 물을 마시고 탐스러운 열매를 맺는 나무로 태어나자.

　바로 지금 이 시간부터 기적이 당신의 육신에 파고들어 당신은 기쁨과 환희로 충만된 내일을 살아갈 것이다.

역자 백 기 완

★ 아카바의 선물 ★

제1부 세계에서 제일 위대한 상인
   순한 양보다 강한 사자가
   되기를 원하는 사람들에게 ———— 13

제2부 세계에서 제일 위대한 비밀
   내 생애 가장 위대한 성공의
   기록을 위하여 ———————— 51

제3부 세계에서 제일 위대한 기적
   영원한 행복과 평화를
   원하는 사람들에게 ——————— 127

제4부 아카바의 선물
   아직도 기적이 있다고 믿는
   사람들에게 ————————— 223

제 1 부

세계에서
제일 위대한 상인

순한 양보다 강한 사자가
되기를 원하는 사람들에게

1

하피드는 아까부터 황동거울 앞에 서서 광택나는 금속거울에 비치는 자신의 모습을 유심히 뜯어보고 있었다.
"눈이 조금만 더 젊었으면……."
하고 중얼거리며 돌아서서 넓은 대리석 마루를 가로질러 천천히 걸어갔다. 그는 금과 은으로 찬란하게 장식이 된 천장을 떠받치고 있는 검은색 마노(瑪瑙) 기둥을 지나 키프러스 나무와 상아로 장식된 원형 식탁 쪽으로 가 앉았다. 보석이 박힌 침대와 의자며 벽에서는 거북이 껍질이 반짝이고 있었으며, 휘황하게 빛나고 숨막힐 정도로 정교하게 짜여진 비단으로 덮여 있었다. 설화석고(雪花石膏)로 된 요정의 샘과도 같은 모양으로 만들어진 황동 화분에는 거대한 종려 나무가 서로 경쟁이나 하듯이 자라고 있었다. 하피드의 궁전을 찾는 사람이면 누구나 그가 억만장자라는 것을 의심할 수 없을 것이다.

이 노인은 담으로 둘러싸인 정원을 지나서 오백 보 정도 떨어진 그의 창고로 들어갔다. 그의 창고지기인 에라스무스가 걱정스러운 표정으로 그를 문 앞에서 맞아 주었다.
"안녕하십니까? 주인 어른."
하피드는 고개를 끄덕이고 말없이 들어갔다. 뒤따라 들어가는 에라스무스의 얼굴에는 주인이 불시에 이곳에서 만나자고 한 것에 대해 걱정하는 듯한 빛이 역력히 드러나 보였다. 그는 산더미 같은 보물 근처에서 발을 멈추고 마차에서 내려다 놓은 보물을 보면서, 분류되어 있는 것을 각각 어림잡아 보았다.

서아시아 산의 양모, 아마포, 양피지, 꿀, 양탄자, 향유와 자국산의 도자기,

호두, 딸기, 그리고 방향 수지, 팔미라 산의 피륙과 약초, 아라비아 산의 생강, 이집트에서 가져온 곡물, 종이, 화강암, 설화석고, 현무암, 로마로부터 가져온 물감들, 그리스에서 가져온 동상, 그야말로 없는 것이 없었다.

방향 수지의 냄새는 창고 속에 가득했으며, 매화와 사과, 치즈와 생강들에서 풍기는 냄새는 후각이 예민한 늙은 하피드의 코를 찌르고 있었다.

이윽고 하피드는 에라스무스를 돌아보았다.

"여보게, 우리 이 보물이 도대체 얼마나 될까?"

에라스무스의 얼굴이 창백하게 변했다.

"전부 말입니까? 주인 어른."

"그래."

"글쎄올시다. 최근에 들어서는 계산을 못해 보았습니다. 어림잡아도 황금 7백만 달란트(역주 : 그리스의 옛날 화폐 단위)는 되겠지요?"

"그렇다면 나의 창고와 가게에 있는 모든 상품들을 금으로 환산하면 어느 정도나 될까?"

"금번 분기의 재산 목록이 정리되지는 않았습니다만 적어도 3백만 달란트는 되겠읍죠."

하피드는 고개를 끄덕였다.

"상품은 더 이상 사지 말게. 그리고 즉시 모든 상품들을 전부 금으로 바꾸는데 필요한 계획을 세우도록 해 주게나."

에라스무스는 입을 벌린 채 말을 하지 못했다. 그는 한 방 얻어맞은 사람처럼 주춤 뒤로 물러서서 간신히 입을 열었다. 한 마디를 하는 것이 무척 힘들어 보였다.

"무슨 말씀이십니까? 주인 어른. 올해는 가장 이익이 많은 해입니다. 모든 대리점은 전번 분기보다 훨씬 매상고가 올라가고 있다고 하지 않습니까? 그뿐입니까? 로마 군대까지도 우리 단골이 되었고, 예루살렘 대리점에서는 2백 마리나 되는 종마를 불과 2주일만에 팔아 치웠습니다. 무례함을 용서하십시오. 주인 어른. 주인님의 분부에 이의를 표한 적은 거의 없습니다만은, 이 명령만은 도저히 납득이 가지 않습니다."

하피드는 미소를 머금고 조용히 에라스무스의 손을 잡았다.

"나의 믿음직스런 친구여, 그러니 벌써 몇 년이 지났나? 자네가 나에게 처음 고용되었을 때, 내가 자네에게 첫번째로 한 명령이 무엇이었는지 기억할 수 있겠나?"

에라스무스는 약간 얼굴을 찌푸리더니 곧 웃었다.

"예, 기억이 나는군요. 저는 주인 어른 지시대로 우리들의 1년분 이익의 절반을 가난한 사람을 위해서 사용한 일이 정말 즐거웠습니다."

"그때도 자네는 내가 어리석은 장사꾼이라고만 생각했었지?"

"예, 분명히 그랬습니다. 주인 어른"

하피드는 고개를 끄덕였다. 그리고는 산더미 같은 보물을 향하여 두 팔을 활짝 벌렸다.

"그렇다면 이제는 그때 자네의 걱정이 쓸데없는 것이었음을 인정하겠는가?"

"예, 주인 어른."

"그렇다면 나의 이번 결정에도 믿음을 가져 주게. 내 계획을 설명해 주겠네. 나는 이제 늙었어. 지금 무엇이 필요하겠나? 행복했던 시절도 다 지났고, 그렇게 사랑했던 나의 리자도 내 곁을 떠나 버렸어. 소원이란, 나의 모든 재산을 도시의 가난한 사람들에게 골고루 나누어 주는 거야. 나는 단지 내 생활에 불편이 없을 정도만 있으면 족해. 우리 재산을 처분하는 외에도 모든 대리점을 현재의 주인에게 양도할 수 있도록 필요한 서류를 갖춰 주길 바라네. 그리고 이들 지배인들에게는 금 5천 달란트씩을 나누어 주게. 오랜 세월 동안 나를 위해서 충성을 다한 보상일세."

에라스무스는 뭔가 이야기를 꺼내려했으나 하피드가 손을 들어 가로막았다.

"여보게, 이 일을 하는 게 즐겁지 않은가?"

창고지기는 머리를 가로 저으면서 미소를 지어 보였다.

"아닙니다, 주인 어른. 다만 그 이유를 모르겠기에……, 주인님의 말씀은 마치 임종을 앞둔 사람 같군요."

"에라스무스, 자네는 정말 좋은 친구로군. 자네의 걱정은 안 하고 내 걱정을 해 주니 말일세. 그러나 자네의 실속도 차릴 줄 알아야지. 만일에 우리의 장사가 실패했을 때 자네의 장래 문제를 생각해 보았는가?"
"우리는 오랫동안 사업을 해 왔습니다. 그런데 어떻게 제가 이제 와서 제 자신만을 생각할 수 있겠습니까?"
하피드는 그의 다정한 친구를 끌어안으며 말했다.
"그러지 않아도 돼. 금 5만 달란트를 즉시 자네가 가지도록 하게나. 그리고 내 마음속에 남아 있는 그 약속이 이뤄지는 날까지 나와 함께 있어 주길 바라겠네. 그 약속이 지켜지면 그때는 이 궁전과 창고를 자네에게 양도하겠네."
이 늙은 창고지기는 주인이 하는 말이 도저히 이해가 가지 않는다는 듯한 눈길로 쳐다보았다.
"금 5만 달란트, 궁전, 거기에다 창고……, 도저히 받을 수 없습니다."
하피드는 고개를 끄덕였다.
"나는 항상 자네의 우정을 나의 최대의 재산으로 생각해 왔다네. 내가 지금 주는 것은 자네의 변함없는 충성심에 비할 바가 못돼. 자네는 자신보다도 항상 우리들 전체가 어떻게 하면 잘 살 수 있을까 하는 생각뿐이었었지. 그리고 그러한 마음이 자네를 모든 사람들 중에 으뜸가는 사람으로 만들어 주었네. 자, 나의 재산 처분에 관한 계획을 서둘러 주게나. 시간이란 가장 중요한 상품이야. 내 생명의 불씨도 이젠 얼마 남지 않았어."
에라스무스는 눈물을 감추려고 고개를 돌렸다. 그는 떨리는 목소리로 물었다.
"그러면 아직 지키시지 않은 약속이란 무엇인가요? 우리가 지금껏 형제처럼 지내왔는데도 당신이 내게 들려주시지 않은 말이 남아 있었던가요?"
하피드는 그의 팔을 포개면서 웃었다.
"오늘 아침에 한 내 명령이 이행되어진 후에 다시 만나세. 그러면 그때는 내 아들을 제외하고는 30년 이상이나, 그 누구에게도 말하지 않았던 나의 비밀을 알려 주지."

2

 그리하여 엄중한 경호를 받아가면서 에라스무스가 이끄는 캬라반은 다마스커스를 출발하여 금과 소유권 인정서를 하피드의 대리점으로 운반하였다.
 요파의 오베드로부터 페트라의 로이엘에 이르기까지 10명의 지배인들에게는 하피드가 물러났다는 소식과 함께 선물이 제각기 전해졌는데, 그들은 넋을 잃은 사람처럼 아무말 없이 이를 받았다. 마침내 안티파트리스에 있는 대리점에서 이 긴 캬라반의 행렬은 끝났고 그의 임무도 막을 내렸다.
 이리하여 상업지역에서 가장 유력했던 상업 왕국은 종말을 고했다.
 에라스무스는 슬퍼졌다. 그 주인에게 창고는 비었고 모든 대리점에는 이미 하피드의 자랑스러운 깃발이 사라졌다고 전했다. 그의 주인은 즉시 기둥으로 둘러싸인 우물 옆으로 그를 데려왔다.
 하피드는 하인의 얼굴을 뚫어져라 들여다보면서 물었다.
 "다 했나?"
 "분부대로 했습니다. 주인 어른."
 "슬퍼하지 말게. 친구! 그럼 나를 따라 오게."
 에라스무스는 하피드의 뒤를 따라서 구석에 있는 대리석 계단을 따라 올라갔다. 그들의 샌들 소리만이 큰 방안을 고요히 울릴 뿐이었다. 그는 커다란 감귤 나무가 서 있는 장엄한 형석(螢石) 화분 옆에서 걸음을 잠깐 멈추고는 햇살이 화분의 유리를 흰색에서 연보라색으로 만들고 있는 것을 바라보았다.
 그의 주름진 얼굴에 미소가 떠올랐다.
 그리고는 두 노인은 다시 궁전 지붕으로 통하는 내부의 계단을 올라가고 있었다. 언제나 무장한 채 계단 밑에 서서 지키고 있던 경비병도 이제는 보이지 않았다. 이윽고 계단 끝까지 올라온 그들은 잠시 발을 멈추었다. 그곳까지 숨도 쉬지 않고 단숨에 올라왔기 때문이다. 그리고는 두 번째 계단에 올라선 후, 하피드는 그의 허리춤에서 조그마한 열쇠를 꺼냈다. 그는 커다란 참나무 문을 열고 몸으로 문을 밀쳤다. 삐걱거리는 소리를 내며 육중한 문이 안으로 열렸다. 에라스무스는 주인이 안에서 부를 때까지 머뭇거리다가 30년 이상이나 아무도 들어가지 못했던 방안으로 조심스럽게 들어갔다.

뽀오얀 먼지가 위쪽 탑 꼭대기로 스며들었다. 에라스무스는 어둠 속에서 눈이 밝아질 때까지 하피드의 팔을 꼬옥 붙잡고 있었다. 하피드는 엷은 미소를 띤 채 에라스무스가 천천히 방안을 둘러보는 모습을 지켜보고 있었다. 한쪽 구석에 한 줄기의 햇볕을 받고 있는 편백 나무 상자가 하나 놓여 있을 뿐 아무것도 없는 텅빈 방이었다.

"실망했지, 에라스무스?"

"무슨 말씀이십니까? 주인 어른."

"아무런 가구도 없는 것이 놀랍지가 않은가 말이야. 틀림없이 이 속에 무엇이 있을까 하고 많이 궁금해들 했을 거야. 내가 그렇게 오랫동안 엄중하게 경비를 하던 곳에 과연 무엇이 들어 있을까 하고, 자네도 몹시 이상하게 생각하고 관심을 가지고 있었겠지?"

에라스무스는 고개를 끄덕였다.

"그렇습니다. 주인 어른께서 여기 이 탑 속에 무엇을 감추어 두었을까에 대해 수년 동안 많은 화제의 풍문이 떠돌았지요."

"그래, 맞아어. 나도 대부분은 들어 왔지. 다이아몬드가, 혹은 금괴, 혹은 야생 동물들, 또는 귀한 새가 있을 거라고……, 전에 한 페르시아 양탄자 장사는 아마 아름다운 후궁을 여기에 감추어 두었을 것이라고 귀띔을 해 주더군. 리자는 첩을 숨겨 두고 있다고 비웃었지. 자! 보는 바와 같이 조그마한 상자밖에는 아무것도 없지 않은가? 자, 이리 와 보게나."

두 사람은 상자 곁에 웅크리고 앉았으며, 하피드는 조심스럽게 상자에 감겨 있는 가죽 끈을 풀기 시작했다. 그는 편백 향기를 들이마시고 나서, 이윽고 뚜껑을 열었다. 상자의 뚜껑이 튕겨지듯 사뿐히 열렸다. 에라스무스는 허리를 구부리고 주인의 어깨 너머로 상자에 들어 있는 것이 무엇인가 하고 쳐다보았다. 그는 주인을 쳐다보고 어리둥절한 눈빛으로 고개를 갸우뚱거렸다. 단지 두루마리가 있을 뿐이었다. 가죽 두루마리가……

하피드는 상자 안으로 손을 집어넣어 한 장의 두루마리를 살며시 꺼냈다. 그리고는 가슴에 안은 채 조용히 눈을 감았다. 고요한 정적감이 그의 얼굴에 깔리면서 주름 투성이인 그의 얼굴이 환하게 밝아오는 것이었다. 그리고 그는 일어서서 손가락으로 상자를 가리켜 보였다.

"이 방안 가득히 다이아몬드가 쌓여 있다 해도 지금 자네가 보는 이 보잘 것 없는 나무상자 안에 들어 있는 것보다는 못할 걸세. 나의 모든 성공과 행복, 마음의 위안을 준 재산은 이 몇 장 안되는 두루마리 속에 들어 있어. 나는 이 두루마리와 이것을 나에게 물려준 그분에게 어떻게 감사를 표해야 할지 모르겠어."

하피드의 음성은 떨렸다. 에라스무스는 그의 어조에 겁을 집어먹고 한 걸음 뒤로 물러서서 물었다.

"이것이 전에 말씀하신 비밀이십니까? 이 상자가 주인님께서 그렇게 오랫동안 지니고 있었다는 그 약속과도 관련을 가지고 있는 것입니까?"

"맞았어! 다 옳은 말이야."

에라스무스는 이마에서 흘러내리는 땀을 씻으면서 믿겨지지 않는다는 듯이 주인의 얼굴을 물끄러미 쳐다보았다.

"다이아몬드보다도 더 가치가 있으시다구요? 도대체 이 속에 무엇이 씌어 있는지요?"

"이들 중에 단 한 장의 이 두루마리만 빼고는, 모두가 읽는 사람이 쉽사리 그 뜻을 이해할 수 있도록, 독특한 형태로 씌어져 방법과 근본적인 사실을 설명해 주고 있어. 상업으로 거부가 되려는 사람이면 누구나 이 모든 두루마리의 비결을 배우고 실천하여야 되는 거야. 누구든지 이 원칙을 터득한 사람이면 그가 원하는 만큼 재산을 모을 수 있어."

에라스무스는 실망했다는 듯이 그 낡은 두루마리를 쳐다보았다.

"주인 어른만큼이나 부자가 될 수 있다는 말입니까?"

"그렇지. 원하기만 한다면 얼마든지 나보다도 더 큰 부자가 될 수도 있지."

"이들 중 한 장을 제외하고는 모두 거부가 될 수 있는 비결이 씌어져 있다고 하셨지요? 그럼, 그 나머지 한 장에는 무엇이 씌어 있는가요?"

"실은 자네가 말하는 바로 이것이 맨 처음에 읽어야 하는 것일세. 두루마리가 모두 기묘하게 연결되어져 있으므로 첫번째 것을 읽고 나서 다른 걸 읽어야 하는 걸세. 그리고 첫번째 장에는 역사상 유명했던 몇 사람의 비결이 씌어져 있어. 사실상 첫번째 것이 다른 것들에 씌어 있는 내용을 깨닫는 데 가장 효과적인 방법을 가르쳐 주고 있지."

"누구든지 이것을 이해할 수 있습니까?"

"그렇고 말고. 이 모든 원칙을 하나하나 이해해서, 그것이 그 사람 성격의 일부가 되고 일상생활 가운데 나타나는 습관으로 될 만큼 주의와 노력을 기울인다면 말일세."

에라스무스는 상자 속에서 한 장의 두루마리를 꺼냈다. 그리하여 정중하게 손으로 받쳐 들고 하피드를 향하여 펴 들었다.

"황송합니다만……, 주인 어른, 그렇다면 왜 그렇게 오랫동안 장사를 해 온 사람들에게 그 원칙을 가르쳐 주지 않았습니까? 다른 면에서는 그렇게도 너그러우시면서 왜 주인 어른은 많은 사람이 부자가 될 수 있는 그 원칙을 가르쳐 주지 않았습니까? 그렇게 좋은 방법을 알았다면 적어도 훨씬 더 매상고가 올랐을 겁니다. 왜 여지껏 혼자서만 알고 계셨는지요?"

"그렇게는 할 수 없었어. 몇십 년 전 내가 그분으로부터 이것을 물려받았을 때, 이 비밀은 다른 누구에게도 누설하지 않겠다는 맹세를 했던 거야. 왜 그랬는지 그 이유만은 지금도 모르겠단 말이야. 그러나 나는 이 두루마리의 비결을 내 생활에 적용해 왔고, 언젠가는 내가 젊었을 때보다도 이 두루마리의 도움을 훨씬 더 필요로 하는 사람이 나타나길 기다리고 있었어. 나는 본인도 모르게 어떤 암시를 줌으로써 그 사람이 과연 두루마리가 필요한 사람인가를 시험해 보곤 했지. 정말 오랫동안 기다렸어. 그리고 그 동안 나는 여기에 적혀 있는 한도 내에서 그 비결을 적용해 왔지. 그로 말미암아 나는 이것을 내게 준 사람과 같이 상상도 못할 어마어마한 거부가 되어 있었던 걸세. 자 에라스무스, 이제는 그동안 나의 행동이 왜 그렇게 이상하고 괴팍했는지를 이해할 수 있을 걸세. 나의 행동과 결단은 항상

이 두루마리에서 나온 거야. 많은 보물도 결코 나의 지혜로써 얻은 것은 아니야. 나는 충실히 그 지시대로 따랐을 뿐이야."
"그럼 주인 어른께선 누군가 이것을 물려받을 사람이 나타나리라고 아직도 믿고 계십니까?"
"암, 그렇고 말고."
하피드는 정중하게 두루마리를 집어 넣고는 상자의 뚜껑을 닫았다. 그는 허리를 구부린 채 말했다.
"에라스무스, 그날까지 나와 함께 있어 주게나."
에라스무스는 새어들어오는 햇빛 아래서 주인의 팔을 꽉 붙잡았다. 그리고는 마치 이 주인으로부터 중대한 명령이라도 받은 듯이 고개를 한번 끄덕여 보인 후, 그 방에서 밖으로 나갔다. 하피드는 가죽끈으로 상자를 싸맨 후 일어나서 좁은 탑으로부터 나와서 탑의 바깥쪽에 붙은 커다란 지붕에 둘러싸인 옥상에 올라섰다. 동풍이 불어와 저 멀리서 신선한 호수와 사막의 냄새가 노인의 얼굴에 뒤덮여 왔다. 그는 마치 다마스커스의 지붕에 올라선 것 같은 흐뭇한 미소를 지었고, 문득 지난날의 파란만장했던 시절이 뇌리 속에서 되살아났다. 그는 추억속으로 빠져 들어갔다.

3

겨울날의 올리브산 꼭대기는 살을 에는 듯이 추웠다. 키드론 골짜기의 좁은 계곡을 지나 저 멀리 예루살렘의 회당(會堂)으로부터의 향내음, 고기 굽는 냄새가 여기까지 풍겨 왔다. 그 냄새는 산 위의 테레빈 냄새와 뒤섞여서 코를 찌르고 있었다.
베드파크 마을에서 얼마 떨어져 있지 않은 비탈 위에는 저 멀리 팔메라 도시에서 온 파트로스의 거대한 캬라반이 숙영하고 있었다.

어느덧 해는 저물어 그 위대한 상인의 말들도 피스타치의 숲에서 풀 뜯는 것을 멈추고 월계수 옆으로 모여들었다.

쥐죽은 듯 고요한 길다란 천막의 행렬 저편에는 네 그루의 올리브 고목 사이에 굵은 밧줄이 묶여져 있었다. 네 그루의 나무는 낙타와 당나귀들의 볼품없는 우리였으며 낙타와 당나귀는 추위를 달래느라고 서로의 몸을 밀치고 있었다.

대상 마차 옆에는 단지 두 사람의 보초가 서 있었으며, 움직이는 것이라고는 염소털로 만들어진 파트로스의 커다란 천막 속에서 비쳐 나오는 그림자 밖에 없었다.

천막 앞에는 화가 난 파트로스가 왔다갔다 하면서, 천막 입구에 조용히 무릎을 꿇고 앉아 있는 젊은이를 보고는 얼굴을 찡그렸다가 고개를 저었다가 하고 있었다. 마침내 그는 그 금빛 찬란한 융단 위에 앉은 후, 소년에게 좀더 가까이 오라고 했다.

"하피드야! 너는 항상 나를 위해서 일해 왔지. 나는 너의 이상스러운 요구를 어떻게 하면 좋을지……, 지금 네가 하는 일이 마음에 들지 않느냐?"

소년의 두 눈은 융단을 똑바로 주시하고 있었다.

"아닙니다. 주인 어른."

"아마도 우리 캬라반이 너무 커지니까, 많은 동물들을 돌보기가 너무 힘이 드는가 보구나."

"천만에요! 그렇지 않습니다."

"그럼 너의 요청을 다시 한 번 솔직히 말해 보렴. 그런 말을 하게 된 근본 동기가 어디에 있지?"

"저의 소원은 낙타지기보다는 주인님의 물건을 파는 장사꾼이 되는 것입니다. 저는 하다드나 시몬, 카레브와 같이 되고 싶습니다. 그들은 행상 마차를 끌고 멀리 떠났다가는 황금을 가지고 돌아와서 주인님께 드리고 또 자기들도 가지지 않습니까? 저는 저의 천한 신분을 바꾸고 싶습니다. 저는 보잘것 없는 낙타지기지만, 제가 주인님을 위한 상인이 된다면 저는 재산도 모으고 크게 성공할 수도 있을 겁니다."

"어떻게 네가 그럴 수 있다고 생각되니?"

"저는 종종 주인 어른께서 이런 말씀을 하시던 것을 기억합니다. 가난한 사람이 거부가 될 수 있는 기회는 상인이 되는 것보다 더 좋은 길이 없다고 하시던 말씀을……"
파트로스는 고개를 끄덕여 보이더니 잠시 생각에 잠겼다가 다시 질문을 계속했다.
"하다드나 다른 장사꾼과 같은 일을 네가 감당할 수 있으리라고 생각하니?"
하피드는 주인의 얼굴을 물끄러미 바라보다가 이렇게 대답을 했다.
"저는 카레브가 자기의 재간이 모자라서 장사를 못한 것을 주인님께 운이 나빴다고 불평하는 소리와, 누구든지 창고에 있는 모든 물건들을 팔 수 있다고 주인님이 그에게 일깨워 주시던 말씀을 여러 번 들었습니다. 모든 사람에게서 바보라는 소리를 듣고 있던 카레브가 이 비결을 배울 수 있다고 믿으셨다면 저라고 이것을 배우지 못 할 리가 있겠습니까?"
"만약 네가 그 비결을 통달하고 나면 그 다음 너의 소원은 뭐지."
하피드는 머뭇거리다가 말을 했다.
"주인님은 세상이 다 아는 거상입니다. 주인님은 상술에 통달하여 세상에서 일찍이 없었던 만큼의 무역 왕국을 이룩해 놓았습니다. 저의 욕망은 그보다 더 큰 상인이 되어 세상에서 제일 갑부에다, 지상 최대의 상인이 되는 것입니다."
파트로스는 등을 기댄 채로 젊은이의 검은 얼굴을 유심히 들여다보았다. 그의 옷에서는 아직도 가죽 냄새가 풍기고 있었으나 그의 언행에서는 비굴한 점이라곤 조금도 찾아 볼 수가 없었다.
"그러면 네가 모은 재산이나 거기에 수반되는 그 엄청난 권력으로 뭘 하겠다는 거지?"
"저는 주인 어른께서 하신 대로 하겠습니다. 나의 가족에게 세상에서 제일 좋은 물건을 선물하고, 그 나머지는 가난한 사람들에게 나누어 주겠습니다."
파트로스는 그의 머리를 흔들었다.
"애야, 재산만이 인생의 목적이 되어서는 안된다. 너의 말은 옳지만 무의미하구나. 진실한 재산은 마음속에 있는 것이지, 지갑 속에 있는 것이 아니다."
하피드는 대꾸했다.
"그럼 주인 어른은 부자가 아니군요?"
늙은 주인은 하피드의 대담함에 미소를 지었다.
"하피드야! 물질적인 부에 있어서는 나와 저 헤롯성 밖의 거지와 백지 한 장의 차이야. 그 거지는 단지 다음 끼니를 걱정하는 처지고, 나는 언제 양식이 떨어질지를 생각하는 거야. 재물 때문에 남을 헐뜯거나 그저 돈만을 벌기 위해 일을 해서는 안되느니라. 그 대신 행복을 위해서 노력해라. 사랑을 받고, 사랑하고, 그리고 가장 중요한 것은 마음의 평온과 안정을 가지는 것이니라."
하피드는 계속 반박했다.
"그러나 이러한 모든 것이 돈 없이는 안됩니다. 주인님께선 가난하게 살면서 마음의 평온을 누릴 수 있겠습니까? 배를 곯고도 행복하다고 자처할 사람이 있을까요? 먹지도, 입지도 못하며 거처할 집도 없는 사람이 어떻게 사랑을 나타낼 수 있을까요? 주인님도 말씀하셨지요? 재물이란 다른 사람들에게 기쁨을 가져다 줌으로써 좋은 것이 된다고 말입니다. 그렇다면 제가 부자가 되겠다는 욕망이 무엇이 나쁩니까? 가난이란 세상을 등진 수도승에게나 어울리는 것이지요. 왜냐하면 그들은 자기 자신만 알고 그의 신을 기쁘게 하면 되겠지요. 그러나 저는 가난이란 욕망의 부족, 또는 능력의 부족을 표시하는 것이라고 생각합니다. 그러나 저는 어떤 욕망도, 재능도 충분히 가지고 있습니다."
파트로스는 얼굴을 찡그렸다.
"이렇게 갑자기 욕망이 치솟게 된 이유가 무엇이지? 가족을 부양하다니? 자네는 부모님이 열병으로 돌아가신 후 가족이라고는 한 사람도 없지 않느냐?"
하피드는 검게 탄 얼굴이 갑자기 달아오르는 것을 감출 수가 없었다.
"저희들이 이곳으로 오기 전에 헤브론에서 야영생활을 했을 때 칼레의 딸을 만났습니다. 그런데 그녀는……, 그녀는……."

"옳지! 이제야 알겠구나. 숭고한 생각이 아니라 사랑이 내 낙타지기로 하여금 생존 경쟁의 용감한 투사가 되게 만들었구나! 칼레는 돈이 많은 사람이지. 그의 딸과 낙타지기라……, 안되지. 하지만 그의 딸과 돈 많고 젊은 훌륭한 상인이라면……. 아, 그렇다면 문제가 달라지지. 좋아, 나의 젊은 투사여! 네가 상인이 되는 것을 도와주지."
소년은 무릎을 꿇은 채 파트로스의 옷자락을 꽉 붙잡았다.
"주인 어른! 정말 어떻게 감사를 드려야 할지 모르겠습니다."
파트로스는 하피드를 물리치고 뒤로 물러섰다.
"그런 감사는 이제 그만두어라. 내가 너에게 베푼 것은 앞으로 네가 기울일 노력에 비하면 아무것도 아니야."
하피드는 흥분을 가라앉히고 다시 물었다.
"그런데 제게 굉장한 상인이 될 수 있는 방법과 비결을 가르쳐 주지 않으시렵니까?"
"그럴 수는 없지. 그것은 너를 제멋대로 방임해 둠으로써 젊은이를 나약하게 만드는 결과를 초래할 뿐이야. 나는 자기 양자를 낙타지기로 만든다고 비난을 받아 왔다. 그러나 네가 마음속에 어떤 포부를 가지고 있다면 언젠가는 반드시 그 불길이 솟아오를 것이라고 믿고 있었다. 그때가 되면 너는 훨씬 어려운 일도 감당하게 될 것이라고……, 오늘 밤 너의 요청은 나를 기쁘게 했어. 너의 눈에는 욕망이 불타고, 너의 얼굴에는 희망이 넘치고 있구나. 나는 네가 지금 말한 것 이상으로 강한 의지를 가졌다는 것을 알 수 있다."
하피드는 잠자코 늙은 주인의 말을 듣고만 있었다.
"먼저 가장 중요한 것은 네가 택한 이 어려운 상인 생활을 참고 견딜 수 있다는 것을 보여 주어야 한다. 성공을 하면 커다란 대가를 받게 된다고 내가 말하는 것을 너는 여러 번 들었을 것이다. 그러나 그렇게 대가가 큰 것은, 성공하는 사람이 극히 적기 때문이야. 갑부가 될 수 있는 모든 조건을 구비한 사람도 그것을 실현치 못하고 절망과 실패로 좌절하는 사람이 많다. 그들의 성공을 막고 있는 많은 장애물을 두려워하고 주저하는 사람도 많지. 사실 장애물이야말로 성공하는 사람의 친구이며 동반자야. 다른 모든 훌륭한 사람들이 겪어야만 했듯이, 장사에도 많은 장애가 있지. 승리란, 반드시 많은 투쟁과 패배 뒤에 얻어지는 거야. 또한 싸워서 패배를 맛볼수록 기술과 힘을 연마하게 되는 법이야. 용기와 인내, 노력과 확신, 또한 이 하나하나의 난관이 인간을 성공으로 이끌거나 또는 포기하도록 만드는 거야."

하피드가 고개를 끄덕이며 말을 하려고 하자, 주인은 손을 들어 말렸다.

"게다가, 너는 세상에서 가장 외로운 직업을 갖게 되었다. 저 보잘것없는 세리들도 해가 지면 집으로 돌아오고 로마군단도 집이라 부르는 숙소가 있지만, 너는 수많은 밤을 모든 친구들과 사랑하는 사람들과 멀리 떨어져 있어야 하는 거야. 어둠 속에서 낯선 집들을 지나치면서 식구들과 단란하게 모여서 저녁 식사를 들고 있는 것을 보는 것보다 더한 외로움은 없어. 이러한 외로움과 시련의 시기에 유혹은 너를 찾는다. 그리고 이러한 유혹을 어떻게 처리하느냐가 네 인생에 그야말로 커다란 영향을 미치게 될 거야. 노상(路上)에서 홀로 있게 되면 때로는 이상하고 무서운 생각도 나지. 순간적으로 자신의 안전과 사랑에만 치우친 끝에 먼 장래와 가치관을 망각한 채 어린애처럼 되는 때가 종종 있지. 훌륭한 상술과 가능성을 가졌다고 생각되던 사람이 도중에서 낙오된 예는 얼마든지 있지. 또한 장사가 잘 안될 때를 생각해 보거라. 모두들 너에게서 돈을 훔쳐가려고 할 뿐, 아무도 너를 위로해 주는 사람은 없을 것이야."

"주인님께서 하신 말씀 명심하겠습니다."

"그럼 착수해라. 현재로선 더 이상 나의 조언은 필요가 없다. 너는 지금 풋딸기처럼 내 앞에 서 있다. 그것이 익을 때까지는 딸기라고 부를 수 없듯이, 네가 지식과 경험을 쌓기 전에는 상인이라고 부를 수 없는 거야."

"무엇부터 시작할까요?"

"아침이 되면 실비오한테 가서 신고를 해라. 그는 네가 팔 몫의 좋은 옷을 줄 거다. 그 옷은 염소털로 짜여 있어 아무리 심한 폭우라도 견딜 거다. 그리고 고목 뿌리에서 뽑은 염료를 사용했으므로 붉은 색은 언제까지나 변치 않아. 옷 단의 안쪽에는 작은 별표가 그려져 있다. 그것은 〈토라의 상표〉로서 세상에서 제일가는 옷을 만드는 사람이지. 별표 바로 곁에는 사각형 안에 원이 그려진 내 표지가 있다. 이들 두 개의 표지는 온 세상이 다 알고 있는 유명한 것이며 우리는 이 옷을 수없이 팔아 왔어. 나는 죠와 함께 아베야라고 불리는 이런 옷을 많이 팔아 왔다.
그 옷을 가지고 당나귀 한 마리를 끌고 새벽에 베들레헴으로 출발해라. 아까 우리가 이리로 올 때에 지나쳤던 마을이 있었지? 우리 상인들은 아무도 아직 그 마을에 간 적이 없단다. 그들의 말에 의하면 그곳 사람들은 너무 가난하기 때문에 그곳에 들르는 것은 공연한 시간 낭비라고 했어. 그러나 나는 수년 전 목자들에게 수백 벌의 옷을 팔았던 생각이 나는구나. 그 옷을 팔 때까지 베들레헴에 머물러야 돼."
하피드는 흥분을 감추지 못한 채 고개를 끄덕였다.
"한 벌에 얼마씩 받을까요? 주인님."
"너의 이름으로 은화 1데나리우스를 장부에 기입해 놓겠다. 돌아와서 그 돈만 내게 갚으면 돼. 그 이상 받는 돈은 수수료로서 네가 갖도록 해라. 그리고 옷의 가격도 네 마음대로 정해라. 그 마을의 남쪽 입구에 가면 시장이 있어 많은 사람을 만나게 될 거야. 아마 천 명 이상은 되지. 틀림없이 한 벌은 팔게 될 거야. 알겠니?"
하피드는 고개를 끄덕였다. 그는 벌써 내일의 일에 들떠 있었다. 파트로스는 소년의 어깨에다 손을 갖다 얹었다.
"네가 돌아오기까지는 네 자리를 비워 두겠다. 네게 아직 장사할 배짱이 없다는 것을 알게 되면 내가 이해하고 있으니 돌아오렴. 결코 시련이나 실패를 부끄러워하면 안돼. 실패하지 않았다는 것은 노력해 보지도 않았다는 것이니까. 네가 돌아오면 나는 너에게 네 경험에 관해 물어 보겠다. 그리고 나서 너의 소망을 실현시키기 위해서 어떻게 가르쳐야 할지를 결정하겠다."
하피드는 절을 하고 돌아서서 가려고 하였으나 노인은 말을 계속했다.
"그리고 너의 새로운 인생의 첫 발을 내디딤에 있어 꼭 명심해 둘 일이 한 가지 있다. 그것을 언제나 마음속에 간직하고 있으면 야망을 지닌 모든 사람들 앞에 나타나는 불가능해 보이는 장애물들을 뛰어넘을 수가 있을 것이다.

"그게 무엇인가요?"
하피드는 다시 돌아섰다.
"성공하겠다는 의지가 강한 자에게 실패란 결코 없다!"
파트로스는 하피드에게로 가까이 갔다.
"너는 내가 한 말의 뜻을 충분히 알아 듣겠니?"
"예, 주인님."
"그럼 한번 외쳐 보아라."
"성공하겠다는 의지가 강한 자에게 결코 실패는 없다!"

4

하피드는 먹다 만 빵조각을 밀어 제쳐놓고 자신의 불행한 운명을 한탄했다. 내일이면 베들레헴에 온 지도 벌써 나흘째가 되는 것이다. 캬라반을 떠나올 때 그렇게도 자신 있게 가져온 붉은 옷 한 벌은 아직도 말 등에 실린 채 주막 뒤 그루터기에 매어 있었다.

식사도 그만둔 채 찡그리고 있는 그에게는 식당의 시끄러운 소리도 들리지 않았다. 장사꾼들이 처음에 장사를 시작했을 때 가지게 되는 회의가 그의 마음속에서 꼬리를 물고 일어났다.

"왜 사람들은 말조차도 들으려고 하지 않을까? 어떻게 하면 주의를 끌게 할 수 있을까? 내가 몇 마디의 말도 하기 전에 그들은 왜 문을 닫아 버릴까? 그들은 왜 내가 하는 말에 관심도 없이 지나쳐 버릴까? 이 마을에 사는 사람은 모두 가난뱅이 뿐이란 말인가? 옷은 좋으나 돈이 없다고 말하면 되지 않을까? 왜 사람마다 다음에 오라는 말만 하는 걸까? 다른 사람들은 도대체 어떻게 장사를 하는 걸까? 잠긴 문 앞에 다가서면 느껴지는 그 두려움은 무엇 때문일까? 어떻게 하면 그것을 극복할 수 있을까? 내가 부르는 값이 다른 사람보다 비싸단 말인가?"
 그는 자신의 실패가 혐오스럽다는 듯이 고개를 저었다. 장사는 그의 소질에 맞지 않는 것만 같이 느껴졌다. 아무래도 낙타지기 소년으로 남아서 매일 노동에 대한 댓가로 동전 몇 닢이나 받는 것이 어울릴 것만 같았다. 장사를 해서 적어도 얼마쯤 이익을 남겨 가지고 돌아가야 할 텐데. 파트로스는 나를 무어라고 불렀던가? 젊은 투사라고? 말을 끌고 이대로 돌아서 버릴까? 그는 몇 번이고 다시 되돌아가고 싶어졌다.
 그는 문득 리자와 그녀의 엄한 부친 칼레가 생각났다. 모든 회의는 순식간에 사라졌다. 오늘밤은 돈을 절약하기 위해서 산 위에서 자고 내일 다시 옷을 팔러 나가자. 그럼 나는 말주변이 좋으니 비싸게 팔 수가 있을 거다. 내일은 일찍 일어나야지. 새벽이 되기만 하면 말이야. 그리고는 우물가에 터를 잡아야지. 만나는 사람마다 말을 걸어서 될 수 있는 대로 빨리 팔아서 돈을 가지고 올리브산으로 돌아가도록 하자.
 그는 주인 생각을 하면서 먹다 남은 빵을 다시 먹기 시작했다. 주인은 실패하고 돌아오지 않은 것을 칭찬해 줄 거야. 실상 옷 한 벌 파는 데 나흘이나 걸린다는 것은 너무하다고는 하겠지만, 내가 돌아가면 주인은 사흘 또는 이틀에 팔 수 있는 방법을 나에게 가르쳐 줄 거다. 나중에는 불과 몇 시간만에 수많은 옷을 팔 수 있게 되겠지. 그때는 세상에서 이름난 상인이 되는 거야.
 그는 시끄러운 주막을 나와서 말이 있는 동굴로 향했다. 차가운 바깥 공기로 풀잎은 얼어붙어 있었고, 그가 신고 있는 샌들에 밟히기가 싫은 듯이 바삭바삭 소리를 내고 있었다.
 하피드는 오늘은 산에 오르지 않기로 작정했다. 그 대신 말과 함께 마굿간에서 쉬기로 했다.
 "다른 장사꾼이 이 가난한 마을을 그냥 지나쳐 버리기는 하지만 그래도 나는 내일은 꼭 팔 수 있을 거야. 장사꾼들은 이 마을에서는 장사가 안된다고 했고 누구도 그 옷을 사려고 하지 않았지만 주인 어른께서는 수년 전에 이 자리에서 수백 벌을 팔았다고 했겠지. 그때와는 시대가 다르긴 하지만 ……, 파트로스 주인님은 역시 훌륭한 분이야"

동굴에서 새어나오는 불빛을 보고 그는 혹시 도둑이 들지 않았나 하고 걸음을 재촉했다.
그는 그의 물건을 보호하고 도둑을 물리칠 각오를 굳게 하고 석회암 동굴의 입구로 뛰어 들어갔다. 그러나 막상 눈 앞에 벌어진 광경을 보는 순간 그의 몸은 긴장이 탁 풀어졌다. 동굴 벽의 갈라진 틈 사이에 끼워 둔 조그만 촛불의 희미한 불빛 아래 턱수염이 텁수룩한 사람과 젊은 여인이 서로 몸을 의지하고 떨고 있었다. 그들의 발끝에는 소 먹이통으로 쓰였던 것처럼 보이는 움푹 패인 통 속에 아기가 자고 있었다. 하피드는 그런 일에 대해서는 거의 아는 것이 없었지만 어린 아기의 주름이며 심홍색 살갗으로 미루어 보아 갓태어난 아기임에 틀림없었다. 그들은 잠든 아기를 추위로부터 보호하기 위하여 그들의 옷으로 덮어싸고 머리만을 내어 놓았다.
여자가 아기 쪽으로 더 까까이 갈 때에 남자는 하피드를 바라보면서 고개를 끄덕였다. 아무말도 없었다. 여인은 몸을 부르르 떠는데 하피드는 그녀의 얇은 옷이 동굴의 습기에 아무런 도움이 되지 않는다는 것을 알 수 있었다. 하피드는 다시 아기를 보았다. 조그마한 입을 열었다 오므렸다 하면서 웃고 있는 듯한 모습을 보자 매혹당한 듯한 이상한 감정이 떠올랐다. 마치 리자를 생각할 때와도 같은 감정이……
여인은 다시 추위에 떨었다. 그녀의 갑작스러운 움직임에 하피드는 깜짝 놀라 정신이 들었다.
그는 고심한 후에 물건이 실려 있는 말에게로 갔다. 그는 천천히 매듭을 풀고는 꾸러미를 열어서 그 옷을 꺼냈다. 그는 손으로 옷을 한 번 쓰다듬어 보았다. 그 붉은 옷은 촛불에 반사되어 반짝반짝 빛났고, 그 아래쪽에는 파트로스와 토라의 상표가 보였다. 네모 안에는 원과 별이 있었다. 지난 사흘 동안 그는 이 옷을 팔이 아프도록 들고 돌아다녔다. 옷의 모든 올이나 무늬가 눈에 선했다. 정말 좋은 물건이었다. 조심스럽게 사용한다면 한평생 무난히 사용할 수 있으리라.
하피드는 눈을 감고 한숨을 내쉬었다. 그리고는 빠른 걸음으로 그들에게로 다가가서 갓난아기가 누운 짚더미 곁에 앉아서 아기에게 덮여 있는 갈기갈기 찢어진 아버지의 옷을 벗기고는 다시 엄마의 옷을 벗겨서 각각 그들에게 돌려주었다. 두 사람은 하피드의 대담한 행동에 어쩔 줄을 모르는 채 보고만 있었다.
 그리고 나서 하피드는 그 귀중한 붉은 옷을 펼쳐서 잠자는 아기를 포근히 감쌌다. 그가 말을 몰고 동굴을 나설 때까지 그의 뺨에는 그 아기 엄마의 키스 자국이 아직 남아 있었다. 머리 바로 위에는 그가 여태껏 보지 못했던 매우 맑은 별이 빛나고 있었다. 그것을 쳐다보는 하피드의 눈에는 눈물이 고였고, 그는 말을 타고 예루살렘으로 통하는 사이 길로 접어들어 파트로스의 캬라반으로 향했다.

5

 하피드는 천천히 말을 몰았다. 그는 고개를 푹 숙이고 있었으므로 그 커다란 별이 자기가 가고 있는 길을 환히 비쳐 주고 있다는 것도 모르고 있었다.
 "내가 왜 그런 바보 같은 짓을 했을까? 나는 동굴에 있었던 사람이 누군지 알지도 못하면서……, 왜 나는 그들에게 그 옷을 팔아 볼 생각을 하지 않았을까? 파트로스 주인님에게 무어라고 말을 할까? 그리고 다른 사람에게는 ……, 내가 받았던 옷을 동굴에 있는 낯선 아기에게 주어 버렸다고 하면 그들은 땅바닥을 데굴데굴 구르면서 웃어대겠지."
 그는 파트로스를 속일 수 있는 거짓말을 생각해 봤다.
 "식당에서 식사하는 동안에 말 위에 묶어 놓은 옷을 누가 훔쳐 갔다고 하면 어떨까? 주인님이 그걸 믿을까? 하여튼 거기에는 도둑들이 많으니까. 하지만 그것을 믿어 준다 해도 주인은 틀림없이 부주의했다고 꾸짖을 거야."
 그는 곧 겟세마네 동산으로 통하는 길로 들어섰다. 그는 말에서 내려 캬라반에 돌아갈 때까지 힘없이 노새를 끌었다. 머리 위에서 비치는 별빛은 대낮처럼 밝았으며 파트로스 주인과 마주치자 덜컹 겁이 났다. 그는 여태껏 천막 밖에서 하늘을 쳐다보고 있었다. 하피드는 움직이지도 못하고 서 있었으나 주인은 순간적으로 그를 알아 보았다. 파트로스는 그에게 다가오면서 놀란 듯한 목소리로 물었다.

"지금 곧장 베들레헴에서 오는 길이냐?"

"예, 주인 어른."

"별이 너를 따라오고 있다는 것을 몰랐느냐?"

"알지 못했는데요. 주인 어른."

"알지 못했다고? 나는 거의 두 시간쯤 전에 베들레헴 하늘에서 저 별을 처음 본 이후 여지껏 여기서 전혀 움직일 수가 없었어. 평생동안 저렇게 휘황하고 밝은 별은 여직껏 보지 못했는 걸. 내가 그걸 보고 있으려니까 별은 차츰차츰 움직여서 우리 캬라반 쪽으로 왔어. 이제 바로 너의 머리 위에 있군. 그런데 웬일인지 더 이상 움직이지를 않는구나."

파트로스는 하피드에게 바싹 다가서서 그의 얼굴을 주의 깊게 훑어보면서 물었다.

"베들레헴에서 무슨 특별한 일을 한 것이 아니냐?"

"아무것도 하지 않았는데요, 주인 어른."

파트로스는 깊은 생각에 잠기는 듯 얼굴을 찡그렸다.

"이상하다. 나는 여태까지 이렇게 이상한 일을 본 적이 없어."

하피드는 움찔하여 물러섰다.

"주인님, 저도 이 밤을 결코 잊을 수가 없을 겁니다."

"오! 그래. 그렇다면 오늘 저녁에 틀림없이 무엇인가 있었던 모양이구나. 무엇 때문에 이렇게 밤늦게 돌아왔느냐?"

하피드는 말없이 서 있었다. 주인은 돌아서서 노새에 실려 있는 하피드의 꾸러미를 꾹꾹 찔렀다.

"비어 있군! 드디어 성공이야. 내 천막으로 가자. 그리고 너의 경험을 들려 다오. 하나님이 밤을 낮으로 바꾸시다니, 나는 잠을 이룰 수가 없구나. 별이 낙타지기 소년을 따라오다니, 너의 말을 들어 보면 그 이유를 조금은 알 수 있을 테지."

파트로스는 침대에 기대어 서서 눈을 감고 하피드가 베들레헴에서 수없이 거절당했던 일이며 모욕, 좌절당했던 얘기들을 듣고 있었다. 하피드가 도자기 상인에게 떠밀려 넘어졌다고 했을 때는 고개를 끄덕였고, 로마 군인이 하피드가 할인을 거부하자 옷꾸러미를 그의 얼굴에다 내던지더라는 말을 했을 때는 웃음을 터뜨렸다.

나중에 하피드는 기가 죽은 채 낮은 목소리로 바로 오늘 저녁에 식당에서 그의 머리에 떠올라서 그를 괴롭히던 의혹들에 관해서 이야기했다. 파트로스는 그 말을 가로채면서,

"하피드야, 부끄러워하지 말고 네 마음에 떠올랐던 모든 의아심을 차근차근 죄다 말하도록 해라!"

하피드는 기억력을 총동원해서 모든 것을 말했다. 파트로스가 묻기를,

"그래서 너는 결국 모든 의아심을 버리고 내일 다시 옷을 팔아 보겠다는 새로운 용기를 가져 보게 된 게로구나."

하피드는 한참 동안 생각하다가 말했다.

"저는 단지 칼레의 딸을 생각했을 뿐입니다. 그 지저분한 주막에서까지도 나는 만약 내가 실패하는 날에는 다시는 그녀를 만나지 못할 것이라는 생각뿐이었습니다."

다시 하피드의 목소리가 터져나왔다.

"아무튼 이제는 결국 그녀를 놓치고 말았습니다."

"놓쳤다니 도대체 무슨 말이냐? 옷은 여기 없지 않느냐?"

목소리가 더욱 낮았으므로 파트로스는 그의 말을 듣기 위하여 몸을 앞으로 구부렸다. 하피드는 동굴에서 있었던 일이며 갓난아기와 그 옷에 관한 모든 사실을 얘기했다. 이 젊은이가 말하는 것을 들으면서 파트로스는 창틈으로 새어 들어오는 별을 보고 또 보고 했다. 환한 별빛은 아직까지도 이 천막 주위를 낮과 같이 밝게 비추고 있었다.

하피드가 벌써 그 이야기를 끝내고 이제는 흐느끼고 있다는 것도 잊은 듯 홀로 미묘한 미소를 짓고 있었다.

오래 지나지 않아 울음은 멎었고, 정적만이 커다란 천막 안을 흐르고 있었다. 하피드는 감히 그의 주인을 쳐다보지도 못했다. 그는 이미 실패했고, 그저

낙타지기밖에 될 수 없다는 사실이 입증된 것이다.
　그는 후닥닥 일어나서 천막으로부터 뛰쳐나가려고 했다. 그 순간, 이 위대한 상인의 손이 어깨를 잡았다. 하피드는 파트로스의 눈을 쳐다보았다.
　"애야, 이번 장사에서 너는 정말 많은 이익을 남겼다."
　"아닙니다, 주인 어른."
　"내가 생각하기에는 그렇단다. 별이 너를 따라왔다는 사실은 내가 여태까지 몰라서 쩔쩔매던 일을 알게 해 주었어. 이 일에 관해서는 팔미라에 도착한 후에 너에게 많은 이야기해 주겠다. 그런데 네게 부탁이 있어."
　"말씀하십시오. 주인 어른."
　"내일 저녁이 되면 우리 장사꾼들이 캬라반에 돌아올 거다. 그러면 동물들을 돌봐 줘야 할 텐데. 당분간 낙타지기로 되돌아가 주겠니?"
　하피드는 공손한 태도로 일어나서 그의 인자한 주인에게 꾸벅 절을 했다.
　"주인님께서 시키는 일이라면 무엇이든지 기꺼이 하겠습니다. 실망시켜 드려서 정말 죄송합니다."
　"그럼 가서 사람들을 맞을 준비를 하렴. 팔미라에서 다시 만나기로 하고."
　하피드는 천막 입구로 나서는 순간 위에서 밝게 내리비치는 불빛에 눈이 부시어 잘 보이지가 않았다. 그는 눈을 부비다가 주인이 안에서 부르는 소리를 들었다. 하피드는 주춤하며 다시 천막 안으로 들어가 주인이 말하기를 기다렸다. 파트로스는 힘찬 목소리로,
　"푹 쉬려므나, 하피드야. 너는 결코 실패하지 않았어."
　그 밝은 별은 밤이 새도록 하늘 위에서 빛나고 있었다.

6

　캬라반이 팔미라 본부에 돌아온지도 거의 두 주일 가까이 된 어느 날, 하피

드가 마굿간의 그 밀짚 침대에서 잠이 깨었을 때, 주인이 부른다는 전갈이 왔다. 그는 급히 그의 침실의 커다란 침대 앞으로 가 서 있었다. 파트로스는 눈을 뜨고 이불을 간신히 밀치고 일어나 앉았다. 그의 얼굴은 무척 수척했고 손등의 핏줄이 완연히 드러나 보였다. 하피드로서는 그가 두 주일 전에 만났던 사람일까 하고 믿기 어려울 정도로 파트로스는 변해 있었다. 파트로스는 침대 아래쪽으로 몸을 움직였다. 하피드는 한쪽 귀퉁이에 얌전히 앉아서 주인이 말하기를 기다리고 있었다. 파트로스는 음성까지도 지난번에 만났을 때와는 전혀 달라져 있었다.

"애야, 너의 포부에 대하여 많이 생각해 보았겠지. 이 세상에서 가장 위대한 상인이 되겠다는 생각을 아직도 갖고 있느냐?"

"물론입니다, 주인님."

늙은이는 고개를 끄덕거렸다.

"그렇다면 그렇게 되어야지. 나는 너와 함께 많은 시간을 보내려고 했지만, 너도 알다시피 내게는 또다른 계획들이 있단다. 내가 비록 훌륭한 상인이긴 하지만 나의 문을 두드리는 이 죽음이라는 것은 상품화시킬 수가 없는가 보다. 그놈은 부엌문 앞에 며칠을 두고 기다리고 있구나. 마치 굶주린 개처럼, 언젠가는 문이 열릴 거라고 기대하면서……."

파트로스는 기침이 나와서 말문이 잠겼다. 하피드는 늙은 주인이 숨을 헉헉거리는 것을 꼼짝 않고 지켜보고 있었다. 이윽고 기침을 그치더니 파트로스는 힘없이 웃었다.

"우리가 함께 있을 시간도 얼마 남지 않은 것 같구나. 자, 어서 시작하자. 먼저 침대 밑에 놓여 있는 편백 나무 상자를 열어 보아라."

하피드는 무릎을 꿇고 조그만 가죽끈으로 묶여진 상자를 끌어당겼다. 그는 주인의 발이 있는 침대 아래쪽에 그것을 놓았다. 노인은 음성을 가다듬었다.

"수십 년 전 내가 고작 낙타지기에 지나지 않았을 때, 두 사람의 산적에게 쫓기고 있는, 동방에서 온 여행자 한 사람을 구해 준 일이 있었지. 그는 내가 생명을 구해 주었다고 무엇인가 보답하겠다고 했다. 물론 나는 사양했지만, 돈도 친척도 없는 나를 데리고 가서 그의 양자로 삼았단다. 어느 날 내가 새로운 생활에 익숙해졌을 때, 그는 이 상자를 나에게 보여 주었어. 그 속에는 각각 번호가 붙여진 열 장의 두루마리가 있었지. 그 첫 장은 그것을 이해하는 비결이 적혀 있었고, 다른 장들에는 상술로 크게 성공할 수 있는 데 필요한 원칙과 비결이 적혀 있었어. 다음 한 해 동안에 나는 그 두루마리 속에 들어 있는 모든 것을 알게 되었고, 첫번째 두루마리에 있는 이해하는 비결을 이용하여 나중에는 모든 내용을 전부 외우게 되었으며, 결국 그것들은 나의 생활과 사고방식의 일부가 되었지. 그것들은 나의 습관이 되고 말았어. 결국 나는 열 장의 두루마리가 들어 있는 이 상자와 봉함 편지 한 통과 일금 50피스가 들어 있는 지갑을 받았어. 그 봉함 편지는 나의 양부모 집이 보이지 않을 때까지 열어 보지 않겠다고 약속한 것이었지. 나는 그의 가족들에게 작별 인사를 하고, 팔미라로 가는 도상에 이르러서야 비로소 그 봉투를 뜯어 보았어. 그것은 그 금을 가지고 두루마리에서 배운 비결을 응용하여 새로운 생활을 시작하라는 내용이었단다. 그리고 거기에는 내가 벌어들인 돈의 절반은 가난한 사람들을 위하여 나누어 주라고 지시되어 있었는데, 그 가죽 두루마리와 내용은 그것을 받을 다음 사람을 정해 주는 어떤 특별한 영감이 있을 때까지는 결코 누구에게 주어서도, 보여 주어서도 안된다는 것이었오."

하피드는 고개를 가로 저었다.

"도저히 무슨 말씀이신지 모르겠습니다. 주인 어른"

"내 말을 계속 들어 보게. 나는 나에게 이 많은 재산을 안겨다 준 두루마리를 넘겨 주라는 어떤 계시가 나타나기를 기다려 왔어. 나는 네가 베들레헴에서 돌아오기 전까지만 해도, 내가 죽기 전에 그런 사람이 나타나지 않는 게 아닌가 염려를 하고 있었지. 나에게 네가 바로 그 두루마리를 받게 될 사람이라는 생각을 하게 만들어 준 첫번째의 암시는, 그 밝은 별이 베들레헴에서부터 너를 따라왔다는 사실이었어. 나는 이 사실을 아무리 이해하려 해도 그것은 신의 계시가 아니고선 있을 수 없는 일이라 생각했지. 그런데 네가 그 옷을 주어 버렸다고 했을 때, 내 마음속으로 그렇게 오랫동안 찾아 오던 일이 끝났다는 것을 알게 되었지. 내가 바로 그 사람을 찾았다는 것을 알고 나니 이상하게 나의 생명력은 천천히 사라져 가기 시작했어.

이제 내 생명은 얼마 남지 않았지만, 그렇게 오랫동안 찾아 왔던 사람을 만난 지금, 나는 이제 편안한 마음으로 이 세상을 떠날 수 있게 되었어."
 노인의 음성은 점점 약해져 갔지만, 그는 뼈만 남은 주먹을 단단히 움켜쥐며 하피드에게 가까이 기대었다.
 "가까이 와서 내 말을 잘 들어라. 나는 이제 다시 이 말을 할 힘조차 없구나."
 하피드는 그의 주인에게로 다가갔다. 그의 눈에는 눈물이 고였다. 그들은 손을 맞잡았다.
 이 위대한 상인은 크게 숨을 몰아쉬었다.
 "자, 나는 이 상자와 여기 들어 있는 모든 것을 너에게 주겠다. 그러나 먼저 네가 약속을 해야만 될 조건이 있느니라. 이 상자 속에는 일금 백 달란트가 들어 있는 지갑이 있다. 이것을 가지면 네가 생활하는 데 필요한 생활비와 장사를 시작하는 데 필요한 융단을 조금 살 수 있을 거야. 나는 너에게 많은 재산을 줄 수도 있지만 그렇게 한다면 너에게는 오히려 별로 도움이 되지 않을 것이다. 너 스스로 세상에서 가장 부유하고, 가장 위대한 상인이 되는 것이 훨씬 좋은 일이니라. 네가 말했던 그 포부를 결코 잊지 말아라. 곧장 이 마을을 떠나 다마스커스로 가거라. 거기서 이 두루마리에서 배운 것을 응용할 수 있는 무한한 기회가 있을 것이다. 묵을 곳을 정하거든 먼저 첫번째 두루마리만을 열어 보아라. 그것을 충분히 읽고 그 비결의 내용을 충분히 알게 되면 다른 모든 두루마리에 적혀 있는 판매 원칙들을 이해할 수 있게 될 것이다. 그렇게 된 후 네가 샀던 융단을 팔도록 해라. 만약 네가 각각의 두루마리가 가르치는 대로 계속 일해서 얻은 경험을 살려 나간다면 틀림없이 판매고가 점점 많아져 갈 거야. 네가 맹세를 해야만 할 나의 첫번째 조건은 첫번째 두루마리가 지시하는 대로 따르겠다는 것이다. 그렇게 할 수 있겠느냐?"
 "하겠습니다. 주인님!"
 "잘됐어, 잘됐어……. 만약 네가 두루마리의 원칙을 적용한다면, 네가 일찍이 꿈꾸었던 것보다도 훨씬 더 부자가 될 수 있을 거야. 두 번째 조건은 네가 매일 벌어들인 돈의 반을 언제나 저 가난한 사람들을 위해서 나눠 주어야 한다는 것이다. 이것은 꼭 지켜야만 한다. 할 수 있겠느냐?"
"명심하겠습니다."
"그럼, 이제 가장 중요한 것이 남아 있다. 너는 결코 이 두루마리나 그 속에 적혀 있는 내용을 다른 사람에게 절대로 말해서는 안된다. 언젠가는 내가 그랬듯이, 그 별과 너의 그 너그러운 행동과 같은 그러한 영감을 느끼게 되는 사람이 나타날 거야. 그러한 영감이 나타나면 비록 본인은 모르고 있을 망정 그 사람이 선택된 사람이야. 일단 네가 결정을 내리게 되면 그 사람에게 이 상자를 주는데, 그때에는 내가 너에게 부탁했던 이러한 아무런 약속도 필요가 없어. 내가 처음 이 상자를 받았을 때 그 편지 속에 이 두루마리를 받게 될 세 번째 사람은 본인 임의대로 그 내용을 세상에 공개할 수 있다고 적혀 있었어. 이 세 번째의 약속도 지킬 수 있겠느냐?"
"예, 명심하겠습니다."
파트로스는 마치 무거운 짐이라도 벗어 버린 것처럼 한숨을 내쉬었다. 그는 힘없이 웃으면서 하피드의 얼굴을 그의 뼈만 남은 손으로 감쌌다.
"자, 이제 이 상자를 가지고 떠나도록 해라. 이제는 영영 볼 수 없겠구나. 꼭 성공하길 빈다. 언젠가는 리자와 행복하게 될 거야. 잘 가거라."
상자를 들고 침실을 나올 때 하피드의 두 뺨에서는 눈물이 주루룩 흘러내리고 있었다. 그는 상자를 마루 위에 잠시 놓아 둔 채 다시 주인에게 되돌아가서 외쳤다.
"성공하겠다는 의지가 굳은 자에게 결코 실패는 없다!"
노인은 힘없이 웃으면서 고개를 끄덕였다. 그는 손을 들어 작별을 고했다.

7

하피드는 말을 타고 동문(東門)을 지나서 다마스커스 성안으로 들어갔다.

스트레이트라고 불리는 도로를 따라 들어가면서, 의구심과 공포심 때문에 수 많은 상인들의 아우성 소리마저도 겁먹은 그의 귀에는 거의 들리지 않았다.

막강한 캬라반을 이끈 파트로스를 따라 대도시를 헤매 다니던 일이 엊그제 같은데 지금은 누구 하나 보살펴 주지 않는 고독한 신세가 된 것이다. 거리의 상인들은 그들의 상품을 치켜들고 여기저기서 고래고래 고함을 지르면서 그에게로 달려들었다. 구리 공예품점, 은방, 가구점, 포목점, 목공소들의 상점들이 줄을 지어 늘어서 있었고, 그의 노새가 한 걸음을 옮겨 놓을 때마다 거지들이 손을 벌리고 다가와 자선을 요구하고 있었다.

그 도시의 서쪽 저 멀리에 헬몬산이 우뚝 솟아 있었다. 여름인데도 그의 바로 앞산 꼭대기에는 흰 눈이 덮여 있었으며, 시장의 이 시끄러운 잡음이 듣기 싫다는 듯이 내려다보고 있는 것처럼 느껴졌다. 하피드는 번화가를 지나 수소문을 해 본 결과 오스카라는 하숙집을 쉽게 구할 수가 있었다. 방은 깨끗했으며 한 달치의 방세를 선불하자 곧 집주인 안토닌과 친하게 되었다. 말은 마굿간에 매어 두고 바라다의 강에서 목욕을 하고 방으로 돌아왔다.

그는 그 작은 편백 상자를 자기 침대 아래에다 갖다 놓고 가죽끈을 풀기 시작했다. 뚜껑은 쉽게 열렸다. 그는 가죽두루마리를 응시했다. 그리고 손을 안으로 집어 넣어 두루마리의 가죽을 만져 보았다. 그것이 그의 손가락에 닿자, 마치 살아있는 것 같아 그는 손을 움츠렸다. 하피드는 일어나서 격자로 되어 있는 창문 쪽으로 갔다. 반 마일이나 멀리 떨어져 있는 시장에서 떠드는 소음이 여기까지도 들려오고 있었다. 그 시끄러운 소리가 나는 쪽을 쳐다보자 두려움과 의아심이 솟아났고 그는 자신의 의지가 의심스러워졌다.

그는 눈을 감고 머리를 벽에 기댄 채 큰소리로 부르짖었다.

"비천한 낙타지기인 내가 이 세상에서 가장 훌륭한 상인이 되겠다니, 얼마나 어리석은 일인가! 길거리에서 소리치는 행상 앞을 겁이 나서 지나지도 못하는 주제에······. 오늘 나는 나보다 훨씬 장사에 소질이 있는 수많은 장사꾼들을 보았다. 모두들 대담하고, 열성적이고, 참을성이 있었다. 그들은 모두가 많은 사람들의 아귀다툼 속에서 살아 남을 재능이 있었다. 내가 그들과 경쟁을 하고 추월하려고 하다니, 얼마나 어리석고 건방진 노릇인가! 파트로스 주인님, 파트로스 주인님, 제가 다시 주인님을 실망시켜 드릴 것 같은 두려운 생각이 듭니다."

그는 침대에 몸을 처박았다. 그는 여행으로 몹시 피곤해 있었기에 울다가 잠이 들었다. 그가 일어났을 때는 날이 밝아 있었다. 눈을 뜨기 전부터 새소리가 요란하게 들려왔다. 그가 일어나 앉으니, 그 두루마리가 들어 있는 상자 뚜껑 위에 참새 한 마리가 앉아 있었다. 그는 이상한 눈길로 그 참새를 쳐다보았다. 그는 창문께로 다가갔다. 밖에는 수천 마리의 참새들이 딸기 덩굴과 무화과 나뭇가지에 마치 포도송이처럼 떼를 지어 앉아서 아침이 온 것을 알리느라 지저귀어 대고 있었다. 창문 가에 앉아 있던 참새들은, 그가 조금만 움직여도 날아가 버렸다. 그는 다시 돌아서서 상자를 쳐다보았다. 그 새는 상자 뚜껑을 콕콕 쪼으면서 그를 쳐다보고 있었다. 하피드는 천천히 상자가 있는 곳으로 걸어가서 그의 손을 뻗쳤다. 새가 그의 손바닥 위로 뛰어올랐다.

"수많은 너의 친구들은 무서워서 밖에 있는데 너 혼자서 이 안으로 들어오다니, 정말 용기가 있구나."

새는 하피드의 손등을 세게 쪼았다. 그는 새를 빵과 치즈가 있는 식탁으로 가지고 갔다.

그가 빵 한 조각을 귀여운 친구 곁에 놓자 먹기 시작했다. 이상한 생각이 들어서 하피드는 창문께로 다시 갔다. 그는 손으로 격자의 구멍을 문질러 보았다. 격자 간격은 새가 들어오기에는 불가능할 정도로 작아 보였다. 그때 그는 문득 파트로스의 목소리가 기억나서 그 말을 크게 되뇌었다.

"성공하겠다는 의지가 굳은 사람은 결코 실패하지 않는다!"

그는 돌아와서 상자 안에 손을 집어 넣었다. 두루마리 한 장이 다른 것보다 훨씬 닳아 있었다. 그는 그것을 꺼내서 정중히 펼쳤다. 그를 짓누르던 두려움은 이미 사라지고 없었다. 그리고는 참새가 있었던 곳을 바라보니 날아가 버리고 없었다. 다만 치즈와 빵조각만이 그 용기 있는 작은 새가 왔었다는 것을 증명이라도 하듯이 흩어져 있었다. 하피드는 두루마리를 쳐다보았다. 그 첫머리에는 제일 첫번째 두루마리라고 적혀 있었다. 그는 그것을 읽어 가기 시작했다.

결국 그는 두루마리에 있는 내용을 충분히 익혔으며, 그 내용이 가르치는 대로 실천하여 거대한 상업 왕국을 이룩했으며, 파트로스와의 약속대로 거의 모든 재산을 골고루 나누어 주었다.

열 개의 두루마리는 하나의 씨앗이 싹이 터서 열매를 맺으려면 비와 햇빛과 따뜻한 바람이 절대로 필요한 것처럼 하피드의 꿈을 성취시켜 준 성공의 십계명이었으며, 하나님이 내려 주신 유일한 성공의 비망록이었다.

8

토라 상표의 붉은 옷

이렇게 하여 하피드는 그 두루마리를 상속받게 될 사람이 나타나기를 기다리며 고달픈 나날을 보내고 있었다. 단지 그의 심복인 창고지기 만이 그의 유일한 친구였다. 계절이 바뀌고 세월이 흘러 이 노인은 정원에서 조용히 앉아 있을 뿐, 아무런 일도 할 수 없게 되었다.

그는 기다렸다.

그의 모든 재산을 처분하고 그의 상업 왕국을 분산시킨 이후 벌써 3년이란 세월이 흘렀던 것이다.

그런데 어느날 사막의 동쪽 편에서 작고 맥빠진 낯선 사람이 나타나 다마스커스로 들어오는 길을 따라서 곧장 하피드가 사는 궁전 앞에 멈춰 섰다. 에라스무스는 평소처럼 정중하고도 예의바른 태도로, 나그네가

"주인을 좀 만나 뵙고 싶습니다."

라고 몇 번을 말할 때까지도 대문 앞에 버티고만 서 있었다.

에라스무스는 그 낯선 사람의 행색을 보니 도저히 문을 열어 줄 수가 없었던 것이다. 그의 신발은 찢어져서 실로 꿰매어 신고 있었다. 그의 누런 두 다리는 상처투성이었고, 헐렁하고 다 떨어진 낙타털로 된 옷을 걸치고 있었으며, 머리털은 길게 드리워져 있었다.

오직 그의 두 눈은 햇빛을 받아 붉은색으로 반짝이는데, 마치 타오르는 불꽃과 같았다.

에라스무스는 대문 고리를 단단히 부여잡고 이렇게 물었다.

"무엇 때문에 당신이 주인님을 만나려고 그러시오?"

그 낯선 이는 자기의 자루를 땅 위에 내려놓고 두 손을 모아 앞으로 내밀며 간절하게 에라스무스에게 애원했다.

"제발 당신의 주인을 좀 만나게 해 주십시오. 나는 결코 그를 해치거나 도움을 청하러 온 것이 아닙니다. 주인님에게 꼭 전할 말이 있습니다. 만약 내가 주인님을 화나게 한다면 즉시 돌아가겠습니다."

에라스무스는 아직도 마음이 놓이지 않았던지 천천히 문을 열어 주며 안쪽을 돌아다보고 고개를 끄덕였다. 그리고는 뒤돌아 보지도 않고 손님을 남겨 둔 채 급히 정원으로 걸어갔다.

정원에는 하피드가 졸고 있었다. 에라스무스는 그의 주인 앞에 서서 머뭇 거렸다. 그는 헛기침을 해서 주인을 깨우려했다. 그가 다시 헛기침을 하자, 그제야 노인은 눈을 떴다.

"주무시는데 죄송합니다. 주인 어른, 손님이 왔는데요."

하피드는 이제 잠을 깨고 머리를 숙이고 앉아서 말을 하고 있는 낯선 자를 응시했다.

"당신이 지상 최대의 상인이라 불리는 분이십니까?"

하피드는 얼굴을 찌푸리고 고개를 끄덕이면서 이렇게 말했다.

"지금은 아니지만 이전에는 그렇게들 불렀답니다. 이미 그 왕관은 이 늙은 이의 머리에서 사라졌소. 도대체 당신이 나를 찾아온 용건은 무엇이오?"

이 작은 손님은 하피드 앞에 정중히 서서 그의 거적옷에다 두 손을 문질렀다. 그리고 눈을 깜박이면서 낮은 목소리로 대답을 했다.

"저는 바울이라고 합니다. 어제 막 고향인 탈수스에서 예루살렘으로 왔습니다. 그런데 부탁이오니 저의 모습을 보시고 실망하지 마시고, 제발 저를 믿어 주십시오. 저는 난폭한 산적도, 길거리의 거지도 아닙니다. 저는 탈수스의 시민이요. 로마의 시민입니다. 저는 벤자민(유대)족의 바리새인입니다. 비록 조상 대대로 천막을 만들고는 있지만 저 훌륭하신 가말리엘 선생님의 문하에서 수학했습니다. 어떤 이는 나를 바울이라고도 부르지요."

그는 말을 하면서 움직였다. 하피드는 그제야 잠에서 완전히 깨어서 손님에게 미안한 듯이 앉으라고 자리를 권했다. 바울은 고개를 끄덕이고는 선 채로 계속 말을 했다.

"저는 당신의 인도와 도움을 청하고자 합니다. 당신만이 저를 구할 수 있습니다. 만약 허락해 주신다면 말씀을 드리지요."

에라스무스는 낯선 손님의 등 뒤에서 그의 머리를 확실하게 내 저었지만 하피드는 아예 모른척 해 버렸다. 그는 그의 단잠을 방해한 불청객을 주의 깊게 쳐다보면서 고개를 끄덕였다.

"여보게, 나는 너무 늙어서 자네를 계속해서 올려다볼 수조차도 없네. 좀 앉아서 차근차근 말을 하게나."

바울은 그의 자루를 옆으로 내밀고 조용히 기다리고 있는 늙은이 곁에 가까이 가서 꿇어앉았다.

"지금부터 4년 전, 제가 너무 오랫동안 지식을 위한 공부만했으므로 제 마음은 진실에 눈이 어두워 있었습니다. 저는 예루살렘에서 스테반이란 선지자에게 돌을 던져 사형하는 데 대한 공식 증인이 되었습니다. 그 사람은 우리의 하나님을 모독했다고 예루살렘 최고 법정에서 사형이 선고되었었습니다."

하피드는 당황한 목소리로 그의 말을 가로챘다.

"나는 이 일이 나와 무슨 상관이 있는지 도무지 모르겠네."

바울은 마치 이 노인의 말을 막듯하며 손을 쳐들었다.

"곧 설명해 드리겠습니다. 스테반은 예수님의 추종자였으며, 예수님은 스테반의 사건보다 일년 쯤 전에 반역죄로 로마인들에게 붙들려 십자가에 못박히셨습니다. 스테반은 예수가 유대의 예언자들에 의해 예언된 바 있던 바로 그 메시아이며, 공회가 로마와 함께 이 하나님의 아들을 죽일 계획을 음모했다고 주장했기 때문에 유죄 판결을 받았습니다. 사람들은 이런 반역자는 오로지 사형으로 처형되어야 한다고 했으며, 이미 말씀드렸듯이 저도 거기에 동의했습니다. 더욱이 저는 젊은 혈기에 광신적으로 공회의 고귀한 성직자들의 전갈을 받고서 예수님의 제자들을 붙잡아서 처벌하려고 여기

다마스커스까지 찾아 다녔습니다. 이것이 제가 말한 4년 전의 일이었습니다."

에라스무스는 하피드의 얼굴을 쳐다보다가 깜짝 놀랐다. 왜냐하면 주인의 눈가에는 그가 몇 년을 두고 일찍이 본 적이 없는 이상한 표정이 떠올라 있었기 때문이다. 바울이 다시 말을 계속할 때까지 단지 분수 소리만 들릴 뿐 정원은 쥐죽은 듯 고요했다.

"내가 사람을 잡아 죽이겠다는 마음으로 다마스쿠스에 막 도착했을 때 하늘에서 갑자기 한 줄기의 광채가 내게 비치는 것을 보고, 나는 땅 위에 엎드려졌습니다. 내가 그 빛을 받았다고 생각되기도 전에 눈앞이 캄캄해졌고, 오직 한 소리만 들을 수가 있었습니다."

〈바울아! 바울아! 네가 왜 나를 핍박하느냐?〉

나는 대답했습니다.

"당신은 뉘시니이까?"

그러자 울려 오는 소리가,

"〈나는 네가 그렇게도 박해하는 예수다. 지금 곧장 일어나서 도시로 들어가거라. 그러면 네가 할일을 알게 되리라.〉 나는 동료의 부축을 받으며 다마스커스로 들어갔으며, 바로 나는 십자가에 못박혀 돌아가신 그분의 제자들 집에서 3일 동안 머무르는 사이에 아무것도 먹지도 마시지도 못했습니다. 그때에 아나니아스라는 사람이 찾아와 그는 어떤 기적을 목격하고 그 사실을 내게 전하러 왔다고 말했습니다. 그리고는 그의 손을 나의 눈 위에 올리자, 나는 다시 볼 수 있게 되었으며 차츰 먹고 마시게 되자 제대로 회복이 가능했습니다."

하피드는 이제 의자 앞으로 몸을 구부리고 물었다.

"그래서 어떻게 되었습니까?"

"나는 유대인 교회에 가게 되었으며, 예수님의 제자를 핍박하던 내가 나타나서 두려움에 놀라는 그들에게 설교를 하자, 그들은 나의 말을 듣고 어리둥절해 했습니다. 왜냐하면 십자가에 못박혀 돌아가신 분이 바로 하나님의 아들이라고 말했기 때문입니다. 내 이야기를 들은 사람들은 속임수라고 믿으려 하지 않았습니다. 내 말이 사실이라면 예루살렘에는 굉장한 혼란을 가져 왔으리라는 것이었습니다. 나는 그들에게 내 마음의 변화를 확신시킬 수 없었으며, 많은 사람들은 나를 잡아 죽이려했으므로 부득이 나는 예루살렘으로 도망쳐 나왔습니다. 그리고 예루살렘과 다마스커스에서 일어났던 일을 계속 되풀이해서 그들에게 얘기했습니다. 예수님의 제자들은 누구도 내가 받은 신의 계시를 믿으려 하거나 가까이 오려고도 하지 않았습니다. 그럼에도 불구하고 나는 예수의 이름으로 설교를 계속했지만 헛수고였습니다. 이렇게 모두 나의 말에 불신을 하고 있던 어느 날, 내가 회당의 묘지에서 비둘기와 양들이 제물로 희생되려는 것을 보고 있을 때 하나님의 목소리가 다시 들려왔습니다."

에라스무스는 빈정대며 그가 말을 하기도 전에 가로챘다.

"이번에는 무슨 말을 했지요?"

하피드는 웃음을 머금고 노인을 쳐다보고는 다시 고개를 끄덕이며 바울을 향해 얘기를 계속하도록 했다.

"그 목소리는 이르기를 〈그대는 거의 4년 동안 말씀을 전했으나 빛을 보지 못했다. 하나님의 말씀을 파는 방법을 모르면 사람들은 네 말을 들으려 하지도 않으리라. 나는 모든 사람이 알 수 있도록 비유해서 말하지 않았더냐? 식초를 가지고는 파리 몇 마리밖에는 꼬이지 못할 것이니라. 다마스커스로 돌아가서 지상 최대의 상인이라고 칭송받고 있는 사람을 찾아 보거라. 그러면 내 말을 세상에 전할 수 있도록 그대에게 그 방법을 가르쳐 주리라〉고요."

하피드는 급히 에라스무스를 쳐다보았다. 그리고 또한 누구에게도 말하지 않았던 그 약속이 생각났다. 이 사람이 그렇게 오랫동안 기다리고 기다리던 바로 그 사람이 아닌가? 이 지상 최대의 상인은 앞으로 구부리더니, 자기 손을 바울의 어깨에 얹었다.

"예수에 대하여 말해 주겠나?"

이제 바울의 음성은 생기가 있고 우렁차고 힘이 있었으며, 두 사람이 귀를 기울이고 있는 앞에서 그는 예수와 그의 생애에 대하여 말했다. 그는 유대인들이 반드시 그들을 찾아와 언젠가는 유대 민족을 하나로 통합시켜 하나의 독립된, 행복하고 평화스러운 왕국을 이룩해 줄 메시아를 오랫동안 기다렸었다는 것에 대해 이야기를 했다.

그는 세례 요한에 관하여 말했고, 또한 예수의 강림과 역사적인 배경에 대하여 말했다.

그는 그분이 사람들에게 전하시던 설교와 죽은 자 가운데서 다시 살아나신 일, 세리들에 대한 그의 태도며, 십자가에 못박혀 돌아가시던 때의 일, 매장과 부활에 관해서도 말했다.

마지막으로는 그의 이야기의 효과를 더욱 강조시키려는 듯이 바울은 그 옆에 있는 자루를 끌러 한 벌의 붉은 옷을 꺼내서는 하피드의 무릎 위에다 놓았다.

"어르신, 당신은 지금 예수님께서 남겨 놓으신 이 세상에서 가장 훌륭한 물건을 가지고 계십니다. 예수님께서는 그분이 갖고 계시던 모든 것을 세상 사람들에게 나누어 주셨습니다. 자신의 생명까지도 말입니다. 로마 군병들은 그의 십자가 밑에 이 옷을 던졌습니다. 저는 지난번 예루살렘에 있을 때 이 옷을 찾기 위하여 얼마나 애썼는지 모릅니다."

하피드의 얼굴은 창백해졌고, 그가 피로 얼룩진 그 옷을 뒤집었을 때, 그의 손이 떨렸다.

에라스무스는 주인의 표정에 놀라서 앞으로 다가섰다. 하피드는 옷을 뒤적거리더니 옷에 새겨진 작은 별을 찾아내었다. 〈토라의 상표〉, 그것은 바로 파트로스가 팔고 다니던 수공업자의 상표였다. 그리고 그 옆에는 네모 안에 하나의 원이 그려져 있었으니……, 바로 파트로스의 상표였다.

바울과 에라스무스가 보고 있는 동안 이 노인은 그 옷을 들어서는 공손히 그것을 가져다 자신의 뺨에 대고 문질렀다. 하피드는 고개를 가로저었다. 불가능한 일이었다. 다른 수천 벌의 옷이 토라에 의해서 만들어졌고, 파트로스의 방대한 장사 경로를 거쳐 팔렸을 것이다. 그러나 이 옷은 분명히 자기가 동굴 속에서 준 것이었다. 아직도 옷을 껴안은 채 하피드는 쉰 목소리로 말했다.

"여보게, 예수님의 탄생에 대해서도 말해 주겠나?"

바울은 다시 말을 했다.

"그분은 이 세상에서 아무것도 갖지 않으시고 떠나셨습니다. 오실 때에 아무것도 가진 것이 없이 맨손으로, 몸으로 오셨으니까요. 그분은 베들레헴 동굴에서 태어나셨고, 그때는 티베리우스가 인구 조사를 할 당시였습니다."

하피드의 웃음은 두 사람에게는 바보스럽게 보였지만 그들은 어리둥절한 채 보고 있었다. 왜냐하면 노인의 뺨에는 눈물이 흘러내리고 있었기 때문이었다. 그는 손으로 눈물을 닦아내고 또 물었다.

"그 아기가 탄생했을 때 사람들이 그때까지 한번도 보지 못했던 큰 별이 하늘에서 보였다고 하지는 않았습니까?"

바울은 입을 떡 벌린 채 말을 할 수가 없었다. 또한 그럴 필요도 없었다. 하피드는 그의 팔을 벌려서 바울을 얼싸안았다. 이번에는 두 사람 모두 눈물로 범벅이 되었다. 드디어 노인은 일어서서 에라스무스를 불렀다.

"나의 믿음직스런 친구여, 탑으로 올라가서 그 상자를 가져오게나. 이제야 우리가 그렇게도 고대하던 두루마리의 상속자를 찾았다네."

제 2 부

세계에서
제일 위대한 비밀

내 생애 가장 위대한 성공의
기록을 위하여

세계에서 제일 위대한 상인에 나오는
열 개의 두루마리에 얽힌 전설

거의 2천여 년 전인 옛날에 하피드라는 이름의 어린 낙타지기 소년이 어떤 부유한 상인의 딸을 사랑하게 되었다.

낙타지기라는 비천한 신분에서 벗어나기 위하여, 아름다운 리자에게 청혼을 할 수 있게 되기 위하여, 하피드는 위대한 대상인인 그의 주인 파트로스에게 상인으로서 자신의 능력을 증명해 보일 수 있는 기회를 달라고 간청을 하였다.

그 대상의 상품 마차에서 파트로스는 새 겉옷 한 벌을 꺼내어 그것을 하피드 소년에게 주었다. 그리하여 하피드 소년은 베들레헴 근처의 한 마을로 그 옷을 팔러 가게 되었다. 사흘간의 그 가난한 작은 마을에서 지내면서 하피드는 그 옷을 팔기 위하여 갖은 노력을 다 기울였지만 결국 실패하고 말았다. 그리고 마침내…… 일순간 하피드는 동정심이 솟아나 그 옷을 마을 주막 근처의 동굴 속에서 새로 태어난 아기의 몸을 따뜻하게 해 주기 위하여 그 옷을 주게 되었다.

그 젊은이는 그의 주인에게로 돌아갔다. 그러나 상인이 되는 일에 실패한 자신에 너무나도 애처로움과 부끄러움을 느끼고 있었기에, 자신의 머리 위에 밝은 별 한 개가 떠서 그가 베들레헴으로부터 주인 집으로 돌아갈 때까지 줄곧 그를 따라오며 반짝이고 있었다는 것을 알아차리지 못하였다.

그러나 그의 주인 파트로스는 그 별을 발견하였다. 그리고 그 노인은 하늘의 광채를 그 신들이 보내는 신호라고, 그가 여러 해 동안 기다리고 있었던 그 신호라고, 그 자신 역시 한 사람의 가난한 청년이었을 때 누구로부터 받게 되었던 '성공을 위한 열 개의 위대한 두루마리'를 누구에게 넘겨 주고 이제 그 비밀에서 해방될 수 있게 만들어 줄 신호라고 해석하였다.

노 상인 파트로스는 죽어가기 직전에 그 열 장의 두루마리를 하피드에게 주었다. 그리고 하피드는 그 두루마리의 원칙들을 습득하여 결국 세계에서 가장 부유하고, 가장 성공적이며, 가장 위대한 상인이 되었다.

수십 년이 지난 후 하피드는 그 열 개의 두루마리를 아주 특이한 한 사람에게 물려주었다.

이제 그 두루마리는 당신의 손에 쥐어져 있습니다. 그리고 이 책에서 당신은 그 두루마리를 어떻게 읽을 것이며, 그 속의 지혜들을 당신 생활에 어떻게 응용할 것이며, 당신의 〈성공기록표〉에 나날의 진도를 어떻게 기록할 것인지를 배우게 될 것입니다. 그리하여 당신은 변함없는 부와, 건강과, 행복과, 그리고 무엇보다 중요한 마음의 평화를 얻을 수 있게 될 것입니다.

# 1

성공을 위한 열 개의 위대한 두루마리를 당신과 내가 살펴보기 이전에, 솔직한 이야기 하나를 하도록 하십시다.

이야기는 내가 하겠습니다.

당신은 듣기만 하십시오!

이 책에 사용된 돈은 허비를 한 것입니다.

당신을 생각해 주는 누군가가, 당신이 큰 출세를 하기를 바라는 누군가, 혹은 당신을 사랑하고 있는 어떤 사람이 '세계에서 제일 위대한 비밀'을 당신에게 주었다고 해도……, 혹은 당신이 직접 그 책을 구입했다고 해도……, 그 돈은 허비한 것입니다.

이미 다른 수천의 사람들을 통해 시행된 한 가지 계획을 당신이 기꺼이 받아들여 시행해 보려고 하지 않은 한 그 돈은 헛되이 쓰여진 것입니다. 결실을 볼 때까지 계획을 계속해 나갈 배짱과 지구력과 의지의 힘이 당신에게 없는 한 그 돈은 허비를 한 것입니다.

당신이 월요일부터 금요일까지 45주 동안을 그 계획의 수행을 위하여 단 10분도 기꺼이 내놓을 마음이 없다고 하면 그 돈은 헛되이 쓰여진 것이라는 말입니다.

만일 내가 그리스의 승부사 니콜라스라면 나는 당신이 이 계획을 실행하여 1년 이내에 소득을 2배 혹은 3배로 늘리게 될 승산은 1/75밖에 안된다고 말하겠습니다.

"하지만 나는 좀 다릅니다!"

라고 당신은 말하겠지요.

정말 그럴까요? 지난 정월 초하룻날에 혹시 당신이 신년 결심을 했다면 그 결심을 얼마 동안이나 지켰습니까? 체중을 줄이겠다던, 담배를 끊겠다던, 그리고 술을 그만 마시겠다던 일들은 다 어떻게 되었습니까?

도대체 언제까지 이렇게 자신을 기만하기만 할 것인가요?

아마도 당신은 성공을 하고야 말겠다는 불타는 야망을 반드시 가지고 있을 것입니다. 아마도 결혼을 통하여, 혹은 새집이나 새 차를 사고 싶은 욕망, 혹은 점점 늘어만 가는 부채 때문에 당신은 당신 자신과 타협을 할 수밖에 없었을 것이며, 당신의 모든 욕구와 필요를 해결하는 방법은 그 누구도 아닌 바로 당신 자신에게 달려 있다는 것을 깨닫게 되었을 것입니다.

그러나 성공을 하겠다는 불타는 야망만으로는 충분치가 못합니다. 각 개인의 사업과 개인 생활의 향상을 도와주는 데 헌신하고 있는 잡지, 「무한한 성공의 기회」의 주필로 있으면서 나는 이미 오래 전에 불타는 야망에는 두 가지 종류가 있다는 것을 깨달았습니다. 한 가지는 허위적이며 위선적인 것입니다. 이와 같은 허위적 형태의 불타는 야망은 언제나 자신의 아내, 직장의 상사, 그리고 (가장 나쁜 것은) 자기 자신에게 자신이 정말로 성공을 원한다고 말하고 있는 사람에게서 발견할 수가 있습니다. 그는 스스로를 돕는 법이 씌어진 책은 모조리 읽고, 음란 소설을 읽음으로써 흥분을 하는 사람들이 있는 것과 마찬가지로, 다른 사람들의 성공 사례에 관한 것을 읽음으로써 흥분을 합니다. 불행한 일이지만 우리 친구들 중에 이러한 종류의 책들 중 어느 것이라도 읽는 사람이 있다면 그들은 결코 실행을 하지 못하는 사람들입니다.

그들은 다른 사람들의 생활과 행동 속에 자신의 상상을 통하여 참여함으로써 스스로의 삶을 대신하여 경험하는 것입니다.

이런 종류의 몽상가들은 내일이 굉장한 하루가 될 것이라고 생각하고 있습니다.

그러나 내일은 절대로 오지 않습니다.

내가 당신의 비위를 약간 건드렸다고 해도 너무 신경을 쓰지는 마십시오. 우리들은 누구나 다소간 그러한 허위적 형태의 불타는 야망을 지니고 있는 것이니 안심하시고 찌푸린 이맛살을 펴도록 하십시오.

우리는 다른 사람들에게 약속을 합니다. 지킬 수 없다는 것을 알고 있으면서도 당장은 우리의 직장 상사나 아내의 비위를 맞추기 위하여 약속을 합니다.

　오늘은 당신이 그러한 과거를 깨끗이 청산하는 날입니다. 더 이상 거짓 약속은 하지 않는 것입니다. 더 이상 아침 해가 뜨면 사라져 버릴 거창한 계획을 저녁에 세우지 않는 것입니다. 더 이상 자신을 기만하지 않는 것입니다.

　이렇게 간단한 성공 계획에 의거하여 하루하루를 보냄에 따라 당신은 천천히 한 가지 중요한 진리를 깨닫게 될 것입니다. 바로 '당신은 자연의 가장 위대한 기적이다'라는 사실입니다. 당신이 소유하고 있는 두뇌라고 불리우는 컴퓨터와 똑같은 컴퓨터를 만들려면 엠파이어 스테이트 빌딩의 내부 전부를 채울 정도로 많은 전자장비가 필요하다는 것입니다. 당신은 하나 뿐인 귀중한 존재이며 수백만 년의 진화를 거쳐서 만들어진 최종적 산물입니다. 정신에 있어서나 육체에 있어서나 당신은 당신의 인생을 무언가 아름답고 의미 있는 것으로 만드는 데에 있어서 솔로몬이나 시이저나 플라톤보다도 더욱 훌륭한 자질을 지니고 있는 것입니다.

　당신은 당신 이전에 존재었했던 그 어떤 사람보다도 더 위대한 잠재력(Potential)을 지니고 있는 것입니다.

　그러나 당신이 그저 낙엽더미 위에 주저앉은 채로 세상 모든 사람에게 당신이 얼마나 훌륭한 사람이 된 것인지를 말함으로써는, 그리고 내일 시작을 하여서는 결코 성공을 하지 못할 것입니다. 머지 않아서 친절했던 세금장이나 땅 주인도 당신이 약속을 해도 고개를 설레설레 흔들게 될 것이며, 머지 않아 당신의 신용은 바닥이 나 버릴 것입니다. 멀지 않아 당신은 그곳에 집을 짓든지 아니면 모든 것을 집어치우든지 해야만 하게 될 것입니다.

　이 책은 당신에게 어떻게 그 집을 지을 것인지를 알려 줄 것입니다. 당신이 이 책으로 하여금 당신을 도울 수 있게끔 기회를 주기만 한다면 말입니다.

　이 안내서의 근본이 되었던 책인 『세계에서 제일 위대한 상인』은 1968년에 초판이 발행된 이후 이제까지 출판계의 불가사의한 존재가 되어 왔습니다. 장정본으로 250만 부 이상이 팔린 책은 이제껏 몇 가지가 안되며 특히 상술에 관한 책으로써는 더욱 그러했습니다. 예수 시대에 생존했던 한 상인에 관한 얄팍한 책 한 권이 그토록 열광적인 반응을 일으킬 것이라고는 그 책을 쓴 저자도, 출판인도 감히 예상하지 못했던 것입니다. 그러나 더욱 놀라운 일은 그 책이 출판된 이후 판매량이 해마다 증가해 간다는 사실입니다.

전국 판매 조직의 감독자들은 이내 의욕을 불어넣어 주는 수단으로써 『세계에서 제일 위대한 상인』이 강대한 효과를 나타내고 있다는 사실을 깨닫게 되었습니다. 그 책이 출판된 직후 어떤 회사에서는 무려 3만 부를 주문, 구입했던 것입니다. 수백 개의 회사에 판매 조직체들이 그 책을 무더기로 사 갔습니다. 그 중에는 코카콜라, 에임웨이 상사, 아메리카 연합 보험 회사, 크라프트 식품, 파케 상사, 데이비스 상사, 스페리 허친슨 상사, 폭스바겐, 밸리 철강 상사, 제네스코, 스탠리 주방 기구 상사, 노튼 인터내셔날, 델라웨어의 아메리칸 종합 보험, 스티매틱 상사, 켄터키 생명 보험……, 등등의 거물급 회사들도 포함되어 있었습니다.

출판 직후 작가와 출판인은 또 한 가지의 놀랍고 흐뭇한 사실을 알게 되었습니다. 『세계에서 제일 위대한 상인』은 본래 세일즈를 하는 사람들을 위해 씌어진 책이었습니다. 그런데 어떻게 된 일인지 당초에 생각했던 것 이상으로 그 책의 독자층이 넓어진 것입니다. 대단히 다양한 계층의 개인 및 조직체 대표들로부터 그 열 개의 두루마리에 대해 좀더 자세하게 알려 달라는 내용의 편지가 쇄도하기 시작했습니다. 예술가 촌에서 온 것도 있었고, 수감자들의 갱생 문제에 관심을 갖고 있는 교도소장으로부터 온 것도 있었으며, 경영 문제 카운슬러, 정치인, 대학 교수, 군인, 의사, 학생, 직업 운동 선수……, 심지어는 정신박약아들을 위한 국립보호기관에서 온 것도 있었습니다.

한 세일즈맨은 회사의 기금을 유용하여 자살을 기도하려 총을 샀는데, 우연히도 그 책을 읽게 되었다고 합니다. 그 사람은 그 책이 자신의 생명을 구해 주었다고 편지를 보내 왔습니다. 그 사람은 회사에 나가 자신의 잘못을 고백하고 손해 배상을 하였습니다. 그가 재생의 기회를 얻게 되었음은 물론입니다.

많은 사람들이 그 책의 제목이 오해되기가 쉽다는 편지를 보내 주었습니다. 『세계에서 제일 위대한 상인』이라는 제목은 실제에 있어 그 책이 자신에게 가장 알맞는 위치를 찾아내려 하는 모든 사람들을 위한 책임에도 불구하고 한 세일즈맨에 대한 책처럼 느껴지게 만든다는 것이었습니다. 아무튼 그 책은 인기 있는 선물의 한 가지 품목이 되었고, 현재에도 그 위치를 고수하고 있습니다. 세일즈 지도자들은 자신이 거느리고 있는 세일즈맨들에게, 부모들은 아이들에게, 아내들은 아직도 냉전을 하고 있는 남편에게 그 책을 선물하는 것이었습니다.

이제까지 내가 유명한 회사의 이름을 마구 들먹이며 신이 나서 당신에게 이야기한 것은 당신이 들고 있는 이 책이 복잡한 이론과 도표와 판매 기술의 설명으로 가득 차서 마치 굉장한 것처럼 보이거나 들리겠지만 하루가 지나고, 1주일이 지나도 결국 당신에게 별 도움을 주지 못하는 그런 세일즈 방법에 대한 책이 아니라는 사실입니다.

열 개의 성공을 위한 두루마리는 당신이 어떠한 직업을 갖고 있던 당신에게 큰 도움이 될 것입니다. 당신이 앞으로 45주 동안 월요일부터 금요일까지는 매일 10분간의 시간을 그 두루마리에 소비하겠다고 당신 자신에게 진지하게 약속을 하기만 한다면 말입니다. 10분이라면……, 당신이 매일 세수를 하는 데에 소비하는 정도의 시간입니다. 10개월 이내에 당신의 소득을 2배 혹은 3배로 증가시킬 수 있다면 그것이 과연 무리한 요구일까요? 당신은 이렇게 조건이 좋은 거래가 또 있다고 생각합니까?

자, 나는 당신이 인생에서 원하는 것이 무엇인지를 묻지는 않겠습니다. 당신이 내게 대답을 할 수 있으리라고 확신을 하지는 못하니까요. 그리고 또 나는 당신이 현재 지니고 있는 재산목록과 지금으로부터 1년 후, 그리고 5년 후, 그리고 10년 후……, 그때에 어떻게 변했으면 좋겠다는 재산목록을 당신에게 작성하라고 요구하지도 않겠습니다. 우리는 대개의 자수성가를 위한 책에 나오는 그따위 〈공상성공장부〉를 작성할 필요가 없습니다.

우리 둘이 알아야 할 필요가 있는 것은 네 가지 사실뿐입니다. 당신의 직책은 무엇이며, 현재 당신의 주당 수입은 얼마인가? 지금으로부터 45주 후, 당신이 당신의 〈성공기록표〉를 완성했을 때 당신이 바라는 당신의 직책은 무엇이며, 당신의 주당 수입은 얼마인가?

그러니까 종이 위에 다음과 같은 메모를 한 장 작성하여 혼자만 아는 곳에 보관해 두십시오.

성명 : 홍길동   날짜 :   월   일
현재 나의 직책은 :
현재 나의 주당 수입은 :
지금부터 45주 후, 나의 직책은 :
지금부터 45주 후, 나의 주당 수입은 :

이것 뿐입니다. 서명을 하시고 어디에 숨겨 두십시오. 당신의 아내만을 제외한 아무에게도 이야기를 하지 않는 것이 좋을 것입니다. 지금 만드십시오. 당장 말입니다. 질질 끄는 습관은 빨리 고칠수록 좋은 것입니다.

왜 내가 당신으로 하여금 앞으로 10개월 후 당신이 얻고 싶어하는 여러 가지 물건들을 나열한 긴 목록표를 만들게 하지 않았느냐고요? 새집이나, 당신 아이들을 위한 교육보험의 시작, 혹은 1/10가변 초점 렌즈가 달린 무비 카메라 같은 것 말이지요? 그런 목록표는 만들 필요가 없는 것입니다. 당신이 조금 전에 작성한 당신 자신에게 보내는 메모에 기록한 대로 당신의 직책이 향상되고 당신의 주당 소득이 증가한다면 당신이 원하고 필요로 하는 모든 물질적인 것들은 저절로 당신 손에 들어오게 되어 있는 것입니다. 그러니 당신이 꿈꾸고, 바라고 있는 물건들로 긴 목록표를 만들 필요는 없는 것입니다. 당신이 원하고 있는 것이 무엇인지는……, 그것은 당신이 알고 있습니다. 그리고 당신의 〈성공기록표〉 일기는 당신이 올바른 길을 걸어 나가도록 당신을 도와줄 것입니다.

성공기록표를 시작하는 날은 월요일이기만 하면 일 년 중 병에라도 걸려

죽을 지경이 되지 않는 한, 무슨 이유에든 매일 매일 계속하는 것을 중단해서는 안될 것입니다.

그러나 한 가지 예외가 있습니다. 이 계획을 실행해 나가고 있는 동안 당신의 휴가가 계획되어 있다면 당분간 중단하고 휴가를 떠나 마음껏 즐기십시오. 그리고 나서 휴가에서 돌아온 첫날 다시금 시작을 하는 것입니다.

당신은 이제 성공을 위한 첫번째의 위대한 두루마리를 읽게 될 것입니다. 이 두루마리에는 그 다음에 나오는 두루마리를 당신이 언제, 어떻게 읽어야 할 것인지에 대한 지시가 담겨져 있습니다. 그러니 이 계획을 시작하는 첫 월요일 전의 주말에 이 두루마리를 여러 번 읽도록 하십시오.

한 가지 주의할 일이 있습니다. 두루마리의 교훈이 평범하고 단순하다고 해서 그것을 가볍게 보아 넘겨서는 안됩니다. 평범하다는 것은 모든 성공의 가장 중요한 요소입니다. 〈K·I·S·S〉란 말을 기억하도록 하십시오. '간단하게 생각하라, 바보야!(Keep It Simple, Stupid!)'의 머리글자를 따온 말입니다.

이제 당신은 당신의 가장 큰 적인 당신의 나쁜 습관들을 어떻게 극복할 것인가에 관해 배우게 될 것입니다. 성공을 위한 첫번째 위대한 두루마리에는 그러한 나쁜 습관들을 제거할 수 있는 비법이 들어 있습니다. 그러니 천천히 읽어 나가십시오. 원한다면 손에 연필이나 볼펜을 든 채 읽어 나가면서 당신에게 가장 적절하고 의미가 있다고 느껴지는 부분에 밑줄을 쳐도 좋겠습니다.

그렇게 계속해 나가노라면 당신은 당신의 동행자가 있다는 것을 발견하게 될 것입니다. 다름 아닌 '나'입니다.

이 계획이 끝날 때까지 나는 당신과 함께할 것입니다.

❀ 첫번째 두루마리 ❀

오늘부터 나의 새로운 인생이 시작된다.

오늘 나는, 내가 그렇게 오랫동안 뒤집어쓰고 있던 낡은 껍질과 실패의 상흔도, 항상 당해 왔던 굴욕의 상처도 벗어 버렸다.

　오늘 나는, 새로 태어났다. 내가 태어난 곳은 모든 사람을 위한 열매가 주렁주렁 매달린 포도밭이다.

　오늘 나는, 그 가운데서 가장 크고도 무성한 포도나무에서 수천 년 전부터 나와 같은 직업을 가졌던 가장 현명했던 사람들이 심어 놓은 지혜의 송이들을 따 내린다.

　오늘 나는, 이 포도송이의 맛을 보게 되었고, 곳곳에 심어져 있는 성공의 씨를 삼킬 것이며, 새로운 나의 생은 나의 내부에서 솟구쳐 나올 것이다.

　내가 택한 이 직업에는 기회도 많이 있지만 쓰라림과, 실망과, 실패했던 사람들로 가득 차 있다.

　여기서 실패했던 사람들을 차곡차곡 쌓아 올린다면 그 그림자는 지상의 모든 피라밋을 덮어 버릴 것이다.

　그러나 나는 결코 다른 사람들처럼 실패하지 않을 것이다. 왜냐하면 어제까지만 해도 한낱 꿈에 지나지 않았지만, 이제 나는 손에 위험한 늪 가운데서 기슭을 찾을 수 있는 지도를 가졌기 때문이다.

　실패는 이제 나의 투쟁의 대가가 되지 않을 것이다. 자연이 나에게 고통만 참고 견디라고 만들지 않았던 것처럼 실패의 고통만이 내 인생의 전부도 또한 아닌 것이다.

　실패도 이제는 고통과 마찬가지로 내 인생과는 아무런 관계도 없는 것이다. 나는 과거에는 고통을 받아들이듯 실패도 받아들였다. 그러나 이제 나는 이것을 배척한다. 그리고 나는 나를 어둠 속으로부터 재산, 지위, 행복이라는 밝은 곳으로 헤쳐 나갈 수 있도록 해 줄 원칙과 지혜를 받아들일 준비가 되어 있는 것이다.

　지금까지는 허황된 망상에 지나지 않았던 헤스페리디즈 정원의 황금 사과까지도 이제는 노력 여하에 따라서는 가능한 것이다.

　세월은 영생하는 자의 모든 것을 가르쳐 주지만 나는 영생을 누릴 수 없다. 그러나 나에게 허락된 이 시간 안에서 만이라도 참을성을 배우자. 왜냐하면 자연은 결코 서두르지 않는 것이기 때문이다.

　모든 나무의 왕자인 올리브 나무를 만들자, 한백 년이 걸리더라도……,

양파는 단지 수 주일 못돼서 죽어 버린다. 나는 양파처럼 살아왔다. 과거에 만족할 수 없다. 나는 이제 나무 중의 왕인 올리브 나무가 되어야지. 즉 지상 최대의 상인이 되는 것이다.

어떻게 이것을 성취할 것인가? 나는 위대하게 될 수 있는 지식도 경험도 없을 뿐아니라 벌써 자멸의 함정 속에 빠져 무지 속을 허우적거리며 지내왔다. 대답은 간단하다. 나는 어떠한 불필요한 지식도, 무의미한 경험에서 오는 약점도 나의 길을 방해하지 못하게 하겠다.

자연은 이미 나에게 숲속의 그 어떤 짐승들보다도 훨씬 훌륭한 지식과 본능, 그리고 구변은 없지만 분별력이 있는 노인들로부터 충분히 인정받은 보람 있는 경험을 제공했다.

사실 경험을 얻는 데는 많은 시간을 빼앗기므로, 그 특별한 지혜를 얻는 데 시간이 많이 걸리면 걸릴수록 가치는 감소되는 법이다.

결국 사람은 죽어 버리고 만다. 더욱이 경험이란 정열에 비유된다.

오늘 성공적으로 할 수 있었던 행위도 내일이 되면 실행할 수 없게 되는 것이다.

그런데 지금 현재 상태대로의 나를 위대하게 만들어 줄 이 원칙들이 여기 이 두루마리에 적혀 있는 것이다.

또한 행복이란 마음의 만족 상태에 달려 있는 것이 아닐까? 수많은 현명한 사람들은 제 나름대로 성공을 정의할 것이다.

그러나 실패는 항상 다음과 같은 한 마디로 요약된다. 실패는 어쨌든 간에 그 인간이 생의 목표에 도달할 능력이 없다는 것을 나타내 주는 말이다.

실상 성공한 사람과 실패한 사람과의 차이는 단순히 그들 습관의 차이인 것이다.

좋은 습관은 모든 성공의 열쇠이다.

나쁜 습관이야말로 실패로 향하는 지름길이다.

그러므로 다른 모든 것보다 먼저, 나는 다음 법칙을 따라야 한다. 좋은 습관을 만들어내서 그것의 노예가 되자.

나는 어렸을 때는 감정의 노예였다. 그러나 어른이 된 지금의 나는 습관의 노예가 되었다. 나는 나의 걷잡을 수 없는 의지를 수년동안 축적하여 온 습관에 의해 구속당해 왔으며, 그러한 과거는 이미 나의 미래를 구속하기 위한 위협적인 존재가 되고 있는 것이다. 과거의 나의 행동은 욕구, 정열, 탐욕, 사랑, 공포, 환경, 습관에 의하여 지배되어 왔다.

그중에서도 가장 무서운 폭군은 습관이다. 그러므로 내가 어차피 습관의 노예가 되어야만 한다면 훌륭한 습관의 노예가 되게 하자!

나의 나쁜 습관은 기필코 없애 버리도록 하자! 그리고 좋은 씨를 뿌릴 수 있는 밭이랑을 일구자!

나는 좋은 습관을 형성하고 그들의 노예가 되리라.

그러면 이렇게 어려운 일을 어떻게 수행할 것인가?

이 두루마리에 적혀 있는 대로 할 것이다. 왜냐하면 여기에는 한장 한장 마다에 내 인생에서 나쁜 습관을 몰아내고 훌륭한 습관으로 바꿈으로써 성공의 길로 더 가까이 접근할 수 있는 비결이 적혀 있기 때문이다. 한 가지 습관이 또 다른 습관에 의해서만 없어질 수 있다는 것은, 또 다른 자연의 법칙인 것이다. 그러므로 나는 여기에 적혀 있는 대로 하기 위해서는 먼저 다음과 같은 새로운 습관을 길러 가야만 하겠다.

나는 다음 두루마리로 나아가기 전에 다음과 같은 방법으로써 각 장의 두루마리를 한 달간 읽을 것이다.

첫째로, 나는 매일 아침 기상과 동시에 소리내지 않고 그것을 읽을 것이다. 그리고 점심 식사 후에 다시 읽을 것이며, 끝으로 하루 일과가 끝난 후에는 가장 중요한 때인 만큼 이번에는 큰소리로 읽을 것이다.

다음 날도 계속 이렇게 할 것이며, 한 달 동안을 같은 방법으로 되풀이할 것이다. 그리고 나서 나는 그 다음 두루마리로 넘어가 같은 과정을 또 한 달 동안 되풀이할 것이다. 나는 이러한 방법으로써 모든 두루마리를 한 달간 계속해서 습관이 들게 할 계획이다.

그러면 이 습관으로써 무엇이 얻어지는가? 여기에 모든 인간의 성공의 비결이 숨어 있다. 내가 이 내용을 매일 반복함으로써 그것은 나의 행동의 일부분이 될 것이고, 또한 더 중요한 것은 내가 결코 꿈꿀 수 없었던 신비한 세계를 내 마음속에 심어 줄 것이다.

즉, 꿈을 심어 주고 내가 도저히 이해할 수 없는 것도 할 수 있도록 만들

것이다.

이 두루마리 속의 내용은 나에게 신비감을 불러일으켜 줌으로써, 나는 매일 아침 일찍이 느껴 보지 못했던 힘찬 생명력에 넘쳐 기상을 하게 될 것이다.

나의 생기는 증가되고 열정은 분수처럼 솟아올라 이전의 모든 근심은 깨끗이 사라지고 새로운 세상을 맞이할 욕망을 불러일으킬 이 투쟁과 비애에 가득 찬 세상을, 내가 이전에 가능하리라 예상했던 것보다 훨씬 행복하게 살아갈 수 있을 것이다.

결국 나의 모든 행동이 두루마리가 가르치는 대로 반응하게 될 것이고, 이런 작용과 반작용을 통하여 점점 하기 쉽게 되어갈 것이다. 모든 행동은 반복 실행함으로써 쉬워지게 마련이니까.

이리하여 새로 좋은 습관이 생기면 계속 반복함으로써 행동하기 쉽게 되어지고 즐겁게 되고, 즐거움을 느끼면 자주 하게 되는 것이다. 그것을 자주 실행함으로써 습관화가 되고 그것의 노예가 되는 것이다. 이 좋은 습관이야말로 나의 목표인 것이다.

나는 오늘부터 새로운 삶을 누리리라.

어느 무엇도 내 새로운 생의 성장을 방해하지 못하리라고 엄숙히 선언한다. 나는 결코 단 하루도 거르지 않으리라. 다른 무엇으로도 이를 보상하고 대체할 수가 없기 때문이다. 나는 매일 이 두루마리를 읽는 습관을 어겨서는 안되고 어기지도 않을 것이다. 사실 그 시간은 별로 오래 걸리는 것도 아니지만, 이는 내게 조만간 행복과 성공을 갖다 줄 것이다.

읽고 또 읽고 아무리 반복해 읽어도 그 간결하고 단순해 보이는 내용 때문에 이 두루마리의 가치가 결코 경감될 리도 없다.

수천 송이 포도가 모여서 한 항아리의 포도주가 되고 포도껍질이나 씨알맹이는 새들에게 주어지는 것이다. 오랜 세월 이뤄진 것은 이 포도의 지혜와도 같은 것이다. 단지 진실의 정수만이 전해 내려오는 것이므로 나는 한 방울도 흘리지 않고 지시된 대로 마시리라, 이 성공의 알맹이를……

오늘 나의 낡은 피부는 먼지가 되어 날아가 버렸다. 나는 사람들 중에서 행동하고 말할 것이다. 그들이 알건 모르건 상관할 바 아니다.

나는 오늘 새 사람이 되어 있고, 새로운 삶이 시작되는 것이다.

　자, 이제 더 계속해 나가기 전에 다시 위로 돌아가 성공을 위한 첫번째 위대한 두루마리를 다시 한 번 읽어 보십시오. 첫번째 두루마리의 가장 중요한 부분은 다음입니다. 나는 당신이 그곳에 밑줄을 쳐 두기를 바랍니다.
　'내가 이 내용을 매일 반복함으로써 그것은 나의 행동의 일부분이 될 것이고, 또한 더 중요한 것으로 그것은 내가 결코 꿈꿀 수 없었던 신비한 세계를 내 마음속에 심어 줄 것이다. 즉 꿈을 심어 주고 내가 도저히 이해할 수 없는 것을 하도록 만들 것이다.'
　이상의 말이 의미하는 바를 현대 용어로 말한다면, 당신은 당신 자신에 대한 '정신통제력'을 지니게 된다는 것입니다. 즉 당신은 당신의 잠재의식적인 정신 속에 새로운 계전기(繼電器)와 트랜지스터(증폭기)를 끼워 넣는 절차를 밟게 되며, 그 '통제 장치'가 신비스럽게도 당신의 많은 행동과 야망을 이끌어 나가게 된다는 사실입니다. 이러한 기술은 조금도 이상하거나 전위적인 것이 아닙니다.
　가장 뛰어난 성공의 표현이 되는 사람들은 대개가 여러 가지 상황에 대한 자신의 본능적인 반응이 자기 자신에게 최대한의 이익을 줄 수 있는 것이라 되도록 끊임없이 자기 자신을 '통제'해 왔던 것입니다. 예를 들어 봅시다. 아메리카 연합 보험회사 회장이며 다른 사람들을 지도, 상담함에 있어 세계에서 가장 뛰어난 전문가의 한 사람인 W. 클레멘 스톤 씨는 바로 이러한 기술을 자기 자신에게 사용하여 4억 달러(약 2,000억 원) 이상이 되는 개인 재산을 축적했던 것입니다.
　어쩌면 당신이 바라는 목표는 그렇게 높은 것이 아닐지도 모릅니다. 그러나 그렇다고 하더라도 일단 그것을 향해 뛰어 보도록 합시다.

3

스키 활강 경주는 환경에 대한, 그리고 시간에 대한 개개인의 전쟁입니다. 그 경주에서 패배한 사람을 보면 내가 언제나 고개를 가로저으며 동정심에 가득 차게 되는 승자와 패자들 사이의 기록이 시간적인 면에서 거의 차이가 없다는 이유에서입니다.

우승자의 기록은 1 : 37 : 22 입니다… 1분과 37초, 그리고 22 / 100 초입니다.

2위의 기록은 1 : 37 : 25 입니다… 1분과 37초, 그리고 25 / 100 초입니다.

이런 경우에 챔피언이 되는 것과 그저 또 한 사람의 참가자가 되는 것 사이의 차이는 3 / 100초에 지나지 않는 것입니다! 아무리 우리가 빨리 행동한다고 해도 그 시간에는 눈 한 번 깜박할 수도 없는 찰나입니다.

그렇다면 챔피언과 또 한 명의 참가자 사이의 진짜 차이는 무엇이었을까요? 행운의 여신이 미소를 지었던 것일까요? 어쩌면 그랬을는지도 모르지요. 하지만 아마도 그 챔피언은 다른 사람들보다 조금 더 열심히, 그리고 조금 더 오랫동안 연습을 했을 것입니다. 아마도 그 챔피언은 자신의 동작에서 좋지 않은 한 가지 습관을 제거하기 위해 당신이 하고 있는 이 계획 만큼이나 단조롭고 지루한 작업을 해내었을 것입니다. 그리하여 그는 한 번의 활강 경기에서 백 분의 몇 초를 줄일 수가 있었고 또 승리를 거둘 수가 있었을 것입니다.

자, 이제 다시 당신 이야기를 해 봅시다.

그 이야기를 시작하기에 앞서 당신에게 약간의, 아니면 많은 나쁜 습관들이 있다는 것을 우리가 모두 알고 있다는 점을 인정하도록 합시다. 그리고 또한 당신은 그 나쁜 습관들이 무엇인지를 정확히 알고 있다고 말입니다.

아마도 오늘 일을 내일로 미루는 버릇, 혹은 지나치게 무엇에 열중하는 버릇, 혹은 게으름을 떨거나 되는 대로 행동해 버리는 버릇, 혹은 화를 발끈 내거나 한 가지 일을 끝까지 하지 못하는 버릇 등이 있겠지요. 나는 이런 것들 이외에도 당신의 더 많은 나쁜 버릇들을 열거할 수 있다는 사실을 잘 알고 있습니다. 그리고 당신 또한 이러한 나쁜 습관들이 존재하는 한 당신이 크게 성공할 수 없다는 사실을 잘 알고 있을 것입니다.

나는 언제나 내가 가지고 있는 1달러짜리 지폐에 나와 있는 죠지 워싱턴을 사진의 모습대로 생각해 왔습니다. 하얗게 땋은 가발에 싸인 그의 얼굴은 침착하고도 자신감에 넘치며 자신을 통제하고 있는 전형적인 모습으로 보였습니다. 그러나 최근에 나는 죠지 워싱턴이 젊은 시절에는 불타는 듯한 붉은색 모발을 지니고 있었으며, 또한 거기에 어울리는 발끈하는 성미를 가지고 있었다는 기사를 읽게 되었고 그에 따라 이 위대한 인물에 대한 나의 인상은 크게 바뀌게 되었습니다.

죠지 와싱턴이 이와 같은 나쁜 버릇을 자기 통제라는 것으로 바꾸지 못했다면 그가 우리 미국의 첫번째 대통령이 되지 못했을 가능성은 대단히 큽니다. 그러나 그에게도 자신의 버릇을 고친다는 일은, 훈련도 받지 못한 민간인으로 구성이 된 군대를 이끌고 영국 죠지 왕의 정규군을 상대로 싸우는 일 이상으로 어려웠을 것입니다.

벤자민 프랭클린이라면 아마도 미국이 낳은 가장 위대하고 가장 많은 영향력을 발휘한 사람일 것입니다. 그는 문자 그대로 '팔방 미인'이었습니다. 그는 애국자요, 과학자요, 작가요, 외교관이요, 발명가요, 인쇄 기술자요, 철학자였습니다. 그는 혼자 힘으로 프랑스어, 스페인어, 이탈리아어, 그리고 라틴어를 공부했습니다. 만일 프랭클린의 탁월한 지도가 없었던들 미국은 어쩌면 영영 독립을 쟁취하지 못했을지도 모르는 일입니다.

그러나 그러한 벤자민 프랭클린에게 조차 나쁜 버릇은 있었습니다. 그리고 프랭클린은 보통의 우리들과는 달리 자신의 나쁜 습관을 제거하겠다는 굳은 결심을 했습니다. 발명가이기도 했던 프랭클린은 자신에게서 나쁜 습관들을 제거시킬 수 있는 〈마법의 처방〉을 만들어 내었습니다.

우선 프랭클린은 자신의 참된 성공을 위하여 필요하다고 믿는 13가지의 덕목을 열거해 보았습니다. 그것은 절제, 과묵, 질서, 결단, 검약, 근면, 성실, 정의, 중용, 청결, 침착, 순결, 그리고 겸손이었습니다.

자신의 전기에서 프랭클린은 자신이 그 마법의 처방을 어떻게 이용했는지를 설명하고 있습니다.

"내가 목적하는 바는 이러한 모든 덕성을 나의 습관으로 만드는 것이었다. 그러나 나는 이것들을 한꺼번에 모두 취하려 함으로써 주위를 산만하게 만드는 것은 좋지 않을 것이라고 판단을 내렸다. 그리하여 나는 한 번에 한 가지씩을 실행하여 그것이 완전히 나의 몸에 배게 되면 다음 것으로 나가고, 그렇게 하여 그 13가지가 모두 내 것이 될 때까지 계속하기로 했다."

프랭클린의 〈마법의 처방〉에는 또 한 가지 중요한 요소가 있습니다. 그는 피타고라스의 말대로 매일 자신의 행동을 반성해 볼 필요가 있다고 생각했던 것입니다. 그리하여 그는 처음으로 〈성공기록표〉를 고안해 냈습니다. 그는 이렇게 말하고 있습니다.

"나는 작은 책자를 한 권 만들어 각 페이지마다 열세 개의 덕성 중 한 개씩을 할당하였다. 그리고 그 페이지에 적당하게 칸을 나누어 매일매일 나의 행동을 반성하면서 그날 그 덕성에 위배되는 작은 실수를 했으면 그것을 검은 색의 점을 찍어 표기하기로 했다."

이 위대한 인물에게 과연 그 마법의 처방이 작용했을까?

판매직에 있는 사람들을 위한 자기 유도에 관한 불멸의 명저 『판매에 있어서 실패로부터 성공으로 오르는 비결』의 작가 프랭크 베트거(이 책은 프렌티스 헐 사에서 출판되었음)는 이렇게 말하고 있습니다.

"79세가 되기까지 벤자민 프랭클린은 자신의 평생에 일어났던 어떤 일보다 바로 이 문제에 대해서 더 많은 기록을 하였다. 그것은 무려 15페이지에 이르는데 그 이유는 그가 이 한 가지 일 때문에 자신의 모든 성공과 행복이 얻어졌다고 생각했기 때문이다."

프랭클린은 자신의 전기에 이렇게 기록하고 있습니다.

"그렇기에 나는 나의 후손들도 나의 예를 따라 그러한 성공과 행복을 거두어들일 수 있기를 바랍니다."

프랭크 베트거는 프랭클린의 예를 따랐습니다.

그는 그 〈마법의 처방〉을 응용하였고, 그러자 평범한 세일즈맨에 지나지 않았던 그는 미국내에서 가장 높은 액수의 생명 보험 계약고를 달성할 수가 있었던 것입니다.

그러면 그 마법의 처방이 당신에게도 작용을 할까요?

경험과 결과를 통해 말할 수 있는 사람에게 물어보도록 합시다. 우리가 이미 언급한 바가 있는 그 사람에게 물어보도록 합시다. 바로 W·클레멘트 스톤 씨입니다.

"많은 실패자들이 벤자민 프랭클린의 마법의 처방을 발견하고, 생각하고, 이해하고, 사용함으로써 결국 성공을 거두게 되었습니다. 당신도 그것을 사용할 수가 있습니다. 내가 아는 한, 벤자민 프랭클린의 마법의 처방에 담겨 있는 원칙을 매일 매일 시행하고 있는 사람치고 자신이 쟁취하고자 하는 목표를 향하여 전진해 나가는 데 실패한 사람은 한 사람도 없었습니다. 당신이 벤자민 프랭클린의 마법의 처방에 담겨 있는 원칙을 매일 매일 시행해 나간다면 틀림없이 한해 한해가 당신의 최고의 해가 될 것입니다."

시간적인 면에서 보면 『세계에서 제일 위대한 상인』이 예수 그리스도 당시에 있었던 열 개의 두루마리로부터 벤자민 프랭클린의 마법의 처방까지는, 그리고 오늘날 W·클레멘트 스톤 씨나 프랭크 베트거 씨와 같은 위대한 성취가들의 성공 비결까지에는 긴 세월의 흐름이 있었습니다. 그러나 세기가 변했다고는 해도 원칙만은 조금도 바뀌지 않은 것입니다.

〈마법의 처방〉이든 〈성공기록표〉든, 뭣이든 당신이 좋아하는 이름을 붙이도록 하십시오. 그것은 당신의 인생을 변화시킬 수 있는(당신이 기회를 주기만 하면 말입니다.) 한 가지의 입증이 된, 그리고 간단한 방법에 그 근본을 두고 있는 것입니다.

모든 것은 언제나 당신 자신에게 달려 있는 것이 아니겠습니까?

4

팔굽혀펴기.
 다음 번 두루마리로 들어가기 전에 그것에 관해 우리 잠시만 생각해 봅시다.
 지금 당장 당신이 마루에 엎드려서 팔굽혀펴기를 한다면 몇 번이나 할 수 있겠습니까? 여섯 번? 열 번? 열두 번? 일단 당신이 열 번을 할 수 있다고 가정합시다. 그러면 2주일쯤 기다렸다가 다시 한 번 해 보십시오. 이번에는 몇 번 이겠습니까? 아마 이번 역시 열 번일 것입니다.
 그러나 당신이 지금 열 번을 할 수 있는데 내일도 해 보고, 모래도 해 보고, 그 다음, 또 그 다음 날도 해 본다면 2주일 후에 당신은 몇 번의 팔굽혀펴기를 할 수 있게 될 것이라고 생각합니까? 아마 20개, 30개, 40개, 50개, 혹은 그 이상이 될 것입니다.
 왜냐구요? 왜냐하면 매일 매일의 연습을 통해 당신의 팔과 어깨의 근육이 더욱더 강해지기 때문입니다. 당신은 그 근육들이 날마다 조금 더 강한 자극에 견디낼 수 있도록 그 근육들을 조정해 나가는 것입니다. 그리고 매일 매일 증가하는 팔굽혀펴기의 횟수는 당신이 일정한 시간을 통하여 오늘은 전혀 불가능하게 느껴지는 것들을 성취할 수 있다는 한 가지 작은 예에 불과한 것입니다.
 당신은 참으로 자연의 가장 위대한 기적입니다. 그리고 당신이 당신의 어깨 근육에 적용하는 법칙은 또한 당신의 두 귀 사이에 있는 하나의 커다란, 그리고 위대한 뇌라고 불리우는 근육에도 적용이 되는 것입니다. 그리고 당신은 그 뇌로 하여금 이 순간에는 당신에게 불가능하다고 느껴지는 일들을 할 수 있도록 만들기 위한 첫걸음을 내딛는 것입니다.

자, 시작할 준비가 되어 있습니까?

그렇다면 좋습니다. 첫번째 두루마리에 나와 있는 법칙들을 다시 한 번 살펴봅시다. 이 계획이 시작되는 월요일, 당신이 기상을 해서 직장에 나가기 전에 당신은 이 장(章)의 맨 끝에 나와 있는 두 번째 두루마리를 읽어야 합니다. 그리고 정오를 전후하여 당신은 그것을 다시 한 번 읽어야 합니다. 그러니까 당신은 이 책을 가지고 가야만 하겠지요. 당신의 출근 가방에 책을 집어넣어 두던지, 아니면 당신의 차 안에 비치해 두도록 하십시오. 당신에게 차가 있다면 말입니다. 그리고 저녁나절이 되면 퇴근하기 전에 당신은 그것을 세 번째 읽어야 합니다. 그런데 이번에는 소리를 내어 크게 읽어야만 합니다. (이러한 행동은 이상스럽게 느껴질 수 있기 때문에 당신은 당신의 동료에게 미리 설명을 해 두어야 할지도 모릅니다. 하지만 당신의 동료들은 당신의 편이고 틀림없이 당신이 성공하기를 바랄 것입니다.)

당신은 그 두루마리를 읽어 나가면서 이 책 속에서 주간 〈성공기록표〉를 발견하게 될 것입니다. 모두 5주 동안이 계속됩니다. 그것은 당신이 첫번째 두루마리의 지시를 잘 지켜 나가도록 당신을 도와주기 위해 마련된 것입니다. 그것은 당신이 각 두루마리를 읽었는지를, 그것에 대해 생각을 했는지를, 그리고 5주 동안 당신이 그것에 따라 행동하였는지를 확인해 줄 것입니다.

이 〈성공기록표〉는 당신으로 하여금 좀더 쉽게 '매일 매일의 반성'을 할 수 있게 만들어 주기 위해 특별히 고안된 것입니다. 이러한 '매일 매일의 반성'은 벤자민 프랭클린의 말에 의하면 이와 같은 계획에는 절대적으로 필요한 것입니다.

당신의 첫째 날 작업이 끝나면 성공기록표를 펼치고 처음 시작하는 날짜를 기록하십시오. 그리고 정해진 칸에 당신이 그날 두루마리를 몇 번 읽었는지를 기록하십시오(나는 그 숫자가 항상 3이기를 바랍니다). 그리고 나서 마지막으로 복습 문구를 읽어 본 후, 당신이 그날 잠에서 깨어난 후 그 두루마리의 원칙에 따라 얼마나 잘 행동을 했는지를 곰곰이 생각해 보십시오. 잘 못했을 경우에는 점수 칸에 숫자 1을, 잘했을 경우에는 2를, 아주 잘했을 경우에는 3을, 그리고 뛰어나게 잘했을 경우에는 4를 기입하십시오. 그러나 이때에는 자기 자신에게 솔직해야 합니다.

거짓말을 해서는 안됩니다. 그렇게 숫자를 기록해 넣은 다음에는 횟수와 점수 칸에 있는 숫자를 합산하여 그 밑에 있는 합계난에 기록하십시오. 어느 날이든 당신이 얻어낼 수 있는 최대의 숫자는 7입니다. 바로 이 숫자가 당신의 그날, 혹은 그 주일의 노력과 발전을 보여 주는 척도입니다.

이런 식으로 금요일까지 계속한 후 당신이 1주일 동안 획득한 총점을 맨 밑의 총점난에 기록하십시오. 그리고 다음 주로 넘어가 똑같은 과정을 거치고, 그렇게 해서 5주일이 지나면 당신은 새로운 장(章)으로 들어가 새로운 두루마리를 대하게 되는 것입니다.

이 정도면 아주 쉬운 일이 아니겠습니까?

당신에게 한 가지 비밀을 알려 드리도록 하겠습니다. 이것은 너무나도 쉽고 간단한 일이기 때문에 당신과 함께 이 작업을 시작한 많은 사람들의 흥미를 잃게 할 것입니다. 그들은 작업을 포기하면서 값이 비싸거나 아주 복잡한 것이 아니면 대단히 귀한 것이 될 수가 없다고 생각하겠지요. 그러나 그렇게 해서 그들은 많은 팔굽혀펴기를 할 수 없게 되는 것이랍니다. 여하튼 우리 계획의 목적이 그러하니 우리는 그들이 떨어져 나감을 애석해 할 필요는 없습니다. 그들이야 항상 평범한 생활을 하면 그만이니까 말입니다.

이렇게 해서 몇 주가 지나가면 당신은 다른 사람들에 대한 당신의 태도나 다른 사람들이 당신을 대하는 태도가 모두 차츰 변하기 시작하는 것을 느끼게 될 것입니다. 당신은 사람들이 당신에게 "자네, 도대체 어떻게 된 건가?"라든가 혹은 "이건 예전의 홍길동이가 아닌 걸!"하는 따위의 말을 듣게 되기 시작할 것입니다.

그런 현상이 나타나기 시작하면 당신은 그 두루마리가 뜻하는 바를 알게 될 것이며, 당신의 일인 성공기록표가 효과를 발휘하기 시작하는 것이며, 당신의 잠재의식 속에는 이미 새로운 성격의 흔적이 새겨지기 시작한 것입니다. 그리고 그러한 새로운 성격은 당신의 생활 속에 점점 더 또렷하게 나타날 것이며, 당신은 위대한 미래를 향해 줄달음질을 치게 될 것입니다.

자, 오늘이 바로 그 일을 시작하는 월요일입니다!

당신의 인생에 더없이 중요한 이 하루를 시작하면서 나는 당신에게 다음의 한 마디만은 반드시 기억하라고 부탁하고 싶습니다.
'성공을 하고야 말겠다는 결심이 충분히 강하다면, 우리는 결코 실패를 당하지 않을 것이다.'

❋ 두 번째 두루마리 ❋

나는 사랑이 충만한 마음으로 오늘을 맞이하리라.
왜냐하면 사랑이야말로 모든 난관을 이기고 성공할 수 있는 가장 위대한 능력이기 때문이다.
무력은 방패를 깨뜨리고 생명을 죽게 할 수 있지만, 이 눈에 보이지 않는 사랑의 힘이야말로 인간의 마음을 열어 줄 수 있는 유일한 힘이다. 내가 이 기술을 습득할 때까지 나는 한낱 시장에 있는 거지에 불과할 것이다.
사랑은 나의 훌륭한 무기이며, 그 누구도 그 힘에 대항하지 못할 것이다.
나의 이론에 그들은 반론을 전개할지도 모르며, 내 말을 그들은 불신할지도 모르며, 내 호소를 그들은 인정치 않을지도 모르며, 내 얼굴을 그들은 외면할지도 모른다. 그리하여 그들은 내 상품조차 의심할지도 모르는 일이다.
그러나 나의 사랑은 마치 저 태양이 얼어붙은 땅을 녹이듯이 그들의 마음을 따뜻하게 녹여 줄 것이다.
나는 사랑이 충만한 마음으로 오늘을 맞이하리라!
그렇다면 어떻게 마음속에 사랑이 충만하도록 만들 수 있을 것인가? 이제부터 나는 모든 것을 사랑의 눈으로 볼 것이다. 나는 오늘 새로 태어난 것이 아닌가? 내 몸을 따뜻하게 해 주는 저 태양을 사랑하리라. 또한 나의 마음을 깨끗하게 씻어 주는 비를 사랑하리라. 나의 앞길을 밝혀 주는 빛을 사랑하리라. 또한 나의 마음을 넓혀 주는 행복을 사랑하리라. 또한 나의 영혼의 세계를 열어 주는 슬픔을 사랑하리라. 나의 의무를 다하게 해 주는 지혜를 사랑하리라. 또한 나의 도전에 봉착되는 수많은 난관들을 나는 환영하리라.
나는 사랑이 충만한 마음으로 오늘을 맞이하리라!
그렇다면 나는 어떻게 말할 것인가?

나는 큰소리로 나의 적을 칭찬함으로써 그들을 나의 친구로 만들리라. 나는 친구들을 격려함으로써 나의 형제로 만들리라.

나는 항상 다른 사람을 칭찬할 수 있는 방법을 모색하리라. 결코 변명을 꼬치꼬치 따져 묻지 않으리라. 내가 다른 사람을 칭찬하려고 할 때에는 지붕 위에 올라가 큰소리로 외치리라.

새, 바람, 바다, 이 모든 피조물들은 그들의 창조주를 찬양하기 위해서 노래를 부르고 있지 않는가?

나도 창조주의 어린 창조물들을 위하여 또 노래를 부르리라.

이제부터 나는 이 비결을 깊이 간직하고 나의 인생을 전환하리라.

나는 사랑이 충만한 마음으로 오늘을 맞이하리라!

그러면 어떻게 행동을 할 것인가?

나는 사람들이 가지고 있는 각자의 장점을, 비록 감추어져 있는 것까지도 사랑하리라.

사랑으로 나는 그들의 마음속에 높다랗게 쌓아 올린 의혹의 담을 녹아 내리게 하리라.

그리고 나의 사랑이 그들 영혼으로 통하게 하는 다리를 가설하리라.

나는 나를 고무시켜 주는 욕망을 사랑하리라. 나를 일깨워 주는 실패를 사랑하리라. 왕 또한 인간에 지나지 않으니 그들을 사랑하리라. 나약한 인간도 신성한 것이니 그들마저 사랑하리라. 그들이 외로우므로 나는 부자들을 사랑하리라.

나는 가난한 사람이 너무 많으므로 그들을 사랑하리라. 그들이 품은 믿음 때문에 젊은이를 사랑하리라. 그들이 지니고 있는 지혜가 많으므로 노인을 사랑하리라.

나는 슬픈 눈동자를 하고 있으므로 미인을 사랑하리라. 영혼에 평안을 가지고 있으므로 나는 못난 사람들을 사랑하리라.

나는 사랑이 충만한 마음으로 오늘을 맞이하리라!

또한 다른 사람의 행위에 대해서는 어떻게 처신을 해야 할 것인가? 사랑은 또한 어떠한 증오의 화살이나 분노의 창도 막아서 나를 보호해 주는 방패인 것이다.

역경과 좌절은 나의 새로운 방패에 맞아 부드러운 비가 되어 떨어지리라.
사랑은 내가 실망했을 때 고무시켜 주고, 또한 내가 열광했을 때 침착하게 해 줄 것이다. 이 방패는 날이 갈수록 튼튼해져서 언젠가는 이것을 버리고도 모든 사람들 속으로 걸을 수 있게 되고 그때의 내 명성은 피라밋보다도 더 높아져 있으리라.

나는 사랑이 충만한 마음으로 오늘을 맞이하리라!

그렇다면 나에게 대항하는 사람에게는 어떻게 대할 것인가?

오직 한 가지 방법이 있을 뿐이다. 침묵 속에서, 마음속에서 나는 당신을 사랑한다고 말하리라.

비록, 소리내어 말하지는 않았다 하더라도 나의 마음은 내 눈동자 속에서 반짝이고 내 눈썹 위에서 꿈틀거릴 것이며 내 입가에서 미소를 짓고 내 목소리에 메아리칠 것이다. 그러면 그의 마음은 활짝 열릴 것이다.

그의 마음이 나의 사랑을 느끼게 될 때, 나의 상품을 사지 않겠다고 말할 자 그 누가 있을 것인가?

나는 사랑이 충만한 마음으로 오늘을 맞이하리라!

무엇보다 중요한 것은, 내 자신을 사랑하리라. 모든 것을 열심으로 탐구할 때, 그것이야말로 나의 몸과 마음과 영혼, 가슴속으로 파고 들어가는 것이다.

결코 나의 육신의 걱정에만 탐닉하지 않으리라. 나의 몸 속에 정결함과 중용을 간직하리라.

내 마음속에 결코 악과 실망을 심지 않으며, 늙은이의 지식과 지혜로 가득 채우리라.

나는 결코 내 마음을 좁거나 냉정하게 만들지 않을 것이며, 오히려 나눠 가짐으로써 성장하고 온 우주를 따뜻하게 하리라.

나는 오늘 사랑이 충만한 마음으로 오늘을 맞이하리라!

이제부터 나는 모든 인간을 사랑하리라.

미워할 시간이 없으므로 이제부터 모든 증오는 나의 혈관으로부터 사라지고 다만 사랑만이 가득 차리라. 이 순간부터 나는 모든 사람 중의 사람이 되기 위하여 첫 발을 내디딘다. 사랑을 가짐으로써 나의 판매고는 백 배로 증가되고 훌륭한 상인이 될 것이다. 내가 다른 아무런 재능이 없더라도 오직 사랑만으로 성공할 수 있으리라.

　사랑이 없이는, 내가 비록 이 세상의 모든 지식과 기술을 통달할지라도 나는 실패할 것이다.

　나는 사랑이 충만한 마음으로 오늘을 맞이하리라. 그리고 나는 성공하리라.

5

아직도 계속하고 있습니까?
 주위를 한 번 살펴보십시오. 당신과 함께 시작했던 사람들이 대부분 이제 포기를 해 버렸을 것입니다. 벌써 포기를 해 버린 사람들도 최소한 한 가지 이상은 성공기록표를 계속해 나갈 수 없는 구실을 만들어 냈겠지요. 하지만 그들은 모두가 과거에도 몇 번이나 그러한 구실을 부쳐 무엇인가를 해 보겠다던 자신의 결심을 포기한 경력이 있는 사람들이랍니다. 이미 내가 당신에게 말한 바 있지만 그들은 허위적 형태의 불타는 야망을 소유하고 있는 사람들이랍니다. 항상 말만 할뿐 실제로 행동은 전혀 없는 그런 사람들인 것입니다.
 물론 당신이 그들에 대해 안되었다는 생각을 그만두게 될 때쯤이면 당신은 문득 그들이 그렇게 함으로써 당신은 더욱 쉽게 되었다는 사실을 깨닫게 될 것입니다. 경쟁자가 줄어들었다는 뜻입니다. 윌리엄 단포드는 자수성가를 위한 그의 명저『나는 너에게 도전한다』에서 모든 인간 중 95퍼센트가 자신의 사용되고 있지 않은 능력을 이끌어낼 결단력이 결여되어 있다고 말하고 있습니다. 그리하여 이 대다수의 사람들은 평생토록 평범한 인간이라는 굴레를 벗어나지 못한 채 자신들의 불운과 행운의 여신이 미소를 지어 주지 않은 것을 탄식하게 되는 것입니다. 그 반면 이 용감한 5퍼센트의 소수인들은 지도자라는 그들의 위치를 지켜 나가게 되는 것입니다. 윌리엄 단포드는 경쟁에서 이겨 남은 소수의 용기 있는 사람들에게 이렇게 말하고 있습니다.(그 중에는 물론 당신도 포함되어 있어야 하겠지요.)
 "이제 당신은 현재 직업을 지키고만 있어야 할 시기는 지나갔습니다. 이제부터 당신은 어떻게 당신의 직업을 지킬 것인지로 걱정을 하지 않을 것입니다. 그런 걱정은 당신 위에 있는 사람에게 던져 버리십시오. 그로 하여금 어떻게 자신의 자리를 지켜 나갈지 걱정하도록 만드는 것입니다. 오늘부터는 방어만 하는 것은 잘못된 일입니다. 당신은 공격을 취하기 위해 필요한 조치를 취해야 합니다. 당신의 눈을 당신의 약한 곳이 아니라 당신의 강한 곳으로 돌리십시오. 오늘 이후로는, 당신은 아침에 잠에서 깨어나면 왜, 어떤 일들을 할 수 없는지 그 이유를 생각하는 것이 아니라, 어떻게 그 일들을 할 것인지 그 방법을 생각하게 될 것입니다."

자, 앞으로 5주 동안 당신은 매일 아침 잠을 깨면 세 번째 두루마리를 읽고 그 안에 담긴 원칙들을 배우게 될 것입니다.

❈ 세 번째 두루마리 ❈

나는 성공할 때까지 투쟁하리라!

오리엔트 산의 억센 황소 두 마리가 이와 같은 방법으로 투우장에서 시험되어졌다.

즉, 투우사가 두 마리의 황소를 끌고 나와서 창으로 찌른다.

그들 황소의 용감성은 창에 찔리우면서도 계속해서 덤버드는 횟수에 비례하여 입증되는 것이다.

이제부터 나는 내일의 생활도 이와 똑같은 방법으로 입증될 것이다.

계속 투쟁하고, 계속 노력하고, 계속 앞으로 나아간다면 성공할 것이다.

나는 성공할 때까지 투쟁하리라!

나는 패배하기 위해서 이 세상에 보내지지는 않았으며, 나의 혈관은 패망의 길로 치닫지는 않을 것이다. 나는 목자에 의하여 이끌리는 양이 아니다. 나는 사자다. 양과 같이 말하고, 걷고 잠자는 것조차도 싫다. 나는 불평하면서 눈물을 내는 자들의 울음 소리를 듣지 않으리라. 그들의 병은 전염되는 것이기 때문이다. 그러한 자들은 양과 더불어 잠을 자도록하라.

패배하여 도살장으로 끌려가는 것이 나의 운명이 아니다.

나는 성공할 때까지 투쟁하련다.

인생의 보람이란 출발점 가까이에 있는 것이 아니고 모든 행로의 끝에 있는 것이다.

얼마나 많이 걸어야 그 목표에 도달할 것인가 하는 것은 알 수 없는 노릇이다. 수천 보를 걸어도 실패할지 모른다. 그러나 성공은 다음 모퉁이를 돌아서면 바로 있을지도 모르는 일이다. 내가 얼마나 더 걸어야 성공할 것인가 하는 것은 다음 모퉁이를 돌지 않으면 알 수 없는 것이다.

나는 항상 앞으로 한걸음 한걸음 나아갈 것이다. 한 걸음에 성공치 못하면 또다시 한 걸음을, 그리고 또 한 걸음을 나아갈 것이다.

사실, 한번에 한 걸음씩 나아가는 것은 그렇게 어려운 일이 아니다.

나는 성공할 때까지 투쟁하리라!

이제부터 하루의 노력은 마치 거대한 참나무를 쓰러뜨리기 위해 일격을 가하는데 지나지 않는다고 생각하리라. 첫번째 일격은 그 거대한 참나무에 미동도 주지 못할 것이며, 각각의 일격은 그 자체에 경미한 영향밖에는 미치지 못하는 것이다. 그러나 이 무모한 일격으로 인해 결국은 그 큰 나무를 쓰러뜨리고 마는 것이다.

그러니 그것이 오늘의 나의 임무가 될 것이다.

나는 한 방울의 비가 큰 산을 씻어 내리듯, 작은 개미가 호랑이를 먹어치우듯, 작은 별빛이 모여서 지상을 밝히듯, 노예가 피라밋을 세우는 것과도 같다고 말할 수 있으리라.

나는 조그마한 나의 이러한 시도를 반복함으로써 공고한 하나의 콘크리트 성을 지을 것이다.

나는 성공할 때까지 투쟁하리라!

나는 결코 실패를 생각지 않으리라!

나는 다음과 같은 말과 구절을 용납하지 않으리라!

즉, 포기나 불가능, 무기력, 불로소득, 회피, 의혹, 실패, 암담, 퇴보······ 이런 것들은 어리석은 자들이 쓰는 말인 것이다.

나는 실망을 부정하겠지만, 만약 이 마음의 병이 나를 괴롭히더라도 과감히 계속 일해 나갈 것이다.

나는 노력하고 참으리라. 나는 나의 발 밑에 있는 장애물들에 구애받지 않고 나의 시선은 항상 저 최정상에 있는 나의 목표를 볼 것이다.
 나는 황량한 사막이 끝나는 곳에 오아시스가 있다는 사실을 굳게 믿고서 성공할 때까지 투쟁하리라.
 나는 옛날부터 내려오는 중용의 이치를 명심하고, 그것을 위하여 최선을 다하리라. 나는 실패를 통해서 수식을 얻어내어 다음 계획을 성공적으로 이끌어 나가는 방법으로 사용하면서 계속 투쟁하리라. 내가 대하게 되는 수많은 찡그린 얼굴들은 웃음이 가까이 다가왔다는 사실을 말해 주는 것이다. 내가 마주치는 수많은 불행은 내일에 행운의 씨앗을 가져올 것이다. 밤이 있어야 낮이 있는 법이다.
 나는 한번 성공하기 위해서는 많은 실패를 해야만 한다.
 나는 성공할 때까지 투쟁하리라!
 나는 노력하고, 노력하고, 또 노력하리라!
 모든 장애물을 나는 내 목표에 대한 우회로로, 또 내 직업에 대한 도전으로 생각하리라.
 나는 투쟁함으로써, 잠수부가 거센 파도 속에서 기술을 단련시키듯이 기술을 습득하리라.
 나는 성공할 때까지 투쟁하리라!
 이제부터 나는 나의 직업에 훌륭했던 사람들의 비결들을 배워서 적용하리라.
 나는 하루의 일과가 끝나면, 실패나 성공과는 상관없이 다음에는 하나라도 더 많이 팔도록 노력하리라. 나의 지친 몸이 향수에 젖어들게 된다면 이 유혹을 물리치게 위해서 투쟁하리라. 그리고 다시 노력하리라. 나는 성공에 더 가까이 접근할 수 있도록 또 다른 시도를 하고 실패할 경우에는 또 다시 하리라.
 단 하루라도 실패로 끝나게 하지는 않으리라.
 나는 내일의 성공을 거두기 위한 씨를 심을 것이며, 이미 수많은 사람들이 거둘 수 없었던 막대한 수확을 거두어 들일 것이다.
 다른 사람들이 투쟁을 중단할 때 나는 시작할 것이고, 그러면 나의 수확은 더욱 늘어날 것이다.

나는 성공할 때까지 투쟁하리라!
나는 결코 어제의 성공에 만족하여 오늘의 평온을 찾지 않을 것이다. 이것이야말로 실패의 근원이 되기 때문이다.
나는 지난날에 있었던 일은 그것이 좋건 나쁘건 간에 다 잊어버리고 오늘 하루야말로 내 인생에 가장 보람 있는 하루가 될 것이라는 신념을 가지고 새날을 맞이할 것이다.
생명이 있는 한 나는 투쟁하리라.
이제 나는 성공할 수 있는 훌륭한 원칙을 알고 있으므로 얼마나 오래 투쟁하느냐 하는 데에 따라 승리는 판가름 날 것이다.
나는 투쟁하리라!
나는 성공하리라!

6

 어떻습니까? 이게 쉬운 일이 아닌가요?
 이 정도까지 계속했다면 당신은 이미 각 두루마리를 하루에 세 번씩 읽는 습관을 갖게 되었을 것입니다. 전혀 어려울 것이 없습니다. 당신이 10주 전에 팔굽혀펴기를 시작했다고 하면 지금쯤 팔굽혀펴기 백 번쯤은 별로 어려움 없이 할 수 있게 되었을 것이나 마찬가지입니다. 10주가 가져다 주는 변화란 참으로 놀라운 것이 아니겠습니까?
 그리고 매일 매일 성공기록표에 기록을 하는 일……, 그것 역시 쉬운 일이지요. 그렇지 않습니까? 너무나 쉽고 간단한 일이라서 너무 바쁘다거나 혹은 너무 피곤하다는 핑계로 그것을 하지 않을 수는 없을 것입니다.
 그러나 그저 첫번째 두루마리와 두 번째 두루마리를 각각 5주간씩 하루에 세 번씩 읽고 그 내용을 당신의 잠재의식 속에 기억시키는 것만으로도 당신이 이미 무엇인가를 이루었다는 것을 당신은 알고 있습니까?
 당신은 이미 당신의 주위 사람들과 좀더 원만하게 의사 소통을시키고 있습니다. 당신은 이미 어느 곳에서든 불화를 해소시켰습니다. 그리고 과거에라면 한두 번 실패를 하면 당신은 어깨를 축 늘어뜨리고 집을 향해 갔을 테지만 이제는 계속 시도를 하고, 또 다시 시도를 할 만큼 당신은 당신의 배짱을 두둑히 해 놓았습니다.
 이제 당신의 성격은 좀더 개방적이 되었으며, 당신은 좀더 다정다감한 사람이 되었습니다. 당신은 예전보다 쉽사리 친구를 만들 수 있게 되었습니다. 또한 당신은 판매를 하거나 책임을 완수할 때까지 그 일에 집착할 수 있는 법을 알게 되었습니다. 이 계획을 시작하기 전에는 생각조차 못했던 일을 당신은 할 수 있게 된 것입니다. 더욱이 판매를 하거나 책임을 완수하는 일이 당신에게는 점점 더 쉬운 일이 되어 가고 있습니다. 당신은 예전보다 더 친근감을 주고, 호감을 주는 사람이 되었기 때문입니다. 따라서 사실 당신은 예전 만큼 인내심을 발휘할 필요도 없습니다. 당신이 읽어나가고 있는 두루마리들은 모든 덕성이 그러하듯 서로 별개의 것이 아니라 긴밀하게 연결되어 있는 것입니다. 따라서 당신이 한 가지 면에서 향상하면 모든 면이 향상되는 것입니다. 한 가지 나쁜 습관이 사라지게 되면 다음의 것은 더욱 쉽게 극복될 수 있는 것입니다.

나는 당신에게 당신이 자연의 기적이라고 말했습니다. 이제 나는 그것을 네 번째 두루마리에서 증명해 보이려고 합니다.

❧ 네 번째 두루마리 ❧

나는 자연의 위대한 창조물이다!

유사 이래 마음이나, 가슴이나, 눈이나, 귀, 손과 머리와 입이 나와 꼭 같은 사람은 없었다.

나와 똑같이 걷고, 말하고, 움직이고, 생각한 사람은 이전에도 없었고, 현재에도 없으며, 그리고 앞으로도 또한 없을 것이다. 세상의 모든 사람은 나의 형제다. 그러나 나는 그들 누구와도 다르다. 나는 유일한 창조물이다.

나는 자연의 위대한 창조물이다!

비록 나도 한 마리의 동물에 지나지 않지만 동물 취급을 받고 만족하지는 않겠다. 나의 마음속에는 옛부터 그 누구에게서도 볼 수 없었던 불꽃이 타오르고, 그 불빛은 현재의 나보다 더 좋게 되도록 끝없이 나를 자극해 왔고, 나는 또한 그렇게 될 것이다. 나는 이 불만스러운 불을 계속 부채질하여 내 자신이 세상에서 유일한 존재라는 것을 보여 주겠다.

그 누구도 나의 그림 솜씨를 꼭 닮을 수는 없으며, 그 누구도 나의 손재주와 꼭 같을 수는 없으며, 그 누구도 나의 필체를 흉내낼 수도 없고, 또한 그 누구도 나와 꼭같은 판매 능력을 가진 사람은 있을 수 없다.

이제부터 나는 나의 이러한 개성을 더욱 뚜렷이 나타내련다. 왜냐하면 이것이야말로 앞으로 훌륭하게 전진할 수 있는 밑천이 되겠기 때문이다.
 나는 자연의 위대한 창조물이다!
 다른 사람을 모방하는 헛된 시도는 결코 되풀이 않으리라. 대신 나는 나의 독특함을 시장에서 나타내겠다. 나는 이 독특함을 공표하고, 그것을 사람들에게 팔겠다.
 나는 다른 사람과 유사한 것을 감추고 특수성을 강조하겠다. 또한 나는 이러한 원칙을 내가 팔려고 하는 상품에 적용하겠다. 다른 사람들과 다른 상인과 상품, 또한 나는 이러한 특수성을 자랑한다.
 나는 자연의 유일한 창조물이다.
 나는 희귀하다.
 그리고 모든 희귀한 것은 값이 있는 법이다.
 그러므로 나는 값있는 존재다.
 나는 수천만 년의 진화 끝에 태어난 존재인 것이다. 그러므로 나는 지난 모든 왕국의 현명한 황제들보다도 훨씬 훌륭한 정신과 육체를 소유하고 있다.
 그러나 나의 기술, 나의 정신, 나의 마음, 그리고 육체는 가만히 놓아 두면 침체되고, 썩고, 죽고 말 것이다.
 나는 무한한 가능성을 지니고 있다.
 내가 지니고 있는 단지 얼마 안되는 두뇌와 보잘것없는 육체이지만 지난날보다는 몇백 배의 성공을 가져올 것이며, 오늘 나는 그것을 착수하는 것이다.
 나는 결코 어제의 성취에 만족하지도 도취하지도 않으며, 또한 자만하지도 않으리라. 왜냐하면 그것은 사실 너무나도 작은 것이기 때문이다.
 나는 내가 했던 것보다도 훨씬 더 많이 이룩할 수가 있다. 왜냐하면 나를 탄생시키기 위한 기적이 나의 출생과 더불어 끝나야 할 이유가 없기 때문이다. 그러니 어째서 나는 그 기적을 오늘의 나의 행동에 확대시킬 수 없다는 말인가?
 나는 자연의 위대한 창조물이다!
 나는 이 세상에서 우연히 태어난 것이 아니다. 나는 이 세상에 목적을 가지고 태어났고, 그 목적은 한 알의 모래알처럼 위축되지 않고 산처럼 커져야 한다.

　이제부터 나의 모든 노력을 다하여 가장 높은 산이 되게 하고, 나의 가능성을 무한정 확장시키련다.

　나는 인류와 내 자신, 그리고 내 상품에 대한 지식을 높임으로써 나의 판매량을 증대시키리라.

　나는 나의 상품을 팔기 위하여 말하는 솜씨를 단련하고, 실천하고, 개선하리라. 왜냐하면 이것이야말로 나의 경력을 쌓는 원천이 되며, 수많은 사람들의 방대한 재산과 성공은 오로지 타고난 천부적인 언변을 통하여 얻어질 수가 있었기 때문이다.

　또한 나는 나의 태도나 품위를 향상시키기 위한 방법을 끝없이 모색 하리라.

　왜냐하면 이것은 모든 사람을 달콤하게 매혹시킬 수 있는 사탕이기 때문이다.

　나는 자연의 위대한 창조물이다!

　나의 정력은 나에게 도전해 오는 그 어떤 것이라도 타개해 나가게 할 것이며, 나의 행동은 모든 것을 잊게 할 것이다.

　나의 가정 문제는 가정에 남겨 두리라.

　나는 시장에서는 결코 나의 가족 생각은 하지 않으리라. 이것은 나의 머리를 무겁게 하기 때문이다.

　또한 시장에서의 문제는 어디까지나 시장에 남겨 두리라.

　집에 있을 때 직업에 관한 생각을 하게 되면 이로 말미암아 나의 사랑의 감정이 약화될 것이기 때문이다.

　시장에서 나의 가족을 생각할 여가는 없고, 또 집에서 역시 시장을 생각할 여가는 없다. 각각 서로를 분리함으로써 둘을 병행시켜 살아갈 수 있는 것이다. 이렇게 계속 분리되어야만 하리라.

　그렇지 않으면 멸망하리라.

　이것이야말로 노인네들이 말하는 역설인 것이다.

　나는 자연의 위대한 창조물이다!

나는 보기 위한 눈과 생각할 수 있는 마음을 가지고 있다.
 나는 마침내 생에 대한 위대한 비밀을 깨달았다.
 즉, 나는 문제점들인 실망이나 상실 따위는, 실상은 그 뒤쪽에 절호의 기회가 감추어져 있다는 사실을 깨닫게 된 것이다.
 나는 이미 그들이 입고 있는 옷을 보고 사람을 평가하는 바보는 아니다.
 나에게는 사물을 분간하는 눈이 있다.
 나는 옷 속에 감추어져 있는 것을 놓치지 않고 볼 수 있으리라.
 나는 자연의 위대한 창조물이다!
 짐승, 식물, 바람, 비, 바위, 호수, 그 어느 것도 나와 똑같은 시작을 갖지는 못했다. 나는 사랑을 가지고 잉태되었고, 목적을 가지고 태어났다. 과거에는 나는 이런 사실을 생각하지 않았으나 앞으로는 그것이 나의 생을 형성하고 안내하게 될 것이다.
 나는 자연의 위대한 창조물이다!
 자연은 실패를 모른다. 따라서 자연은 성공하며 나 또한 그러하리라.
 또한 개개의 성공은 다음의 투쟁을 더욱 용이하게 해 줄 것이다.
 나는 성공할 것이며 지상 최대의 상인이 될 것이다. 왜냐하면 나는 세상에서 유일한 존재이기 때문이다.
 나는 자연의 위대한 창조물이다!

7

 자, 이제 15주가 지나갔습니다.
 나의 훌륭한 친구여, 당신은 오랫동안을 잘 따라와 주었습니다.
 당신이 하루에 세 번씩 각 두루마리를 읽어 왔다면, 당신이 매일 저녁이면 잠시 동안 시간을 내어 그날에 있었던 당신의 행동을 반성해 왔다면 —— 그렇다면 당신이 예전과는 다른 사람이라는 사실은 의심할 바가 없습니다. 그리고 당신 주위에 있는 모든 사람 역시 변한 것처럼 느껴지니 —— 이상한 일이 아닙니까?
 당신에게 도대체 무슨 일이 일어났는지를 이해하는 데 아마 다음의 오랜 전설이 도움이 될 것입니다.
 옛날에 한 퀘이커 교도가 마을의 우물가에서 그곳을 지나가는 지친 여행자들을 맞으며 서 있었습니다. 그는 "이곳의 사람들은 어떻게 살고 있습니까?" 하고 묻는 사람이 있으면, "당신이 마지막으로 지나온 곳의 사람들은 어떻게 살고 있습디까?"하고 반문을 하였습니다.
 만일 여행자가 그가 지나온 마을의 주민들이 밝고 명랑하며, 온화하고 재미있게 살더라고 대답을 하면, 그 퀘이커 교도는 나지막한 목소리로 그 여행자에게 이곳의 사람들도 역시 그러하다는 것을 알게 될 것이라고 말했습니다.
 그러나 만일 여행자가 그가 지나온 마을의 사람들이 흉칙하며, 싸움을 좋아하고, 성미는 고약하더라고 말을 하면 그 퀘이커 교도는 슬픈 표정으로 고개를 가로저으며 "안되었소만 당신은 이곳 사람들 역시 그렇다는 것을 알게 될 것이오"라고 대답을 하곤 했습니다.
 당신은 이제 아주 재미있는 5주일간을 지내게 될 것입니다. 다른 어떤 두루마리보다도 더 그러할 것임을 나는 약속할 수가 있습니다. 당신이 다섯 번째 두루마리에 적혀 있는 지시에 따라 생활해 나가기 시작함에 있어 당신은 낯선 사람들이나, 친구들이나, 적이나 할 것 없이 모든 사람의 주목을 받게 될 것입니다.

헨리 반다이크는 일부 사람들이 죽는다는 것을 너무나도 두려워하여 결코 삶을 시작하지도 못한다는 말을 한 적이 있습니다. 다음 5주 동안 당신은 잠에서 깨어나면서 매일 매일 그날이 지상에서 보내는 마지막 날이 될 것이라고 상상을 해야 합니다. 그리고 당신은 거기에 따라 행동을 해야 합니다.

믿음이 없고 용기가 모자라는 사람들이라면 오늘이 그들의 마지막 날이라는 것을 알게 되면 한구석에 쭈그리고 앉아 일어나지도 못할 것입니다. 그러나 당신은 지금까지 계속 당신의 성공기록표 작성을 계속해 왔기 때문에 나는 당신이 믿음과 용기로 가득 차 있음을 조금도 의심하지 않습니다.

앞으로의 5주 동안 당신에게 다른 사람들, 특히 당신의 회사 내에서 서열상 당신의 위에 있는 사람들이 당신에게 어떻게 반응을 보이는지에 대해 당신은 추가로 기록을 해 두고 싶어하게 될지도 모릅니다. 당신이 당신의 성격을 변형시키는 데에 있어 이미 성취한 것에 추가하여 이번의 5주 동안에는 아마도 상사들과의 충돌이 생길 것입니다. 그러나 그러한 충돌은 아주 재미있는 방향으로 변해 나갈 것입니다. 승진이나 봉급 인상과 같은 방향으로 말입니다.

자 그러니 이 중요한 다섯 번째의 두루마리를 시작하도록 합시다.

❦ 다섯 번째 두루마리 ❦

나는 마치 최후의 순간이 찾아온 것처럼 오늘을 살아가리라!

내 인생에 있어서 가장 중요한 최후의 순간이 오면 나는 무엇을 할 것인가? 먼저 나는 나의 생명의 그릇에서 한 방울의 물방울도 모래 위에 떨어지지 않게 봉할 것이다.

나는 지난날의 불행, 패배, 쓰라림을 슬퍼하며 단 한 순간이라도 허비하지 않을 것이다.

　나쁜 것이 왔다고 무엇 때문에 좋은 것을 버려야 한단 말인가?
　모래 시계 속에서 모래가 위로 흘러 올라갈 수 있을까?
　해가 진 곳에서 다시 뜨고, 뜬 곳에서 다시 지게 할 수가 있을까?
　지난날의 잘못을 없애고 그것을 바로 고칠 수 있단 말인가?
　내가 어제보다 더 젊어질 수가 있을까?
　지난날의 상처를 다시 완전하게 낫게 할 수 있을까?
　이미 범해 버린 죄악을 다시 불러서 그때의 고통을 씻어 버릴 수 있을까?
　아니다, 지난날은 영원히 묻혀 버렸다. 나는 이제 더 이상 생각하지 않으리라.
　나는 마치 최후의 순간이 찾아온 것처럼 오늘을 살아가리라!
　그렇다면 나는 무엇을 할 것인가?
　어제도 잊고 또한 내일도 생각하지 않으리라. 왜 확실치도 않은 내일을 위하여 현재 이 시간을 허비한단 말인가?
　미래는 현재를 앞설 수는 없는 것이 아닌가.
　하루에 해는 두 번 뜨지 않는다.
　오늘 이 길을 따라가지 않는다면 어떻게 내일을 영위할 수 있단 말인가.
　오늘 나의 지갑 속에, 미래에 벌 돈을 간직할 수는 없는 것이다.
　미래에 태어날 어린이가 현재 태어날 수 있는가?
　미래의 죽음의 그림자가 오늘의 즐거움을 덮어 버릴 수 있을까?
　내가 전혀 알지도 못하는 사건에 대하여 걱정을 할 수 있을까?
　반드시 일어날른지도 모르는 문제를 가지고 내 자신을 괴롭힐 수 있단 말일까?
　아니다! 미래는 과거와 마찬가지로 묻혀 있다. 나는 다시 더 이상 미래에 관해서도 생각하지 않으리라!
　나는 마치 최후의 순간이 다가온 것처럼 오늘을 살아가리라!
　이 순간만이 내가 가지고 있는 전부이고, 이 시간이야말로 나에게는 영원처럼 긴 시간인 것이다.
　나는 오늘의 태양을 죽음에서 구제된 죄수와 같은 기쁨을 가지고 소리지르며 맞이하리라!
 나는 이 오늘이라는 무한히 귀중한 선물을, 두 손을 들어 진심으로 환영한다.
 또한 과거에 있었던 모든 사람들이 이제는 이미 존재하지 않는다고 생각하니 내게 부여된 오늘을 감사하는 마음에 가슴이 부푼다.
 나야말로 정말 행운아이며, 지금 이 시간은 나에게 덤으로 주어진 시간이다.
 왜 나에게 이러한 여분의 시간을 허락해 주는 것일까?
 나보다 훨씬 훌륭한 사람들도 이미 모두 떠나가 버리지 않았는가?
 나는 아직 노력하고 있는데 벌써 그들은 목적을 성취했단 말인가?
 이것은 현재 나보다 훌륭한 인간이 될 수 있는 또 다른 한 기회가 아닌가?
 거기에는 자연이 부과한 또 다른 어떤 목적이 있는 것일까?
 이것은, 나를 특출하게 만들 수 있는 시간이 아닌가?
 나는 마치 최후의 순간이 찾아온 것처럼 오늘을 살아가리라!
 나는 단지 하나의 생명을 가졌을 뿐, 삶이란 단지 시간의 길고 짧음 이외의 아무것도 아닌 것이다.
 내가 한 시간을 허비한다면 나는 다른 시간도 파괴하게 되는 것이다.
 만약 내가 오늘을 허비한다면 나의 생의 마지막 장을 파괴하게 된다.
 그러므로 매일 매일의 시간이야말로 다시 돌아올 수 없는 것이므로 소중히 간직하여야 할 것이다.
 내일이면 이미 지나가 버릴 오늘의 이 시간을 내일 사용하겠다고 저장해 둘 수는 없다.
 누가 시간을 잡을 수 있단 말인가?
 나는 오늘의 일순간이라도 두 손으로 사랑을 가지고 꼭 붙잡을 것이다.
 왜냐하면 이것이야말로 무한한 값어치가 있기 때문이다.
 죽어가는 사람이 그의 모든 재물을 기꺼이 내놓는다고 하더라도, 순간이나마 삶을 더 연장시킬 수 있는 시간을 어떻게 얻을 수 있단 말인가?
 시간보다 중요한 것이 어디에 있을까?
 정말 시간은 가장 값진 것이다.

나는 마치 최후의 순간이 다가온 것처럼 살아가리라!
나는 격분함으로써 시간을 낭비하지는 않으리라.
나는 행동함으로써 지연을 사라지게 만들리라.
나는 신념으로써 의심을 극복하리라.
나는 확신으로써 공포를 없애리라.
허황된 말을 듣지도 않으리라.
게으른 사람들이 있는 곳에서 꾸물거리지 않으리라.
게으른 친구를 만나지 않으리라.
나는 내가 게으른 자들을 찾는 것이 내가 사랑하는 사람들에게서 양식과 의복과 따뜻함을 훔치는 것임을 이제 알게 되었다.
나는 도적이 아니다.
나는 사랑을 가진 인간이다.
그리고 오늘이야말로 나의 사랑의 위대함을 증명할 마지막 기회이다.
나는 마치 최후의 순간이 다가온 것처럼 오늘을 살아가리라!
오늘의 나의 임무는 오늘 완수해야 한다. 나는 아직 나의 아이들이 어린 오늘에 그들을 사랑해야 한다.
내일이면 그들은 가 버릴 것이고, 나 또한 갈 것이다.
나는 오늘 나의 부인에게 따뜻한 키스를 하리라. 내일이면 그녀도 가 버리고 또한 나도 갈 것이다.
오늘 나는 어려운 친구를 도우리라.
내일이면 그는 나에게 도움을 요청하지 않게 될지도 모르는 일이고, 나도 그의 요청을 들을 수가 없게 될지도 모르는 일이다.
오늘 나는 모든 희생을 바치리라.
내일이면 나는 아무것도 줄 것이 없어질지도 모른다. 또한 구할 사람도 없어질지도 모른다.
나는 마치 최후의 순간이 찾아온 것처럼 오늘을 살아가리라.
나의 최후의 순간인 이상, 이것은 가장 중요한 순간인 것이다.
오늘이 내 생애에 있어 가장 훌륭한 날이 되게 하리라. 오늘의 시간을 최대한 활용하리라.

나는 단 한 시간, 단 1분이라도 가장 값있는 것을 살 수 있는 시간으로 하겠다. 전보다도 더 열심히 일하고 몸이 피곤해 쓰러질 때까지 박차고 나가리라.

그리고 또다시 계속하자.

전보다 훨씬 더 많이 방문을 할 것이며, 전보다도 훨씬 더 많은 상품을 팔 것이다. 또 전보다도 더 많은 돈을 벌 것이다. 오늘의 순간이 지난날보다 훨씬 더 유익이 되게 하리라.

나의 최후를 위하여 나의 최선을 다 해야만 하리라.

최후의 순간이 찾아온 것처럼 오늘을 살아가리라. 그리고 만약 오늘이 내 최후의 날이 아니었음을 알게 되면 나는 무릎을 꿇고 앉아 감사를 드리리라.

8

당신은 우울해질 때가 있습니까?
물론 그럴 것입니다. 어디 동굴 속으로라도 기어 들어가 그저 이 세상으로부터 사라져 버리고 싶기만 한 날들이 있을 것입니다. 그럴 때는 모든 것이 당신 손만 닿으면 물거품으로 변해 버리는 듯합니다. 아무리 해도 이길 수가 없을 것 같습니다. 아무리 해도 판매할 수가 없을 것 같습니다. 무슨 일이든 아무런 의미가 없는 것 같습니다. 그렇지요?
그러나 그러고 나면 무엇을 해도 잘못이 생기지 않는 그런 날들도 있는 법입니다. 잠에서 깨어난 그 순간부터 당신은 장미빛 안경을 끼고 모든 순간 순간을 즐기게 됩니다. 판매요? 임무 완수? 무엇 하나 실패가 없습니다. 모든 것이 당신 마음대로 척척 이루어지고 있는 것입니다.
무엇 때문에 우리의 감정은 이렇게 변화하는 것일까요? 우리는 그 해답을 모릅니다. 그러나 몇 년전 나는 다행스럽게도 피츠버그 대학 내에 있는 주기(週期)연구 재단의 장인 에드워드 R. 듀이 교수와 함께 일을 할 수 있는 기회를 갖게 되었습니다. 우리는『주기, 사건을 발생시키는 그 신비한 힘』이라는 제목의 책을 공저(共著)로 내놓았습니다(그 책은 호손북스 사에서 출판되었습니다.)
우리가 그 책에서 다루었던 여러 가지 주기 중의 하나가 인간의 감정 주기였습니다. 여러 해 전에 펜실바니아 대학의 렉스 허세이 교수는 어떤 과학적 연구를 한 적이 있었습니다. 그 교수가 얻어낸 결론은 인간의 감정 주기는 대체로 5주 가량이 지속된다는 것이었습니다. 정상적인 인간의 감정이 의기양양한 상태를 느끼는 기간을 거쳐(허세이 교수에 의하면 근심을 느끼는 상태는 가장 파괴적인 감정 상태라고 합니다.) 근심을 느끼는 상태에까지

하강하였다가 다시금 두 번째의 의기양양한 상태의 기간에까지 도달하는 데에 보통 소요되는 기간이 5주일이라는 것입니다.

5주일! 당신의 감정 주기는 그것보다 길 수도, 짧을 수도 있을 것입니다. 그러나 어쨌든 당신의 기분이 좋은 기간에 있는지 나쁜 기간에 있는지를 안다는 것은 필요한 일이라는 것에 당신도 동의를 할 것이라고 생각합니다. 이와 같은 당신 자신에 대한 중요한 비밀을 알 수 있는 간단한 방법이 여기에 있습니다.

아래의 것과 비슷한 도표를 하나 직접 만들어 보십시오 :

	월	
		1 2 3 4 5 ················· 30
의기양양한 기분	+3	
행복한 기분	+2	
유쾌한 기분	+1	
보통 기분	0	
유쾌하지 못한 기분	−1	
혐오스럽거나 슬픈 기분	−2	
걱정스럽거나 무기력한 기분	−3	

매일 저녁마다 그날 대체적인 당신의 기분이 어떠했는지를 확인해 보는 시간을 가지십시오. 그리고 그날 당신의 기분에 적합한 표현이라고 느껴지는 칸에 점을 찍도록 하십시오. 그리고 하루하루가 지남에 따라 그 점들을 연결해 보십시오.

오래지 않아 당신은 어떠한 형태가 이루어지는 것을 보게 될 것입니다. 이것이 바로 당신의 자연적인 기분의 리듬입니다. 그리고 그것은 대부분의 경우에 있어 지속이 될 것입니다. 몇 개월만 지나게 되면 당신은 당신의 다음

번 '상승기'가 언제 올 것이며 언제쯤이면 당신의 다음 번 '하강기'에 대비한 마음의 준비를 갖추어야 할 것인지를 놀라울 정도로 정확하게 알 수 있게 될 것입니다. 이러한 지식이 있으면, 이렇게 당신의 앞으로의 행동을 예언할 수 있는 능력을 갖추게 되면, 당신은 당신의 행복한 기분에 적합하도록 할 수 있는 능력을 갖게 됩니다.

당신이 의기양양한 주기를 지나고 있을 때면 당신은 성급한 약속이나, 불가능한 언질이나, 잘못 판단한 구매를 하기에 앞서 다시 한 번 생각을 하게 될 것입니다. 또한 당신은 아무것도 잘되는 법이 없는 불운한 시기에도 잘 견디낼 수 있게 될 것입니 다. 왜냐하면 이제 당신은, 그러한 시기가 곧 지나 갈 것임을 알고 있기 때문입니다.

여섯 번째의 두루마리는 당신에게 또 한 가지 중요한 사실을 상기시켜 줄 것입니다. 그것은 당신의 손님이나, 고객이나, 상급자나, 배우자 역시 그러한 감정의 주기를 갖고 있다는 사실입니다. 당신은 기분이 좋은 상태에 있을 수도 있습니다. 그러나 당신의 상대방이 기분이 나쁜 상태에 있다면 당신의 일은 어려울 것이 분명합니다. 그러나 이것으로 용기가 꺾여서는 안됩니다. 며칠이 지나면 그 사람은 다시 기분이 좋아져서 당신과 당신의 제안을 아주 쉽게 받아들일 것이니까요.

자, 이제 당신은 당신에게도 기분이 있다는 것을 알게 되었습니다. 그러나 기분이 나쁜 시기가 온다고 해서 그저 집 안에만 처박혀 있을 수는 없습니다. 그러면 우리의 기분이 처져 있을 때에도 생산적인 상태를 유지하려면 과연 어떻게 해야 할까요?

오랜 세월 동안 인간은 자신의 생각이 자신의 행동을 통제한다고 믿었습니다. 그렇게 믿어져 내려오던 중에 윌리엄 제임스라는 위대한 심리학자가 나타났습니다. 그는 "당신의 행동은 당신의 생각과, 당신의 기분을 통제할 수 있다."고 말했습니다. 즉, 다시 말해서 만일 당신이 행복한 듯이 행동을 한다면 행복하게 느낄 것이며, 황홀한 듯이 행동을 한다면 황홀하게 느낄 것이며, 건강하게 행동을 한다면 건강하게 느낄 것이라는 말입니다. 그것을 '정신지배'라고, 혹은 무엇이든 원하는 대로 불러도 좋습니다. 그러나 한 가지 당신에게 확실히 말하고 싶은 것은 그것이 진짜 효과를 나타낸다는 점입니다. 그러나 세상의 대부분 세일즈맨이나 기타 사람들은 그러한 비밀을 전혀 모르고 있는 것입니다. 그러나 이제 당신은 여섯 번째 두루마리 속에 있는 것을 배우게 됨에 따라 매일 매일을 굉장한 날로 만들 수 있을 것입니다.

❧ 여섯 번째 두루마리 ❧

나는 이제부터 내 감정의 지배자가 되리라!
조수는 밀려 왔다 밀려 나간다.
겨울이 가면 여름이 온다.
여름이 지나면 추워진다.
해는 뜨면 또 진다. 달은 차면 이지러진다.
철새는 찾아왔다가는 떠난다.
꽃은 피고 시들어 버린다.
씨앗은 싹이 트고 수확을 거두어 들인다.
모든 자연물은 조화를 가지고 변화하며 나도 또한 자연의 일부분이다.
그러므로 조수와 같이 나의 기분이 격앙되기도 하고 침체되기도 한다.
이제 나는 나의 감정의 지배자가 되리라!
자연의 조화로서, 자신도 거의 인식하지 못하는 사이에 나는 어제와는 다른 기분을 가지고 새날을 맞게 된다.
어제의 즐거움은 오늘의 슬픔이 되고 또한 오늘의 슬픔은 내일의 즐거움으로 되는 것이다.
사실 내 마음은 슬픔과 기쁨, 환희와 우울, 행복과 낙망이 끝없이 반복되는 하나의 수레바퀴이다.
꽃과도 같이. 오늘 즐거움이 충만하게 되었다가는 시들고 말라 사라지는 것이다. 그러나 오늘 죽어 버리는 씨앗을 가져오는 것이다.
나는 이제부터 내 감정의 지배자가 되리라!
그러면 하루하루를 생산적인 날들이 되게 하기 위해서 나는 북받쳐 오르는 수많은 감정을 어떻게 지배할 것인가?

나의 기분이 매일 좋지 않다면 실패하고 말 것이다.

나무와 풀은 날씨에 좌우되어 성장하지만 나는 내 자신의 기후를 조정할 수 있고, 그것을 다른 사람들에게 전한다.

내가 만약 비, 우울, 암흑, 염증을 나의 고객들에게 안겨 준다면 그들도 또한 나에게 비와 우울과 암흑과 염증으로 대할 것이며, 물건을 사려고 하지 않을 것이다.

만약 기쁨, 열성, 광명과 웃음을 나의 고객들에게 안겨 준다면 그들 또한 기쁨, 열성, 광명, 웃음으로 나를 대해 줄 것이고, 이 기후는 많은 수확을 거둘 것이고, 나의 창고는 곡물로 가득 찰 것이다.

나는 이제부터 내 감정의 지배자가 되리라!

행복스러운, 생산적인 나날이 되기 위해서 나는 어떻게 나의 감정을 지배할 것인가?

나는 옛 사람들의 비결을 배우리라.

약한 자란, 그의 생각이 그의 행동을 조종하고 있는 사람이다.

반면에 강한 자란, 그의 생각을 조종하기 위하여 과감하게 행동하는 사람이다.

나날의 생활을 통하여 슬픔과 자책, 실패감에 사로잡히기 전에 나는 이러한 전투 계획에 따라서 행동하겠다.

만약 내가 울적해지면 나는 노래를 부르리라.

만약 슬픔을 느낀다면 웃으리라.

만약 아픔을 느낀다면 두 배의 일을 하리라.

만약 공포를 느낀다면 나는 과감하게 앞으로 나아가리라.

만약 열등감을 느낀다면 새 옷을 입으리라.

만약 의심이 생긴다면 큰소리로 외치리라.

만약 가난함을 느낀다면 나는 재산이 들어올 것이라고 생각하리라.

만약 무능함을 느낀다면 지난날의 성공을 회상하리라.

만약 삶이 무의미하게 느껴진다면 나의 목표를 기억하리라.

나는 이제부터 내 감정의 지배자가 되리라!

이제부터 능력이 부족한 사람만이 항상 최선을 다할 수 있다는 것을 알았으므로 나는 결코 열등감을 갖지 않으리라.

수많은 날을 끊임없이 나를 괴롭히는 폭력과 싸워야만 한다.

절망과 비애 같은 것은 인식되지만, 웃음과 우정의 손을 내밀며 접근해 오는 그들도 또한 나를 파멸시킬 것이다.

그들에 대해서는 역시 가만두지 않으리라.

만약 내가 너무 확신을 가질 때는 지난날의 실패를 회상하리라.

만약 내가 포식을 할 때에는 지난날의 굶주림을 생각하리라.

만약 내가 평온함을 느낄 때는 지난날의 투쟁을 기억하리라.

만약 내가 훌륭하다는 생각이 들 때는 지난날의 굴욕감을 생각하리라.

만약 내가 모든 것을 할 수 있다고 느낄 때는 그래도 바람의 방향을 역행시킬 수는 없다고 생각하리라.

만약 내가 많은 재산을 얻는다면, 나는 가난한 사람을 생각하리라.

만약 너무 자만심이 생길 때면 나는 내가 약했던 순간을 기억하리라.

만약 내가 능란한 기술자가 되었다고 생각될 때는 나는 하늘의 별을 쳐다보리라.

나는 이제부터 내 감정의 지배자가 되리라!

이러한 새로운 지식으로써 나는 내가 방문하는 모든 사람의 기분을 이해하고 인정할 것이다.

나는 그들이 자신의 마음을 조종하는 비결을 모르므로 화를 내고 격분한다는 것을 알기 때문에 그들을 너그럽게 이해하리라.

나는 내일이면 그들이 마음을 바꾸어 기쁨에 접근할 수 있게 된다는 것을 알고 있으므로 그들의 비난과 모욕을 참을 수가 있다.

한번 만난 사람을 단순하게 판단하지 않으리라. 오늘 증오감을 가지고 만났던 사람은 반드시 내일 다시 방문하리라.

오늘은 비록 그가 한 푼이라고 해도 황금마차를 사지 않았지만, 내일이면 그의 마음이 변해 한 그루의 나무를 그의 대저택과 바꿀지도 모르는 일이다.

나의 이러한 비결은 많은 재산을 벌 수 있는 열쇠가 될 것이다.

나는 이제부터 내 감정의 지배자가 되리라!

이제부터 나는 모든 사람과 내 마음속의 감정의 신비감을 이해하고 공감을 느끼리라.

이 순간부터 나는 매일 만나는 어떤 사람이라도 조종할 수 있는 준비가 되어 있다.

나는 적극적인 행동으로 나의 감정을 억제하며 그렇게 되면 나의 운명을 조종할 수 있으리라.

나는 오늘 나의 숙명을 바꾸리라.

나의 숙명은 이 세상 최대의 상인이 되는 것이다.

나는 내 감정의 지배자가 되리라!

위대한 인간이 되리라!

9

어디든 사람이 많이 지나 다니는 길모퉁이에 서서 오가는 사람들의 얼굴을 한 번 살펴보십시오.

미소를 짓고 있는 사람이 얼마나 될까요? 그저 기쁜 듯, 혹은 행복한 듯이라도 보이는 사람이 얼마나 될까요? 세상은 눈먼 개미처럼 이곳에서 저곳으로 움직거리는 찡그린 표정의 로보트들로 가득 찬 세계가 되어 가고 있습니다. 표현이 이상하다면 당신이 적당한 표현을 생각해 보십시오. 아무튼 나는 미소나 웃음에 대한 통계 자료가 있었으면 하는 생각입니다. 어떠한 날이건 일어나서부터 다시 잠이 들 때까지 결코 웃거나 미소조차 짓는 법이 없는 사람들이 도대체 우리들 중에 몇 퍼센트나 되는지를 알고 싶기 때문입니다.

필요치도 않은 세상의 고민들을 혼자 어깨에 지고 비틀거리면서 찡그림으로 주름살을 더해 가는 우리는, 과연 어리석은 존재가 아닐까요? 우리의 울적한 기분은 우리를 죽게까지도 만들고 있습니다. 포드햄 대학의 제임스 월쉬 박사는 이렇게 말하고 있습니다.

"웃을 줄 아는 사람들은 웃지 않는 사람들보다 오래 산다. 건강이 실제로 웃는 양에 따라 변화한다는 것을 알고 있는 사람은 거의 없다."

우리는 어떻게 웃는지를 잊어버렸을 뿐만이 아니라 웃는 것이 얼마나 중요한 것인지도 잊어버린 것입니다. 그것을 알고 있었던 우리의 선조들은 그렇기 때문에 식사시에 농담을 주고 받아 웃었으며, 그 웃음으로 소화에 도움을 주었던 것입니다.

『세계에서 제일 위대한 상인』이 출판된 이후, 내가 받은 편지들 중 어느 것보다도 당신이 이제 읽게 될 일곱 번째의 두루마리에 관한 편지가 가장 많은 것으로 미루어 볼 때 세상에는 웃지 않는 사람들이 셀 수 없이 많은 것이 분명합니다.

새미 데이비드에게 성공의 정의가 무엇이냐는 질문이 던져진 일이 있었습니다. 나는 아마 그의 대답을 결코 잊지 못할 것입니다.

"나는 성공이 무엇인지는 모릅니다. 그러나 나는 실패가 무엇인지를 알고 있습니다. 실패는 모든 사람을 즐겁게 하려고 하는 것입니다."

당신이 모든 사람을 즐겁게 하려 하고 있다면, 당신이 다른 사람들, 그리고 당신 자신을 보고 웃는 법을 잊어버렸다면, 이제 농담을 하는 법을 배울 시기가 되었습니다. 이제는 당신이나 다른 사람을 너무 심각하게 생각하지 마십시오. 당신은 자연의 기적입니다. 그러나 그것이 당신이 음울한 성격의 인물이 되기 위하여 세상에 보내졌다는 의미는 아닙니다. 이제 당신은 그것을 일곱 번째의 두루마리 속에서 발견하게 될 것입니다.

❦ 일곱 번째 두루마리 ❦

나는 웃으면서 이 세상을 살아가리라!

사람만이 웃을 수 있는 유일한 동물이다. 나무들은 상처를 입으면 수액이 흘러나오고, 야생동물들은 고통과 굶주림에 울부짖는다. 그러나 단지 나에게만은 언제든지 내가 원할 때 웃을 수 있는 천성이 주어져 있다. 이제부터 나는 웃는 습관을 기르자.

웃음으로써 소화가 잘 될 것이다.

또한 한바탕의 웃음이, 나를 억누르고 있던 무거운 짐을 가볍게 해 줄 것이다. 나는 웃음으로써 나의 생명을 연장할 수 있을 것이다. 웃음이야말로 장수의 비결이라는 것을 나는 이제야 깨달은 것이다.

나는 이 세상을 웃으면서 살아가리라!

무엇보다도 내 자신이 너무 심각하다고 생각될 때 웃으리라. 이 때처럼 인간이 우습게 보일 때도 없는 것이다. 또한 결코 내 마음을 우울하게 만들지도 않으리라. 비록 내가 이 세상의 위대한 창조물이긴 하지만 한때 꿈틀거리다가 사라지는 한 알의 씨앗에 불과하지 않은가?

지금 일몰 직전에 무엇이 일어났는가 하는 것은, 수천 년의 세월의 흐름 속에서는 무의미한 것이 아닐까?

오늘 나의 근심 걱정은 10년이 지난 후에는 어리석은 것이 되지 않겠는가? 무엇 때문에 오늘 일어난 사소한 일로 괴로워해야 한단 말인가?

나는 웃으면서 이 세상을 살아가리라!

그러나 어떻게 나를 울리고, 저주하고 싶도록 미운 사람과 그런 행동에 대해서도 웃을 수 있을 것인가?

나는 화가 잔뜩 났을 때, 이 한 마디의 말이 즉각 나올 수 있도록 훈련을 쌓으리라. 즉, 옛날부터 내려온 이 말은 나의 모든 역경을 극복하고 나의 생에 균형을 유지하게 해 줄 것이다.

"세월은 쉬지 않고 흐른다. 모든 것은 세월 따라 흘러가고, 이것 또한 시간이 해결하리라."

나는 웃으면서 이 세상을 살아가리라!

결국 세상의 모든 것은 지나가 버릴 것이다. 내 마음이 몹시 아파도 언젠가는 그 아픔이 지나가 버릴 것이라고 나 자신을 위안하리라. 내가 성공에 들떠 있을 때, 이것도 언젠가는 지나가 버릴 거라고 마음을 가다듬으리라. 가난에 얽매었을 때도 이것 또한 언젠가는 지나가 버릴 것이라고, 많은 재산을 모았을 때도 이것 또한 언젠가는 지나가 버릴 것이라고, 내 자신에게 타이르리라. 정말로 그렇다. 피라밋을 쌓아올리던 그들은 지금 어디에 있는가? 그들 또한 그 돌 속에 묻히지 않았는가? 언젠가는 저 피라밋도 모래 속에 묻히고 말 게 아닌가? 모든 것이 언젠가는 사라져 버리고 말 것인데, 무엇 때문에 오늘이라는 하루에 이렇게 신경을 쓸 필요가 있을까?

나는 웃으면서 이 세상을 살아가리라!

나는 하루를 웃음으로 채색하리라.

나는 이 밤을 노래하리라.

나는 앞날의 행복을 위하여 노력하지도 않을 것이니, 차라리 슬퍼할 시간도 없이 바쁘게 땀을 흘리리라.

나는 오늘의 행복을 오늘 즐기리라. 행복이란 곡식처럼 상자에 보관해 둘 수도 없고, 또한 포도주처럼 항아리에 보관해 둘 수도 없으며, 내일을 위하여 비축해 둘 수도 또한 없는 것이다. 그것은 오늘 뿌려져서 오늘 거두어 들여져야 하며, 나는 그렇게 할 것이다. 이제부터, 나는 웃으면서 이 세상을 살아가리라!

　나의 웃음은, 모든 것의 크기를 적당하게 축소시킬 것이다. 나는 웃음으로써, 나의 실패를 새로운 꿈의 구름 속으로 사라지게 할 것이다. 나는 웃음으로써, 나의 성공을 그 진정한 값어치 만큼으로 축소시킬 것이다. 나는 웃음으로써, 죄악을 맛보지 않으리라. 나는 웃음으로써, 선을 피워 번성하게 하리라. 매일 매일의 성공은 내가 웃음으로써 다른 이를 웃기는 것이며, 이것은 나 자신을 위한 것이다. 내가 다른 이를 울상으로 만들면 누가 나의 상품을 사 갈 것인가?

　나는 웃으면서 이 세상을 살아가리라!

　이제부터 나는 땀방울만을 흘리리라. 슬픔, 가책, 좌절, 이러한 것이 시장에서 무슨 소용이 있으리오? 하나하나의 웃음은 돈을 벌고, 내 마음속에서 우러나오는 한 마디 말은 성을 쌓을 수 있는 것이다. 결코 내 자신이 중요거나 현명하고 뛰어나고 영향력이 있다고 자만치 않을 것이며, 어떻게 하면 이 세상을 웃으면서 살아갈까 하는 것만을 명심하리라.

　이렇게 하여 나는 항상 어린아이가 되리라. 왜냐하면 나는 어린아이와같이 다른 사람을 존경하는 마음을 가졌기 때문이다. 내가 다른 사람을 존경하는 마음을 가지는 한, 결코 분수에 넘치는 일은 하지 않게 될 것이기 때문이다.

　나는 이 세상을 웃으면서 살아가리라!

　내가 웃을 수 있는 한, 나는 결코 가난하지가 않다. 웃음이야말로 가장 위대한 자연의 선물이며 나는 결코 웃음을 아끼지 않으리라. 웃음과 행복이야말로 나를 진실로 성공할 수 있도록 만드는 것이다. 웃음과 행복이야말로 내 노력의 성과를 즐길 수 있게 한다. 그렇지 않으면 실패를 한 것이리라. 왜냐하면 행복이란 음식의 미각을 돋구어 주는 포도주이기 때문이다.

　성공을 즐기기 위해서는 행복과 웃음이 곁들여져야만 하는 것이다.

　나는 행복하게 될 것이다.

　나는 성공하게 될 것이다.

　나는 일찍이 없었던 지상 최대의 상인이 되리라.

10

정말 여지껏 잘해 왔습니다. 당신은 대단히 훌륭합니다!
나는 당신이 자랑스럽습니다.
나는 당신이 너무나도 자랑스러워서 이제 당신에게 세상에서 가장 위대한 비밀을 알려 주려고 합니다. 당신 회사의 사장은 그 비밀을 알고 있습니다. 자신의 분야에서 정상에 올랐던 사람들은 모두 그 비밀을 알고 있습니다. 사실 그것은 비밀이라고 할 수도 없는 것이겠지요. 성공을 한 사람들은 항상 그것을 큰소리로 말하고 있으니까요. 하지만 귀를 기울여 듣는 사람은 하나도 없단 말입니다!
당신도 마찬가지입니다.
그러니 이제 당신은 주의를 기울여 보십시오.
세계에서 가장 위대한 비밀이란 다름이 아니라 '당신이 평범한 사람들보다 조금만, 아주 조금만 더 나으면 당신은 성공을 하게 된다'는 것입니다.
그것을 다시 한 번 읽도록 하십시오. 마음속에 깊이 새겨 결코 잊혀지지 않도록 하십시오.
우리는 평범한 세상과 평범한 사람들 속에서 살고 있습니다. 내가 말하지 않아도 신은 그것을 알고 있습니다. 고장이 잦은 자동차를 생각해 보십시오. 그저 눈에 띄지 않을 정도로 대강대강 조립을 했기 때문입니다. 그리고 당신이 산 새집의 부실 공사에 대해서 생각해 보십시오. 단추구멍이 없는 와이셔츠, 열 여섯 페이지나 빠져 있는 잡지…….
금세기의 가장 유능한 사업가 중의 한 사람인 H·브라우어 씨는 그 모든 것을 꼬집어 이렇게 말하고 있습니다.

"우리는 평범한 것으로 가득 찬 시대에, 얼간이들의 시대에, 그리고 일을 해도 마무리를 짓지 않는 시대에 살고 있다. 모든 사람들이 어떻게든 교묘히 책임을 회피하려고만 하고 있는 것이다. 이 세상은 세탁소를 경영하면서도 다림질을 하지 않으려 하는 세탁부들로, 서비스를 하지 않으려 하는 웨이터들로, 불러도 불러도 오지 않는 목수들로, 생각은 늘 골프장에 가 있는 사업가들로, 학생들의 성적의 향상에는 관심이 없고 봉급의 인상만을 생각하는 선생들로, 어려운 과목을 택하여 생각하게 되는 것이 싫어 쉬운 과목만을 수강하려 하는 학생들로, 남이 괴로워하는 모습을 보는 것으로 자신의 오락을 삼는 여러 가지 종류의 정신적 범죄자들로 가득 차 있다."
성공을 하기 위하여 당신이 앞으로 반드시 나아갈 필요는 없습니다. 그저 최선을 다하면서 당신의 위치에 굳건히 서 있기만 하십시오. 그러면 당신은 한 치도 앞으로 나서지 않았음에도 모든 사람의 선두에 서게 될 것입니다. 왜냐구요? 왜냐하면 다른 사람들은 모두 후퇴를 할 것이기 때문입니다. 그들은 투쟁을 해 나가기에는 너무도 약한 것입니다. 그래서 그들은 중단을 하고 도망을 칩니다. 그리고 남은 사람이 아무도 없기 때문에 당신은 앞서게 되는 것입니다. 당신만이 성공자인 것입니다!

브라우어 씨는 이렇게 결론을 내리고 있습니다.

"나는 깊은 믿음을 갖고 있습니다. 때때로 우리는 여기저기에서 항상 시간에만 신경을 쓰거나 얼간이 같은 짓을 하는 것에는 관심이 없는 사람들을 발견하게 됩니다. 나는 그들에게 평범한 사람들의 바다 위에 떠 있는 자신을 발견한다 하더라도 용기를 잃지 말라고 말하고 싶습니다. 어리석음의 파도가 높게 일고 있을지라도 의기소침해서는 안됩니다. 그 파도를 진압할 수 있는 것은 진지하고 열성적인 소수의 몇 사람 뿐인 것입니다."

나는 의도적으로 이제까지 이 비밀을 당신에게 밝히지 않았습니다. 나는 그저 대강 이 책을 훑어보는 사람들이 그 비밀을 찾아낼 수 없도록 하기 위하여 그것을 책 속에 깊숙이 파묻어 두었던 것입니다. 우리와 함께 출발하였다가 도중에서 떨어져 나간 사람들은 단지 이 비밀을 증명하는 도구가 되었을 뿐입니다.

그러나 당신은 특별한 사람입니다.

당신은 당신 자신과 당신이 사랑하는 사람들에게 행운을 안겨 줄 능력과 자격이 있습니다. 당신이 여덟 번째 두루마리에 담겨 있는 말을 깊이 새기기만 한다면 말입니다.

❂ 여덟 번째 두루마리 ❂

나는 오늘 나의 가치를 몇백 배 증대시키리라!
천재의 손이 닿으면 뽕잎은 비단으로 변한다.
천재의 손은 편백 나무를 사당(祠堂)으로 바꾼다.
천재의 손은 양털 하나로 왕이 입는 훌륭한 옷을 만든다.
잎, 진흙, 나무, 양털 등으로 그 가치를 백 배 증대시키는 것은 가능하다.
그렇다! 사람에 따라서는 몇천 배도 가능하다.
진흙으로 성을 쌓는 것과 같이 내가 가지고 있는 진흙으로 똑같이 할 수는 왜 없겠는가?
나는 오늘 나의 가치를 몇백 배 증대시키리라!
나는 세 가지 장래와 부딪치게 될 세 개의 밀알과도 같다. 이 밀알은 부대에 담기어, 마굿간에서 돼지의 먹이가 될 수도 있다. 또는 가루로 빻아져서 빵이 될 수도 있으며, 또 땅에 심어져 싹을 키워 한 개에서 수천 개의 낱알이 될 수도 있는 것이다.
그러나 내게는 단 한 가지 밀알과 다른 점이 있다. 밀알은 자신이 밥이 되거나, 밀가루가 되거나 땅에 심어지거나를 마음대로 선택할 수가 없다. 대신 나에게는 선택의 자유가 있는 것이다. 나는 돼지에게 먹혀지거나 절망을 한 채, 가루로 빻아져서 다른 사람이 마음대로 먹어 버리게 하지는 않겠다.
나는 오늘 나의 가치를 몇백 배 증대시키리라!
흙 속에 한 알의 밀알이 심겨져야 하듯, 실패나 절망, 무리, 무능은 내가 심었던 것이 열매를 맺어 거둬들일 수 있는 밑거름이 될 것이다.
마치 하나의 씨앗이 싹이 터서 꽃이 피려면 비와 햇빛과 따뜻한 바람이 필요한 것과도 같이, 나도 나의 꿈을 성취시키기 위해서는 나의 몸과 마음의 양식이 필요한 것이다.

그러나 밀알이 충분히 성장하는 데는 자연의 변덕을 참고 기다려야만 한다. 그러나 나는 기다릴 필요가 없다. 나는 나의 운명을 선택할 능력이 있다.

나는 오늘 나의 가치를 몇백 배 증대시키리라!

어떻게 이것을 성취할 것인가?

첫째, 나는 매일, 매월, 매년, 나아가서는 내 평생의 목표를 설정하겠다.

밀알이 껍질을 트고 새싹이 나오려면 비가 와야 하는 것과 같이, 나도 내 앞을 가로막는 장애물들을 부서뜨리고 앞으로 나아가야 한다. 목표를 설정함에 있어 나는 과거의 나의 경험을 충분히 감안하여 그것을 몇백 배 증가시키리라.

이것은 내가 앞으로 살아가는 기준이 되리라.

나는 결코 나의 목표가 너무 높다고 생각지 않으리라. 웬만하면 나의 창이 한 마리의 독수리를 겨냥해서 바윗돌에 빗맞아 버리는 것보다는 차라리 저 하늘의 달을 겨냥하여 한 마리의 독수리를 잡는 편이 더 낫지 않은가?

나는 오늘 나의 가치를 백 배 증대시키리라!

그 목표에 도달하기 위하여 중간에서 넘어진다 하더라도 나는 결코 나의 더 높은 목표를 향해 겁내지 않고 돌진하리라. 넘어지면 일어나고, 과감하게 나아가리라. 따뜻한 불가에 도달하려면 누구나 많이 넘어져야 하는 것이다. 오직 기어다니는 곤충만 넘어지는 것은 아니리라.

나는 곤충이 아니다. 나는 양파가 아니다. 양이 아니다. 나는 인간이다. 다른 모든 인간들이 그들의 무덤을 팔 때, 나는 나의 성(城)을 쌓으리라.

나는 오늘 나의 가치를 몇백 배 증대시키리라!

밀이 어린 싹을 성장시키는 데는 따뜻한 햇빛이 필요한 것처럼, 이 두루마리에 있는 지혜는 인생을 따뜻하게 해 주고 나의 꿈을 실현시켜 줄 것이니, 오늘 나는 어제 했던 나의 모든 행동을 발전시켜 나가리라.

나는 오늘 나의 능력껏 최대의 정상을 향하여 올라갈 것이며, 내일은 그보다 더 높이 올라갈 것이며, 그 다음날은 더욱 높이 오를 것이다.

다른 사람의 업적을 능가한다는 것은 중요한 것이 아니다, 내 자신의 업적을 능가하는 것이 중요한 것이다.
　나는 오늘 나의 가치를 몇백 배나 증대시키리라!
　따뜻한 바람이 밀을 성장시키듯이, 은은한 바람은 나의 성장의 목소리를 전해 주어 사람들로 하여금 들을 수 있도록 할 것이며, 그러면 나의 말은 나의 목적을 사람들에게 전할 것이다. 일단 한번 말하고서 체면을 손상케 했다고 그것을 취소할 수는 없는 노릇이다. 나는 스스로 설교자가 되어서, 비록 모든 사람이 나의 언변을 비웃을지언정 그들은 나의 계획을 듣고 나의 꿈을 알게 되리라. 그러나 나의 말이 내 행동과 일치하지 않으면 나는 변명을 할 수 없을 것이다.
　나는 오늘 나의 가치를 몇백 배나 증대시키리라!
　나는 나의 목표를 너무 낮게 설정하는 무서운 잘못을 저지르지 않으리라.
　나는 항상 내가 손에 쥐고 있는 것 이상을 추구하도록 하리라.
　나는 시장에서 내가 했던 일에 결코 만족하지 않으리라.
　나는 성취하기만 하면 곧 나의 목표를 높이리라.
　나는 항상 다음 순간이 이번보다 낫게 하기 위하여 노력하리라.
　나는 항상 나의 목적을 세상에 알리리라.
　오히려 나는 세상이 내게 스스로 다가와 칭찬을 하게 할 것이며, 굴욕을 감수할 수 있는 지혜를 가져야만 할 것이다.
　나는 오늘 나의 가치를 몇백 배나 증대시키리라!
　하나의 밀알은 몇백 배로 증가하여 몇백 개의 줄기를 만든다. 이것이 수백 배로 증가되어 세상의 모든 사람을 먹여 살리는 것이다.
　그리고 나는 한 알의 밀알보다 더 위대한 인간이 아닌가?
　나는 오늘 나의 가치를 몇백 배나 증대시키리라!
　이것이 성취되면 나는 계속 그 과정을 다시 시도할 것이며, 이 두루마리의 모든 말이 내 속에서 성취되면 나의 위대함에 세상은 경악과 경의를 금치 못할 것이다.

11

　미국 상무성(商務省)의 표준국 관계자들의 말에 의한다면 우리가 살고 있는 이 아름다운 지구의 자전 속도가 매일 매일 느려지고 있다고 합니다. 그리하여 지금부터 18억 년후가 되면 하루는 25시간이 될 것이라고 그들은 주장하고 있습니다.
　그러나 좀더 많은 물건을 생산하고 판매하여 수입을 늘이기 위하여 가외로 한 시간이 더 생기기를 기다릴 수는 없는 노릇입니다. 그리고 솔직히 말해서 지금 정확히 23시간 56분 4초 09인 하루 중 얼마만큼을 당신은 현명하고 올바르게 사용하고 있다고 생각하십니까?
　오하이오 내셔널 생명보험회사의 대표인 조지 세브란스는 현재 전국의 보험업계에서 가장 뛰어난 세일즈맨의 한 사람이라고 알려져 있습니다. 그러나 그가 오늘날에 이르기까지에는 형편없이 괴롭고 절망적인 나날이 있었습니다. 그는 잡지「무한한 성공의 기회」에 실린 한 기고를 통해 그러한 사실을 W·클레멘트 스톤 씨에게 이렇게 털어놓고 있습니다.
　"어느 날 나의 총 부채액은 마치 번갯불처럼 내게 충격을 주었습니다. 나는 진짜 재정상의 위기에 봉착한 것이었습니다. 그 순간 나는 한 마디의 말을 기억해 내었습니다. '당연하다고 생각지 않는 것이면 기대하지 말라'라는 것이었습니다."
　조지는 세일즈맨의 가장 큰 재산인 시간을 그가 어떻게 보냈는지에 대한 반성을 해 보기로 했습니다. 그 결과에 대해 그는 이렇게 말하고 있습니다.
　"나는 내가 한 달 동안에 32시간이라는 시간을 친구들과 커피를 마시면서 보내고 있다는 것을 알게 되었습니다. 나는 깜짝 놀랐습니다. 이 32시간이라는 시간은 4일간의 작업시간에 해당되는 것이기 때문이었습니다. 그리고 나는 때때로 내가 소비하는 점심시간이 필요한 시간보다 1시간 이상씩 길어지기도 한다는 사실을 깨닫게 되었습니다."

당신이 성공기록표를 사용하여 한 가지 성공 비결에 의거하여 당신이 그날을 어떻게 보냈는지를 살펴보는 것처럼 조지는 〈사교시간 기록표〉라는 것을 고안해 내었습니다. 그것은 그가 매일 소비하는 생산적인 시간과 비생산적인 시간을 기록하기 위한 것이었습니다. 그는 이렇게 말하고 있습니다.

"과거를 돌이켜보면서 나는 여러 가지 면에서 내가 사업시간 중에 사교적으로 성공을 했다는 것을 깨달았습니다. 그러나 사교시간 기록표를 사용한 이후에 나는 다음과 같은 사실을 깨달았습니다. 그것은 사업상의 하루가 사교적으로 성공을 한 날이라면, 그것은 사업상으로는 실패를 한 날이라는 사실이었습니다."

'사업상의 하루가 사교적으로 성공을 한 날이라면 그것은 사업상으로는 실패를 한 날이다.'

위 글을 32포인트짜리 대형 활자로 이 책에 찍을 수만 있었다면 얼마나 좋았을까요. 당신이 방금 읽은 이 말만은 당신이 영영 잊지 말아 주기를 바라기 때문입니다.

'사업상의 하루가 사교적으로 성공을 한 날이라면 그것은 사업상으로는 실패를 한 날이다.'

어느 날이든 사업상으로 성공을 하는 것보다는 사교적으로 성공을 하는 것이 더 쉬운 이유는 무엇일까요. 당신은 대답을 알고 있을 것입니다. 그것에 대해서는 당신도 나도 환히 알고 있기 때문입니다. 사교란 쉬운 것입니다. 재미있는 것이지요. 그러나 판매를 하고, 일을 하고, 하기 어려운 일들을 한다는 것은 힘이 들고 재미가 없습니다. 그리하여 모든 자연이 가장 힘을 덜고 저항이 적은 방향으로 흘러 나가듯 우리는 오늘 일을 내일로 미루고, 멈칫거리고, 해야 한다는 것을 알면서도 그것을 피하기 위하여 이런 저런 핑계를 만들어내는 것입니다.

우리는 가능한 한 행동하는 것을, 생산적인 행동을 하는 것을 회피합니다. 그리고 평범한 삶으로 평생을 보내는 그 95퍼센트의 인간들에게 한 가지 특징을 붙이자면 그것은 바로 이러한 행동의 기피인 것입니다.

그러나 당신은 그렇지가 않습니다. 그러한 나쁜 습관에 굴복하기에는 당신은 너무도 먼 곳까지 와 있는 것입니다. 항상 자기 자신에게 행동을 취하라고 명령을 내리고 그 명령에 즉시 복종을 하는 간단한 기술을 통하여 당신은 당신의 성격으로부터 질질 끄는 습관을 추방해 버릴 수가 있습니다. 다음과 같은 작은 행동들을 통하여 이러한 나쁜 습관을 추방하는 훈련을 시작해 봅시다.

당신은 당신의 서재 안을 걷고 있습니다. 방바닥에 찢어진 종이조각 한 개가 떨어져 있습니다. '옛날의 당신'이라면 그것을 당신의 아내가 발견하고 치워 줄 때까지 내버려둘 것입니다. 그러나 '지금의 당신'은 그것을 집어 듭니다. 지금 당장 말입니다.

'옛날의 당신'이라면 아침에 우편물을 받아 들고서 아주 긴급히 처리해야 할 것에만 회답을 보내고 나머지는 나중으로 미루어 놓습니다. 그러나 '지금의 당신'은 모든 편지를 한꺼번에 처리하면 대단히 많은 시간이 절약된다는 것을 알고 따라서 모든 편지에 대해 회답을 보냅니다. 지금 당장 말입니다.

'옛날의 당신'이 가슴에 무엇인지 통증을 느낍니다. 그래서 언제든 그렇게 바쁘지 않을 때 의사에게 가 보리라고 결심을 합니다. 그러나 '지금의 당신'은 지금 당장 의사를 찾습니다. (그 '언제든'이라는 날은 영원히 오지 않을지도 모르는 것입니다.)

이런 작은 일들이 숱하게 많습니다. 그러나 당신이 이런 작은 일들을 뒤로 미루는 악습을 버리지 못한다면 당신이 당신의 성공기록표에 소비한 시간은 모두 헛된 것이 되고 맙니다. 그렇게 된다면 우리의 투자는 너무 아깝게 되지 않겠습니까?

그러니 행동을 취하십시오. 지체 말고 아홉 번째 두루마리를 읽기 시작하십시오!

❦ 아홉 번째 두루마리 ❦

나의 꿈은 무의미하고, 나의 계획은 수포로 돌아가고, 나의 목표는 달성이 불가능하다. 이 모든 것은 실천에 옮기지 않는 한 가치가 없는 것이다.

나는 이제 실천해 나가리라!

아무리 지도가 정교하고 정밀하게 되어 있다 하더라도 그것만으로써는 한 치의 땅도 얻을 수 없는 것이다. 법이 아무리 공정하게 성문화되어 있더라도 그것만으로는 단 한 건의 범죄도 방지할 수는 없을 것이다.

내가 가지고 있는 이런 두루마리에 적혀 있는 어느 한 마디 말도 이것 만으로는 한 푼의 돈도 벌지 못하리라.

실천! 이것이야말로 그 지도, 그 법의 조항, 이 두루마리, 나의 꿈, 계획, 목표에 생동력을 불러일으키는 부싯돌이 되는 것이다. 행동이야말로 나의 성공에 영향을 공급해 주는 음식이요, 술인 것이다.

나는 이제 실천하리라!

나를 후퇴시키는 연기는 두려움에서 생기며, 아무리 용기 있는 사람이라도 마음속에는 이러한 두려움이 존재한다는 것을 나는 인정한다.

이제 나의 두려움을 극복하기 위해 모든 행동을 주저하지 않고 감행하여야 하며, 그럼으로써 마음의 두려움은 사라질 것이다. 이제 나는 실천만이 산더미 같은 엄청난 공포를 침착으로 바꿔 준다는 것을 알게 되었다.

나는 이제 실천하리라!

이제부터 나는 날개를 움직여 행동할 때만 빛을 발산하는 반딧불이 되어 낮에도 내가 발산하는 빛이 보일 수 있게 하리라.

다른 모든 나비들이 살기 위해 꽃을 찾아 다니며 즐기는 동안, 나는 반딧불처럼 되어 내 빛으로써 온 세상을 두루 밝히리라.

나는 이제 실천하리라!

나는 오늘의 일을 후회하지 않으며, 내일로 미루지 않으리라. 왜냐하면 결코 내일은 다시 오지 않는 법이기 때문이다.

나는 지금 실천에 옮기리라! 비록 나의 행위가 행복과 성공을 가져오지 못한다고 하더라도, 실천하지 않고 생각만 하다가 실패하는 것보다는 일단 해 보고 실패하는 편이 낫기 때문이다.

행복이란 사실 나의 행위로써 얻어지지 않을는지도 모른다. 그러나 실천에 옮기지 않고는 모든 성공의 열매는 사멸되고 말 것이다.

나는 이제 실천하리라!
나는 이제 실천하리라!
나는 이제 실천하리라!

이제부터 나는 시간마다 날마다 계속해서 이 말을 반복하리라. 그래서 이 말을 호흡처럼 습관화시키고, 거기에 따른 나의 행동은 눈을 깜박이는 것처럼 본능적으로 되게 하리라.

이 말로써 나는 나의 성공에 필요한 모든 행동을 수행할 수 있도록 나의 마음 상태를 조정할 수 있다. 나는 이 말로써 봉착되는 모든 난관을 극복할 수 있게 되고, 실패를 예방할 수 있어야 할 것이다.

나는 이제 실천하리라!

나는 이 말을 계속해서 반복하리라. 나는 다른 모든 실패자들이 아직도 자고 있는 동안에 일어나 침대에서 뛰어나오면서 이 말을 하리라.

나는 이제 실천하리라!

나는 시장에서 다른 실패자들이 거절당하지나 않을까 하고 주저하고 있는 동안 나는 과감하게 내가 만난 첫번째 손님에게 말을 하리라.

나는 이제 실천하리라!

문이 닫혀 있다고 해서 다른 실패자들이 두려움과 당황함으로 밖에서 기다릴 동안 나는 그들을 부르며 문을 두드리리라.

나는 이제 실천하리라!

행동만이 시장에서 나의 가치를 인정해 줄 것이며, 나의 가치를 증가시키기 위해서는, 나는 나의 행동을 넓혀 가야만 한다.

나는 실패자들이 가기 싫어하는 곳으로 가리라. 나는 실패자들이 가만히 있을 때 말을 걸겠다. 나는 실패자들이 한 사람을 방문하기 위하여 거창한 계획을 세울 때 내 물건을 사 줄 수 있는 열 사람을 방문하리라.

나는 실패자들이 너무 늦었다고 말할 때 나는 이미 다했다고 말하리라.

나는 이제 실천하리라!

왜냐하면 현재만이 내가 가진 전부이기 때문이다. 내일이란, 게으름뱅이를 위하여 있다. 나는 게으르지 않다.

내일이란, 악이 선으로 뒤바뀌는 날이다. 나는 악하지 않다.

내일이란, 약한 자가 강해지는 날이다. 나는 약한 자가 아니다.
내일이란, 실패자가 성공하는 날이다. 나는 실패자가 아니다.
나는 이제 실천하리라!
사자는 굶주렸을 때 먹는다. 독수리는 목이 마르면 물을 마신다. 그들이 그렇게 행동하지 않으면 모두 죽고 만다.
나는 성공에 굶주렸다.
나는 행동과 마음의 안정을 갈망한다. 내가 성공하지 않으면 나는 실패와, 비애, 불면으로 죽어 버릴 것이다.
나는 자신에게 명령하고, 자신의 명령에 따라 행동하리라.
나는 이제 실천하리라!
성공은 나를 기다려 주지 않는다. 내가 만약 연기해 간다면 성공은 다른 사람에게로 돌아갈 것이며, 나는 영원히 잃어버리고 말 것이다.
바로 지금이다. 바로 여기다. 바로 나다.
이제 나는 실천하리라!

12

신은 과연 존재할까요!

만일 당신이 신은 존재하지 않는다고 확신을 한다면, 그렇다면 당신은 성공기록표를 기록하는 이번의 마지막 다섯 주일을 생략할 수가 있습니다. 왜냐하면 열 번째 두루마리는 하나의 기도이고 당신이 아무도 기도를 들어 주지 않는다고 확신을 할 바에는 기도를 드린다는 것이 별로 의미가 없을 것이기 때문입니다.

1958년도에 국제지구관측년을 기념하기 위하여 G·P·푸트남 선즈 사에서는 『퍼져 나가는 우주 속의 하나님의 증거』라는 제목의 책을 출판해 냈습니다. 우리가 알지 못하는 전능자가 존재한다는 것을 한번이라도, 혹은 때때로 의심했던 사람이라면(사실 완벽한 믿음을 갖고 있는 사람이 어디에 있겠습니까?) 그 책을 꼭 한 권 구해서 읽어 보라고 나는 강력히 권하고 싶습니다.

그 책에는 종교 지도자나 성서의 전문가는 단 한 명도 나오지 않습니다. 오히려, 그 책에서는 40명의 과학자들이 각자 자신의 오랜 연구와 조사를 통해 신이 존재한다고 믿을 수밖에 없는 과학적인 이유들을 자신의 명예를 걸고 설명하고 있습니다.

나는 그때 놀랐습니다. 그리고 지금도 놀라고 있습니다. 이 박식한 사람들은 물질주의를 무신론적 철학으로 하고, 현대적인 기술의 취득을 유일한 신으로 삼는 그들의 과학적 동료들로부터 비웃음을 받게 됨에도 불구하고 자신들의 개인적인 믿음을 밝혔던 것입니다.

그들은 생물 물리학자인 프랭크 알렌, 동물학자인 에드워드 루터 케셀,

생리학자인 월터 오스카 룬드버그, 수학자이며 물리학자인 도널드 헨리 포터, 유전학자인 존 윌리엄 클로츠, 지구화학자인 도널도 로버트 카르, 천문학자인 피터 W·스토너, 화공학자인 오린 캐롤 카칼리츠, 내과 의사인 말콤 던컨 윈터 주니어, 생물학자인 세실 보이스 함만, 화학자인 에드먼드 칼 콘필드, 토양 과학자인 레스터 존 침머만, 그리고 그밖의 유능한 28명의 과학자들이었습니다.

그리고 그들은 그들 자신의 과학 분야로부터 신이 존재한다는 논리와 이유를 제시하였습니다. 그들의 말은 내가 그때까지 들어 왔던 그 어떤 설교보다도 나의 흔들리는 믿음을 굳건히 하는 데 큰 도움이 되었습니다.

비록 무엇이든 가정을 한다는 것은 자칫 잘못하면 말썽을 빚기 쉬운 일이지만, 나는 당신이 어떤 전능자나 힘의 존재를 믿고 있다고 가정을 하려고 합니다. 그리고 그 전능자, 혹은 어떤 힘은 당신의 생활을 어느 정도 지배하고 있으며, 비록 당신이 최근에 들어서는 그러한 존재와의 접촉을 유지하기 위한 노력을 별로 기울이지 않았을지도 모르지만 그래도 당신은 무엇인가가 존재한다는 것만은 믿고 있다고 가정을 하려고 합니다. 내가 원하는 것은 그것 뿐입니다.

나는 한 외과 의사가 수술을 받게 될 한 어린 소녀로부터 감동을 받은 것처럼, 나도 당신을 감동시킬 수 있기를 감히 바라지 않겠습니다. 그 외과 의사는 소녀를 수술대 위에 눕히기에 앞서 이렇게 말했습니다.

"네 병을 다 낫게 하려면 우선 너를 재워야 한단다."

그 소녀는 의사를 향해 미소를 지으며 이렇게 말했습니다.

"선생님이 저를 잠재우실 거라면 전 먼저 기도를 해야 해요."

그러더니 그 소녀는 수술대에서 내려가 대리석 바닥에 무릎을 꿇고 앉아 기도를 올렸습니다.

"이제 저는 잠들기에 앞서서……"

그 후 그 의사는 자신이 그날 밤 어린 시절 이후 처음으로 기도를 올렸다고 말했습니다.

다음의 다섯 주 동안(그리고 나는 그것이 그 후에도 영원히 계속되기를 바랍니다.) 당신은 도움이나 어떤 종류의 개인적인 이득을 달라고가 아니라, 단지 안내만을 해 달라고 기도를 하게 될 것입니다. 당신은 매 주일마다 워싱턴 DC에서는 미국의 국회의원들이 조찬 기도회에 모여 무릎을 꿇고 하나님의 인도를 기원한다는 사실을 알고 있습니까?

장군들, 제독들, 각료들, 상원의원, 하원의원, 백악관의 참모진…… 세계에서 가장 강력한 국가에서 가장 좋은 지위에 있는 이들이 무릎을 꿇고, 경건하고 겸허한 마음으로 기도를 드린다는 것을 당신은 아십니까?

그들은 우리가 알지 못하는 무엇인가를 알고 있는 것일까요.

그럴지도 모릅니다. 그들이 알고 있는 것은 그들이 혼자서는 할 수 없다는 사실입니다. 그러나 그들은 결코 도움이나 사소한 이익을 달라고 요구하지는 않습니다. 그들이 바라는 것은 그들로 하여금 스스로 선택을 하여 문제거리를 해결하고 고난을 헤쳐나갈 수 있게 만들어 주는 '그분'의 인도인 것입니다.

나는 개인적인 이득을 얻거나 혹은 어떤 곤란한 생활의 문제를 사라지게 해 달라고 부탁하는 기도는 쇠귀에 경을 읽는 것처럼 아무런 소용도 없다고 믿고 있습니다.

이런 이야기가 있습니다. 조지아 주의 어느 들판에서 아버지와 아들이 그들의 밭을 갈고 있었습니다. 그때 번개가 치며 무시무시한 폭풍이 불어닥쳤습니다. 아버지는 집을 향해 달려가다가 뒤를 돌아보았습니다. 그의 아들은 하늘을 우러러보고 서 있었습니다. 아버지가 소리를 쳤습니다.

"애야! 도대체 너 지금 무얼하고 있는 거냐?"

"기도를 드리고 있어요, 아버지."

"기도라니! 겁이 나서 하는 기도는 아무 소용도 없어. 이 놈아, 어서 뛰어!"

마지막 두루마리에 담겨 있는 '상인의 기도'는 당신의 성공기록표를 꼬박꼬박 기록하고자 당신이 그토록 노력해 온 그 동안을 끝맺는 데에는 더없이 이상적인 기도가 될 것입니다. 그 기도 속에서 당신은 이제까지 당신이 당신의 생활을 좀더 나은 것으로 만들기 위하여 배워 온 모든 성공의 비결들을 다시 한 번 복습하게 될 것입니다.

그리고 그 기도를 통하여 당신은 당신 앞에 어떠한 고난이 닥치더라도 계속 앞으로 향한 전진을 해 나갈 수 있는 용기와 힘을 발견할 것입니다.
'성공을 하겠다는 결심이 충분히 강하면 우리는 결코 실패를 당하지 않는다'라는 말을 명심하십시오.
자, 이제 열 번째 두루마리와 함께 행복하고 아름다운 5주를 보내십시오.

❦ 열 번째 두루마리 ❦

큰 고난이나 또는 심적 고통을 받아서 신념을 잃게 되어도 그의 신을 찾지 않을 만큼 그렇게 신앙심이 없는 사람이 어디에 있단 말인가?
그의 정상적인 경험과 식견으로써 해결되지 않는 위험, 죽음, 신비 등에 봉착하게 되어도 비명을 내지르지 않을 사람이 어디에 있단 말인가? 위험한 순간에 모든 인간의 입으로부터 나오게 되는 이러한 본능은 도대체 어디서부터 나온 것일까?
다른 사람의 눈앞에 너의 손을 급히 들이대면 그는 눈을 깜빡일 것이다. 무릎을 탁 치게 되면 다리가 위로 튕긴다. 어두컴컴한 무서운 곳에서는 자신도 모르게 "오! 하나님"하고 소리를 지르게 된다.
이러한 자연의 신비성을 알기 위해서 내 생활을 종교로써 가득 채울 필요는 없다. 인간을 포함한 지상 위에 살고 있는 모든 창조물은 구원을 바라는 본능을 가지고 있다. 왜 이러한 본능, 천성을 가지게 되었을까?
우리들의 외침은 기도를 드리는 것과 같은 것이 아닐까?
우리들의 부르짖음을 듣고 대답해 줄 수 있는 능력을 가진 어떤 초인적인 힘이 존재하지 않는다면, 모든 생물에게 주어진 구원의 외침을 부르짖는 본능을, 자연의 법칙에 의해 지배되고 있는 이 세상에서 어떻게 이해할 수가 있다는 말인가?
이제부터 나는 기도를 드리리라. 그러나 도움을 위한 것이 아니고 인도해 주기를 바랄 뿐이다. 결코 물질적인 것을 구하기 위하여 기도하지는 않으리라.
나는 하인이 음식을 가져다 주길 요구하지 않는다. 나는 여관집 주인이 방을 치워 주기를 명령하지 않는다. 결코 나는 재산, 건강, 승리, 명예. 성공 또는 행복을 추구하지 않으리라.

나는 단지 인도를 위하여 기도하고, 그렇게 함으로써 이 모든 것을 구할 수 있는 길을 갈 수 있고, 그리하여 나의 기도는 언제나 응답을 얻으리라.

내가 찾고 있는 인도자가 나타나거나, 만약 나타나지 않는다 하더라도 이 양자가 모두 하나의 응답이 아닐까?

만약 자식이 아버지에게 먹을 것을 원했을 때, 항상 준비되어 있지 않다고 해서 그것이 언제나 해결되지 않았다고 말할 수 있을 것인가?

나는 인도를 받기 위해서 기도하리라. 나는 상인으로서 다음과 같은 태도로 기도하리라.

천지신명이여! 저를 도와주십시오. 오늘이 제가 바로 알몸으로 이 세상에 나서는 날입니다. 당신의 따뜻한 인도의 손길이 없으면 저는 성공과 행복을 찾아 먼 길을 방황할 것입니다.

저는 결코 재산과 의복 또는 나의 능력에 합당한 기회를 찾지 않습니다. 대신에 나의 기회에 합당한 능력을 가질 수 있도록 인도해 주십시오.

당신은 사자와 독수리에게 그들의 이빨과 발톱으로 어떻게 그들의 먹이를 사냥하는가를 가르쳤습니다. 말로써 어떻게 사냥을 하고, 사랑으로 어떻게 번성할 수 있는지를 저에게도 가르쳐 주십시오! 그리하여 저로 하여금 시장의 모든 인간들 중에서 사자와 독수리가 되도록 은총을 내려 주십시오!

고난과 실패를 당하더라도 침착을 잃지 않게 하여 주십시오! 그리고 성공과 함께 안겨지는 축복에 나의 눈이 멀지 않게 하여 주십시오!

다른 사람들이 실패했던 일을 저에게 지워 주십시오! 그러나 그들의 실패로부터 저는 성공의 열매를 맺을 수 있도록 인도해 주십시오! 나의 영혼을 단련할 수 있도록 저에게 공포를 내려 주십시오! 그러나 내가 나의 불평을 웃음으로 참을 수 있는 용기를 주십시오!

나에게 나의 목적에 도달할 수 있는 충분한 힘을 주십시오! 그러나 오늘이 마치 나의 최후의 날인 것처럼 살아갈 수 있게 하여 주십시오!

나의 말의 결심을 맺을 수 있도록 인도해 주십시오! 그러나 험담을 하거나 다른 사람을 중상하지 않도록 해 주십시오.

계속 노력할 수 있는 습관을 기르게 하여 주십시오! 또한 중용의 도(道)를 가르쳐 주십시오. 기회에 민감하게 하여 주시고, 또한 나의 전력을 기울일 수 있도록 인내심을 내려 주십시오! 좋은 습관이 몸에 배고 나쁜 습관은 없어지게 해 주십시오. 또한 약한 사람을 동정할 수 있도록 하여 주십시오. 모든 것은 지나가 버린다는 사실을 알 수 있도록 고난을 주십시오! 그러나 오늘의 축복을 헤아릴 수 있게 해 주십시오!

낯선 사람이라고 미워하지 않도록 하시고, 사랑으로써 낯선 사람의 친구가 되게 하십시오!

그러나 이 모든 것은 오로지 당신에게 달렸습니다. 나는 작고도 외롭게 매달려 있는 포도송이입니다. 그러나 당신은 저를 모든 다른 것들과는 특별히 다른 것으로 만들어 주셨습니다. 그러니 참으로 나에게 합당한 장소가 있을 것입니다. 나를 그 곳으로 인도해 주십시오! 저를 도와 주십시오! 나의 길을 밝혀 주십시오!

나라는 씨가 뿌려져 당신이 예정했던 대로 이루어질 수 있도록 해 주십시오! 저는 당신에게 선택되었으며, 이 세상의 포도밭에 의하여 태어났습니다.

이 비천한 상인을 굽어살피소서!
저를 인도하여 주옵소서! 하나님.

13

마지막 또는 시작

　졸업식 날은 언제나 유쾌합니다. 기조 연설자가 일어서서 졸업이란 '시작의 시간'이며, 당신이 의무와 책임을 모두 완수한 것이 아니며, 아직도 당신 앞에는 무한한 도전의 기회가 놓여 있다는 것을 당신에게 일깨워 주기까지는 말입니다.
　그 졸업장 하나를 얻기 위해 그토록 열심히, 그리고 그토록 오랫동안 애를 써 왔으니 아직도 당신 앞에는 더 험난한 길이 더 멀리 펼쳐져 있다는 말을 듣고 싶지 않을 것임은 당연한 일이겠지요.
　그리고 성공기록표를 꼬박꼬박 적어 가며 그렇게 열심히 노력을 해 왔으니 내가 당신에게 더 노력을 하고 더 많은 것을 읽어야 하고 더 많은 자기 반성을 해야 한다고 말한다면 기분이 좋지 않으시겠지요.
　하지만 나는 바로 그렇게 말을 하려고 합니다.
　이제 당신이 당신의 성공기록표를 완성했으니, 내가 당신에게 최초로 시키고 싶은 일은 이 계획을 시작하기에 앞서 당신이 작성해 놓았던 그 메모를 꺼내 보라는 것입니다. 그 메모에 당신은 이 계획이 끝났을 때 바라는 당신의 주당 수입과 직책을 적어 놓았을 것입니다.
　팔굽혀펴기와 마찬가지로 나는 당신이 애초에 생각했던 것보다 훨씬 더 큰 성과를 얻었을 것이라고 생각합니다. 이제 처음부터 다시 한 번 시작하는 것입니다. 지금부터 1년 후에 당신이 바라는 수입과 직책을 기록한 메모를 다시 한 장 작성하십시오. 원하신다면 12개월 후에 당신의 용기와 노력에 대한 보상이 될 물질적인 선물을 포함시켜도 좋겠습니다. 아카풀코에서의 휴가나, 새 자동차, 혹은 당신이 어머니에게 언젠가는 사드리겠다고 약속했던 밍크 코트 등을 말입니다.

하지만 이제 당신이 『세계에서 제일 위대한 비밀』을 끝냈으니 앞으로는 무엇이 당신의 전진을 위한 자극제가, 채찍이 되어 줄까요? 이제 내가 당신을 위해 준비해 둔 것은 무엇일까요?

앞으로 12개월 동안에 나는 당신이 다음에 열거하는 12권의 가장 위대한, 스스로를 돕는 책을 가능한 한 많이 읽어 주기를 바랍니다. 부언해서 말해 두고 싶은 것은 이렇게 12권을 가장 '위대하다'고 정한 것은 어디까지나 나의 판단에 의한, 전적으로 주관적인 선택이라는 사실입니다.

그러나 거의 10년간이나 잡지 「무한한 성공의 기회」의 편집을 맡아 오면서 소위 스스로를 돕는 책들의 '고전'이라고 할 수 있는 것들은 거의 다 내 책상을 거쳐 갔습니다. 잡지 「무한한 성공의 기회」에 이용하기 위하여 나는 수백 종이 넘는 그러한 책들을 읽은 것입니다.

그래서 내가 이렇게 12권의 책을 추천하는 것은 당신으로 하여금 '스스로를 돕는 책'이라는 이름만 붙었을 뿐, 실제로는 아무런 내용도 없는 수많은 책들을 읽음으로써 소비되는 시간을 절약할 수 있게 만들어 주기 위해서인 것입니다. '어떻게……'로 시작되는 책이라고 해서 모두가 당신을 백만장자나 성자로 만들어 주지는 못한다는 것을 명심하십시오.

어쩌면 다음 책들 중의 일부는 이미 절판이 되었을지도 모릅니다. 그러나 도서관을 이용한다면 아마 대부분의 책을 구할 수 있으리라고 생각합니다. 아무튼 정기적으로 도서관을 찾는 것이야말로 당신에게 꼭 필요한 습관 중의 하나이니까 말입니다.

자, 다음에 그 12권의 책이 있습니다. 특별한 순서는 없습니다. 모두가 위대한 책들이니까요 :

━━▶ 스스로를 돕게 하는 12권의 위대한 책 ◀━━

- 벤자민 프랭클린—**벤자민 프랭클린 전기**(The Autobiography of Benjamin Franklin)
- 나폴레옹 힐—**생각하라 그리고 성공하라**(Think and Grow Rich)
- W. 클레멘트 스톤, 나폴레옹 힐 공저—**적극적 사고 방식을 통**

한 성공(Success Through a Positive Mental Attitude)
- 루이스 빈스톡—신앙의 힘(The Power of Faith)
- J. 마틴코우—당신의 가장 위대한 힘(Your Greatest Power)
- 윌리엄 단포드—나는 너에게 도전한다(I Dare You)
- 러셀 H. 콘웰—다이아몬드의 땅(Acres of Diamonds)
- 알란 프롬—사랑하는 능력(The Ability to Love)
- 프랭크 배트거—판매에 있어 나는 어떻게 실패로부터 성공을 얻어냈나(How I Raised Myself from Failure to Success in Selling)
- 로이 간—감정적 호소의 마력적인 힘(The Magic Power of Emotional Appeal)
- 제임스 E. 알렌—생각하는 인간(As a Man Thinketh)

하지만 11개 뿐이잖느냐고 당신은 말하겠지요. 그런데 12번째의 책은 아마 당신의 집에도 있을 것입니다. 벌써 몇 해가 지나도록 당신은 그것을 한번도 펼쳐 보지 않았겠지만……, 그래도 그것은 참을성 있게 당신에게 봉사할 수 있는 기회를 기다리고 있을 것입니다. 그것은 바로 『성경』입니다.

그리고 당신이 스스로 돕기를 원하면 언제든 시간을 내어 『세계에서 제일 위대한 상인』을 한 번 더 읽어 주기 바랍니다. 열 개의 두루마리에 대해 좀더 자세히 알기 위해서 말입니다.

마지막으로 당신과 헤어지기에 앞서 나는 당신에게 한 가지 경고의 말을 해 주려고 합니다. 모든 스스로를 돕기 위한 책을, 도덕적 가치를 파괴하는 것이며 물질주의의 목소리라고 깎아 내리는 사람들에 대항하여 당신이 스스로를 보호할 수 있도록 만들어 주기 위해서입니다. 몇 년쯤이면 한 번씩 어떤 작가는(대개는 어느 재단에서 보조금을 받는 부교수인 경우가 보통입니다.) 모든 스스로를 돕기 위한 책과 그 저자들을 갈기갈기 해부하는 저서를 내놓곤 합니다. 호라시오 알거의 사생활이 샅샅이 들춰지고, 벤자민 프랭클린이 세련되지 못한 외모의 얼간이로 묘사되는가 하면, 앤드류 카네기는 정신분열 증적 성격을 지닌 인간으로, 노만 빈센트 필은 선교사를 가장하고 있는 물질주의 사업가로, 오리슨 스위트 말덴은 거드름만 피우는 편집인으로, 그리고 데일 카네기는 인간의 자아를 농락하는 사람으로 표현이 됩니다.

이러한 '스스로를 돕기 위한 책'을 반대하는 책들은 일반적으로 다음과 같은 논리를 주장하고 있습니다.

"미국은 물질적인 면을 제외하고는 위대한 나라가 아니며, 과거에도 위대한 나라가 아니었다. 과거 100년 동안 발간되어 온 '스스로를 돕기 위한 책'들을 우리가 지금 이 엄청난 물질적 성공을 이루는 데 있어 가장 큰 역할을 했다. 따라서 현재 이 나라가 처해 있는 끔찍한 상황에 대한 많은 책임을 바로 그 '스스로를 돕기 위한 책'들이 져야만 할 것이다."

참으로 터무니없는 주장이기도 합니다. 그러나 무엇보다도 우스운 것은 이 '반대' 작가들이 자신들의 편견 때문에 눈이 어두워져서 그들도 자신의 책을 완성시키기 위해서는 인내나, 노력이나, 믿음, 용기, 근면, 결심, 질서, 성실성, 정신 집중, 행동 등의 덕성을 필요로 했다는 사실을 깨닫지 못하고 있는 것입니다. 그런데도 그들은 스스로를 돕는 책들이 우리에게 그러한 덕성을 활용하라고 권하는 것을 비난하고 있는 것입니다.

그러니까 한 마디로 말해서 '반대'작가들은 그들이 효과가 있다고 말하는 것이 효과가 있음을 보여 주는 더없이 좋은 표본이 되고 있는 것입니다.

자, 이제 나는 그만 당신에게 작별을 고해야 하겠습니다. 떠나기에 앞서 당신에게 여러 해 전 라인홀드 니버 박사가 어느 졸업식에서 했던 말을 들려주고 싶습니다.

"할 만한 가치가 있는 것은 아무것도 여러분의 일생 중에 완수될 수 없습니다. 따라서 여러분은 희망으로 구원을 받아야만 할 것입니다. 아름다운 것은 아무것도 단 한 순간에 의미를 지니지 않을 것입니다. 따라서 여러분은 믿음으로 구원을 받아야만 합니다. 할 만한 가치가 있는 것은 아무것도 혼자 할 수가 없고 함께 해야만 합니다. 따라서 여러분은 사랑으로 구원을 받아야 합니다."

여러분에게 평화를!

제 **3** 부
**세계에서
제일 위대한 기적**

영원한 행복과 평화를 원하는
사람들에게

1

 내가 처음 그를 보았을 때?
 그는 비둘기에게 모이를 주고 있었다.
 이 단순한 자선행위 그 자체는 흔히 볼 수 있는 광경이었다. 샌프란시스코의 선착장, 보스턴의 공원, 타임 광장의 인도 뿐만 아니라 모든 도시의 이름난 광장에서 사람들이 비둘기에게 모이를 주고 있는 모습은 쉽게 눈에 띈다.
 그러나 이 노인은 내 카 라디오의 뉴스에 따르면 시카고와 그 부근에 26인치의 기록적인 눈이 쌓였을 만큼 강한 눈보라가 한창일 때 비둘기에게 모이를 주고 있었다.
 차바퀴가 눈에 미끄러져 내 사무실에서 한 블럭 떨어진 셀프서어비스 주차장으로 통하는 좁은 길을 간신히 올라가 그를 처음으로 만나게 되었다.
 그는 거센 눈발 속에서 갈색 종이봉지 속의 빵부스러기로 보이는 모이를 꺼내어, 거의 무릎까지 덮는 그의 군대식 외투자락 주위를 빙빙 돌며 법석을 떠는 새들의 무리 속으로 조심스럽게 던져 주고 있었다.
 나는 턱을 핸들에 고이고 규칙적으로 움직이는 자동차 앞창 클리너 사이로 그를 보며, 차 문을 열고 눈보라 속으로 걸어나가 주차장 문에 설치된 자동개폐기 상자까지 걸어갈 충분한 의지력이 생기기를 기다리고 있었다.
 그의 모습은 화초상에서 볼 수 있는 성 프란시스 정원용 동상을 연상시켰다. 눈은 그의 긴 머리카락을 온통 하얗게 덮었고 턱수염에도 눈이 달라붙어 있었다. 그의 짙은 눈썹에 달라붙은 눈은 광대뼈가 튀어나온 그의 거무스름한 얼굴을 더욱 뚜렷이 보이게 했다.
 그의 목에는 나무로 만든 십자가가 가죽끈에 매달린 채 걸려 있어, 그가 비둘기에게 작은 모이 조각을 던져 줄 때마다 율동적으로 흔들리고 있었다.
 또 왼쪽 손목에는 빨랫줄 한 가닥이 감겨져 있었는데, 그 한쪽 끝은 늙은

잡종 사냥개의 목에 매어져 있었다. 그 노인은 얼굴에 부드러운 미소를 띠고 비둘기들과 이야기를 시작했다. 나는 동정심을 지닌 채 가만히 머리를 저으며 문의 손잡이를 잡았다.

집에서 사무실까지의 26마일 길이 무려 3시간 이상 걸렸고, 가솔린도 반 탱크나 써서 나의 인내심은 거의 바닥이 나 있었다.

나의 충실한 240—Z 자가용은 저속일 때면 변속장치에서 계속적으로 단조로운 불평을 윙윙거리면서도 도리 없이 세워져 있는 트럭과 승용차들을 지나 위로우 가(街)와 덴 고속도로, 그리고 토우이 로(路)와 고가차도를 통과하여 마침내 윈트로프 가의 이 주차장에 도착한 것이었다.

오늘 아침 출근을 하려 한 것부터 미친 짓이었다. 그러나 나는 지난 3주 동안 내가 쓴 책『세계에서 제일 위대한 상인』의 판매 촉진을 위한 국내 여행을 했으며, 49회나 라디오와 TV에 출연하고 신문기자와 20여 차례나 회견을 가지면서 끈기야말로 성공의 가장 중요한 비결이라고 말했으니, 설혹 이러한 자연의 분노라 해도 물러설 수가 없었던 것이다.

더구나 오는 금요일에는 이사회가 열릴 예정이었다.

「무한한 성공 Success Unlimited」 잡지의 사장인 나는 오늘 월요일부터 주말까지 우리 회사의 지난해 실적과 내년도 사업 계획을 각 부장들과 상의해야만 했다.

나는 항상 해왔던 것처럼 이사회의 회의실에 들어섰을 때 내게 던져질지도 모를 예상 외의 질문에 대한 준비를 해 두고 싶었던 것이다.

이 주차장은 허술한 지역의 가운데에 있어 하루에도 두 번씩 그 면모가 달라진다. 즉, 저녁과 밤은 중고차 브로커들에게 고철로 팔아 버려야 할 그런 차들로 가득 채워졌다. 이런 차들은 이 지역 아파트 입주자들의 소유로, 그들은 검정 투성이 빌딩 사이의 좁은 길에 세워둘 수가 없었던 것이다.

그러나 아침이 되면 그 차들은 근처 교외의 공장으로 떠나가고 이 주차장은 변호사나 의사, 그리고 로욜라 대학생들이 그들의 업무를 위해 교외에서 몰고 온 머어시드, 캐딜락, 코베트, BMW 등의 고급 승용차로 채워지는 것이었다.

사시사철 이 주차장은 더러웠고 이 지역 모든 주민들의 쓰레기가 쌓여져 있었다.
　나는 일년 내내 이곳에 주차해 오면서도 누구 한 사람 주차장 외부를 둘러 싼 녹슨 철책 주위에 쌓여진 병균이 들끓는 소리며 젖은 신문지 조각, 양철 깡통이랑 빈 술병들을 치우려 하는 것을 본 적이 없었다.
　이 주차장이 그대로 남아 있는 이유는 열 블럭 이내에는 다른 공용주차장이 없기 때문이었다.
　그러나 오늘만은 주차장의 모든 쓰레기가 거의 3피트 이상 깊이 눈 속에 묻혀버림으로서 이곳은 내게 태평양 글로브 해안의 흰 모래사장을 연상케 하였다. 오늘 아침에는 분명 이곳 주민들이 떠나간 흔적이 보이지 않았다. 아마 자동차들이 눈 속에 묻혀 버린 것을 보고는 다시 침대로 들어가 버렸거나 버스로 출근을 한 모양이었다.
　주차장 입구에는 콘크리트로 만든 두 개의 기둥이 약 9피트 간격으로 세워져 있었고 그 기둥에는 커다란 철문이 부착되어 있었다.
　문을 열고 주차장 안으로 들어가려면 25센트짜리 동전 2개를 휜 금속통의 구멍 사이에 넣고 그 동전에 의해 전기로 문이 열리기를 기다려 차를 몰고 들어가는 것이다. 그런 후 차바퀴가 아스팔트의 기계장치를 누르게 되면 문은 뒤에서 자동적으로 닫히게 된다.
　주차장을 나오려면 또 동전 2개가 필요하다. 그렇게 하지 않으려면 매달 20달러를 지불하면 특별한 열쇠를 내준다. 열쇠를 별도의 노란 통에 꽂으면 언제건 문이 열린다.
　비둘기들에게 모이를 주고 있는 사마리아인(역주 : 사마리아인은 착한 사람을 일컫는 대명사)으로부터 시선을 돌린 후, 나는 차고의 문 열쇠를 들고 차문의 아래 부분보다 더 높이 쌓인 눈을 밀어내며 천천히 밖으로 나왔다.
　노인은 먹이 주는 것을 멈추고 내가 가는 것을 한참 보다가 손을 흔들었다. 개는 한번 짖었으나 주인이 무슨 말인가 하자 금방 조용해졌다.
　나는 노인을 향해 머리를 끄덕이고 억지로 미소를 지어 보였다. 나의 "굿모닝" 소리는 소음을 흡수하는 눈발에 둔화되어 이상스럽게 들렸다. 그리고 그의 대답 소리는 마치 건물에 부딪쳤다가 다시 울리는 것 같은 깊숙한 목소리였다.

대니 토머스 씨가 라디오 해설자인 폴 하베이 씨를 만났을 때 대니는 이렇게 말했었다.
"토니 씨! 차라리 하나님이 되는 것이 좋을 것 같소. 너무도 하나님의 목소리를 닮았구료."
그러나 지금 이 목소리에 비한다면 내 친구 폴의 목소리는 어린이 성가대 소년의 목소리라고 할 수 있을 것이다.
"이 아름다운 날에 축복이 있기를 바라오!"
나는 그의 말에 반박할 기력도, 생각도 없었다. 나는 열쇠를 노란 통 속에 넣어서 기계장치가 작동하는 소리가 들릴 때까지 돌렸다. 그런 후 반은 미끄러지며 반은 걸으며 나의 차로 돌아왔다.
내 뒤에서 내가 매일 들었던 것과 같은, 자동차가 들어갈 수 있도록 문이 열리는 소리가 들려왔다.
그러나 내가 차로 돌아와 차고에 들어가기 위해 시동을 걸려고 하자 문은 쾅하는 금속성 소리를 내면서 닫히고 본래의 수평상태로 되돌아갔다.
나는 한숨을 내쉬며 다시 차를 정지 위치에 고정시키고 찬 눈을 밟으며 다시 올라가 노란 통에 열쇠를 넣고 다시 돌렸다. 문은 다시 한 번 올라가서 녹이 슨 끝부분이 눈송이로 가득 찬 하늘을 향했다가 쾅하고 다시 떨어지고 말았다.
나는 열쇠를 다시 돌렸으나 결과는 마찬가지였다. 아마 습기 때문에 전선이 합선을 일으키는 것이 아닐까? 도리가 없다. 결국 주차장 안에 차를 주차시키는 방법은 없었다. 그렇다고 차를 길거리에 세워 두면 틀림없이 견인차가 와서 끌고 가 버릴 것이다. 나는 눈에 무릎까지 빠진 채 그 곳에 서서 눈에 떨어진 눈송이를 비벼 털어내면서 이런 날씨에 차를 타고 나온 나의 어리석음을 저주하고 있었다.
내가 이제껏 쓰고 말해 왔던 인내의 값어치에 대하여 회의를 느끼기 시작했을 때, 비둘기에게 모이를 주던 그 노인이 자책감에 사로잡혀 있는 내게 말을 건넸다.
"도와 드리지요."
노인의 무게 있는 목소리는 참으로 도움의 제안이면서도 일종의 명령이었다. 그가 가까이 걸어왔기 때문에 나는 그의 놀라운 얼굴을, 수척한 얼굴에 깊이 파여진 주름살, 갈색의 큼직한 두 눈을 자세히 쳐다보았다.

나도 작지 않은 키였으나 그의 키는 거의 7피트는 되어 보였다. 나는 미소를 지으며 마치 아브라함 링컨과도 같이 생긴 그에게 어깨를 으쓱해 보였다.

"감사합니다. 어쩔 도리가 없을 것 같군요."

그의 눈과 입 언저리의 깊은 주름은 일찍이 내가 인간의 얼굴에서 본 일이 없는 너무나도 부드럽고 다정스러운 모양을 그렸다.

그는 말썽을 부리고 있는 문을 가리켜 보였다.

"과히 어렵지 않아요. 열쇠를 통에 넣고 다시 돌려 주시오. 문이 올라가면 내가 그 밑에 서서 손을 뻗쳐 당신 차가 지나갈 때까지 잡고 있다가 내리면 되니까요."

"무거운 문입니다."

노인의 웃음 소리가 주차장 안을 울렸다.

"나는 늙었지만 상당히 건강합니다. 우리가 노력하면 틀림없이 해결할 수 있어요. 카알라일은 모든 훌륭한 업적들도 처음에는 불가능한 것처럼 보인다고 말했어요."

"카알라일?"

"그렇습니다. 토마스 카알라일. 19세기 영국의 수필가죠."

정녕 믿기 어려운 일이었다. 나는 얼굴에 눈발을 맞으며 발은 젖어 얼어붙은 상태로 서서 70세도 넘어 보이는 장발의 늙은 히피에게 영국문학에 대한 작은 강의를 듣고 있는 것이었다.

달리 방법이 없을까? 나는 선택의 자유를 대단히 중요시하는 사람이지만 또한 선택의 여지가 없는 그런 시간과 상황에 처해질 경우도 있다는 것을 알고 있었다.

나는 고맙다고 말하고 나서 노인이 그의 사냥개를 끌고 가서 철책에 매고 돌아올 때까지 기다렸다.

그는 나에게 와서 머리를 끄덕였다. 나는 마치 최면술에 걸린 사람처럼 노인의 말없는 명령에 따라 열쇠를 통에 꽂고 돌렸다. 낑낑거리는 소리가 나며 문이 올라갔다. 그러자 노인은 문 밑에 서서 문이 내려오려고 할 때 차가운 쇠창살을 꽉 붙잡았다.

나는 여러 번 생각을 해 보았지만 그 다음 몇 분 동안의 일에 대해서는 기억이 나지 않는다. 아마 급히 서둘러 조금밖에 먹지 않았던 아침과 긴 자동차 여행의 피로가 일시에 엄습했던 것 같았다.

나는 현기증이 나고 눈동자도 초점을 잃고 있었다. 마치 누군가 내 안경유리에 크림을 발라 놓은 것 같은 상태였다. 묘한 전율이 전신을 타고 흘러, 나는 내 눈앞의 환상을 잡으려고 애썼다.

쏟아지는 눈 때문에 나는 겨우 그의 목에 걸려 있는 나무 십자가를 볼 수 있었고 긴 머리와 턱수염, 45도 각도로 쭉 뻗은 그의 손이며 주차장 문의 기둥, 창살들은 골고다 언덕을 향하고 있는 사형수가 메고 가는 파티블름처럼 보였다.

그의 목소리가 갑자기 나의 환상을 깨뜨리고 들려왔다.

"어서 차를 몰아요!"

나는 액셀러레이터에 천천히 압력을 증가시켰다. 차바퀴는 이 낯선 노인을 지나서 천천히 움직였고 철문을 통과하여 안으로 들어갔다.

나는 조심스럽게 차를 몰아 눈이 약간 덜 쌓여 있는 곳에 세웠다. 내 손이 떨리고 있었다. 머리는 욱신거렸으며 다리도 떨렸다.

뒷좌석에 있는 서류가방을 들고 차에서 내리려다 나는 눈에 미끄러져 넘어졌다. 일어나서 눈을 턴 후에 차의 문을 잠갔다.

그리고는 노인에게 감사를 드리려고 문을 향하여 돌아섰다. 그러나 나의 구세주는 이미 온데간데없었다.

2

내가 그를 다시 본 것은 초여름을 맞이하려는 늦은 봄이었다.

항상 그랬던 것처럼 지루한 금요일이었다. 월간잡지의 발행에 따른 일상업무에 관한 문제들이 산적해 있었는데 나는 급한 일들을 모두 처리하고 지친 몸으로 혼자 남아 앉아 있었다.

나는 책상 앞에 앉아 탁상시계가 째깍거리는 소리를 들으며 어떻게 교통지옥을 뚫고 집으로 돌아갈까를 걱정하고 있었다.

지금 이 시간에도 고속도로는 꽉 막혀 있을 것이었다. 갑자기 여러 잡념이 뇌리에 떠올랐다.

(나는 왜 이렇게 열심히 일을 하는 걸까?)

(일단 우두머리가 되면 좀 쉬워질 거라고 생각했나? 왜 사직을 하지 않지? 책의 인세는 벌써 월급의 4배를 초과하고 있지 않은가?)

(잡지사가 성공한 지금 무엇을 더 얻으려고 하는 걸까?)

(왜 아직도 가슴 속에 품고 있는 책들을 집필할 조용하고 평화스러운 곳을 찾지 않는가?)

나는 고작 3명의 직원, 월 판매부수가 4천여 부에 지나지 않는「무한한 성공」잡지사를 인수하여 현재는 34명의 직원과 월간 판매량이 20만 부의 규모로 키워 놓았다. 그러나 나는 아직도 국내에는 1억 2천만에 달하는 잠재구독자가 있다는 것을 알고 있었다.

누군가가 한 말이 생각난다.

"자만심의 시초는 천국에 있다. 자만심의 전진은 땅에 있으며 자만심의 종말은 지옥에 있다"

제기랄! 더 기억이 나지 않는다.

나는 안경을 서류가방에 넣고 상의와 외투를 들고 불을 끈 뒤 사무실 문을 잠갔다. 브로드웨이와 데본 가의 길모퉁이에 가로등만 어둠을 밝히고 있었다.

나는 루트 사진관을 지나 우리 건물이 있는 뒤쪽 골목 어귀에서 길을 건너고 공중 철로 밑을 지나 '주차비—50센트'라고 희미하게 씌어진 간판이 붙어 있는 지저분한 주차장 입구로 들어갔다.

이젠 거의 이곳 주민들 차로 채워져 있는 어둠이 깔린 주차장을 반쯤 횡단해 갔을 때, 나는 그를 보았다.

그의 길다란 실루엣이 조용히 트럭이 주차해 있는 뒤편에서 걸어왔다. 비록 컴컴하기는 했지만 노인의 뒤에 따라오는 개를 보기도 전에 나는 그를 알아보았다. 나는 몸을 돌려 그에게로 다가갔다.

"안녕하십니까?"

그 깊숙한 베이스의 목소리는 대답했다.

"이처럼 좋은 날에 당신에게 축복이 내리기를 바랍니다."

"전에 눈 오는 날 도와주신 것을 감사 드릴 기회가 없었습니다."

"아무것도 아닌 걸요. 우리는 모두 서로 돕기 위해 이 땅에 태어난 거죠."

내 바지자락에 코를 들이대는 사냥개의 등을 쓰다듬은 후 나는 노인에게 악수를 청했다.

"전 만디노라고 합니다. 오그 만디노."

노인은 커다란 손으로 내 손을 잡았다.

"당신을 만나게 되어 영광입니다. 만디노 씨, 내 이름은 시몬 포터, 그리고 네발 달린 내 친구는 라자루스라고 하죠."

"라자루스?"

"그렇습니다. 이 개는 얼마나 잠꾸러기인지 죽었는지 살았는지도 모르게 자고 있을 때가 많아요. 만디노 씨, 미안합니다만 당신의 이름이 퍽 이상하군요. 오그, 오그……, 어떻게 쓰죠?"

"오우(O) 지(G)"

"그게 당신의 진짜 이름입니까?"

나는 밝게 웃었다.

"아닙니다. 내 본명은 아우구스틴입니다. 고교시절에 나는 학교 신문에 칼럼을 썼는데, 어느 때 나는 아우그(AUG)라고 서명했습니다. 그후 좀 달리 해 보자고 오그(OG)로 붙였습니다."

"정말 희귀한 이름이군요. 오그란 이름이 많지 않을 겁니다."

"하나도 많다는 말이 있지요."

"아직도 글을 쓰고 계시나요?"

"예."

"어떤 종류의 글을 쓰시는지요?"

"책도 쓰고 기사도 쓰지요."
"만디노 씨의 책이 출판된 적이 있습니까?"
"예, 지금까지 다섯 권이 출판되었습니다."
"놀라운 일이군요. 이런 빈 포도주 병 사이에서 작가를 만날 줄이야."
"시몬 씨, 오히려 이런 곳이 많은 작가를 만날 수 있는 장소가 아닐까요?"
"예, 정말 유감스럽습니다만 사실입니다. 저도 역시 글을 쓰고 있습니다만 고작 시간이나 보내고 만족감을 얻기 위해서죠."
노인은 나에게 다가와서 내 얼굴을 주시했다.
"만디노 씨, 아니 오그 씨라고 부르는 편이 나을까요? 피곤해 보이는군요."
"예, 피곤합니다. 긴 하루였습니다. 또 긴 일주일이었지요."
"집이 여기서 멀리 떨어져 있습니까?"
"약 26마일 됩니다."
시몬 포터는 돌아서서 긴 팔로 주차장 맞은편에 있는 4층의 갈색 벽돌 아파트 건물을 가리켰다.
"저기서 살고 있어요 2층이지요. 집으로 돌아가시기 전에 저의 집에 가셔서 쉐리주나 한 잔 드십시다. 피로가 풀릴 테니까요."
나는 거절을 하려고 했는데 눈이 오던 날과 마찬가지로 그의 말에 따르고 싶은 기분이 들었다.
나는 차의 문을 열고 외투와 가방을 넣은 후 차 문을 잠그고 라자루스를 뒤따라갔다.
우리들은 먼지가 쌓인 로비를 지나 노란 플라스틱 명패가 붙은 곰보가 된 황동제 우편함을 지나, 닳아서 움푹움푹 패인 콘크리트 계단을 올라갔다.
시몬은 주머니에서 열쇠를 꺼내 열쇠구멍에 넣고 돌렸다. 21호라는 붉은색 방 번호가 얼룩이 진 문 위에 있었다.
그는 문을 밀어 열고 나에게 들어오라는 손짓을 했다. 그는 전기 스위치를 켜며 말했다.
"사는 곳이 누추해서 죄송합니다. 라자루스와 단 둘이서 살고 있고 또 집안 정돈을 하는 솜씨가 엉망이라서요."
  그의 변명은 필요가 없는 것이었다. 작은 거실 구석구석은 깨끗할 뿐만 아니라 천정에는 거미줄 하나 없었다.
  나는 실내에 들어서자마자 수백 권의 책들이 주인 만큼이나 키가 큰 두 개의 책꽂이에 가득히 꽂혀 있는 것을 발견했다. 나는 이상스러운 표정으로 시몬을 쳐다보았다.
  그는 어깨를 으쓱하더니 부드러운 미소를 머금은 채 말했다.
  "늙은이가 읽고 생각하는 일을 빼고 무엇을 할 수 있겠습니까? 자, 편히 앉으십시오. 우리집 쉐리주를 한 잔 따라 드릴 테니."
  시몬이 주방으로 가 버렸을 때 나는 그의 책 앞으로 가서 그 책들이 이 신기한 거인에 관하여 내게 무엇인가 알려 주기를 기대하며 책들의 제목을 읽기 시작했다.
  윌 듀란의 시이저와 그리스도(Will Durant's Caesar And Christ), 카릴 지브란의 예언자(Gibran's The Prophet), 플루타크 영웅전(Plutarch's Lives of Great Men), 풀톤의 신경계통의 생리학, 골드스타인의 유기적 조직체, 아이슬레이의 불가사의한 우주(Eiseley's The Unexpected Universe), 세르반테스의 돈키호테(Cervantes's Don Quixote), 아리스토텔레스 전집(Aristoteles's Works), 프랭클린의 자서전(Franklin's Autobiography), 메닝거의 인간의 마음(Menninger's The Human Mind). 캠피스의 그리스도의 모방(Thomas A. Kempis-The Imitation of Christ), 탈무드(The Talmud), 몇 권의 성경……
  주인은 술잔을 들고 내게로 걸어왔다. 나는 잔을 받아서 가볍게 그의 잔에 갖다 댔다. 두 개의 유리잔이 맞닿는 소리가 조용한 방안을 울렸다. 시몬이 말했다.
  "우리의 우정이 오래도록 지속되기를!"
  나는 "아멘"하고 대답했다. 그는 유리잔을 든 채 책들을 가리켰다.
  "나의 장서들을 어떻게 생각하십니까?"
  "정말 놀랍습니다. 내 것이라면 좋겠습니다. 여러 방면에 관심을 갖고 계시는군요."
  "뭐 그렇지도 않습니다. 이건 모두 몇 년 동안 헌 책방에서 심심풀이로

사 본 것입니다. 하지만 이 책들은 모두 공통되는 주제를 갖고 있으며, 또 그것으로 한권 한권마다 특별한 의미를 지닌답니다."
"특별한 의미요?"
"그렇습니다. 이 책들은 제 나름대로 이 세상의 가장 위대한 기적의 일부분을 설명해 주고 있기 때문에 나는 이 책들을 '하나님의 손길'이라 부릅니다."
"하나님의 손길이라구요?"
"그걸 말로 설명하기는 힘든 노릇입니다. 하지만 저는 어떤 음악. 예술작품, 소설과 희곡들은 작곡가, 예술가, 작가, 또는 희곡 작가들에 의해 만들어진 것이 아니라 하나님에 의해 만들어졌으며 우리가 그 작품의 제작자라고 생각하는 그 사람들은 하나님께서 우리에게 의사를 전달하기 위해 고용한 사람이라고 믿고 있습니다. 왜 그러십니까? 오그 씨!"
나는 시몬의 말을 듣고 놀라지 않을 수 없었다. 왜냐하면 바로 2주일 전에 뉴욕에서 인기 있는 라디오 대담자 배리 파버 씨가 내 책에 대하여 청중들에게 격찬을 하면서 바로 '하나님의 손길'이란 말을 사용하였기 때문이다.
"그럼 당신은 옛날 유대 예언자들의 시대에 그랬던 것처럼 하나님께서 오늘날도 우리에게 의사를 전달하고 계신다고 믿고 있습니까?"
"저는 그렇게 믿습니다. 수천 년 동안 세상은 하나님의 뜻을 전달하고 설명하는 많은 예언자들을 목격해 왔습니다. 엘리야, 아모스, 모세, 에스겔, 이사야, 예레미야, 사무엘 외에 예수와 바울에 이르기까지 수많은 위대한 사도들, 그리고 후로는 더 없을까요? 그렇게 생각하지 않습니다. 많은 하나님의 예언자들이 조롱받고 벌을 받고 고문을 당하고 심지어는 학살당하기까지 하였지만 하나님은 결코 우리들을 버리시거나 돌아서지는 않을 것입니다. 이렇게 긴 세월 동안 하나님의 목소리를 듣지 못하였으므로 그는 정말 돌아가신 것이 분명하다는 추측을 하고 있는 사람도 있습니다. 그러나 나는 하나님께서 모든 세대를 통하여 특별한 사람, 재능 있는 사람, 명석한 사람들을 여러 가지 형태의 하나님의 전갈을 가진 사람들로 보내 왔으며, 또 모든 인간은 이 세상에서 가장 위대한 기적을 행할 수 있는 능력을 갖고 있다고 믿습니다. 그리고 인간들의 가장 큰 잘못은 문화의 발달이란 보잘것없는 일에 집착한 나머지 이 하나님의 전갈을 이해하지 못하고 있다는 것입니다."
"모든 인간이 할 수 있는 그 위대한 기적이란 무엇을 의미합니까?"
"오그 씨, 먼저 기적의 정의를 내릴 수 있으십니까?"
"할 수 있을 것 같습니다. 자연이나 과학의 법칙에서 벗어나 발생한 어떤 사건 다시 말하면 이런 법칙들의 순간적인 정지상태라고나 할까요?"
"좋습니다. 그렇다면 당신이 이런 자연 및 과학법칙을 정지시키는 기적을 수행할 수 있다고 생각하십니까?"
나는 웃으면서 머리를 가로 저었다. 노인은 일어나서 차 탁자 위에서 유리로 만든 컵을 집어 내 앞으로 내밀었다.
"내가 이것을 떨어뜨리면 이건 바닥에 떨어질 것입니다. 그렇죠?"
내가 머리를 끄덕이자 그는 말을 이었다.
"이 컵이 바닥에 떨어지는 건 무슨 법칙이죠?"
"물론 중력의 법칙이지요."
"맞았습니다."
그런 뒤 그는 아무말없이 그 컵을 떨어뜨렸다. 거의 본능적으로 나는 그것이 바닥에 떨어지기 전에 받았다.
시몬은 그의 손을 포개고 만족한 미소를 지으면서 나를 내려다보았다.
"오그 씨, 당신은 지금 무엇을 하셨는지 아시겠습니까?"
"당신의 컵을 받았습니다."
"그 이상의 의미가 있습니다. 당신의 행동은 중력의 법칙을 순간적으로 정지시켰습니다. 기적을 어떻게 정의 내리든 간에 당신은 지금 막 기적을 행한 것입니다. 자, 그렇다면 이 세상에서 행해진 가장 위대한 기적은 무엇이라 생각하십니까?"
나는 한참동안 생각을 했다.
"아마도 죽은 사람이 다시 살아나는 그런 경우일 것 같습니다."
"저도 동감입니다. 세상의 모든 사람이 그렇게 생각하리라고 저는 확신합니다."
"하지만 그것이 당신이 쌓아 둔 저 책들과 무슨 연관이 있습니까? 결코 죽은 사람을 다시 살려내는 그런 비결이 씌어져 있지는 않겠지요?"
"오그 씨, 씌어 있구 말구요. 대부분의 사람들이 정도의 차이는 있겠지만 이미 죽었습니다. 이런 면이나 저런 면에서 그들은 꿈과 야심과 보다 나은 삶을 위한 욕망을 잃었습니다. 그들은 자존심을 위한 투쟁을 포기했고 무한한 잠재능력을 발휘하지 못하고 있습니다. 그들은 절망과 눈물의 나날로 가득 찬 평범한 삶에 만족하고 있습니다. 그들은 자신이 선택한 무덤에 갇혀 있는 송장에 불과합니다. 그러나 그들이라고 꼭 그런 상태로 있어야만 하는 것은 아닙니다. 그들은 불행한 지금의 상태로부터 회생할 수 있습니다. 그들은 누구나 세상에서 가장 위대한 기적을 행할 수 있습니다. 그들은 죽음으로부터 다시 소생할 수 있으며, 저기 있는 모든 책에는 그들이 바라고 갈구하는 가장 값진 삶을 영위할 수 있는 간단한 비결과 그 기법, 그리고 방법들이 들어 있습니다."

나는 무엇을 어떻게 말해야 할지, 어떤 태도를 취해야 할지를 몰랐다. 나는 앉아서 그가 침묵을 깨뜨릴 때까지 쳐다보았다.

"오그 씨, 당신은 사람들이 자기들의 삶을 위해 이런 기적을 행할 능력이 있다는 것을 인정하십니까?"

"그렇게 생각합니다."

"당신은 이런 기적에 대한 것을 당신의 저서에 쓴 적이 있습니까?"

"때때로."

"당신이 쓴 책을 읽고 싶군요."

"좋습니다. 내가 처음 출판한 책을 한 권 드리지요."

"거기에도 기적에 관한 것이 씌어져 있습니까?"

"물론입니다. 아주 많이……"

"당신은 그 책을 쓸 때, 하나님의 손길을 느꼈습니까?"

"잘 모르겠군요. 시몬, 그런 것 같지는 않습니다."

"오그 씨, 그 문제는 내가 당신의 책을 읽은 후에 얘기할 수 있을 것 같군요."

이런 얘기들을 한 뒤 우리는 조용히 앉아 있었다. 데본 가를 따라 질주하는 트럭과 버스들의 소음만이 이따금 정적을 깨뜨렸다.

나는 쉐리주를 홀짝이며 몇 개월만에 처음으로 긴장이 풀리는 것을 느꼈다. 나는 잔을 의자 옆에 있는 작은 식탁 위에 놓고 작은 황동 테의 액자에 끼워진 두 개의 사진을 쳐다보았다.

하나는 아름다운 검은색 피부의 여인이었으며 또 하나는 군복차림을 한 청년의 모습이었다. 내가 시몬을 쳐다보자 그는 내 무언의 질문을 알아차렸다.

"내 아내와 아들입니다."

나는 묵묵히 머리를 끄덕였다. 그의 목소리는 너무도 부드러워 거의 들리지도 않았으며 마치 그 작은 거실의 공간을 떠돌아 나에게 날아오는 것 같았다.

"모두 죽었습니다."

나는 눈을 감고 다시 한 번 머리를 끄덕였다. 그의 다음 목소리는 거의 속삭임이었다.

"1939년 다카우에서."

내가 눈을 떴을 때 노인은 그의 머리를 숙이고 두 손을 움켜쥔 채 이마에 대고 있었다. 그런 뒤 순간적이나마 낯선 사람에게 자신의 슬픔을 보인 것이 민망스럽다는 듯이 일어나서 억지로 미소를 지었다.

나는 화제를 바꾸었다.

"시몬 씨, 지금은 무엇을 하고 계십니까? 직업이 있나요?"

노인은 잠시 망설였다. 그리고는 다시 미소를 보이며 두 손을 허공에다 한번 휘저었다.

"오그 씨, 저는 넝마주이입니다."

"네? 1930년대 초기 이후에는 넝마주이나 영세민을 위한 무료 식당, 그리고 굶주린 사람들의 데모는 없어진 걸로 알고 있는데요?"

시몬은 그의 큼직한 손을 내 어깨 위에 올려놓고 지긋이 눌렀다.

"오그 씨, 넝마주이란, 밥벌이를 하기 위하여 길거리나 쓰레기 더미에서 넝마나 그밖의 폐품들을 수집하는 사람입니다. 이런 종류의 넝마주이는 오늘날은 완전고용으로 인해 미국사회에서 거의 사라졌습니다. 상황이 변하면 이런 사람들을 다시 볼 수도 있습니다."

"저는 그렇게 생각하지 않습니다. 오늘날의 범죄 발생률을 보더라도 밀수나 무장강도, 절도 등 넝마를 줍는 것보다 훨씬 쉽게 많은 돈을 벌 수 있다고들 생각하고 있는 게 분명합니다."
"당신 말이 옳은 것 같아 걱정이 됩니다. 그러나 오그 씨, 요즈음처럼 종이와 금속류 값이 상승하면 넝마주이나 고철주이도 돈을 잘 벌 수 있다고 생각됩니다. 그러나 나는 그런 종류의 넝마주이는 아닙니다. 나는 낡은 신문지나 빈 맥주 깡통보다는 더 값이 나가는 것을 찾고 있습니다. 나는 다른 사람이나 또는 그들 자신에 의해 버려진 사람, 또는 훌륭한 잠재능력을 가지고 있으면서도 그들의 자존심과 보다 나은 생활을 영위하려는 욕망을 잃어버린 그런 폐품 인간을 찾고 있습니다. 저는 그들을 발견하면 새로운 희망의 신념과 방향을 주입시켜 죽음과도 같은 생활에서 벗어나게 하여 풍요한 생활을 영위할 수 있도록 이끌어 왔습니다. 이것이 내게는 세계에서 제일 위대한 기적입니다. 물론 이런 모든 지혜는 나의 '하나님의 손길' 책들로부터 얻어졌습니다. 말하자면 그게 내 직업인 셈이죠. 자, 내가 언제나 메고 다닌 이 나무 십자가를 보십시오. 이건 한때 선박회사에서 사무를 맡고 있던 한 젊은 청년이 새긴 것입니다. 나는 어느 날 밤 우연히 그를 윌슨 로에서 만났는데……, 차라리 어느 날 밤 우연히 만나게 되었다는 것이 옳은 표현이겠군요. 그는 취해 있었습니다. 나는 그를 이곳에 데리고 왔습니다. 진한 커피 몇 잔과 냉수욕과 약간의 음식을 준 후 우리는 얘기를 했습니다. 그는 그의 부인과 두 자식을 부양할 능력이 없다고 생각하며 완전히 실의에 빠져 있었습니다. 그는 두 가지 직업에 종사해 왔으며 거의 3년 동안 하루에 17시간 이상을 일했고 더 이상 견딜 수 없는 지경까지 도달해 있었습니다. 내가 처음 그를 만났을 때 그는 술로 현실을 외면하려는 상태에 있었습니다. 죽은 것과 다름없는 자신의 삶과, 그는 그의 가정을 이끌 자격이 없다고 말하는 자신의 양심을 애써 외면해 보려고 하고 있었습니다. 나는 그의 상태가 정상이며 아직 희망이 있다고 그를 설득했습니다. 그리고 그는 거의 매일 밤 저녁 일을 나가기 전에 나를 방문하기 시작했습니다. 우리들은 옛날과 현대에 있어서의 수많은 행복과 성공의 비결에 대해 토론하였습니다."

"그래서 어떻게 되었나요?"

"예, 천 달러가 모이자 그는 두 가지의 직업을 버리고 정든 플리머스를 떠나 애리조나로 이주했습니다. 지금 그들은 스트코데일 근교 길가에 조그만 가게를 내어 나무로 조각을 하여 상당한 수입을 올리고 있습니다. 그는 가끔 나에게 편지를 하며 그의 생활을 변화시키도록 용기를 준 하나님에게 언제나 감사하고 있다고 했습니다. 이 십자가는 그가 처음으로 조각한 것입니다. 그는 현재 결코 부자는 아니지만 행복에 가득 찬 생활을 하고 있습니다. 오그 씨, 당신도 아시겠지만 사람이란 자신을 감금시키며 그 속에서 일정한 시간이 경과하면 그 울타리 내에 익숙해져 평생을 갇혀 있어야 한다는 그릇된 생각을 사실화시켜 버리는 것입니다. 일단 이런 생각이 고착되면 우리는 꿈과, 더 나은 생활을 위한 행동을 포기하게 됩니다. 우리들은 꼭두각시가 되어 살아 있는 시체에 불과하게 되며 고통스러워하게 됩니다. 다른 사람의 행복이나 어떤 대의, 혹은 사업을 위하여 당신을 희생시키는 것은 값있고 고상한 일이지만, 비참함과 불행함을 느끼면서도 그런 생활을 계속한다면 그건 위선이요, 거짓말이며, 창조주께서 당신에게 보여 준 믿음에 대한 배반이 되는 것입니다."

"시몬, 화내지 마세요. 그러나 그런 행위로 인하여 타인의 삶을 방해하거나 또는 당신이 그런 행동을 할 수 있는 권리가 없다고 생각해 본 적은 없습니까? 또 그들은 당신을 찾아 다니지도 않습니다. 당신은 그들을 찾아내야만 하며, 그들에게 신념을 주어 그들의 마음이 변할 때 새로운 삶을 누릴 수 있는 것입니다. 당신은 하나님과 같은 역할을 하려고 하십니까?"

노인은 부드러운 표정으로 나의 인식과 이해의 부족에 대해 연민의 표정으로 쳐다보았다. 그의 대답은 간단했고 관용으로 가득 차 있었다.

"오그 씨, 나는 하나님의 역할을 하는 것은 아닙니다. 곧 당신은 하나님께서 자주 인간의 역할을 한다는 것을 배우게 될 것입니다. 하나님도 인간 없이는 무슨 일도 행할 수 없으며 그의 기적은 항상 인간을 통해 나타납니다."

그는 내가 사무실에서 누구와 이제 그만 이야기를 끝내야겠다고 생각할 때 즐겨 쓰는 수법처럼 갑자기 일어서서 우리의 만남을 끝맺었다.

나는 악수를 한 후 로비로 걸어 나왔다.
"당신의 호의와 쉐리주에 감사드립니다."
"오그 씨, 정말 즐거웠습니다. 기회가 있으면 꼭 당신의 책을 한 권 보내주시기 바랍니다."
나는 집으로 돌아오는 동안 한 가지 의문점이 떠올랐다. 그가 정말 폐인을 구제하는 일을 직업으로 하는 사람이라면 영향력 있고, 번창하는 회사의 사장으로서, 국내적인 베스트 셀러를 써내고, 높은 율의 세금을 지불하는 나와 같은 사람과 함께 그의 시간을 허비하는 이유가 무엇일까?

3

며칠 후, 주차장 안의 차에서 내리면서 나는 위글리 경기장 안내 방송 소리보다 더 나지막한 목소리가 내 이름을 부르는 것을 들었다.
주위를 둘러보았으나 아무도 보이지 않았다.
"오그 씨, 이 위예요!"
시몬은 그의 이층 아파트 방 창가의 화분들 위로 몸을 내민 채 조그만 푸른색 물 뿌리개를 흔들고 있었다.
나는 손을 흔들었다.
"오그 씨, 오그 씨……, 당신의 책, 당신의 책, 약속을 잊지 마세요."
나는 머리를 끄덕였다.
그는 방안을 손가락으로 가리켰다.
"오늘 저녁……, 퇴근 시간 전에?"
나는 다시 머리를 끄덕였다. 그러자 그는 미소를 지으며 소리쳤다.
"당신을 위해 쉐리주를 준비하겠습니다."
나는 손을 흔들어 보이고는 차 문을 닫고 사무실로 향했다.
(시몬 포터, 당신은 누구인가?)

(시몬 포터, 당신은 무엇인가?)
(시몬 포터, 당신의 의도는 무엇인가?)
사무실로 가는 동안 발자국을 옮길 때마다 이런 세 가지 의문이 나의 뇌리에 맴돌았다.
이 노인에 대한 나의 감정은 걷잡을 수 없었으며, 그것은 나를 매우 괴롭혔다. 알 수 없는 어떤 이유로 그는 나를 매혹시켰으며, 또한 겁이 나게 하고 있었다.
그의 외모와 행위는 내가 상상해 왔던 성서에 나오는 예언자나 다른 신비한 인물들과도 같았다. 그에 관한 생각은 책에 대한 검토를 할 때라든지, 부탁받은 원고를 읽고 있을 때, 예산회의 바쁜 도중 등 아주 이상한 시간에 떠오르는 것이었다.
그의 얼굴이며, 목소리, 태도가 생각날 때는 내가 아무리 업무에 집중하려 해도 순간적으로 나의 생각을 흐트러지게 하는 것이었다.
그는 도대체 누구인가? 그는 어디서 왔는가? 시대에 뒤떨어진 이 예언자가 대관절 나에게 무엇을 하려고 하는 걸까?
(오늘 저녁에는 확답을 얻으리라. 내 마음의 평안을 위해서도 꼭 그렇게 해야 한다.)
일과가 거의 종료되었을 때 나는 비서인 패트 스미스에게『세계에서 제일 위대한 상인』한 권을 꺼내 오도록 했다. 그녀는 책을 나에게 준 후 말했다.
"다른 부탁은 없습니까?"
"됐어 패트, 내일 봐요. 안녕."
"그럼 먼저 가겠어요. 나오실 때 커피 포트 스위치를 잊지 말고 꺼 주세요."
"잊지 않겠어."
"하지만 사장님께서는 지난번 밤 늦게까지 일하실 때도 그렇게 말씀하셨는데 두 개나 태워 버렸잖아요?"
패트 스미스가 나간 후 '소문 없는 베스트 셀러'라고 독서지의 평을 받고 있는 나의 책을 들고 의자에 앉았다.
그 책은 4년 동안 주요 도시의 베스트 셀러 목록에는 한번도 오른 적이 없었지만 이미 해롤드 로빈스(Harold Robbins)나 어빙 월레스(Irving Wallace), 그리고 재클린 수잔(Jacqueline Susann)의 어떤 책보다도 판매 부수가 능가했다.

이젠 몇몇 보급판 출판업자들이 판권을 얻기 위해 거액의 홍정을 하려고 한다는 소문까지 있었다.

여섯 자리의 액수……, 홈런이다! 내가 그 돈을 감당할 수 있을까? 그 갑작스런 돈과 보급판 출판업자들을 위한 국내 순회를 감당해 낼 수 있을까?

이런 모든 것을 얻게 된다면 내 지위는? 행여 나중에 후회가 되지는 않을까?

나는 전날 시몬이 말했던, 우리 인간은 스스로를 감옥에 빠뜨린다는 말이 생각났다.

이런 모든 성공은 나를 해방시키는 것일까? 아니면 구속시키는 것일까? 결과를 보기 전에 누가 이런 질문에 답변을 할 수 있을 것인가?

나는 마음속에 생겨나는 모든 만약에…… 라는 생각들을 억제하면서 시몬을 위해 사인을 하려고 책을 펼쳤다. 그러나 성자와도 같은 이 사람에게 무엇을 써야만 하나, 가장 적당한 말이 있어야 할 텐데. 지브란, 플루타크, 플라톤, 세네카, 아이슬레이 등등 인물의 전문가인 그가 내 책을 읽고 나서 어떻게 생각할까? 그건 나에게 있어 정말 중요한 일이다. 나는 다음과 같이 썼다.

'하나님이 보낸 최고의 넝마주이 시몬 포터에게 사랑을 담아…….'
오그 만디노.

나는 커피 포트의 전기를 끄고 도둑 경보기의 작동장치를 올리고 불을 끈 후 문을 닫고 어두운 주차장을 지나 그의 아파트로 걸어갔다. 로비의 우편함 위쪽에 노란 크레용으로 #21이라고 갈겨 쓴 것을 보고 벨을 두 번 누른 후 충계를 올라갔다. 노인은 복도에서 기다리고 있었다.

"잊지 않으셨군요!"

"당신이 상기시켜 주었으니까요."

"아, 그랬지요. 늙은이들이란 항상 건방지고 주제가 넘은 법이죠. 용서하세요. 오그 씨, 어서 들어오십시오."
 우리는 선 채로 물건을 교환했다. 나는 그에게 책을 주었고 그는 한 잔의 쉐리주를 주었다. 그는 내 책의 제목을 읽더니 얼굴에 놀란 빛을 떠올렸다.
 "세계에서 제일 위대한 상인? 무척 재미있군요. 그가 누구인지 한 번 알아맞쳐 볼까요?"
 "시몬, 당신은 상상도 못할 것입니다. 당신이 생각하고 계시는 그런 사람이 아니니까요."
 그는 책을 펼쳐 서명을 읽었다. 얼굴이 밝아졌던 그의 커다란 눈에 이어 눈물이 고였다.
 "감사합니다. 정말 기쁩니다. 한데 왜 이렇게 과찬을 적으셨습니까? 넝마주이, 맞습니다……. 그러나 하나님이 보낸 최고라뇨?"
 나는 그의 많은 책들을 손가락질했다.
 "처음 내가 이곳에 왔을 때 당신은 신의 손길에 의해 씌어진 책이란 이론에 관하여 설명하였습니다. 난 이런 생각이 들었습니다. 만약 어떤 책이 하나님의 손길에 의해 인도된 작가가 쓴 것인지를 알 수 있는 사람이라면 그는 틀림없이 하나님의 특별한 친구일 거라고 말입니다."
 그는 내 얼굴을 자세히 살펴보았다. 그는 내가 시선을 피할 때까지 나를 뚫어져라 바라보는 바람에 마음이 불안하기까지 했다.
 "당신은 내가 당신 책을 읽은 후 과연 이 책이 여기에 있는 다른 책들과 같은 범주에 속하는 것인지, 정말 하나님의 손길의 인도를 받아 쓴 것인지 판정하기를 원하나요?"
 "시몬 씨, 저는 당신이 그렇게 하기를 원하는지 아닌지 모르겠습니다. 잠재의식 속에서 그걸 원하는지도 모르지만 실제 그것에 대해 생각해 보지는 않았습니다. 확실히 내가 아는 것은 당신과 함께 있을 때면 이상한 예감이 든다는 것입니다. 왠지 모르게 당신이 내 마음의 많은 부분을 차지하고 계십니다."
 노인은 허리를 구부려 머리를 의자에 댄 채 눈을 감았다.
 "예감이란, 무엇인가 일어날 것임을 미리 알려 주는 경고입니다. 당신이 나와 함께 있거나, 혹은 나를 생각할 때 그런 감정이 일어납니까?"

"그 감정이 그런 것인지는 확실히 모르겠군요."
"혹시 우리가 전에 만나서 어떤 경험을 함께한 것처럼 느껴지는 그런 느낌이 아닙니까? 프랑스인들은 이런 것을 뭐라는지 아십니까? 가만 있자……, 맞아요. 영감이라고 하죠."
"비슷합니다. 꿈에서 깨어난 후 그것을 아무리 회상하려고 해도 기억해낼 수 없이 희미하며, 목소리조차 알아들을 수 없어서 아주 답답한 경우가 있었나요?"
시몬은 고개를 끄덕였다.
"꽤 많이 있었습니다."
"말하자면 내가 당신과 함께 있거나 당신을 생각할 때 느끼는 감정이 바로 그런 것입니다. 내가 일찍이 경험해 보지 못한 것이라 정확한 표현을 하기는 어렵지만 어린 아이들이라면 그것을 '전율'이라 말할 겁니다."
"인간의 심리작용이란 정녕 모르는 것이죠."
"시몬 씨, 나는 지난 10여년 간 나의 잡지 자료를 얻기 위해 인간의 심리에 관한 책을 많이 읽었습니다만 그런데 읽으면 읽을수록 우리는 사람의 마음에 대해서 정말 아는 것이 거의 없다는 생각이 들었습니다."
노인은 뺨을 한번 문지르고 나서 말했다.
"카알 메닝거 박사는 인간의 마음이란 두뇌의 작용이라는 것을 훨씬 뛰어넘는 것이라고 말하고 있습니다. 마음이란 모든 인간의 본능이나 습관, 기억력, 그리고 조직, 근육, 감정들이 계속해서 변화하는 과정 속에서 합해져 이루어진 것이라고 말입니다."
"저도 메닝거 박사를 알고 있습니다."
"그래요? 개인적으로 말입니까?"
"예."
"어떤 사람이죠?'
"그는 당신 만큼 큰 키에 당신처럼 아름다운 사람이며……, 말을 할 때면 그의 눈은 항상 빛나고 있습니다."
"오그 씨, 지금 당신이 말하는 것처럼 내 눈도 그렇게 빛날 때가 있습니까?"

"때때로 그렇습니다 시몬. 때때로……."
노인은 쓸쓸하게 웃었다.
"나는 마음에 관한 밀톤의 글을 제일 좋아합니다. '마음이란 스스로 천국을 지옥으로 만드는 것' 오그 씨, 인간의 마음이란 정말 지상의 가장 위대한 창조물입니다. 이것은 소유자로 하여금 가장 큰 행복을 줄 수도 있고 혹은 그를 파멸시키기도 하는 것입니다. 우리는 자신의 행복과 이익을 위해 마음을 조종하는 방법을 알고 있다손 치더라도 마음의 잠재적인 능력에 대해서는 다른 모든 동물들과 같이 전혀 알지 못한 채로 살고 있습니다."
"자신의 이익을 위해 우리들의 마음을 억제하는 비결이라니요?"
시몬은 그의 책들을 가리켰다.
"그건 저 속에 모두 들어 있습니다. 우리는 주위에 노출된 채로 놓여 있는 저 보물을 공부하기만 하면 되는 것입니다. 수많은 세대를 통해 사람은 마음이란 것을 정원에 비유해 왔습니다. 세네카는 이렇게 말했죠. 아무리 땅이 기름지다 해도 경작을 하지 않으면 수확할 수 없는 것처럼 우리의 마음도 또한 그런 것이라고. 요슈아 레이놀즈 경은 '인간의 마음이란 황폐한 땅으로서 새로운 사상으로 끊임없이 거름을 주지 않으면 생산할 수 없이 황폐되어 버린다'고 했습니다. 만약 필요 없는 씨앗을 뿌렸다면 쓸모 없는 잡초만 무성할 것입니다. 다시 말해서 우리들이 마음먹기에 따라 거기에 따른 열매를 맺을 수 있다는 것입니다."
나는 담배에 불을 붙이고 그의 말에 귀를 기울였다.
"요새는 인간의 마음을 컴퓨터에 비유하고 있는데 그 결과론도 세네카나 그밖의 사람들 결론과 마찬가지입니다. 컴퓨터를 취급하는 사람들은 첫글자를 따서 이렇게들 말하죠. 〈GIGO〉, 즉 쓰레기가 들어가면 쓰레기가 나온다(garbage in, garbage out). 만약 틀린 자료를 넣으면 틀린 해답이 나온다는 뜻입니다. 만약 당신이 좋은 계획과 정확한 사상과 이념을 주입한다면 좋은 결과가 나올 것입니다. 그건 쉬운 일입니다. 생각하는 대로 될 수가 있습니다. 사람이란 마음에 어떤 생각을 하고 있느냐에 따라 그런 인간이 되지요. 알렌은 '인간이란 자기 자신에 의해 형성되고 해체된다. 전쟁을 하겠다는 생각에서 무기를 만들었다면 그에 의해 자신을 파멸시키는 것이며, 또 같은 재료로도 훌륭하고 견고한 저택을 짓기 위한 도구를 만들 수도 있다. 인간이란 사고의 올바른 선택과 진실한 적용으로서 신의 완전성에 도달할 수 있다'고 했습니다. 오그 씨, 이 말을 명심하십시오. 바로 이 말이 행복의 주춧돌이 될 것입니다."

"시몬 씨, 당신의 말을 다르게 표현한다면 인간이란 자신의 마음을 계획할 수 있다는 말이 되는군요. 그렇다면 어떤 방법으로?"

"극히 간단한 일이지요. 우리 스스로 할 수도 있으며, 또 타인의 힘을 빌려서 할 수도 있습니다. 삶에 대한 사상과 신념에 대해, 그것이 진실이거나 거짓이거나를 막론하고 계속 듣고 있음으로 인하여 우리들의 마음에는 그런 사상이 배어들어 결국 인격의 영원한 일부분이 될 것입니다. 그러면 우리는 더 이상 그것에 대해 생각함이 없이 그 사상과 신념에 따라 자동적으로 행동하게 되는 것입니다. 당신도 아시겠지만 히틀러는 이런 원칙을 전 국민에게 주입시켰으며, 아시아 전쟁에 있어서 우리 군대의 포로들이 경험했던 소위 '세뇌공작'도 이와 똑같은 것입니다."

"생각하는 대로 될 수가 있다구요?"

"그렇습니다."

이것은 내가 그를 시험해 볼 수 있는 좋은 기회라고 생각되었다.

"시몬 씨, 당신 자신에 관해 말씀해 주실 수 있겠습니까?"

그는 고개를 끄덕이고 술잔을 스탠드 탁자 위에 내려놓고 손을 무릎 위에 포개 놓은 채 그 손을 내려다보며 말했다.

"좋습니다. 지난 수년 동안 나는 내 자신에 대해 얘기할 기회가 없었어요. 또 나는 당신이 우리의 관계를 위해 어떤 정확한 실마리와 사실을 알기 바란다는 생각이 드는군요. 먼저 나는 78세의 건강한 늙은이랍니다. 1946년 이후 이 나라에 살고 있습니다."

"그럼 전쟁 직후 여기로 오셨군요?"

"그렇습니다."

"전쟁 전에는 무엇을 하셨나요?"

노인은 미소를 지었다.

"내 말을 믿으려면 당신은 내게 대해 무조건적인 신뢰를 갖고 있어야 가능할 겁니다만……, 나는 독일에서 중동지역과 독점 거래하는 매우 큰 수출입상을 경영하고 있었습니다. 나의 집은 프랑크푸르트에 있었지만 본사는 ……."

이때 나는 그의 말을 가로챘다.

"다마스커스?"

그는 묘한 눈으로 나를 쳐다보았다.

"그렇습니다. 오그 씨, 바로 다마스커스입니다."

나는 손으로 얼굴을 문지르고 잔에 남은 쉐리주를 비웠다. 내가 어떻게 그것을 알 수 있었을까?

어떤 알 수 없는 이유에서 갑자기 나는 그의 방을 뛰쳐나가고 싶은 충동을 느꼈다. 그러나 알지 못하는 딜레머에 빠져 두 다리가 완전히 마비된 채 움직이지 못하고 앉아 있었다.

나는 더 이상 듣고 싶지도 않았으나 그러면서도 모든 이야기를 듣고 싶었다. 결국 나의 탐구심이 내 마음을 눌러 이겼으며, 마치 시골의 야심만만한 검사와도 같이 그에게 질문공세를 폈다. 그는 나의 모든 질문에 처음과 똑같은 속도로 대답했다.

"시몬 씨, 당신은 지사를 가지고 있었습니까?"

"열 개나 있었지요. 예루살렘, 바그다드, 알렉산드리아, 카이로, 베이루트, 알레포……."

"열 개?"

"예, 열 개죠."

"어떤 종류의 상품을 수출입하셨나요?"

"대부분의 상품은 어느 정도 희귀하고 값진 것들이었습니다. 가공된 양모와 아마포, 정교한 도자기, 값진 보석, 고급 양탄자, 방향 수지, 가죽제품……."

"당신의 회사가 크다고 말씀하셨지요?"

"우리 회사는 그런 종류의 회사로서는 세계에서 제일 컸습니다. 연간 매상고는 불황이 한창이던 1936년에도 미국 돈으로 2백만 달러를 초과했습니다."

"당신은 회사의 사장이었습니까?"
노인은 수줍은 듯이 머리를 긁었다.
"혼자 소유하고 있으면서 창립자라면 회사의 사장이 되는 것은 그리 어려운 일은 아니지요……."
그는 책을 집어들고는 제목을 가리키면서 말했다.
"사장인 동시에 그 회사의 최고 세일즈맨이기도 했죠."
그는 일어나서 내 잔에 쉐리주를 채웠다. 나는 그를 유심히 주시하면서 반쯤 마셨다. 그는 나를 놀리고 있는 것이 아닐까?
마침내 나는 그의 팔을 꽉 잡고 그를 내쪽으로 돌려 세우고 그의 눈을 똑바로 응시하면서 말했다.
"시몬 씨, 당신은 벌써 내 책을 읽었지요?"
"오그 씨, 무슨 말씀이십니까? 나는 오늘 저녁 당신의 책을 처음으로 보았습니다. 그런데 도대체 왜 그러십니까?"
"세계에서 제일 위대한 상인은 그리스도 시대를 배경으로 하고 있습니다. 그것은 다른 사람들이 대상을 하여 많은 몫의 황금을 버는 것을 보고는 상인이 되겠다는 야심을 갖게 되는 하피드라는 낙타지기 소년에 관한 이야기입니다. 결국 많은 사연 끝에, 과연 그가 상인이 될 자질이 있는가를 증명받기 위해 주인에게 옷 한 벌을 받아서 베들레헴이란 곳으로 장사를 떠났죠. 이 젊은이는 사흘 동안 온갖 수모를 당하며 길거리를 누볐으나, 옷을 파는 데 실패하고 결국 그것을 갓난 아이에게 주어 버립니다. 그는 상인으로서는 완전히 실패한 것을 절감한 채 캬라반으로 돌아오고 있었는데 커다란 별이 그를 따라오고 있다는 사실은 전혀 모르고 있었습니다. 그러나 캬라반의 주인 파트로스는 그 별을 보고는 그것이 오래 전 그에게 내려진 예언이 실현되려는 징조임을 알고 자신이 간직하고 있는, 성공할 수 있는 비결이 적혀 있는 열 개의 두루마리를 그에게 주었고 마침내 그 소년은 지상 최대의 상인이 되는 것입니다."
"그거 정말 감동적인 구성입니다."
"이야기는 계속됩니다. 하피드는 돈과 권력을 가지게 되어 자신의 창고들을 어떤 도시에 지었습니다. 그 도시 이름이 무엇인지 아십니까?"

"다마스커스?"
"그렇습니다. 또 그는 많은 지사를 중동지역에 설치했습니다. 시몬 씨, 몇 개나 있었는지 아시겠습니까?"
"열 개?"
"예, 역시 그렇습니다. 또 그가 팔았던 상품들이 당신이 팔았던 것과 같단 말입니다."
노인은 그의 머리를 돌리면서 낮은 목소리로 중얼거렸습니다.
"그게……, 정말……, 이상한……, 우연의 일치군요……. 오그 씨,"
나는 더 압력을 가했다.
"당신의 가족에 대해 말씀해 주십시오. 시몬 씨,"
그는 약간 주저한 끝에 말했다.
"그러지요. 아까 말한 대로 내 집은 프랑크푸르트에 있었습니다. 실제로 산 곳은 센하우젠이라는 교외였어요. 마인 강의 아름다운 정경이 보이는 곳, 하지만 내가 집에 있는 시간은 극히 적었습니다. 항상 비행기를 타고 여러 곳으로 다녀야만 했습니다."
그는 추억을 회상하듯 허공을 응시했다.
"날이 갈수록 나는 내 어린 아들과 아내를 떠나기가 점점 싫어졌습니다. 결국 1935년, 나는 생활에 대한 어떤 결단을 내렸습니다. 미래에 대해 치밀한 계획을 세웠지요. 나는 1940년까지 매우 열심히 일을 해서 회사에서 나의 가족과 내가 일생 동안 평안하게 살 수 있는 충분한 재산을 빼내고 나머지 이익금을 그동안 열심히 일해 온 나의 고용인들에게 나누어 주겠다고 마음 먹었습니다."
나는 다시 말을 가로채 목소리를 높였다.
"시몬 씨, 당신이 나의 책을 읽으면 나의 그 위대한 상인 하피드가 끝에 가서는 자기의 재산 대부분을 자기와 함께 일해 온 사람들에게 준다는 것을 알게 될 것입니다."
시몬은 무섭게 얼굴을 찡그리고 강하게 머리를 저었다.
"그럴 리가 없어! 그럴 리가 없어!"
"그래도 당신은 그것을 읽게 될 것입니다. 한데 당신의 가족은 어떻게 되었습니까?"

"당시는 히틀러가 득세하고 있었습니다. 대부분의 사업가들이 그랬듯이 나도, 우리로서는 맹목적으로 따르는 수밖에는 달리 도리가 없었습니다. 당시 저는 정치에는 관심도 없었으며 히틀러라는 괴물에 대해서는 전혀 관심을 갖지 않았습니다. 내 아내는 유대인이었으며, 내가 다마스커스 여행 중에 있었던 어느 날 한 사람의 히틀러 정보원이 나를 찾아왔습니다. 그는 내 아내와 아들이 감금되었으며, 내 회사와 전 재산을 국가 사회당에 양도해야 한다는 서명을 해야만 그들이 석방될 거라고 조용히 말했습니다. 나는 주저 없이 서명했습니다. 그런 후 나는 즉시 프랑크푸르트로 돌아왔고 공항에서 비밀경찰에 의해 체포되었습니다. 전쟁 동안 나는 집단 수용소로 여기저기 끌려 다녔습니다. 유대인이 아닌 덕분에 생명만은 부지한 것 같습니다."

"당신의 부인이나 아들은?"

"나는 그들을 다시 만나지 못했습니다."

나는 유감스럽다는 말이 나오려했으나 참았다.

"그리고 당신의 사업은?"

"사라져 버렸지요. 나치에게 모두 몰수되었습니다. 종전이 되어 나는 4년 동안이나 내 가족들을 찾기 위한 실마리를 찾으려고 힘썼습니다. 미국인과 영국인들이 가장 동정적이었고 또 많은 도움을 주었습니다. 결국 나는 미국 정보국에 의해서 그들이 잡힌지 얼마 안되어 학살당해 다카우에서 화장되었다는 사실을 알게 되었습니다."

더 이상 질문을 계속하는 것은 지나친 행동일 것이었다.

나는 노인이 미치지 않기 위해 오래 전에 마음 한쪽 깊숙한 곳에 파묻어 버린 기억을 다시 꺼내는 잔인한 심문관이 된 것 같은 기분을 느꼈다.

"어떻게 이곳으로 올 수 있었습니까?"

"나의 전성시대에 많은 친구들이 워싱턴에 있었습니다. 그들 중 한 분이 패스포드를 거절하는 이민 당국에 교섭을 해 주었습니다. 다른 한 친구는 항공료를 빌려 줬지요. 나는 1931년에 시카고에 왔던 적이 있었는데 그 생기 넘치는 도시의 모습에 이끌려 다시 이곳으로 오게 되었던 것입니다."

"지금까지 당신은 무슨 일을 하였습니까?"
그는 어깨를 으쓱하고는 천정을 올려다보았다.
"한때는 거대한 상사의 사장으로 백만장자였던, 그리고 모든 야심이 가스실에서 사라져 버린 내가 무엇을 할 수 있었겠습니까? 수많은 직업을 가졌었지요. 그저 목숨이나 부지하기 위해 나이트 클럽의 문지기, 요리사, 하수도 공사, 건설 노동 등등……, 나는 새로운 사업을 다시 시작할 모든 필요한 지식과 경험, 능력을 갖고 있었습니다만 아무런 가족도 없는 이때 무엇이 필요하겠습니까? 성공을 하고 재산을 모으고 할 이유도 없어, 그래서 노력도 하지 않았습니다."
시몬 씨는 부드러운 미소를 띠며 말을 계속했다.
"결국 나는 시에서 시행하는 시험에 합격하여 포스터 로에 있는 학교의 수위로 채용되었지요. 그건 나에게 정말 좋은 일이었습니다. 내 주위에는 언제나 어린이들의 웃는 모습이 있었습니다. 정말 즐거웠어요. 가끔 나는 내 사랑하는 아들 에릭을 생각나게 하는 꼬마를 발견하곤 했습니다. 정말 즐거운, 그리고 고상한 직업이었습니다. 그리고 65세에 정년 퇴직을 하니 시에서는 얼마간의 연금을 지급해 주었습니다. 그럭저럭 먹고 살고……, 책도 읽을 수 있을 정도는 되었지요."
"당신이 말하는 소위 넝마주이가 되기로 작정한 이유는 뭐죠?"
시몬은 빙긋이 웃으며, 등을 의자에 기댄 채 한동안 기억 속에 간직되어 왔던 지난 일들을 회상하며 허공을 응시했다.
"나는 퇴직한 후에 곧 이 작은 아파트로 이사를 왔지요. 라자루스, 나, 그리고 나의 책들 뿐이었습니다. 매일 아침 라자루스를 데리고 이 블럭을 한 바퀴 돌아오는 것이 우리의 일과였습니다. 어느 날 아침 내가 막 집을 나섰을 때 바로 당신을 처음 만났던 그 주차장에서 한 젊은 처녀가 어떤 곤경을 당하고 있는 것을 목격했지요. 그 여자는 주차장 입구에 차를 세워 둔 채 내려져 있는 문 앞에서 화를 내면서 동전을 넣어 문을 열게 하는 그 금속통을 두들기고 있었습니다. 나는 그녀에게 다가가 무엇을 도와줄까 물었습니다. 그녀는 울면서 마지막 남은 25센트짜리 동전 2개를 넣었으나 문이 열리지 않는다고 했습니다. 게다가 10분 후에는 로요라 대학의 학년말 시험이 시작된다는 것이었습니다. 나는 누구라도 했을 그런 일을 했습니다. 바지 주머니에서 25센트짜리 동전 2개를 꺼내 구멍 속에 넣자 이번에는 문이 열렸습니다. 그리고 나는 라자루스와 산책을 계속했지요."

노인은 이제 실내를 서성거리고 있었다.

"우리가 얼마 가지 않았을 때 급히 뛰어오는 발자국 소리를 듣고 돌아보니 바로 그 처녀가 나를 향해 오고 있었습니다. 그녀의 눈에는 아직도 눈물이 채 가시지 않았지만 미소가 떠올라 있었습니다. 그녀는 내 팔을 잡고 볼에다 키스를 했습니다. 나는 아내가 죽은 후 처음 여자를 안았습니다. 그 젊은 처녀는 아무 말도 하지 않았습니다. 오직 포옹과 키스만이……, 그리고 그녀는 급히 뛰어갔습니다."

시몬은 나를 정면으로 주시했다.

"오그 씨, 이 작은 사건이 내 삶에 새로운 의미와 방향을 제시해 주었습니다. 나는 삶이 안겨 준 모든 슬픔을 잊고 다른 사람들을 위하여 뭔가 해야겠다고 생각하기 시작했으며, 이 작은 방구석에 틀어박혀 살지 않기로 결심했습니다. 나의 이런 결정은 몇 년만에 처음으로, 한 우아한 여인에게서 키스를 받게 된 순간부터 갖게 되었습니다. 그것은 한 인간이 다른 인간을 위하여 아무 이해 관계가 없이 도와주었을 때 일어나는 그런 감정이었습니다. 그 후로 나는 넝마주이가 되었지요."

"시몬 씨, 당신 아들의 이름이 에릭이라고 했죠? 당신 아내의 이름은 뭐라고 했습니까?"

"오그 씨, 아내의 이름은 그녀의 영혼과도 같이 사랑스런 리자."

나는 한숨을 내쉬며 말했다.

"시몬 씨, 저의 그 책을 좀 주십시오."

노인은 책을 내 무릎 위에 놓았다. 나는 급히 책장을 넘겨 14페이지를 펼쳤다.

"시몬, 보세요! 제가 세계에서 제일 위대한 상인 하피드의 부인에게 붙인 이름을……, 보세요!"

그곳을 내려다본 그의 입에서 비탄과 고뇌가 범벅이 된 탄성이 터져나왔다. 그는 믿기 어렵다는 듯이 나를 쳐다보았다.

나는 지금도 눈물이 맺히던 그의 눈동자를 잊을 수가 없다.
"이럴 수가! 아니 이럴 수가······."
그는 큰 손으로 책을 잡은 채 그 페이지를 뚫어지게 들여다보았다. 이윽고 그는 책을 그의 뺨에 갖다 대고 문지르면서 몇 번이건 나직이 중얼거렸다.
"리자······, 리자······, 리자······."

4

한 달이 지난 후에야 나는 다시 그를 만나게 되었다.
퇴근 시간은 이미 훨씬 지나 있었지만 나는 부재 중에 쌓인 서류들을 처리하느라 사무실에 남아 있었다.
바깥 문이 조용히 열리는 소리를 듣고 나는 긴장했다. 누군가가 맨 나중에 나간 사람이 문을 잠그지 않은 모양이었고 이 근처에서는 도둑이 드는 일이 다반사였기 때문이다.
그때 라자루스가 사무실 문쪽에서 꼬리를 흔들고 귀를 쫑긋거리며, 그의 주인을 끌고 들어왔다.
노인은 나를 껴안았다.
"오그 씨, 만나서 정말 반갑습니다. 라자루스와 같이 당신을 무척 걱정하고 있었습니다."
"전 책 때문에 계속 출장 중이었습니다. 시몬 씨, 아마 내 인생의 판도가 달라질 것 같은 생각이 드는군요."
"더 좋게 말입니까?"
"잘 모르겠습니다. 당신이라면 아마 대답해 주실 수 있겠지요."
"오그 씨, 나는 당신이 여기에 없다는 것을 알고 있었습니다. 매일 아침 나는 창문을 통해 당신의 갈색 차를 찾곤 했습니다. 차가 없으면 오그 씨도 없지요. 그런데 오늘 아침 차가 있더군요. 정말 기뻤습니다. 나는 당신을 만나고 싶었지만 당신을 괴롭히고 싶진 않았습니다. 이곳에 올 용기를 내는 데는 하루종일이 걸렸답니다."
"정말 잘 오셨습니다. 어쨌든 저도 저의 책에 대해 알려드릴 이야기도 있고 해서 찾아갈 생각이었으니까요."
"좋은 소식인가요?"
"아직 분명히 말씀 드리기는 어렵군요."
노인은 고개를 끄덕이고는 자랑스런 듯이 내 어깨를 두드렸다. 그리고는 라자루스를 내 옷걸이 곁으로 끌고 와 옷걸이 밑둥에 느슨하게 매었다. 개는 포근한 바닥 융단에 코를 처박고 눈을 감았다.
"시몬 씨, 정말 훌륭하게 보이는군요. 저는 당신이 정장을 하고 있는 모습을 처음으로 봅니다."
방문객은 부끄러운 듯이 그의 긴 손가락으로 구겨진 상의 깃을 매만졌다.
"회사의 사장을 만나러 오는 사람이 어떻게 건달처럼 하고 올 수가 있겠습니까?"
"왜요? 당신들 넝마주이는 여러 가지 변장으로, 아마 CIA 정보원들보다 더 사람들의 사이로 파고 들어갈 수 있을 것 같은데요. 무임소 천사들이니까요."
내가 '천사'라는 말을 하자 막 떠오르기 시작하던 그의 미소가 갑자기 사라졌다.
"작가들만이 그런 날카로운 표현을 쓸 수 있을 테죠. 아직도 우리 넝마주이는 많이 모자라고 있습니다. 폐품 인구가 너무 많아 우리들은 일일이 적절한 조처를 취할 수 없는 형편입니다. 당신 월간지의 출판인인 W 클레멘트 스톤 씨도 넝마주이가 아닐까요?"
우리는 내 책상 오른쪽 판자 벽에 붙어 있는 나의 주인 초상화를 향해 고개를 돌렸다.
"틀림없다고 생각합니다. 시몬 씨, 16년 전에 파산당했을 때 그는 외로워서 술 속으로만 도피하려했던 나를 쓰레기 더미에서 끄집어내 주었습니다. 재미있는 것은 당신들 넝마주이들은 당신들이 행했던 선행을 감추는 방침을 가지고 있는 것 같습니다. 저는 스톤 씨와 몹시 가깝게 지내서 그가 저 외에도 많은 사람을 도와주었다는 사실을 알아냈습니다만 그의 이런 선행이 신문 지상에 보도된 일은 거의 없었습니다."
시몬은 머리를 끄덕였다.
"그렇습니다. 우리들 넝마주이들은 로이드 다글라스가 『신비스런 강박관념』이란 책에서 기술한 성경의 계명을 따르려고 하기 때문입니다."
"즉 선행을 하되 입을 닥치고 있는다는?"
그는 사무실이 들썩할 만큼 웃음을 터뜨렸다.
"바로 그런 뜻이기는 하지만 그런 식의 표현은 처음 듣는군요. 마태가 기록한 예수님의 말씀 그대로가 더 마음에 드는군요."
"시몬 씨, 『신비스런 강박관념 Magnficent Obsession』이란 책이 출판되었을 때 성경이 전세계에서 날개 돋힌 것처럼 팔렸던 사실을 알고 계십니까?"
"왜 그랬을까요?"
"왜냐하면 모든 사람들은 그의 책이 주제를 이루면서도 천재적인 작가 다글라스가 그 책 속에 뚜렷이 설명해 놓지 않은 성경의 인용절들을 찾아 보고 싶어서였습니다. 그런 인용문을 찾는 것은 일년 이상 동안 가장 인기있는 소일거리로 되었으며 『신비스런 강박관념』은 베스트 셀러가 되었던 것입니다. 그리고 이런 가르침을 찾은 사람은 그 복음의 장(章)과 구절들을 마치 자기 자신이 발견하기라도 한 것처럼 가슴 속 깊이 간직하였습니다."
"우리도 지금 그런 소일을 할 수 있을까요? 오그 씨!"
"물론입니다. 시몬, 당신은 그 구절들을 기억하고 계십니까?"
노인은 미소를 머금고 성큼 일어서서 내 얼굴을 쳐다보았다. 그는 오른손에 찻잔을 들고 나를 향한 자세로 구절들을 외기 시작했다.
'사람에게 보이려고 그들 앞에서 너희 의를 행치 않도록 주의하라. 그렇지 아니하면 하늘에 계신 너의 아버지께 상을 얻지 못하느니라. 그러므로 구제할 때에 외식하는 자가 사람에게 영광을 얻으려고 회당과 거리에서 하는 것 같이 너희 앞에 나팔을 불지 말라. 진실로 너희에게 이르노니 너희는 자기 상을 이미 받았느니라. 너는 구제할 때에 오른손이 하는 것을 왼손이 모르게 하여 네 구제함이 은밀하게 하라. 은밀한 중에 보시는 너의 아버지가 갚으시리라'

나는 온몸에 전율을 느꼈다. 2천여 년 전 예수님의 설교를 직접 듣고 있는 듯한 기분이었다. 예수 자신이라도 그보다 더 잘하지 못했을 것 같은 느낌도 들었다.

나는 친구에게 진한 커피를 따라 주었다. 우리들은 찻잔을 든 채 나의 사무실 안을 천천히 걸으면서 얘기를 했다.

그는 한쪽 벽에서 걸음을 멈춘 채 벽에 걸려 있는 서명이 담긴 초상화들을 보면서 적혀져 있는 그들의 이름을 큰소리로 읽었다.

그는 마치 큰 감명을 받은 것처럼 보이려는 듯, 한사람 한사람의 이름을 말할 때마다 말의 억양을 점점 높였다.

이 늙은 여우는 나를 놀리고 있는 것이었지만, 나는 그런 장난이 즐거웠다.

"루디 밸리, 아트 린클래드, 존·F·케네디, 찰스 퍼시, 핼란드 산더스, 조이 비숍, 헤롤드 허드스 상원의원, 프랭크 기포드, 제임스 스튜워드, 로버트 커밍, 로버트 래드포드, 바바라 스트레이잰드, 벤 호건, 놀만 빈센트 필…… 이분들은 모두 당신의 친구들입니까?"

"몇 분은……, 그리고 다른 분들은 우리가 게재했던 그들의 기사에 대해 감사를 했던 분들입니다."

"나는 제임스 스튜워드를 좋아하지요. 그의 모든 영화도. 당신도 그를 아십니까?"

"예, 저는 여러 해 전에 알았습니다. 저는 2차 대전 중에 그의 B-24편대 폭격수로 있었습니다."

"그는 용감했나요?"

"그렇습니다. 매우 용감했지요."

"훌륭합니다. 정말 훌륭합니다."

시몬은 내 사무실 안의 기물들을 보면서 이미 먼 옛날 다마스커스에서 사장 노릇을 할 때를 생각하는 것 같았다.

나프탈린 냄새가 나는 낡은 옷을 입고 있었지만 그의 위엄 있는 태도는 나로 하여금 마호가니 재목으로 만든 훌륭한 책상에 앉아서 어떤 조언(助言)도 할 수 있는, 많은 비서들이 있으며 누구든지 마음에 들지 않는다면 당장

해고시킬 수도 있는 위치의 그의 모습을 쉽게 상상할 수 있게 만들어 주었다.

이윽고 그는 찻잔을 책상 위에 놓았다.

"자, 이젠 더 참을 수 없군요. 당신에게 있었던 좋은 소식을 들려주십시오, 오그 씨."

"시몬, 저는 당신이 저에게 행운을 가져다 주었다고 확신합니다. 세상에는 당신처럼 넝마주이차림을 한 요정들이 많이 있는 것이 분명합니다. 그날 저녁 당신의 아파트에서 내가 쓴 책의 주인공과 당신과의 관계에 놀랄 만한 우연의 일치를 발견했던 일을 기억하십니까?"

"어떻게 잊을 수가 있겠습니까?"

"그날 밤 집에 도착했을 때 나의 출판인 프레데릭 펠 씨로부터 전화해 달라는 연락이 와 있었습니다. 그는 보급판 출판사에서 내 책의 재 출판권을 살지도 모르니 월요일날 그의 집에서 만나 부사장 뉴른버그 씨와 함께 의논을 좀 해 보자고 내게 말해 왔습니다. 그래서 일요일 밤, 저는 뉴욕으로 갔습니다."

"신경이 쓰이고 걱정이 되지 않았습니까?"

"별로 그렇지는 않았습니다. 적어도 그날 밤은. 그러나 뉴욕에서 다음날 아침 6시에 일어나 오후 1시 회의를 기다리면서 나는 많은 커피를 마시고 담배를 수도 없이 피웠습니다. 저는 5번 가에 있는 출판인의 사무실에 한 시간이나 먼저 도착했지요. 그래서 오랫동안 한번도 하지 않았던 어떤 일을 했습니다. 바로 옆 건물이 교회였습니다. 그 교회의 이름조차 기억을 할 수 없습니다만 문은 열려 있었으며 저는 안으로 들어갔습니다."

"거기서 무엇을 하셨습니까?"

"기도를 했습니다. 강단으로 걸어가 난간 앞에 무릎을 꿇고 기도를 드렸습니다."

"어떻게 기도했나요?"

"제가 알고 있는 단 한 가지의 방법이었지요. 저는 아무것도 부탁하지 않았습니다. 다만 하나님께 어떤 난관에 봉착하더라도 그것을 처리할 수 있는 용기와 길을 내게 달라고 기도했습니다."

세계에서 제일 위대한 기적　161

나는 서성거리던 발길을 멈추고 그를 향하여 똑바로 섰다.
"시몬, 우스운 얘기지만……, 나는 어떤 목소리가 내게 질문을 하나 하는 것을 듣는 것 같았습니다. '오그, 너는 지금껏 어디에 있었느냐' 그러자 저는 웬지 목놓아 울었습니다. 정말 저는 울음을 그칠 수가 없었습니다. 다행히 아무도 없었기 때문에 저의 이런 우스꽝스런 행동을 본 사람은 아무도 없었습니다."
"왜 울었습니까? 이유라도 있습니까?"
"아마 어릴 때 어머니와 함께 일요 미사에 다니던 일이 생각나서였던 것 같습니다. 제가 고등학교를 졸업한 직후 어머니께서 심장마비로 세상을 떠나시게 되자 나의 세계는 거의 끝장이 나고 말았습니다. 어머니는 정말 특별한 분이셨습니다. 제가 국민학교를 다닐 때 저는 작가가 될 것이라는 확신을 심어 주셨지요. 어머니께서는 제가 학교에서 썼던 작문들을 세심하게 읽고 교정해 주셨으며 저는 그럴수록 꼭 더 잘 써야겠다고 다짐하곤 했습니다. 어머니께선 제가 고등학교 때 교내 신문의 편집인으로 뽑혔을 때 마치 뉴욕 타임즈 사에 입사라도 한 것처럼 기뻐하셨습니다. 어머니는 제가 대학에 진학하는 것을 원하셨지만 때마침 1940년대에는 먹고 사는 것만도 무척 힘들었지요. 게다가 어머님마저 돌아가셨으니……, 저는 공군에 입대했습니다."
"오그 씨, 그럼 당신은 결국 대학에 진학하지 못했습니까?"
"그렇습니다."
노인은 내 사무실을 다시 한 번 둘러보며 고개를 저었다.
"놀라운 일입니다. 교회에서 그밖의 다른 일은 없었습니까?"
"없었습니다. 저는 마침내 마음을 가다듬었고 약속 시간도 거의 다 되어 있었기에 교회를 나와 도로를 횡단하여 출판인 사무실 건물의 로비로 들어갔습니다. 제가 26층에서 엘리베이터를 내렸을 때 이 회사에서 발간했던 세계적인 작가들의 초상화가 복도에 걸려 있는 것을 보았습니다. 저에게 떠오르는 것은 오직 '어머니, 당신은 나를 이렇게 만드셨습니다. 저는 드디어 이들과 같이 여기에 있습니다.'라는 생각뿐이었습니다."
"출판사 간부들과의 회의는 어땠습니까?"

"흥분할 정도였습니다. 큼직한 테이블, 널찍한 방, 수많은 명패, 그리고 많은 사람들이 모여 있었습니다. 나중에 안 일이지만 그들은 벌써 보급판의 출판권을 사기로 결정을 하고 있었습니다. 그들은 내가 그 책의 판매 촉진에 도움이 될 수 있을 것인지, 또 나를 그 책과 함께 시장에 내놓을 만한지를 판단하려했던 것입니다."

"발자크, 디킨즈, 톨스토이……, 그들이라면 그런 테스트에 불합격되었을 것입니다."

"그럴지도 모르죠. 어쨌든 저는 10여 분 동안 그들에게 책을 쓰게 된 동기를 설명했고 적절한 설명이었다고 생각했습니다."

시몬은 나의 말에 흥분을 감추지 못하고 조용히 귀를 기울이고 있었다.

"결국 그 자리에서 우두머리가 저의 출판인인 프레데릭 펠 씨에게 보급판 출판권의 대가로 무엇을 요구하는지를 물었습니다. 펠 씨는 지금까지 우리들이 팔았던 장서판 1권당 1달러를 요구하노라고 대담하게 말했습니다. 그때까지 우리가 판 수량은 35만 부였습니다. 한숨과 신음 소리들이 새어 나왔습니다. 그처럼 많은 금액은 예상하지 못했던 것 같은 눈치였습니다. 그는 부사장을 불러 함께 방을 나갔습니다. 그들은 불과 몇 분 만에 돌아왔는데, 시몬 씨, 제게는 정말 1년 이상이 걸린 것처럼 지루한 시간이었습니다. 사장은 다시 들어와서는 펠 씨와 악수를 했습니다. 제안대로 결정이 된 것이었습니다!"

"그렇게 간단했습니까?"

"예."

"그럼 그들은 당신들에게 35만 달러를 지불하겠군요?"

"그렇습니다."

"오그씨, 당신은 부자가 되었군요."

"시몬 씨가 생각하시는 것과는 조금 다릅니다. 펠 씨는 그 돈의 절반을 갖게 됩니다. 그리고 나머지 돈은 정부와 나누어 가지게 될 테니까요."

"그러나 당신은 이미 장서판의 인세를 통해 많은 돈을 벌지 않았습니까?"

"그렇습니다."

"당신은 F·스코트 피츠제랄드 씨가 『위대한 개츠비 The Great Gatsby』를 출판한 3년 후에 고작 5달러 50센트를 받았다는 것과, 그가 죽을 때 이 놀랄 만한 책은 이미 매진되고 없었다는 사실을 알고 계십니까?"

"아니오. 시몬 씨, 처음 들었습니다. 오해하진 마십시오. 운이 좋았다고 생각하지 않는 건 아닙니다. 아직도 그런 행운을 잡았다는 것이 믿어지지 않습니다. 아마 교회에서 기도했던 덕택이라고 생각합니다."

"아마 당신 어머니의 기도 덕분이라고도 할 수 있겠지요. 그 후 한 달 동안 무엇을 하셨죠?"

"다음해 봄에나 보급판이 출판될 것이라 펠 씨는 올 여름과 가을 동안 우리들의 장서판 판매 촉진을 위해 라디오, TV와 신문사에 3주 동안의 순방을 결정했습니다. 저는 14개 도시를 방문했으며, 90회 이상의 인터뷰를 가졌으며……, 저는 서점의 서명 판매까지 참가했습니다. 유쾌한 일이더군요."

"나는 당신이 매우 부럽고 행복해 보입니다. 오그 씨."

우리 둘은 성공의 기쁨을 함께 나누면서 잠시 동안 앉아 있었다. 몇 마디 말을 나눈 후 나는 용기를 얻어 물었다.

"시몬 씨, 제 책을 한 번 읽어 보셨습니까?"

"물론이죠. 당신이 떠난 바로 그날 밤에 읽었지요. 정말 훌륭했습니다. 보급판은 아마 수백만 부가 팔릴 겁니다. 오그 씨, 이 세상은 당신의 책을 필요로 하고 있습니다."

그 말은 정말 나를 기쁘게 했다. 시몬은 일어나서 말했다.

"갑시다. 축하를 해야지요. 당신의 행운을 위하여 쉐리주를 한 잔 합시다."

나는 그를 따라 나섰다.

우리는 늘 앉았던 의자에 앉았고 시몬은 잔을 채우고 사무실에서 하던 이야기들을 다시 꺼냈다.

"오그 씨, 당신의 세계에서 제일 위대한 상인과 나 자신의 인생의 관련성으로 인해 나는 여러 날 밤 잠을 이루지 못했습니다. 다른 무엇보다도 하피드의 아내와 내 아내의 이름이 일치한다는 사실은 도저히 이해가 되지 않았습니다."

"시몬 씨, 저도 그 일을 내 마음속에서 잊어버리려고 노력했습니다. 소위 사람들이 영감이라고 부르는 초감각적인 느낌이라고 생각합니다. 사실 그렇지 않을지도 모르죠. 저는 분명히 당신을 알기 전에 책을 썼으며, 그 책을 쓰기 전에 당신은 그런 사건들을 겪었습니다."
"당신은 이 모든 일치를 우연이라고 생각하십니까?"
노인은 깊이 한숨을 내쉬고 머리를 저었다.
"콜리지(Coleridge)는 우연이란 '하나님이 특별한 경우에 있어서 진짜 서명을 하지 않고 익명을 사용한 경우를 말함이다'라고 말했습니다. 그리고 그것이 우리가 어떻게 할 수 없는 신의 비밀이라면……, 저는 그것에 관하여 더 이상 깊이 생각하지 않겠습니다. 저는 아직 그 누구와도 이 일에 관해 얘기하지 않았습니다. 누가 내 말을 믿겠습니까?"
"오그 씨! 우리에게 서로가 있다는 것은 정말 다행한 일입니다."
우리는 공동의 경험을 가진 두 사람만이 경험할 수 있는 평온한 침묵 속에서 쉐리주를 마셨다.
우정을 더욱 다지기 위해서 말이 필요한 것은 아니었다.
시몬이 무엇을 생각하는지는 모르지만 내가 뉴욕에서 보급판 출판업자와의 상의 후 돌아올 때 떠올랐던 생각을 이야기하려고 했다.
내가 뉴욕에서 배운 한 가지는 독창성과 영감에 의해 씌어진 작품은 그만큼 값이 있다는 것이었다. 그 작품이 한 국가의 성명서이거나 아니면 다른 어떠한 부류의 문학에 속한다 할지라도 그 내용이 사람에게 감동을 주고 삶을 풍요하게 할 수 있는 것이라면 모든 출판사의 주목을 끌게 되는 것이라는 사실이었다.
이렇게 독창성이 있는 책은 독자들에게 인기가 없을 때라도 언젠가는 판매부수가 상승할 거라는 미래의 예상을 대부분의 출판업자들은 계산하고 있는 것 같았다.
"시몬 씨, 넝마주이로서 당신은 얼마나 많은 사람에게 그들의 생활을 바꾸게끔 도와주셨습니까?"
그는 주저 없이 대답했다.
"지난 13년 동안……, 백 명."
"정확히 백 명인가요?"

"그렇습니다."
"어떻게 기억하죠? 당신은 일기 같은 것을 쓰시나요?"
"아닙니다. 내가 맨 처음 이런 모험을 시작했을 때 시도는 퍽 좋았으나 다른 사람을 돕는 방법은 애로와 실수 투성이였습니다. 거의가 실수였지요. 지금도 처음 몇몇 사람들에게는 그들에게 오히려 해를 주지 않았는지 의심스럽습니다. 그들을 살아 있는 죽음의 상태에서 부분적으로 꺼내 주었지만 나의 무지로 그들을 다시 본래의 상태로 돌아가게 만들었으니까요. 저는 각자의 개성에 따라 적절한 방법을 알아내기 위해 노력을 했습니다."
부드러운 그의 목소리는 영혼의 속삭임 같았다.
"알다시피 저는 사람들을 그들 각 개인의 개성에 따라 방법을 바꾸려했지요. 그러나 차츰 나는 우리가 서로 모두 다르지만 우리의 실패를 야기시키는 자부심의 결핍은 언제나 불안, 죄의식, 열등감 등 정신병학 전공 학생이라면 누구라도 쉽게 알 수 있는 세 가지의 전형적인 감정적 이상에서 유래된다는 것을 알게 되었습니다. 그러나 나는 이런 분야에 대해 아는 것이 별로 없었고 그래서 그걸 어렵게 빈민굴과 쓰레기더미 속, 그리고 내 책을 통해 배워야만 했지요."
"당신은 이런 일반적인 근본원리를 알고 나서 다른 사람을 돕기 위한 어떤 표준화된 체계를 세웠습니까?"
"세웠지요. 사람들은 지각이 들면서부터 자부심의 상실에 대한 문제를 해결하기 위해 노력해 왔습니다. 또 수많은 현명한 사람들이 수천 년 동안 이 병과 치료법에 관해 문헌을 남겼습니다만 아직도 특이한 해결방안을 찾지 못한 채 무지 속을 헤매고 있습니다. 이런 사실을 알게 되었을 때 나는 이 방에서 장서 속에 파묻힌 채 수개월을 보낸 후 그 작가들이 주장하는 성공과 행복의 비결들의 정수를 발견하게 되었습니다 그건 매우 단순한 것이어서 자신들의 문제에 대한 해결책을 찾던 사람들은 그것을 발견하지 못하며 행복하고 보람 있는 삶을 위해 따라야 할 법칙으로서는 가치가 없다고 지나쳐 버리는 것입니다."
"얼마나 많은 법칙이 있나요?"
"오직 네 가지 뿐입니다. 몇 개월 동안의 노력과 산더미 같은 책 속에서 뽑아낸 불과 몇 구절밖에 되지 않는 이 성공의 비결은 내가 기울였던 노력의 대가로는 극히 보잘것없는 것 같았습니다. 그때 나는 수천 톤의 바위를 녹여서 한 덩어리의 금을 얻어낸다는 것이 생각났습니다. 나는 내 발견을 내 나름대로의 방법으로 세상에 적용시켰고……, 한번도 실패한 적이 없습니다."

"지금 그것을 적어 놓은 것을 갖고 계시나요?"

"오랜 시간 끝에 내가 그것을 완성했을 때, 나는 그것을 브로드웨이에 있는 작은 인쇄소에 가지고 갔습니다. 인쇄소에서는 내가 원하는 대로 원판을 만들었으며, 그 원판으로 꼭 백 권을 복사했습니다. 그리고 나서 나는 각 권에 하나부터 백까지 번호를 적었습니다."

"당신은 어떤 방법으로 그것을 배부했습니까? 당신이 만난 고통을 받고 있는 사람들에게 그것을 그저 한 권씩 준 것은 아니겠지요?"

"물론입니다. 사람이란 이 세상의 그 누구도 진정 자신에게 관심을 갖고 있지 않다는 확신을 가지기 전에는 자신을 쓰레기더미 속에 버리지는 않습니다. 나는 이런 도움이 필요한 사람이 여자건 남자건 아직까지 그들을 돌봐 줄 사람이 두 사람이나 있는 것을 확신시키기 위해 노력합니다. 즉, 그것이 하나님과 나라고……, 한 사람은 하늘에 계시며, 또 한 사람은 지상에 있다는 것을……."

"그리고는 무엇을 하시죠?"

"일단 그들이 나를 믿게 되었다는 확신을 가지게 되면 나는 그들에게 하나님의 메시지가 담겨져 있는 진귀한 책을 주겠다고 말하죠. 그리고 그들에게 그 하나님의 가르침을 매일 잠자리에 들기 전에 20분씩 읽도록 말합니다. 이것을 백 일 동안 계속하도록 합니다. 매일 얼마 되지 않는 시간이기도 하지만……, 더구나 자신을 포기한 그런 사람들은 시간을 아무 가치도 없는 것으로 생각하지요."

시몬의 큼직한 눈은 열정으로 인해 빛을 뿜어내고 있는 것 같았다.

"하지만 그들은 이 짧은 시간의 대가로 쓰레기더미 속에 놓여 있는 자신을 발견하게 되며 이 세상에 위대한 기적을 낳게 하는 것입니다. 그들은 살아 있는 송장과도 같은 생활에서 벗어나 부활을 하게 되는 것입니다. 바꿔 말하면 하나님으로부터의 교시는 결코 잠들지 않는 그들의 잠재의식 속에 흡수되어 언제나 마음속에 남아 있게 되며 그들은 스스로를 구출할 넝마주이가 되는 것입니다. 좋게 말하면 자기 스스로를 돕게 되는 것이지요."
"하나님으로부터 온 교시(敎示)라고 하면 그들은 두려워하지 않나요? 특히 당신의 모습과 목소리는 정말 하나님을 닮았습니다. 당신의 긴 수염, 얼굴, 품위, 큰 키, 목소리며……"
시몬은 가벼운 미소를 떠올렸다.
"오그 씨, 당신은 벌써 한 가지 사실을 잊었군요. 나는 그들이 삶을 포기했거나 자신을 구출할 수 없다는 것을 알고 있지만, 마음 한구석에는 도움의 손길을 기다리고 있는 것입니다. 그리고 그 갈망에 응답하는 것은 희망의 손길입니다."
"희망이라구요?"
"그렇습니다. 당신은 유명한 향수 제조업자가 그의 은퇴석상에서 말했던 성공의 비결에 대해 한 이야기를 알고 있습니까? 그는 사람들에게 성공은 매우 기발한 상술도, 포장도, 향기 덕분도 아니라고 술회했습니다. 그가 성공을 한 것은 그가 여인들에게 팔고 있는 것이 이색적인 향기나 마력적이거나 성적인 매력이 아니라 오직 희망이라는 것을 알고 있었기 때문이라고 했습니다."
"그건 정말 놀라운 이야기로군요. 자, 그럼 그 하나님의 교시에 관해 말씀해 주십시오."
"오그 씨, 사실 내가 그들에게 준 것은 단지 어떤 교시라고 하기보다 차라리 책자입니다. 즉 그건 하나님의 비망록입니다. 나는 그 책자를 보통 사용하는 회사의 비망록 형식으로 인쇄했습니다."
나는 결국 웃음을 터뜨리고야 말았다.
"하나님의 비망록이라니요?"
"왜 그렇지 않다고 생각하십니까? 하나님께서는 벨사살 궁전의 벽에서 포고했던 십계명을 나중에 두 장의 각판에 새겨 시나이 산에서 모세에게 전했습니다. 만약 하나님께서 우리에게 글을 써서 의사를 전달하려고 하신다면 어떤 방법으로 하시겠습니까? 글로 써서 하는 의사 전달의 가장 새로운 방법은 무엇입니까?"

"비망록?"

"그렇지요. 비망록이야말로 간단하고 가장 평범한 형태이며, 실용적이라 세상의 모든 국가에서 사용하고 있습니다. 정말 실증이 날 정도죠. 많은 사람들은 내일의 일과 전에 그들의 상사로부터의 지시를 비망록을 통해 받습니다. 비망록은 칠판에 부착되기도 하고 아니면 인쇄하여 철해 두기도 하며, 회합이나 군대에서, 수많은 사무실에서, 책상에서 책상으로 넘어가는 것이 아닙니까? 비망록이야말로 요즈음 세대에 가장 적절하고……, 지금처럼 바쁜 세상에서 작은 비망록에 담겨진 행복과 성공의 네 가지 비결 만큼 도움을 필요로 하는 사람들에게 효과적인 형태가 있겠습니까?"

그의 설명은 나를 매우 감동시켰기 때문에 나는 원래의 나의 의도를 거의 잊어버렸다.

"하나님의 비망록이라……."

시몬은 내 목소리를 듣고 그의 책더미를 가리켰다.

"아니라고 생각하십니까? 전에도 여러 번 말씀드렸지만 나의 지론은 저 많은 책 속에 하나님이 깃들어 계신다는 것입니다."

"저는 이런 일에 대해선 전문가는 아니지만 다른 사람들이 불경하다고 생각하지 않을까요?"

노인은 마치 어려운 일을 하고 나서 우쭐대는 어린아이를 달래는 듯한 태도로 머리를 저었다.

"절대 불경이 아닙니다. 불경이라고 하는 것은 하나님의 일을 조롱하거나 모욕하는 것입니다. 내가 행하는 것은 사랑과 경의에 의한 것이지 결코, 나 개인의 이익을 위한 것이 아닙니다. 그리고 지금도 그렇게 행하고 있습니다."

"시몬 씨, 그게 어떤 효과가 있습니까? 당신이 말씀하시기는 하나님인지 뭔지 그 비망록을 고작 20분씩 읽는다고 말하지 않았습니까? 고작 읽는 것으로 좋은 방향으로든, 나쁜 방향으로든 많은 영향을 미친다고 생각하십니까? 나는 조간신문에서 범죄 수사에 관한 보고서를 읽었는데 그중 한 사람은 이렇게 말했지요. 도색잡지와 범죄와는 이렇다할 연관성이라든가 읽는 그 자체만으로는 문제가 되지 않는다구요."
시몬의 얼굴에 딱하다는 듯한 연민의 표정이 슬쩍 스치고 지나갔다.
"오그 씨, 그런 말을 했던 사람은 틀림없이 어리석은 사람이거나 형편없는 사람입니다. 인간의 생각이 그 사람의 행동과 삶에 어떠한 영향을 미치는지에 대해 내가 한 이야기를 기억해 보십시오. 저도 단지 단 한번 20분 동안 이 비망록을 읽는 것만으로는 별로 효과가 없다는 데는 동감입니다. 그러나 매일 저녁 반복을 하게 되면 그것은 삶의 영역 속으로 스며들어 갈 것입니다. 다음날 아침에 일어나게 되면 무의식적으로 그것을 행동에 옮기게 됩니다. 처음에는 거의 눈에 띄지 않지만 차츰 우리는 천천히 변화하기 시작합니다. 매일 밤 잊지 않고 읽는다며 절대로 실패하지 않습니다!"
"시몬 씨, 그러나 우리들은 이미 수천 년 동안 십계명을 읽어 왔습니다. 아직도 세상은 죄악으로 가득 차 있습니다."
"오그 씨, 십계명을 탓하지는 마십시오. 얼마나 많은 사람들이 그것을 읽고 있습니까? 한 가지 예로 당신은 열 가지 항목을 모두 암기할 수 있습니까?"
나는 머리를 저었다. 이때 나는 내 원래의 의도를 거의 포기하고 있었다. 나는 그와의 논쟁에서 패색이 짙어지고 있었지만 그러면서도 아직 돌파구를 찾아 헤매고 있었다.
"시몬 씨, 당신은 백 사람을 구원했다고 말했습니다. 당신은 하나님의 비망록을 백 권 인쇄했다고 했습니다. 그렇다면 이제 남은 것이 없다는 말입니까?"
"그렇습니다. 백 권을 복사했던 원판이 있을 뿐이지요."
"다시 복사를 하실 생각입니까?"
"오그 씨, 나는 이제 늙었습니다. 앞으로 살 날도 손가락으로 꼽을 정도입니다. 이미 당신에게 말씀 드렸듯이 이 세상 넝마주이는 모자랍니다. 이제 나는 내가 없는 동안에도 이 일이 계속 될 수 있도록 나의 분신을 만들어내는 데 힘을 기울일 때가 된 것입니다."
"어떻게요. 시몬 씨!"

"당신이 한 가지 제안을 고려해 주셨으면 좋겠습니다. 나는 〈하나님의 비망록〉이 꼭 성취되기를 바랍니다. 그것은……, 그것의 이미 정해진 운명일 것입니다."

"무슨 뜻인가요?"

"당신의 책 위대한 상인의 마지막에 그는 어떤 특별한 사람에게 성공의 비결이 적힌 열 장의 두루마리를 넘겨 줍니다. 우리는 다시 최후의 순간에도 일치하는 것이 아닐까요?"

"무슨 말씀이십니까 시몬 씨? 저는 이해하기가 어렵군요."

"만약 당신이 좋다고 하면 나는 그 비망록의 원본을 당신에게 넘겨 주려고 합니다. 그것이 다른 사람을 구제할 수 있다고 믿으신다면 다음에 당신이 출판하게 될 책 속에 인쇄하도록 허락하겠습니다. 당신이 그렇게 한다면 당신의 수백만 독자에게 매우 유익할 것입니다. 넝마주이가 이보다 더 잘 일할 수 있는 방법이 또 어디 있겠습니까?"

그는 내 마음속을 알아챈 것일까? 그렇지 않으면 내가 그것을 요구하려는 계획을 세운 날 자신의 원고를 제안하게 되는 또 다른 우연의 일치일까?

"저는 무슨 말씀을 드려야 할지 모르겠습니다. 제가 당신의 유물을 물려받을 자격이 있다고 생각하신다니 정말 영광입니다."

"당신은 가장 적합한 사람입니다. 너무 서둘러 결정하실 건 없습니다. 며칠간 여유를 두고 생각해 보십시오. 시간은 아직 충분하니까요. 그리고 물론 당신이 나의 이 작품을 받기를 수락한다면 거기에 대한 자그마한 보답을 요구합니다."

"좋습니다. 금전적인 지불입니까?"

"아니, 아닙니다. 당신은 오해를 하고 계십니다. 나는 금전적인 것을 의미하진 않습니다. 만약 당신이 내 원고를 받게 되면 우선 당신부터 내가 지시했던 대로 실행에 옮긴 후에 세상에 발표하겠다고 약속하십시오. 당신은 현재 성공했음에도 불구하고 당신의 눈 속에서 안정과 만족, 그리고 성취의 빛을 찾아볼 수가 없습니다. 세상은 당신을 칭찬하고 있으나, 당신은 스스로를 칭찬하고 있지 않습니다. 내가 보기에 당신의 행동에는 드러나지 않는 절망감이 있습니다."

노인의 목소리에는 항거할 수 없는 무엇이 깃들어 있었다. 그는 말을 계속했다.

"당신은 무엇인가 만족하지 못한 것이 있어, 만약 인생관을 재형성하지 않는다면 조만간 당신이 파멸되지 않을까 걱정이 되는군요. 만약 당신이 파멸하여 쓰레기더미에 빠진다면 당신을 구해 줄 넝마주이는 없습니다. 그렇게 되어서야 안되지요. 약간의 예방은 엄청난 치료 만큼 값진 것입니다. 만약 그 비망록을 받게 된다면 먼저 당신의 행복을 위하여 응용해 주시기 바랍니다. 그런 후에 그것을 필요로 하는 모든 사람들에게 넘겨 주십시오."

"알겠습니다. 시몬,"

"오그 씨, 당신은 엄청난 가능성을 가지고 계십니다. 당신은 정말 보기 드문 재능의 소유자입니다. 당신의 노력은 헛되지 않을 것입니다."

"시몬 씨, 당신의 말씀을 들으니 정말 부끄럽고 보잘것없다는 생각이 드는군요."

"보잘것없다니, 당치도 않아요. 친구여, 보시오! 내가 당신의 책을 어디에 놓아 두었는지!"

나는 고개를 돌려 시몬이 가리키는 곳에 높이 쌓여진 책들을 보았다. '하나님의 손길' 책들의 제일 위에 놓여져 있는 것이 바로 내 책 『세계에서 제일 위대한 상인』이었다!

5

〈하나님의 비망록〉에 대해서는 여름과 가을이 다 지나갈 때까지 거론되지 않았지만 그동안 우리의 우정은 차츰 사랑으로 무르익어 갔다. 매일 밤, 시몬의 집에 가는 일, 또 점심시간 동안 그의 집으로 찾아가 만나는 일이 내 일주일의 생활 중 최고의 시간이었다.

시몬의 검소한 아파트는 내게 평안의 샘이 되어 복잡한 일과에서 침착을 찾을 수 있었고, 그와 떨어져 있는 주말은 고통스러울 정도로 지루하게 느껴졌다. 그러나 나는 아직까지도 내 가족이며 회사에 왜 그에 대한 얘기를 하지 않았는지 이유를 모른다.

시몬은 나의 양부모, 선생, 사업조언자, 동료, 율법자, 목사며……, 델포이의 아폴로 신탁과도 같은 존재가 되었다. 나는 사업상의 초대나 사회활동까지 가끔 불참하고 그와 함께 시간을 보내며 여러 가지 문제에 관해 설명을 들었다.

그의 지식과 경험은 놀라운 것이었다. 사랑, 정치학, 종교, 문학, 정신과학, 우주의 초감각적인 신비, 점술학, 심지어는 악마 퇴치술에 이르기까지 무한대였다. 특히 철학과 인간의 행동에 관한 그의 깊은 지식은 놀랄 정도였다.

그로부터 5개월 동안 나는 세상에서 가장 훌륭한 강의를 받았다.

교수는 시몬 포터였다.

그는 자기가 존경하고 있는, 살아 있거나 아니면 죽은 사람들에 대해 거의 알려지지 않은 것을 일화를 통해 들려주었다. 그의 모든 이야기의 가장 큰 주제는 우리 모두가 보다 나은 생활을 영위하기 위한 충분한 능력을 갖고 있으며, 하나님은 결코 곤경에 빠져 들도록 하지는 않는다는 것이었다.

만약 우리 인간이 스스로를 실패와 자책감의 감옥 속에 빠뜨린다면 간수는 우리 자신 뿐이며, 자신을 구출할 열쇠는 자신만이 갖고 있다는 것이었다.

시몬은 사람이 자신을 불행하게 하고 비참하게 만드는 직업에 계속 종사해야만 한다고 믿지 않았다. 그는 자신의 주장을 강조하기 위하여 포크너의 이론을 인용했다.

"삶에 있어서 가장 슬픈 일 중의 하나는 우리가 매일 8시간 할 수 있는 일은 '일' 뿐이라는 것이다. 우리는 하루에 8시간씩 먹을 수도 없고 마실 수도 없으며 사랑을 할 수도 없다. 이것이 모든 인간이 자신과 다른 사람을 비참하고 불행하게 만드는 것이다."

그의 학설을 집약하면, 자신을 불행하게 만드는 직업은 버려야 한다는 것이었다.

"오그 씨, 구르는 돌에 이끼가 끼지 않을 것 같습니까? 그렇지 않습니다.

더 많은 이끼가 낄 수도 있습니다."

그는 경험이란 보통 과대평가되는 성질이 있다는 자기의 신념을 설명하기 위해 마크 트웨인을 예로 들었다. 나는 구겨진 흰색 옷을 입은 사무엘·L·클레멘스가 '우리는 모든 지혜가 그 안에 담겨 있는 경험을 하지 않도록 주의해야만 한다. 뜨거운 난로 뚜껑에 앉은 고양이가 되어서는 안된다. 고양이는 두 번 다시 뜨거운 난로 뚜껑에 앉지 않을 것이다'라고 말하는 것을 듣는 기분이었다.

그는 또 자신의 환경이나 신체적 결함을 원망하는 사람들에게 거의 동정을 하지 않았다. 그는 소경인 밀턴, 귀머거리인 베토벤, 소아마비인 루즈벨트, 링컨의 가난, 차이코프스키의 형편없는 결혼, 헬렌 켈러 등을 상기시켰다.

또 그는 감옥 속에서 천로역정을 쓴 번얀과 구두닦기 노릇을 한 찰스 디킨즈, 알콜중독으로 고생했던 로버트 번즈와 열 살까지 밖에 학교를 다니지 못한 벤자민 프랭클린 등을 얘기했다.

그리고 나는 에디 리켄바크에 대한 이야기를 들었다. 일차대전 중 동료들과 함께 태평양에서 표류했던 가운데 구출된 후, 사람들의 질문에 그는 동료들과 21일간을 표류하며 다음과 같은 교훈을 배웠다고 했다.

"제가 배운 값진 교훈은 마실 수 있는 물과 식량이 있는 이상 어떤 일이 있어도 불평을 해서는 안된다는 것이었습니다."

시몬의 요점은 사람들의 모든 결함은 실제에 있어 언제나 손해가 된다기보다 이익이 될 수 있는 가능성을 지니고 있는 것이라고 말하며 이런 예를 들었다.

숫사슴 한 마리가 자기의 멋진 뿔이 자랑스러웠으나 못생긴 다리를 몹시 못마땅하게 생각했는데, 어느 날 사냥꾼이 나타나자 사슴은 못생긴 다리로 달아날 수 있었다. 그러나 그후 그는 아름다운 뿔에 가시덤불이 감겨 도망치지 못하고 죽게 되었다는 것이었다.

"오그 씨, 당신은 슬퍼질 때 다음 글귀를 기억하십시오. 나는 우울했다. 신발이 없으므로. 그러던 어느 날 길거리에서 나는 발이 없는 사람을 만났지요."

그는 항상 추상적인 언어를 여러 형태로 정의를 내려 주었다. 한때 나는 그에게 사랑에 대하여 설명해 주기를 요청했다. 그는 이렇게 말했다.
"몇 년전 인디애나폴리스의 스피드 경기에서 한 선수가 미끄러져서 벽에 부딪쳤습니다. 그는 불붙은 차를 겨우 몰아서 부서진 차를 길가에 세웠지요. 다른 차들은 그냥 질주해 지나갔으나, 한 대가 위험을 무릅쓰고 그의 사고가 난 차로 뛰어가 그를 불길 속에서 끌어냈습니다. 그는 게리 베텐하우젠이란 사람으로 이 시합에서 승리하기 위해 많은 돈과 수개월 동안의 연습을 했던 것입니다."
바로 이런 행동이 시몬이 생각하는 사랑이었다.
"오그 씨, 캘리포니아의 소노마라는 곳에 진실로 운전의 예술을 배우고자 하는 사람들을 위한 매우 훌륭한 운전지도 학교가 있습니다. 이곳의 지도자들은 운전 중 대부분의 운전사들은 사고가 예기되면 너무 빨리 차를 포기해 버린다고 말합니다. 충돌이 불가피해도 순간적으로 감속장치를 조작함으로써 자동차와 자신을 위하여 보다 안전을 기할 수 있는데도 불구하고 대개 운전사들은 포기를 해 버린다고 했습니다. 그들은 포기를 하프로서……, 희생을 감수합니다."
그리고 나서 그는 일어나 미간을 찡그리며 두 손가락을 들어 올려 V자를 그었다. 그리고 윈스턴 처칠이 말했던 성공의 비밀을 외쳤다.
"결코, 결코, 결코, 결코, 포기하지 말라!"
그의 이야기는 때로 본론에서 멀리 떨어져 나가기도 했지만 언제나 결국 인간이 자존심의 결핍으로 인해 산송장이나 다름없이 된다는 요지로 되돌아왔다. 그리고 그를 가장 절망시키는 일은 사람들이 '끝장이 났다'는 생각에서 자기를 구하지 못하고 또 그들을 구해 줄 넝마주이를 만나지 못하고 결국 자살을 하고 만다는 것이었다.
"오그 씨, 시계를 들여다보십시오. 마음속으로 시간을 정하고 이것을 생각해 보십시오. 내일 저녁 이 시간까지 우리 나라에서 9백 50만 명 이상이 자살을 시도할 것입니다. 그걸 한 번 생각해 보십시오. 그리고 또 이걸 아십니까? 백 명 이상이 성공할 것입니다!"
그는 의자의 팔걸이를 주먹으로 때리며 계속했다.
"그게 전부가 아닙니다. 여기에다 40명의 새로운 마약중독자가 앞으로

24시간 이내에 생길 것이며, 37명이 알콜중독으로 죽게되고……, 거의 4천 명 이상의 새로운 정신 질환자가 생길 것입니다. 자신이 놀라운 피조물임은 조금도 이해하지 못하고 있다는 것을 말해 주는 증거물이 또 있지요. 다음 24시간 후에는 거의 6천 명에 이르는 병들고 방황하는 사람들이 과음과 경범죄로 체포될 것이며, 백 50명 이상이 과속으로 생명을 잃거나 다른 사람의 죽음을 유발할 것입니다. 오그 씨, 왜 이런 현상이 미국은 물론 세계적으로 점차 증가되는지 아십니까?"
나는 고개를 저으면서 그의 답변을 기다리는 수밖에 없었다.
"즉, 사람들은 지금보다는 더 잘될 수 있다는 것을 알기 때문이지요. 사람들은 지금보다는 더 잘될 수 있다는 것을 알기 때문이지요. 사람들은 이런 감정을 말로 표현할 수는 없지만 동물들의 세계와는 달리 그 무엇이 있다는 생각을 지니고 있다는 것입니다. 그러다가 우리들이 지루한 삶을 살아가는 도중 예기치 않은 순간에 떠올라 자신들의 능력을 발휘하지 못하고 있다는 것을 깨닫게 해 주는 것입니다. 따라서 더 잘할 수 있음을 알면서도 하지 않고 있다면, 더 많은 것을 벌 수 있는데도 더 벌지 않고 있다면……, 더 어려운 일을 할 수 있고 급료도 많이 받을 수 있는데도 그렇게 하고 있지 않다면……, 그렇다면 우리는 우리의 이름을 따라다니는 실패라는 것에 대해 별로 심각하게 생각지 않을 것이라는 생각은 이론적인 것에 불과합니다. 점차로 우리들은 타인을 싫어하게 됩니다. 오그 씨, 마슬로우에 관하여 알고 계십니까?"
"시몬 씨, 그분의 글은 이해하기가 어려웠습니다."
"천천히 읽고 생각해 보면 별로 어려운 것이 아닙니다. 마슬로우는 일찍이 '인간이란 타인에게 존경받을 수 있는 일을 하거나 혹은 경멸받고 보람없고 호감이 가지 않는 일을 하거나 둘 중에 하나'라고 했습니다. 내가 생각하기에는 여기에 대해 마슬로우의 생각이 충분치 못한 것 같습니다. 그들은 일이 하찮다고 생각되면 신경을 쓰지 않고 쓸데없이 과음하며 쓸데없는 짓을 하게 되고 대부분의 사람들은 자살하고 싶어지고……, 또 실패를 하게 되죠."
시몬은 한 작가의 말을 인용하는 중에 가끔 또 다른 작가를 인용했다.

"오그 씨, 우리 인간은 모두 불행합니다. 헨리 밀러는 언제나 톨스토이의 '만약 그대가 불행하다면 사람들은 당신이 불행하다'는 문구에 매우 매력을 느꼈다고 합니다."

"하지만 시몬 씨, 많은 사람들은 고민거리를 가지고 있기 때문에 불행하다고 봅니다. 저는 지금 당장 정신병원으로 가서 수많은 병동에 들어 차 있는 그야말로 행복한 사람들을 당신에게 보여 드릴 수도 있습니다. 그들은 마냥 즐겁습니다. 그들에게는 이미 고민거리가 없습니다. 그러나 창에는 창살이 쳐져 있습니다."

"물론 인간이 영원히 행복한 생활을 하는 것을 방해하는 고민거리로부터 완전히 벗어나는 것이 가능하다는 것은 아닙니다. 크건 작건 고민거리란 있게 마련입니다. 놀만 빈센트 필 목사는 무덤으로 들어가는 그 순간만이 모든 고뇌가 없어지는 때라고 말했지요. 맞는 말입니다. 행복도 결코 모든 것을 치료하지는 못합니다. 고작 해독제에 불과하지요. 행복이 있기 때문에 인간은 고뇌를 조종하고 처리할 수 있게 되며 조금이라도 자존심을 유지함으로서 삶을 포기하지 않게 되는 것이지요. 최후의 포기상태란 물론 자살입니다."

"시몬 씨, 우리 인간은 무엇 때문에 이런 고뇌와 싸워 가면서 살아야만 합니까? 왜 우리들 주위에 수많은 행복의 요소들이 있으면서도 불행해야만 합니까? 그건 원죄(原罪)와 같은, 아니 그보다 더 지독한 저주가 아닐까요?"

"왜 우리가 불행하지요? 반복해서 말하겠습니다. 우리는 이미 자존심을 잃어버렸기 때문에 불행합니다. 우리는 가축, 숫자, 컴퓨터의 펀치카아드, 노예, 걸인이 되어 버렸습니다. 자신의 거울에 비추어 보아도 우리가 한때 가졌던 하나님과 같은 품성은 이미 볼 수가 없습니다."

"언제부터 이렇게 되었다고 생각하십니까?"

"분명히 말씀드리기는 어렵지만 내 나름대로 가설이 있지요. 코페르니쿠스로부터 시작되었다고 생각합니다."

"코페르니쿠스? 폴랜드의 천문학자 말입니까?"

"그렇습니다. 본래 그는 의사였습니다. 천문학은 취미였죠. 그 사람 이전의 사람들은 자기가 하나님이 창조한 우주의 핵심인 지구에 살고 있다고 믿었으며, 다른 수많은 작은 별들은 자기들에게 축복과 기쁨과 빛을 주기 위하여 존재한다고 생각했습니다. 그후 코페르니쿠스는 지구가 결코 우주의 핵심이 아니며, 우주에 떠 있는 작은 돌멩이에 지나지 않고, 지구보다 수천만 배나 되는 것으로부터 빛도 전해진다는 사실을 증명했습니다. 이 발견은 우리들의 자아를 동요시켰습니다. 우리들은 수세기 동안 그의 위대한 발견을 인정하기를 거부했습니다. 인정하게 된다면 우리들은 우리가 하나님의 선택받은 자식들이 아니라는 것을 인정하는 것이며, 그것은 정말 생각만 해도 끔찍한 일이었습니다. 그래서 듣는 것조차 거부하였습니다."
"그래서요?"
"우리들의 자존심은 4백 년 후에 다시 한 번 심한 타격을 받았습니다. 영국은 뛰어난 생물학자 다윈을 낳았습니다. 그는 인간이 하나님의 특별한 창조물이 아니며, 인간이 동물로부터 진화되어 왔다는 그의 학설은 우리의 자존심에 먹칠을 해 놓았습니다. 이 이론은 인간으로서 도저히 삼킬 수 없는 쓴 알약과도 같았지요. 세상 도처에서 사람들은 반발이 있습니다. 과학이 이제 차츰 인간의 하나님 같은 행태를 인식하기 시작했으니까요. 아무튼 우리들의 자기 인상, 자만심, 자애심은 어느 정도 고통과 지옥으로 하락하게 되었습니다. 다윈이 우리에게 동물의 면허증을 주었습니다."
"다윈 이후로는 어떤……"
"다윈 이후? 프로이드죠! 그는 자만심의 집에 더 많은 돌을 던져 창문을 깨뜨렸어요. 프로이드는 우리의 행동과 생각이 무의식 속에 깊숙이 묻혀 있는 어린 시절의 사랑과 증오, 억압의 경험들에 기원을 두고 있기 때문에 우리는 우리의 행동과 생각을 이해할 수도 없을 뿐만 아니라, 억제할 수도 없다고 말했습니다. 이거야말로 우리가 필요로 했던 거죠. 우리는 이 세상에서 가장 훌륭한 의학의 권위자로부터 우리 자신에게든 남에게든 하고 싶은대로 할 수 있는 허가장을 받게 된 것입니다. 우리들의 행동에 대한 이성적인 설명이 필요없게 되는 것입니다. 무조건 행동을 하고……, 그 결과는 부모님 탓으로 돌리면 된 것입니다."
"시몬 씨, 내가 당신의 말을 옳게 이해했는지 확인을 좀 해 봐야겠습니다.

당신의 입장은 즉, 인간은 한때 하나님의 형상으로 만들어진 매우 위대한 창조물이라 믿고 살았습니다. 그런데 여러 발견을 통하여 점점 자신에 대한 이런 사고방식은 사라지고 결국 자신은 신성한 인간이 아니며, 하나님 세계의 핵심에 살고 있지 않을 뿐 아니라 단지 동물에 불과하며, 정원의 잡초에 지나지 않으며, 우리의 행동조차 이해 못하고 통제 못하는 존재다. 우리는 자랑스럽지 못한 존재이며, 그러니 어떻게 스스로를 좋아할 수 있겠으며, 우리가 우리 자신을 싫어하는데 누가 그런 인간과 함께 살기를 좋아하겠는가. 그러니 차라리 사라져 버리자. 과속으로 달리고, 과식, 폭음을 하고 태만으로 해고를 당하여 구석 자리에 처박혀 손가락이나 빨면서 스스로에게 우리가 아무짝에도 쓸모없는 인간임을 이야기 하자……, 그런 말인가요?"
"바로 그런 이야기였습니다."
이젠 내 차례였다.
"자만심의 관뚜껑에 못을 박은 또 다른 사실이 있습니다. 에드워드 듀이 교수와 피츠버그 대학에 있는 그분의 순환에 대한 연구소에 대해 알고 계십니까?"
"예, 몇 년전 그의 연구소에서 발간된「순환」이라는 월간 잡지를 사본 적이 있습니다. 그 책은 어디엔가 다른 꾸러미에 넣어 버렸습니다. 오그 씨, 그분에 대해 무엇을 말씀하시려고 합니까?"
"듀이 교수는 40년 이상이나 순환에 대한 연구를 하신 분이지요. 지질을 비롯하여, 풍년, 증권 시세, 태양의 흑점, 그리고 수많은 원리에 대한 주기적인 변동에 대하여 연구했습니다."
"저도 알고 있습니다."
"듀이 교수는 3년 전에 저를 찾아오셔서 저의 원고에 감명을 받았다고 했습니다. 그분은 저에게 일반 사람이 이해할 수 있는 순환에 관한 책을 집필할 수 있도록 함께 일할 수 있느냐고 부탁했습니다. 저는 그의 제안을 기쁘게 받아들였습니다. 저는 1년 이상 그의 메모와 노우트, 목록 등을 파고들어『순환―벌어지는 일들의 실마리가 되는 신비한 힘』이란 책을 출판했습니다."

"오그 씨, 당신은 보면 볼수록 놀라운 분이시군요."
"그건 피차 마찬가지입니다. 하여튼, 듀이 교수는 우리의 행동과 태도에 영향을 미치는 또 다른 인자가 있는 것 같다고 믿고 있습니다. 그는 천체의 이동이 있을 때 우리의 행동에 영향을 주는 어떤 알 수 없는 힘이 작용한다는 가능성을 생각하고 있으며, 그로 인해 싸우기도 하고 사랑도 하며 글을 쓰고 그림을 그리며 작곡을 하는 등……, 그러면서도 우리가 그런 행동을 하게 되는 것은 단지 이성적인 원인에 의한다고 생각하는 것입니다. 그는 인간이란 모두 실에 매여 조종되는 꼭두각시에 불과하며, 조종자가 누군가를 알고, 실을 끊어 버리지 않고는 최대의 잠재능력을 발휘하지도 못하며 또 자존심도 회복하지 못할 거라고 했습니다."
"오그 씨, 나도 당신 교수님의 운명에 대하여 아무 조종도 못하는 고작 한 알의 모래에 불과하다는 사고 속에서 성장해 매일 당신 앞에 제공되는 수많은 신문, 라디오, 텔레비전, 영화 등등의 쓰레기를 흡수하며 자신의 안전과 저축, 가족의 복지, 오직 자신의 장래에만 관심을 갖고 이 세상은 죄악의 구렁텅이에 빠지고, 화창한 날씨라도 순식간에 회오리바람이 몰아칠 것이라는 불안 속에서 단지 자신의 목숨을 유지하기 위해 모든 힘을 기울여야만 한다면 어떻게 자존심을 지탱해 나갈 수 있겠습니까? 어떻게 자신을 귀중하다고 생각할 수 있겠습니까? 어떻게 행복할 수 있겠습니까? 어떻게 지상을 천국이라고 부를 수 있겠습니까?"
"시몬 씨, 도대체 저는 당신의 논리적인 질문에 정신을 차릴 수가 없습니다."
노인은 미간을 찌푸린 채 그의 긴 열변으로 지친 듯이 어깨를 떨구었다. 그리고는 다시 얼굴에 미소를 지으면서 눈을 크게 뜨고 억양을 높였다.
"오그 씨, 궤변적인 해답은 이런 모든 압력이 우리를 짓누르더라도 인간은 그래도 자신의 인생을 자랑스러워하고 싶어한다는 것입니다. 우리는 진심으로 능력을 최대한 발휘하려는 욕망이 있으며, 수많은 실패에도 불구하고 그래도 가느다란 한가닥 희망의 불꽃이 타고 있기 때문입니다. 르네상스 화가들이 그린 그림에서 볼 수 있듯이 우리 인간이란 선고를 받고 불구덩이 속에 빠져 들면서도 저마다 손을 뻗어 결코 오지 않을 도움을 구하는 그런 존재인 것입니다."
"시몬 씨, 정말 희망이 있을까요? 이 암흑의 세계를 밝히는 데 한 개의 작은 촛불이 무슨 역할을 할 수 있을까요?"
"희망이란 항상 존재합니다. 희망이 사라진다면 세상은 종말입니다. 절망의 암흑을 벗어나는 데 있어 오직 한 개의 당신 촛불만을 생각해서는 안됩니다. 만약 모든 사람이 한 개씩의 촛불을 밝힌다면 암흑은 순식간에 광명의 낮이 되고 말 것입니다."
나는 악마의 편에 서서 말했다.
"하지만 인간이 이미 구제받을 수 없는 상처를 받고 불구가 되어 버린 것이 아닐까요? 세상은 보통사람에게는 너무도 빨리 돌아가고 있습니다. 이미 삶의 초기에서 길을 벗어나게 되어 위치를 상실하고 비양심과 죄악으로 빠져 들어갑니다. 아마도 출세한 사람 한 명당 천 명 꼴의 비참한 실패자들이 있을 것이며, 이런 비율이 인구의 증가와 함께 변화하는 것 같지는 않습니까?"
"오그 씨, 당신이 그렇게 말씀하시다니 정말 놀랍군요. 당신은 성공과 실패를 일반 사람들의 관념과 같이 생각하고 있군요. 진심으로 그렇게 생각하는 건 아니겠지요. 성공이 단지 돈으로만 측정된다고 믿는다면 당신은 그런 책을 쓸 수가 없었을 것입니다."
"그렇게 믿지는 않습니다. 그러나 저는 수많은 대담 프로에서 저의 책을 읽지 않은 사람들로부터 그런 질문을 받아 왔습니다. 솔직히 이 나라에서는 '재산'과 '성공'이 같은 말로 통용되고 있습니다."
"같은 생각입니다. 슬픈 일이기는 하지만 사실입니다."
"만약 당신이 텔레비전 카메라의 불빛 아래 서서 당신의 책이 금전적인 성공과는 전혀 아무 관계가 없고, 단지 마음의 평화와 행복에 관계가 있는 것이라는 설명을 하게 되면 당신의 이야기는 조롱과 비웃음 속에 파묻혀 버리고 말 것입니다."
"예를 들면 어떤 야유지요? 오그 씨,"
"좋습니다. 행복과 마음의 안정에 대해서 말하는 것도 좋지만 실직을 하고 식량도 다 떨어져 식구들이 굶주리고 있다고 가정할 때 얼굴에 어떻게

세계에서 제일 위대한 기적   *181*

웃음을 지을 수 있겠느냐고 그들은 질문할 것입니다. 가난한 빈민굴의 여자가 세 자녀를 부양해야 할 처지에 있을 때 마음과 영적인 안정이 있겠습니까? 긴 여생을 두고 굶주림으로 죽어 가는 사람에게 무슨 신념을 줄 수 있겠습니까?"
"오그 씨, 당신이 말한 그런 문제들은 결코 쉽게 해결될 일은 아닙니다. 그러나 이것만은 명심하십시오. 그런 모든 사람들도 그들 자신을 밝힐 작은 전등을 가지고 있다는 것을. 비록 희미할지는 모르지만 그건 결코 꺼지지 않습니다. 삶의 숨결이 남아 있는 한 희망이 있으며, 그리고 우리 넝마주이는 그것을 계산에 넣고 있습니다. 기회만 온다면 우리는 연료를 공급하여 아무리 작은 불씨라 해도 불을 붙일 것입니다."
"그리고 그 곳이 바로 당신들 넝마주이들의 활동 무대겠죠. 산송장과 같은 인간들과 인간성의 망실자들 틈바구니……?"
"일반적으로 그렇지요. 나는 사람들이란 대개 최후의 순간이 되기 전에는 기꺼이 도움을 구하거나 받으려하지 않는다는 걸 알았습니다. 더 이상 방법이 없다고 생각되는 시점에서 그들은 새로운 삶을 시작시켜 주려는 저의 도움을 더 잘 받아 들였으며, 산송장으로부터 부활을 시작하는 위대한 기적을 수행하였습니다. 오그 씨, 에머슨의 책을 읽으셨나요?"
"고등학교 3학년 이후로는 읽지 못했습니다."
"부끄러운 일이군요. 에머슨은 30대나 40대, 혹은 50대 사람들이 읽어야 할 책이지 10대들이 읽어야 할 책은 아닙니다. 에머슨은 이렇게 말했습니다. '우리들의 힘은 약한 데서부터 성장한다. 분노란 우리가 고통을 받고 심한 공격을 받아야만 생기는 것입니다. 사람이란 구박과 고통, 패배를 통하여 무엇인가를 배울 수 있으며, 재치와 인간성을 얻게 되며, 사실을 파악하고 자신의 무지를 깨우치며, 자기 생각의 잘못을 교정하며, 새롭고도 올바른 기술을 터득하게 되는 것입니다.'"
"하지만 당신의 궁극적인 목표는 실현이 불가능한 것이 아닐까요? 당신은 돈키호테처럼 삶의 현실로부터 탈피하려고 하는 것이, 또한 그와 같은 운명을 갖고 있다고 생각하시는 것이 아닙니까? 낡은 가치관과 케케묵은 원칙들은 이미 오늘날에는 통하지 않습니다. 그런 것들이 다시 의미를 되찾으려면 완전한 환경의 변화가 있어야 합니다. 그것은 여러 번 시도되었습니다. 우리들은 많은 순교자들을 알고 있으나 그들의 노력은 실패로 돌아갔습니다."
"그들은 실패하지 않았습니다. 강대한 로마가 붕괴했을 때 파울리누스라는 현명한 사람은 자신의 이성과 침착을 유지하기 위해 하나의 작은 신전을 계속 걱정했습니다. 당신은 지금도 그의 현명한 사상을 도서관에서 찾을 수 있으며, 그 사람이야말로 진정한 넝마주이입니다. 순교자들은 심장의 고동이 멎는다고 해서 실패한 것이 아닙니다. 만약 그들의 이런 행동이 없었다면 당신과 내가 이렇게 마주앉아 이 세상을 낙원으로 만들겠다는 그들의 공통된 소망의 가능성에 대해 토론하지도 않았을 것입니다."
시몬은 그의 의자로 돌아와 손을 내밀어 한 손을 내 무릎 위에 놓았다.
"오그 씨, 왜 이 세상을 변화시키려하지 않으십니까? 왜 다른 사람들에게 그들의 삶에 기적을 수행하게 할 방법을 가르치려하지 않으십니까? 인간에게 가장 중요한 것은 스스로가 자신의 세계를 가장 아름답게 창조하지 않는 한 우주의 핵심이 될 수 없는 것이 아니겠습니까? 단지 인간만이 자기 나름대로의 어떤 삶을 영위할까 하는 데 대한 결정을 내릴 수 있는 것입니다."
그는 매우 심오하고 의미심장한 문제들을 너무 많이 얘기했으므로 나는 그의 말을 이해하기 위하여 토론을 중지하거나 최소한 분위기를 가볍게 만들기라도 해야 했다.
나는 담배에 불을 붙여 물면서 말했다.
"시몬 씨, 점성가들은 인간이 자신의 운명을 조종할 수 있다는 당신의 논리를 대단치 않게 여길 것입니다."
시몬은 고개를 끄덕이며 슬픈 표정으로 웃었다.
"예언가, 점성가, 의사, 수상가, 심령가······, 세대마다 많은 트집쟁이들이 있습니다."
노인은 나의 회색 머리털을 보며 말했다.
"오그 씨, 셰익스피어에 대해 알고 있습니까?"
"예, 조금."

"친구 브루터스여, 잘못은 우리의 운명에 있는 것이 아니라 우리 자신에게 있는 것이라네.(역주 : 셰익스피어의 『시이저와 브루터스』에 나오는 구절인 듯함)"

6

그의 79번째 생일에 나는 그에게 선물을 하여 그를 놀라게 만들었다.

그는 우리가 처음 만났을 때 말했던 자기의 생일인 11월 3일을 내가 정확하게 기억하는 데 놀랐던 것이다. 나는 물건 사기를 싫어했으나 시몬을 위하여 뭔가 특이하고 마땅한 것을 사기 위해 두 번이나 고통스런 토요일을 보냈다.

결국 우드필드에 있는 마셜필드 상점에서 그것을 발견했는데……, 그건 이탈리아제의 유리로 만든 제라늄 나무였다. 약 2피트의 크기에 색깔과 잎이 퍽 자연스러워 직접 만져 보지 않고는 마치 온실에서 천연적으로 자란 것 같았다.

시몬의 아파트 창 아래 틀에는 화초 가꾸는 상자가 붙여져 있었는데 이곳의 다른 모든 집들에서는 보기 힘든 유일한 것이었다. 그는 이 집에 이사를 와서 곧 그것을 만들어 걸어 두었으며, 그는 매년 이것을 고쳐 깨끗한 초록색으로 다시 색칠하고 있노라고 말했다.

또 봄마다 쉬지 않고 제라늄을 심어 왔으나 하늘을 향하여 자라나려고 몸부림치다가는 노랗게 변하여 종내는 말라 죽어 버린다고 했다. 지난해에는 이른 여름까지 기다렸다가 완전하게 자라서 꽃이 핀 것을 심었다고 했다.

그러나 2주일 후에 갈색으로 변해 말라 죽더라는 것이었다. 그러나 그는 포기하지 않았다. 그는 벌써부터 새로운 품종을 찾아내 내년 봄에 다시 시도해 볼 것을 다짐하고 있었다.

시몬은 다마스커스와 색슨하우스에서의 생활처럼 잊지 않고 정원에 제라늄을 심었다고 했다. 언젠가 그는 서리에 대비하여 꽃을 구덩이에 어떻게 묻으며, 지하실에서 건조하는 방법, 봄에 심는 방법에 대해 자세히 설명한 적이 있었다.

그가 키웠던 어떤 제라늄은 20년 이상이나 된 것도 있었다고 했다. 그러나 시카고에서는 그렇지 않았다. 그는 시카고의 공해에 대하여 불평을 털어놓았다.

"어떤 생명이 이 죽음의 비와 시가지를 질주하는 가솔린의 괴물들 속에서 살아 남을 수 있겠습니까? 밖을 보십시오. 오그 씨, 오늘은 보름입니다. 당신은 그것을 알 수 있습니까? 보름달을 볼 수 있습니까? 우리는 우리들이 버린 것 속에 휩싸여 있습니다. 우리들은 그 속에 빠져 있습니다. 우리는 그것을 호흡하며 먹고 있습니다. 내가 꽃나무에 주는 물에도 바퀴벌레까지 죽게 할 수 있는 화학약품이 들어 있습니다. 오늘은 나무와 새들만이 죽지만 내일은 누구입니까? 그러나 나는 아직도 결국은 제라늄을 키울 수 있다는 신념을 가지고 있으며, 인간이 그들의 세계를 쓰레기더미로 만들어서는 안된다는 사실을 깨닫는 시기가 올 것이라고 믿습니다."

"시몬 씨, 그렇게 되려면 엄청난 수의 넝마주이가 필요할 거예요."

"이 땅에서 살아 남기 위해서는 모든 사람들은 결국 자신을 위한 넝마주이가 되어야만 합니다. 이웃에 구원을 요청해서는 안됩니다. 오그 씨, 부디 명심하십시오. 그런 시기는 곧 옵니다."

상점에서는 매우 훌륭한 포장지로 포장해 주었고 나는 그의 방문을 열고 금빛 찬란한 커다란 선물상자를 그의 손에 쥐어 주면서 말했다.

"다정한 벗이여, 진심으로 생일을 축하합니다."

상자를 받으며 그는 놀라 벌린 입을 다물지 못했다. 굵은 두 줄기의 눈물이 깊은 주름이 잡힌 그의 얼굴에서 흘러내렸다. 그는 선물상자를 조심스럽게 내려놓고는 나를 껴안았다.

"오그 씨, 이건 내가 35년만에 처음으로 받는 생일 선물입니다. 어떻게 저의 생일날을 알고 계셨습니까?"

"어느 날 저녁 당신이 우연히 말하는 것을 들었지요. 상자를 열어 보십시오."
"차마 열 수가 없군요. 너무 훌륭한 것이어서 열 수가 없을 지경입니다. 포장지도 너무 아름답군요. 찢어 버리기가 아까운 걸요."
"어쨌든 종이에 불과합니다. 개의치 마시고 열어 보십시오."
시몬은 그의 큰 체구를 숙여 큰 선물상자를 끌어당겨 양 다리 사이에 오게 했다. 그리고는 먼저 리본을 조심스럽게 풀어 내렸다. 테이프가 붙어 있는 곳에 안쪽으로 손을 넣어 천천히 뜯자 드디어 갈색의 마분지 상자가 나왔다.
그런 후 칼을 꺼내서 윗부분을 감고 있는 줄을 끊고 덮개를 열었다. 속을 들여다본 그는 신기한 표정이었다.
이어 그는 제라늄 나무 주위에 넣어 둔 종이들을 꺼내기 시작했다. 마치 크리스마스 선물을 받은 어린아이들이 흥분과 기대에 차 있는 것 같은 표정이었다.
드디어 그는 상자 속에서 소중하게 선물을 꺼냈다.
"제라늄! 이렇게 아름다울 수가! 가장 멋있는 제라늄을! 생화가 아닌데? 맙소사! 유리로 만들었군! 오그 씨, 대관절 어디서 이런 훌륭한 예술품을 구했습니까? 이 진홍빛 꽃좀 보십시오! 내가 전에 예루살렘에 있었을 때, 이렇게 무지개빛이 나는 제라늄을 보았습니다. 나는 그것을 그 주인에게서 사려고 했으나 실패했습니다. 이렇게 훌륭한 선물, 값진 선물에 대해 뭐라 감사를 드려야 할까요?"
"아무 말도 하지 마십시오. 시몬, 당신이 기뻐하시는 걸 보니 정말 즐겁습니다. 이건 많은 시간 동안 당신에게서 배웠던 지혜와 희망에 대한 작은 보답에 불과합니다. 생일을 축하합니다. 앞으로 79년 더 사시기를."
그는 일어서서 나무를 어디에다 진열할까 여기저기 옮겨 보았다. 그는 커피 탁자 위에 그것을 놓고 조금 떨어져서 몇 분간 쳐다본 후, 머리를 젓더니 다시 들고 와 텔레비전 세트 위에 놓았다. 그러나 어울리지 않았다.
가족 사진이 걸려 있는 뒤쪽의 테이블에 놓으니 조금 나은 것 같았다. 그러나 마땅한 장소는 아닌 것 같았다. 당황한 표정으로 선물을 이곳 저곳 옮겨 놓는 그를 보면서 순간 나는 좋은 생각이 떠올랐다.

"시몬 씨, 그 제라늄을 둘 정말 좋은 장소가 있습니다."
그는 마치 내가 그의 재미나는 일을 망쳐 놓기라도 한 듯 내키지 않는 표정으로 동작을 멈추고 말했다.
"어디 말입니까?"
"그건 유리로 만들어졌으니까 공해에 피해를 입지 않을 겁니다. 창문 밖의 화분에 심는 것이 어떨까요? 이 도시에 사는 사람이면 누구나 11월인 이때 활짝 피어 있는 붉은 제라늄을 볼 수 있을 게 아닙니까? 그리고 12월과 정월……, 일년 내내."
"오그 씨, 그거 정말 천재적인 생각입니다. 그렇게 합시다. 당신에게 영광을 드리겠습니다."
"영광이라니요? 무슨 말씀이십니까?"
"저를 위해 당신이 심어 주십시오. 잠깐만! 내가 모종삽을 갖고 오겠습니다."
그리하여 우리는 95달러짜리 제라늄을 심었다. 우리는 잘 올라가지 않는 얼음투성이의 녹슨 문과 한참 씨름을 했다. 차가운 초겨울의 강한 바람은 숨이 막히게 했으나, 나는 허리를 구부리고 거의 얼어붙은 화분 속의 검은 흙을 파고 구덩이를 만들었다.
시몬이 나무를 넘겨 주었다. 내가 구덩이에 넣어서 모래로 덮자 마치 완전히 살아 있는 나무처럼 보였다. 우리는 물러서서 나무로부터 반사되는 거실의 따뜻한 불빛을 바라보면서 감탄을 아끼지 않았다.
"정말 아름답습니다!"
시몬은 감격에 찬 소리를 질렀다.
"드디어 제라늄을 찾게 되었구나! 맞습니다. 인내가 있는 자는 결코 실패하지 않는다는 것입니다. 당신이 아니면 누가 이런 선물을 줄 수 있을까요!"
"내 존경하는 넝마주이를 위한 조그만 정성에 지나지 않습니다."
그런 후, 우리는 쉐리주로 건배를 했다. 그는 정말 감정을 억제하지 못하고 있는 것 같았다. 입술은 가늘게 떨렸으며, 눈은 절반쯤 감겨져 있었다. 나는 그가 무슨 명상에 잠겨 있는지 궁금했으나 굳이 묻지는 않았다.

드디어 그는 결심을 한 듯이 고개를 끄덕이고 나서 말했다.
"늙은이로서 자신이 오래 살았음을 증명해 보일 수 있는 것이 나이밖에 없다는 것 만큼 부끄러운 노릇이 없는 법입니다."
"저도 그 말을 알고 있습니다. 세네카가 말했지요?"
"오그 씨, 당신은 겨우 50살인데 너무나도 아는 게 많군요."
"시몬 씨, 그러나 당신은 보여 줄 것이 많이 있습니다. 당신이 넝마주이로서 구해낸 사람들을 생각해 보십시오."
"그렇군요. 암흑 속에서 구출된 나의 천사들, 나는 그들을 모두 사랑했습니다. 그들은 저를 천국으로 인도할 것입니다. 리자와 에릭에게로 가는……"
"시몬 씨, 저는 늙는다는 것에 대해 헨리 포드가 한 말을 세네카의 그 말보다 더 좋아하지요."
"그래요?"
"포드는 '만일 이 세상에서 50세 이상의 모든 사람의 경험과 판단력을 없애 버린다면 세계를 움직일 지혜와 기술도 없어진다'고 했습니다."
"오그 씨, 그러나 포드 씨도 자신이 50세가 넘은 후에야 이런 말을 했지요. 또 18세기 독일의 유머 작가 리히텔도 이같이 말했습니다. 알고 계십니까?"
"말씀해 주십시오."
"리히텔 씨는 새벽의 꿈과도 같이 연륜이 쌓일수록 삶은 점점 밝아지며, 모든 사리는 더욱더 분명해지느니라. 그렇게도 미묘했던 것들이 신비감을 잃게 되고 끝이 다가올수록 꾸불꾸불 했던 길들도 똑바르게 보이는 법이라고 했지요."
나는 순간적으로 마치 자력에 끌린 듯 의자에서 일어나 그에게로 다가가 그의 아름다운 얼굴을 쳐다보면서 말했다.
"하나님의 비망록을 받을 마음가짐이 이제 된 것 같습니다. 당신이 그것을 제게 주신다면 영광입니다. 저의 모든 힘을 다하여 그것을 이 세상에 전파할 것을 당신에게 약속드립니다. 저는 현세대처럼 그것을 필요로 하는 시대는 없다고 생각합니다."
시몬은 조용히 한숨을 내쉬었다. 그의 얼굴에는 안도감이 충만해 있었다.

"나는 당신이 나의 제안을 거부하지나 않을까 두려워했습니다. 벌써 여러 달이 지났기 때문에 당신이 잊어버렸다고 생각했습니다. 당신의 수락은 나에게 있어 제라늄 선물보다는 더 훌륭합니다. 그러나 나는 당신에게 그것을 넘겨 주겠다고 제안한 후 또 다른 생각을 했습니다."

"시몬 씨, 마음이 변했다는 말이로군요?"

"아닙니다. 절대. 한 가지 걱정은 사람들이 이 비망록을 진지하게 생각하지 않는 것 같기 때문입니다. 데일 카네기, 나폴레온 힐, 놀만 빈센트 필 그리고 당신이 말한 W·클레멘트 스톤 씨처럼 인생의 문제들을 간단한 방법으로 표현하는 사람들도 있기는 하지만, 오늘날에는 보다 복잡하고 외형이 좋고 값이 비싼 것들이 보다 대중들에게 인기가 있는 것 같습니다. 게다가 이건 개인을 충고하고 조언하는 것이라 생소한 사람들에게 내놓기에 앞서 우선 당신의 인격이 신뢰감을 갖게 한다고 나는 믿습니다. 말이란 글로 표현되면 그 글에 대한 어떤 예비지식이나 작가의 개성을 알기 전에는 읽으려고 하지 않습니다."

"시몬 씨, 세상에는 많이 배우기는 했으나 경험이 부족한 사람들에게 간단한 문제를 극히 복잡한 문제로 나누어 매주 50달러씩 5년 동안 치료를 계속해야 한다는 식으로 골탕을 먹이는 사람들이 있게 마련입니다. 그러나 저는 이미 데일 카네기, 나폴레온 힐, 놀만 빈센트 필, W·클레멘트 스톤 씨 같은 분들의 책을 읽어 감명을 받았던 사람들이라면 단지 1달러를 받음으로써 충분합니다."

"오그 만디노 씨도 그런 작가들에 해당합니다."

"저는 사람들에 의해서 언젠가는 그런 작가들처럼 인정받기를 원합니다. 시몬 씨, 지금도 당신의 분신을 퍼뜨리기를 원하십니까? 당신은 지금도 몇 사람이 아닌 수많은 사람들을 구원하려고 생각하십니까?"

"물론 입니다."

"그렇다면 〈하나님의 비망록〉이 성공적인 효과를 얻기 위해서는 두 가지 요소를 필요로 합니다. 첫째는 그것에 대한 요구가 있어야 되며, 그것을 필요로 하는 사람들에게 널리 배포할 수 있게 만들어 줄 전시장이 필요합니다. 릴리언 로드(Lillian Roth)가 자신의 책『나는 내일 울리라』에서 그녀가 알콜중독에서 재생할 수 있었던 것은 결국 가장 하기 싫었던 세 마디의 말을 해야만 한다고 느꼈을 때라고 했습니다. 즉 '나는 도움이 필요하다'라는 말이었습니다. 당신이 사람을 도와줄 수 있는 가장 좋은 순간이란 모든 희망을 잃고 의지할 곳이 전혀 없을 때라고 말했습니다. 시몬 씨, 귀를 기울여 보십시오. 당신의 이웃과 수천만의 각양각색 직업에 종사하는 사람들이 도움을 청하는 소리가 들리지 않습니까? 부자건 가난한 사람이건, 백인과 흑인, 미녀와 추녀, 훌륭한 사람이건 외로운 사람이건……, 모두 구원이 필요합니다. 수백만의 사람들에게 삶이란 천국이 아니라 지옥입니다."

시몬은 머리를 숙이고 내가 그의 말을 경청했던 것처럼 내 말을 경청했다. 그가 아무 대꾸도 하지 않았으므로 나는 말을 계속했다.

"두 번째, 성공을 보장하는 데 필요한 요소는 전시와 배포를 위한 문제입니다. 저는 아직 당신의 그것을 읽어 보지는 않았지만 이건 약속합니다. 저는 그 〈하나님의 비망록〉을 제 책의 일부분으로, 쓰고 또 당신에 대해서도 기술하겠습니다. 그리고 책의 제목을 『세계에서 제일 위대한 기적』이라고 부르겠습니다. 우리는 세상 사람들에게 그 기적을 어떻게 만들어내며, 스스로의 삶을 어떻게 산송장 상태에서 부활시킬 수 있는지를 알려 줄 것입니다."

"당신은 나를 위하여 그렇게 해 주시겠습니까?"

"물론 당신을 위해서……, 또 삶의 기회를 원하면서도 그것을 스스로 찾아야 한다는 것조차 깨닫지 못하는 모든 인간을 위해서입니다."

갑자기 커다란 그의 웃음 소리가 방안을 울렸다.

"오그 씨, 옛날 내가 사장노릇을 할 때 비망록마다 복사를 해서 각 부서와 관계인들에게 보냈던 것이 생각나는군요. 〈하나님의 비망록〉으로 세상을 덮어 버릴 수 있겠지요?"

"그렇구 말구요. 우리들의 이 회사는 40억의 종업원을 가진 회사입니다. 그들은 한결같이 보다 더 나은 삶을 위한 투쟁을 하고 있으며, 투쟁하는 방법을 알기 원합니다. 그들에게 지상의 기적을 이룩하게 하여 이 지상을 천국으로 만듭시다!"

"시몬 씨, 저는 당신과 함께 있으면 언제나 시간 가는 줄 모르게 되는군요. 저는 지금 차를 타고 가야만 합니다. 주말에 그것을 읽도록 지금 그것을 제게 주실 수 없습니까?"

그에게서 거의 포착할 수 없는 망설임의 빛은 내가 아닌 다른 사람이라면 눈치채지 못했을 것이다.

"친구여! 오늘 저녁은 안되겠군요. 그러나 곧 당신에게 드리겠습니다."

나는 더 이상 강요하지 않았다.

"좋습니다. 그럼 안녕히 계십시오."

"안녕히 가십시오. 당신의 생일 선물 정말 감사합니다. 당신은 오늘 저녁 진실로 나를 위하여 촛불을 밝혀 주셨습니다."

나는 바로 일년 전 눈 오던 날, 그가 들어 주었던 주차장 문 아래까지 온 후 뒤돌아 서서 그의 아파트 창문을 쳐다보았다.

그의 거실의 따뜻한 불빛 그림자에 붉은 제라늄의 어두운 윤곽이 드러나 흔들리고 있었다.

7

두꺼운 갈색 마닐라 봉투가 내 책상 위에 불길하게 놓여 있었다. 나는 그 월요일을 결코 잊을 수 없을 것이다.

나는 책의 최종 판매 촉진을 위한 여행 때문에 멀리까지 다녀왔다. 이번 2주일의 여행 동안 12번의 비행과 열 개 도시, 열 군데의 낯선 호텔 침대, 열 번의 새벽 전화……, 그리고 뉴 올리언즈에서 몬테레이까지 이르는 동안 수많은 질문을 받고 답변했다.

나는 결재서류들이 잔뜩 쌓여 있을 것을 생각하여 한 시간 일찍 출근했다. 커피를 끓이는 신선한 냄새가 사무실에 가득 차 있었다. 언제나 일찍 출근하는 비 노람직 씨가 이미 와 있었다.

나는 그 갈색 봉투를 들고 앞쪽에 쓴 유럽식 필체의 정중한 글씨를 두려움을 가지고 응시했다. 통상적으로 발신인 주소가 기록되는 위의 왼측 구석에는 다음과 같이 씌어져 있었다.

〈늙은 넝마주이의 작별 선물〉
봉투의 가운데는 내 이름과 회사 주소가 적혀 있었다.
오른쪽 윗부분에는 1달러 20센트짜리 우표가 붙어 있었으나 우체국을 거치지 않은 듯 우체국의 직인이 없었다.
나는 봉투를 떨어뜨리고 사무실을 뛰쳐나왔다. 내가 막 복도로 나가는 문을 열어젖혔을 때 패트가 안으로 들어왔다. 나의 표정을 보자 그녀의 얼굴에서 잘 다녀왔느냐는 뜻의 미소가 나타났다가 사라졌다.
"무슨 일이십니까?"
나는 그녀의 팔을 잡고 끌다시피 내 방으로 데리고 왔다. 나는 봉투를 집어 들어 보이면서 그녀에게 물었다.
"이거 언제 왔지?"
그녀는 나의 손에서 봉투를 받아 들고 겉봉을 읽고난 후 어깨를 으쓱해 보였다.
"모르겠습니다. 사장님의 모든 우편물은 소파 위에 있습니다. 이건 처음 봅니다. 금요일, 사무실 문을 잠글 때까지 여기 없었습니다. 오늘 아침에 온 것이 틀림없습니다. 아마 인편에 온 것이 아닐까요?"
나는 수화기를 들어올려 24번을 눌렀다. 구독신청 부장 바바라 보이코트가 채 인사말을 하기도 전에 나는 말했다.
"바바라, 비를 내 사무실로 보내 주게."
비는 곧 불안한 표정으로 나타났다. 내가 왜 그를 불렀을까 하는 걱정으로 당황해 하는 모습이었다.
"비, 오늘 당신이 문을 열었소?"
"예, 언제나 그렇지요."
"알았어. 당신이 이 꾸러미를 누구에게서 받았소?"
"아뇨."

"아침에 왔을 때 낯선 사람을 보지 못했소?"
"못봤습니다. 수위 찰리밖에는 못 봤습니다. 언제나처럼 커피를 끓여 한 잔 마신 후 내 방으로 왔습니다. 왜 그러십니까? 무슨 일이 있었습니까?"
"됐어 비, 아무것도 아니요. 알겠소."
나는 봉투를 책상 위에 놓고 코트를 움켜쥐고 사무실을 뛰쳐나왔다. 길은 시카고의 첫눈으로 하얗게 변해 가고 있었다. 나는 윈트로프 가를 가로질러 시몬의 아파트로 가면서 주차장에서 몇 번이나 미끄러졌다. 나는 벨을 누르지도 않고 한꺼번에 두 계단 씩 뛰어올랐다.
나는 2층에 올라와서 시몬의 아파트 방문을 두드렸다.
이윽고 문이 열리더니 붉은 얼굴을 한 뚱보 여인이 나왔다. 그녀는 곱슬머리에 우는 아기를 안고 있었다. 또 다른 허름한 옷을 입은 어린아이가 어머니의 낡아빠진 핑크색 잠옷에 달라붙어 있었다. 나는 시몬이 또 다른 한 사람을 구원하기 위하여 넝마주이의 임무를 수행하고 있다고 생각했다.
"포터 씨 계십니까?"
"누구요?"
"포터, 시몬 포터 씨, 늙은 분입니다. 여기 살죠."
"여기에 포터라는 사람은 없습니다"
"무슨 말씀이십니까? 그는 수년 동안 여기에서 살았습니다. 그에게 오그만디노라는 사람이 찾아왔다고 전해 주십시오."
"여보세요. 저의 이름은 존슨입니다. 저는 이 집에서 4년 동안 살았어요. 이곳에 포터라는 사람은 절대 없어요."
그녀는 방문을 닫으려고 했지만 나는 손으로 문을 잡고 안으로 들어갔다.
"여보세요. 부인, 저를 놀리지 마십시오. 저는 1년 동안 이곳에 백 번 이상 왔습니다. 시몬 포터라는 노인이 여기 살고 있습니다. 그 사람이 어디 있죠?"
그녀가 대답을 하기도 전에 나는 방안을 둘러보다가 순간 등골이 오싹함을 느꼈다. 눈에 익은 것이라고는 하나도 없었다.
우리 둘이 정답게 얘기했던 의자도 없고 산더미처럼 쌓여 있던 책들도 없었다. 바닥에 깔렸던 융단 대신 더럽고, 오렌지색과 푸른색의 체크무늬

리놀륨이 깔려 있었다.
 그 여자는 아기를 품에 안으면서 고함을 질렀다.
 "이봐요! 5초 이내에 여기를 나가 주세요. 그렇지 않으면 소리를 질러 경찰을 부르겠어요. 왜 남의 집을 침입합니까! 못된 사람 같으니라구! 당신 같은 사람은 감방이나 정신병원에 처넣어야 해요. 썩 나가세요!"
 나는 다리가 후들거리고 가슴이 두근거리는 것을 느꼈다. 구역질을 하고 싶었다. 천천히 문쪽으로 걸어나와 손을 쳐들면서 나는 말했다.
 "부인, 죄송합니다. 방을 잘못 찾아온 것 같습니다. 시몬 포터란 사람을 아십니까? 노인이고 검은 얼굴에 대단히 큰 키죠. 조그만 사냥개를 데리고 있습니다."
 "이 건물에 그런 사람은 없어요. 나는 여기서 4년 동안 살았으니까 모를 리가 없어요."
 "옆 방은요?"
 "거긴 키가 작은 이탈리아 부인이 딸과 함께 살고 있어요. 저쪽은 흑인 남자가 혼자 살고 있습니다. 이곳에 포터라는 사람은 절대 없어요. 자, 나가세요!"
 나는 다시 사과를 하고 방을 걸어 나왔다. 문이 쾅 닫혔다. 나는 그렇게도 눈에 익은 21이라는 붉은색 방 번호를 쳐다보았다. 나는 아직도 다리가 몹시 떨려서 계단에 앉아 생각을 가다듬기 시작했다. 그는 어디에 있을까? 내가 꿈을 꾸는 것일까? 그렇다면 이거야말로 악몽 중에도 악몽이로군.
 그때 한 생각이 떠올랐다. 나는 계단을 내려가서 로비를 지나 지하실로 가는 다른 계단을 뛰어 내려갔다. 한쪽 구석에 불이 켜져 있고 석유 난로에서 윙윙거리는 소리가 나고 있었다.
 깡마른 체구를 한 사람이 파리똥이 잔뜩 달라붙은 전구 아래에서 의자에 기대 있었다.
 "당신이 수위입니까?"
 "예, 그렇습니다."
 "여기 오래 있었습니까?"
 "밤새도록 있었지요."

"아니, 그게 아니라 얼마나 오래 근무를 했느냐는 말입니다."
"2월이면 꼭 11년이 됩니다."
"입주자 중에 시몬 포터라는 사람이 있나요? 키가 크고 검고 긴 머리털, 턱수염, 마치 아브라함 링컨처럼 생겼죠. 사냥개를 데리고 있죠."
"이곳에는 개를 들여놓지 못합니다."
"내가 말한 이런 사람을 알고 있나요?"
"모르겠습니다."
"혹시 내가 말한 것과 같은 사람을 여기서나 혹은 길거리에서 보지 못했습니까?"
"못 봤습니다. 저는 이 건물에 살고 있는 모든 사람뿐 아니라 이웃사람들도 거의 알고 있어요. 하지만 그런 사람은 여기나 부근에는 지난 11년 동안 없었습니다. 그건 보장할 수 있습니다."
"틀림없겠지요?"
"그렇습니다."

나는 다시 계단을 뛰어올라가 도로를 횡단해 주차장에 가서 차의 문을 열었다. 나는 나도 모르게 차를 몰아서 포스터 로의 경찰서로 갔다. 나는 두 대의 경찰차 사이에 내 차를 세워놓고 안으로 뛰어 들어갔다. 그리고는 창문 앞에 서서 무뚝뚝한 경찰관이 나에게 고개를 끄덕일 때까지 조바심을 내며 기다렸다.

"저는 만디노라고 합니다. 브로드웨이에 사무실이 있지요."
"그런데요?"
"사람이 행방불명되었습니다. 저는 윈트로프 가 6353번지의 아파트에 살고 있는 친구가 한 사람 있었습니다. 1년 이상 알고 지냈지요. 제가 2주일만에 내 사무실에 돌아와 보니 내 책상 위에는 그에게서 온 작별의 선물이라고 겉봉에 적힌 소포가 와 있었습니다."
"뭐가 들어 있었습니까?"
"모르겠습니다. 저는 작별의 선물이라는 글을 읽자마자 곧장 그의 아파트로 갔었는데……"
"그런데요?"

"그는 없었습니다. 더구나 그가 살고 있는 아파트에 있는 사람은 그런 사람은 거기 살았던 적이 없으며……, 또 아무도 그런 사람을 모른다고 했습니다."
"다른 아파트에 갔던 게 아닙니까?"
"저는 그 곳에 백 번 이상 갔었습니다. 21호실, 저는 건물 수위와도 얘기했습니다. 그도 시몬 포터라는 사람의 이름을 몰랐습니다. 자신은 11년 동안 그 곳에서 일했으나 그런 이름은 들은 적이 없다는 것이었습니다."
"당신……, 지금 정신상태에 이상이 없습니까?"
"나는 극히 정상입니다. 술도 마시지 않았으며, 정신병자도 아니며, 정직한 사람입니다. 어떻게 내가 이런 미치광이 같은 얘기를 꾸밀 수가 있겠습니까?"
"그보다 더 어이없는 이야기도 들었습니다."
"그럴 테죠."
"그 사람 이름이 뭐라 했습니까?"
"포터…… 시몬 포터, 거의 여든 살이 되었습니다. 검고 긴 머리카락, 턱수염, 큰 키에 개를 데리고 있었습니다. 작은 사냥개죠."
그는 담배에 불을 붙이고 잠시 동안 나를 주시했다. 그리고는 아무 말도 없이 다른 방으로 들어갔다. 약 15분 후에 그는 돌아왔다.
"지난 3주 동안 우리 구역 내에서는 그런 이름을 가진, 혹은 그런 생김새의 사람에 대한 사고가 없었습니다. 그러나 이 도시는 큽니다. 쿠크 병원에 한 번 가 보시지요."
"알았습니다."
"또 다른 곳이 한 군데 있습니다."
"어디죠?"
"웨스트 포크에 있는 변사체 보관실에 가보시지요."
나는 병원에 도착했다. 그들은 협조적이었고, 내게 인내심을 보여 주었다. 그들은 지난 기록을 확인해 주었다.
그러나 시몬이란 이름을 가진 사람도, 그같은 모습의 사람도 그 곳에서 치료를 받은 적이 없었다. 그들 역시 내게 변사체 보관소에 가 보라고 했다.

사체 보관소 사람들은 마치 나를 커다란 상점에서 물건들을 흥정하는 사람과도 같이 취급했다. 그들은 너무 자주 가족이나 애인을 잃어버린 사건들에 접했었다. 그들은 마이크로 필름을 조사한 후, 그런 사람은 없다고 단정지었다.

마지막으로 사우드 스테이트 실종자 신고소를 찾아갔으나 그것도 허사였다.

주차장으로 돌아왔을 때 눈은 아직도 내리고 있었다. 나는 차에서 내려 열쇠를 돌렸다. 하늘을 향하여 서서히 올라가는 문을 쳐다보면서 다시 한번 지난해, 눈이 내리던 날 그를 처음 만났을 때를 회상했다.

나는 다시 차에 올라 핸들을 잡고 주차장으로 들어가 급정거를 했다. 나의 행동이 거칠게 보였던 것 같았다. 사무실 사람들은 시큰둥하게 앉았으며, 눈이 묻은 발자국이 응접실의 붉은 바닥에 뚜렷이 남았다. 내가 패트의 의자를 지나면서 내 사무실쪽을 턱으로 가리키자 그녀는 일어서서 나를 따라왔다.

"문을 닫아요. 그리고 자리에 앉아요."

그녀는 시무룩한 표정으로 앉아 나를 쳐다보았다. 그녀는 걱정이 되는 표정으로 눈을 크게 뜨고 있었다.

"사장님, 도대체 왜 그러시는 건가요?"

"패트, 내가 정신이 좀 이상해지는 모양이야. 패트는 지금 윈트로프 가에 살고 있지?"

"예, 약 한 블럭 아래 살고 있습니다."

"매일 아침 출근할 때마다 주차장을 지나게 되지?"

"예."

"주차장 주위에서 이상한 늙은 노인을 본 적이 없었나? 그 노인은 지저분한 옷을 입고 언제나 비둘기에게 모이를 주고 있었어. 긴 머리카락에 턱수염을 기르고 사냥개를 데리고 다니지."

패트는 잠시 생각을 해 보고는 고개를 가로저었다.

"그 곳에는 언제나 술주정뱅이가 몇 명 보였지만 그런 사람은 보지 못했습니다."

"못 봤다고? 매우 큰 키에 늙었어. 때로는 나무로 만든 십자가를 목에 걸고 다녔지."

"본 적이 없습니다. 사장님, 무슨 일이 있었습니까?"

"됐어. 나중에 얘기하지. 고마워. 다시 연락할 때까지 전화를 받지 않게 해 줘요."

그녀가 문을 닫고 가 버린 후, 나는 가만히 앉아서 생각을 정리하기 시작했다. 미묘하면서도 분간하기 어려운 환상들이 파노라마처럼 떠올랐다.

내가 쇠약해지고 있는 걸까? 이성적인 생각을 연결할 수 없다는 그 무서운 신경쇠약의 말기 현상이 바로 이것이 아닐까?

많은 강의와 책들이 경고하고 있듯이 성공을 위해서 몸과 마음을 한계점 이상으로 몰아 갔을 때 생길 수 있는 그런 현상일까?

결국 이런 관념이 마음속에서 생겨나고 이내 잊어버렸던 어린 시절의 이야기책 속에 나오는 공상세계의 행동과 대화로 되돌아가게끔 강요하는 것일까? 나의 억압과 책임감이 너무 무거워지자 종적 탈출을 시도하게 된 것이 아닐까?

시몬과의 일은 꿈이 아닐까? 그럴 수가 없지. 하지만 시몬이 거의 매일 아침 주차장 근처에 있었는데도 왜 패트는 한번도 보지 못했을까? 또 그의 아파트 문제도 마찬가지다. 누군가가 무시무시한 희롱을 하는 것이 아닐까?

또 나는 왜 그에 대해 다른 사람들에게 이야기하지 않았을까? 그의 설명, 지식, 희망, 그리고 영감의 세계에서 나누었던 값진 시간은 도대체 무엇인가, 넝마주이의 임무란? 쓰레기더미에 빠진 사람을 구출하는 일, 지상에서 기적을 수행하는 것을 사람들에게 보여 주는 것은? 하나님! 이 비천한 인간으로서는 도저히 이해할 수가 없습니다.

내가 제정신을 차렸을 때 나는 마닐라 봉투를 들고 만지작거리는 것을 발견했다. 갈색의 봉투……, 진실에 대한 유일한 실마리……, 시몬과 나 사이의 유일한 연관……, 그가 존재했다는 유일한 증명! 마치 나는 이야기 속의 램프처럼 그가 다시 나타나기를 바라면서 그 봉투를 비비고 있었다.

나는 약간 안정이 되었다. 만일 시몬이 이 뭉치를 보낸 거라면 나는 미치지 않았다. 시몬은 실존하는 것이므로!

"시몬, 시몬……, 대체 당신은 어디에 있습니까? 왜 저를 이렇게 괴롭게 하십니까? 제가 당신에게서 괴로움을 받아야 할 이유가 뭡니까?"

나는 흥분을 억제해야만 했다. 아무도 없는 방 안에서 의자들만 보면서 몸부림치고 있었던 것이다. 드디어 나는 봉투의 겉봉을 뜯고 클립으로 묶여진 몇 장의 종이를 꺼냈다.

봉투 안에서 조그만 물건이 책상 위에 떨어졌다. 작은 안전핀이 사방 2분지 1인치 정도의 흰 헝겊조각에 꽂혀 있었다.

나는 핀을 옆으로 밀어 놓았다. 클립에 묶여진 것은 봉투와 같은 필적의 내게로 보내는 편지였다.

날짜는 없었다.

친애하는 오그 씨,

나는 마지막 유언을 작성하는 데 따르는 여러 가지 법적 형식을 갖출 만한 준비가 되어 있지 않습니다. 그래서 이 편지로 대신할까 합니다.

지난 일년 간, 당신은 나에게 사랑과 우정, 그리고 미소와 다정한 대화, 더구나 말라 죽지 않는 제라늄을 이 늙은 넝마주이에게 주었습니다. 넝마주이들이란 그들 스스로가 선택한 직업의 성격상 삶에 있어서 무엇을 받는 편에는 좀처럼 서 보지 못하며, 또 도움을 주어야 할 사람에게 너무 밀접하게 관계되는 것은 현명한 일이 못되는 것입니다.

그러나 때로 교수도 교육을 받고 의사도 치료를 받고 법률가도 변호를 받고 코미디언도 웃어야 하는 것과 마찬가지로 넝마주이도 사랑을 받아야만 합니다.

내가 당신을 사랑하는 것처럼 당신도 나를 사랑했다는 것을 나는 알고 있습니다. 그러므로 나는 〈하나님의 비망록〉을 당신에게 드리는 것이 제일 적당하고 옳은 일이라고 생각하며, 이것은 당신과 약속을 지키는 것과 동시에 당신의 책과 내 자신의 생과의 기적적인 일치도 그 절정에 이르게 되는 것입니다.

나는 당신이 매우 정열적인 사람이라고 알고 있기 때문에 내 편지가 당신에게 도착하면 나를 찾으려고 노력을 할 것이나 그건 소용없는 일이며, 내 행방에 대해 비관이나 걱정으로 자신을 괴롭히지 말고 또 걱정하지도 마십시오.

모든 근심은 씻어 버리십시오. 넝마주이로서 다시 한 번 당신에게 애원합니다. 더 이상 슬퍼하지 마십시오. 내가 가는 곳은 지금 당신이 따라올 수 없습니다. 언젠가는 당신도 이곳에 오게 될 것입니다.

당신과 나의 약속을 잊지 마십시오. 〈하나님의 비망록〉은 이제 당신의 손에 있습니다. 내 소원은 그것을 세상의 모든 사람에게 알리는 것이며 또 먼저 당신부터 내가 이른 대로 이 원칙을 당신의 삶에 응용시켜 주십시오. 가장 어려운 일은 한번의 폭발적인 노력으로 성취되는 것이 아니라 쉬지 않고 매일 매일 자신의 최선을 다함으로써 이루어진다는 것을 명심하십시오.

보다 더 낫게 살기 위하여 산송장으로부터 몸과 정신의 부활을 원한다면 수많은 단계가 필요하지만 가장 중요한 것은 항상 자신의 목표를 주시하는 것입니다. 그러나 당신이 마음을 활짝 열고 그것을 진심으로 받아들이지 않는다면 아무 효과가 없을 것입니다. 진정한 의미의 전달은 당신의 타성을 없애는 힘, 즉 당신의 마음속에 잠재한 힘에 의해서 생기는 것입니다.

다음의 규칙을 적용하면 당신의 잠재력은 저절로 불붙게 될 것입니다.

첫째, 먼저 달력에 오늘을 표시하십시오. 또 앞으로 백 일을 세어서 그날에 표시를 하십시오. 그렇게 하면 임무를 수행하는 날들을 헤아릴 필요가 없습니다.

둘째, 당신은 이 봉투에서 조그만 4각형 흰 헝겊에 붙어 있는 작은 핀을 발견하게 될 것입니다. 세상에서 가장 흔하고 보잘것없는 재료로 구성된 이 핀과 천은 당신이 넝마주이라는 비밀의 표식입니다. 그 표식을 앞으로 백 일 동안 당신이 볼 수 있는 곳에 달음으로서 당신이 〈하나님의 비망록〉대로 생활하려 노력하고 있다는 것을 계속 상기하게 될 것입니다. 당신의 핀과 천은 상징으로, 당신이 패배의 쓰레기와 넝마 속에서 새롭고 활기찬 삶을 향하여 변화하겠다는 마음을 가졌다는 표시입니다.

셋째, 백 일 동안의 기간 중에 누가 묻더라도 당신의 그 표식에 대한 의미를 말하지 마십시오.

넷째, 〈비망록〉을 잠들기 전에 매일 밤 읽기를 백 일 동안 계속하십시오. 그리고 잠이 들면 당신이 읽은 교시들은 마음 깊이 스며들어 잊혀지지 않게 될 것입니다. 결코 하루라도 읽기를 빠뜨려서는 안됩니다. 점점 날이 지나면 당신과 당신 주위의 사람들은 당신이 크게 변화하고 있다는 것을 알게 될 것입니다. 석달 열흘을 지나면 당신은 기적의 삶을 소유하게 되며 새로운 인간으로서 아름다움과 경이, 그리고 야심과 가능성으로 충만할 것입니다.

그런 후에라야만 한 넝마주이로서 다른 사람을 도울 수 있습니다. 그리고 그에게 두 가지 물건을 주십시오. 당신의 넝마주이 비밀표식, 그리고 하나님의 비망록.

또 한 가지 그에게 줄 것이 있습니다. 내가 당신에게 준 것과 같은 사랑입니다.

나는 넝마주이의 표식을 달고 다니는 수많은 사람들을 상상해 보았습니다. 그 많은 사람들은 시장과 거리, 예식장과 차 안에서 학교와 직장에서, 핀과 천을 달고 다니는 사람을 만나게 될 것이고 서로 형제처럼 웃으며 모든 개개인이 똑같은 이념과 꿈, 목적……, 즉 자신의 보다 나은 삶을 위하여 통합이 될 것입니다.

오그 씨, 하지만 어려운 문제들은 많이 있을 것입니다. 당신이 〈하나님의 비망록〉을 당신 책의 한 부분으로 발행하게 된다면 당신은 분명 출판업자들로부터 당신의 다른 책들과 마찬가지로 판매 촉진을 위한 여행을 하도록 요구받을 것입니다.

많은 사람들이 〈하나님의 비망록〉의 제작자에 관해 질문을 하고 증명을 하라고 한다면 어떻게 답변하시겠습니까? 아무리 당신이 경험을 설명한다고 해도 그들은 믿지 않을 것이며 급기야는 당신의 정신상태까지 심한 반발을 받을 것입니다.

그들을 원망할 필요는 없습니다. 〈하나님의 비망록〉과 내게 대하여 확실한 근거를 말하도록 강요를 받는 것은 사람들이 십자가형이나 교수형, 그리고 화형을 당한 것과 비교하면 아무것도 아닐 테니까요.

그럼에도 불구하고 저는 당신을 믿고 이것을 드리니 사랑하는 아들을 대하듯 그것을 아껴 주십시오. 나는 당신이 얼마나 용기가 있는 사람인지 알고 있습니다. 당신 자신에게 감히 이 일을 맡기는 바입니다.

당신은 이것을 출판하여 세상에 널리 전하게 될 것을 믿습니다. 당신은 이미 나에 관해 어떤 예감을 지니고 있다고 했습니다. 이 글을 읽으면 우리는 오랫동안 다시 만날 수 없다는 것을 알 것입니다.

우리들이 함께 쉐리주를 마시고 우정을 나누던 시간과 장소는 이미 없습니다. 지금 나는 당신을 떠나면서 짧은 동안이었지만 서로 손을 잡고 함께 걸었던 즐거움과 만족으로 슬픔을 잊겠습니다. 더 이상 내가 무엇을 바라겠습니까?

세상이 때로 당신을 윽박지르더라도 한 잔의 쉐리주를 마시던 당신의 넝마주이를 기억해 주십시오. 내 축복이 당신과 함께하고, 어떤 불행이 당신에게 닥치더라도 집필을 계속하십시오.

당신은 아직 할일이 많습니다. 그리고 세상이 당신을 원하고 있습니다. 넝마주이도 당신을 원합니다. 저도 당신이 필요합니다.

내 친구인 소크라테스는 임종하는 순간에 이렇게 말했습니다.

"떠날 시간이 가까이 왔구나. 우리들은 서로 갈 길이 있으니 나는 죽어야만 하고 너희들은 살아야 한다. 어느 쪽이 더 좋은 곳인가는 신(神)만이 알고 있다."

오그 씨, 나는 어느쪽이 나은지 알고 있습니다. 사는 것이 더 좋습니다. 행복과 영원한 평화 속에서 사는 것이 말입니다.

사랑하는 시몬 드림

나는 시몬의 편지를 놓고 타이프로 찍혀진 페이지를 주시했다. 그리고는 그 작은 핀과 헝겊을 집어 그 표식을 내 상의 깃에 꽂았다.

나는 책상으로 가서 5년 용의 달력 앞에 섰다.
나는 오늘에 표시하고 앞으로 백 일을 세었다. 내년도 초까지 넘어갔다.
나는 백 일째 날에 원을 그렸다.
오늘 밤, 침대 머리의 불을 끄기 전에 그가 지시한 대로 〈하나님의 비망록〉을 읽으리라. 나는 두 손으로 깍지를 끼고 머리를 숙여 이마가 책상에 닿게 했다.
왜 내가 우는가? 시몬이 나를 떠났기 때문일까? 내가 너무 늦게 그의 정체를 알았기 때문일까? 그렇지 않으면 이미 그의 손길이 닿았기 때문에 내 인생, 내 꿈, 세계가 결코 전과는 같지 않을 것임을 내가 알고 있기 때문일까?……

하나님의 비망록

그대에게 ── 하나님으로부터 ──

내게 상의하라.
나는 너희들의 울음 소리를 듣고 있다.
그것은 어둠에서 구름을 뚫고 별빛에 젖어들어 광명의 길을 따라 내 가슴에 와 닿는구나.
덫에 걸린 산토끼의 울음 소리, 둥우리에서 떨어진 어린 참새, 물에 빠져 허우적거리는 어린아이, 그리고 십자가에서 피로 물들인 내 아들의 울음 소리에 나는 가슴 아파한다.
내가 너희들의 목소리를 또한 듣고 있음을 알라. 평온을 가지라. 침착하라.
너희들의 슬픔의 근원을 알고 있으며, 그 치료법을 알고 있으니 내 너희에게 안식을 주리라.

너희는 어린 시절의 모든 꿈이 세월이 흐름과 동시에 사라져 버린 것을 슬퍼한다.

너희는 실패로 무너진 자신의 자부심을 슬퍼한다.

너희는 자신의 안정을 위해 너희의 잠재력을 버린 것을 슬퍼한다.

너희는 모든 개성이 폭도들에 의해 유린되는 것을 슬퍼한다.

너희는 모든 재능이 오용되어 허비되고 있는 것을 슬퍼한다.

너희는 자신을 부끄럽게 생각하며, 물웅덩이에 비친 얼굴을 보고는 공포에 빠지는 것이다.

싸늘한 눈으로 너희를 되쳐다보는 그 사람이 바로 너 자신이 아니면 누구겠느냐?

너희의 우아한 품위, 아름다운 모습, 날렵한 행동, 뛰어난 화술은 어디에 있느냐? 누가 너희의 재산을 훔쳐 갔느냐? 내가 알고 있듯 너희도 그 도둑의 정체를 알고 있느냐?

너희가 하나님의 정원에 와서 하늘의 구름을 쳐다보고 누워 휴식을 할 때면 모든 바빌론의 황금도 이미 너희에게 있다는 것을 알게 되리라.

너희가 많은 책을 읽고 많은 원고를 쓰게 되면 모든 의문은 확실해지고 솔로몬 이상의 지혜를 갖게 되리라.

세월이 흐르면 너희는 자신의 에덴동산 통치자가 되리라.

누가 너희에게 계획과 꿈과 희망의 씨를 심어 주었는지 기억하는가?

기억할 수 없을 것이다.

너희는 처음 어머니의 자궁으로부터 태어났던 순간을, 내가 너희의 보드라운 이마에 손을 얹었던 것을 기억하지 못하리라. 그리고 나는 축복을 내리면서 너희의 작은 귀에다 이 비밀을 속삭였다.

우리들의 비밀을 기억하느냐?

기억하지 못할 것이다.

해가 갈수록 너희의 기억은 사라지고 마음은 걱정과 의혹, 번뇌, 회한과 저주로 가득 차서 이 괴물들이 거주하는 너희 마음속에 환희의 기억이 거주할 공간이 사라질 것이다.

이젠 울음을 멈추어라. 내가 너희와 함께하나니 지금 이 순간은 너희 생의 분기점이 되리라. 이미 지난 모든 것은 너희가 어머니 자궁 속에 있을 때와 같은 것이다. 죽은 것은 그대로 묻어 버려라.

오늘 너희는 죽음과도 같은 생활에서 귀환했다.

오늘 나는 엘리야가 과부의 아들에게 한 것과 같이, 나는 너희에게 세 번 손을 뻗쳐 너희는 다시 살아났다.

오늘 엘리야가 유나미트의 아들에게 한 것처럼 나의 입을 너희 입술에 맞추고, 나의 눈은 너희 눈을 응시하고, 나의 손을 너의 손위에 올려놓았으므로 너희의 몸은 다시 따뜻함을 되찾았다.

오늘 예수가 라자루스의 무덤에서 살아난 것 같이 너희 첫번째 삶은 극장의 연극과 같은 리허설에 불과하다. 막이 올라갔으니 세상은 이 순간을 기다리며 갈채를 보낼 준비를 한다. 이번에 너희는 결코 실패하지 않는다.

촛불을 밝혀라. 케이크를 자르고 쉐리주를 따르라. 너희는 새로 태어난 것이다.

나비가 허물을 벗고 하늘을 나는 것처럼 마음껏 창공을 날아라. 장수말벌도, 잠자리도, 인간 사마귀도 삶의 진실을 찾으려는 너희 앞길을 막지 못할 것이다.

너희 머리 위에 나의 손길을 느끼라.

나의 지혜에 귀기울이라.

너희가 태어날 때 잊어버렸던 비밀을 다시 한 번 말해 주겠다.

너희는 나의 가장 위대한 기적의 소산이다.

너희는 지상에서 제일 위대한 기적의 소산이다.

이것이 네가 처음 들었던 말이다. 그리고 너희는 울었다. 모두들 울었다.

너희는 그 순간 내 말을 믿지 않았으며, 지금까지 너희의 불신을 고쳐 줄 아무일도 일어나지 않았다. 너희 자신을 가장 작은 일에도 실패한 사람이라고 생각한다면 어찌 기적의 소산이라 하겠는가. 가장 쉬운 임무를 수행하는 데도 자신을 갖지 못한다면 어찌 기적의 소산이라 하겠는가. 빚에 쪼들리며, 일어난 순간부터 내일의 식량을 걱정해야만 하는 데도 기적의 소산이라 할 수 있겠는가?

이제 그것으로 충분하다. 이미 엎질러진 우유는 먹을 수 없다. 그러나 많은 예언자, 현자(賢者), 시인, 예술가, 작곡가, 과학자, 철인들은 너희의 안전과 성공과 덕행을 위해 보내졌다. 너희는 그들을 위해 어떻게 대했느냐?
　나는 아직도 너희를 사랑하며 이 말을 통해 이젠 너희와 함께하며 주님이 두 번째로 남은 사람들에게 손길을 내린다는 예언자의 말을 성취시키려 한다.
　이것이 두 번째다.
　너희는 나의 남은 사람들이다.
　너희는 변장을 한 성자이며, 바보역을 하는 하나님이다.
　너희는 걸작품이며 대의명분이 뚜렷하고 무한한 능력의 소유자이며 형상과 행동이 뚜렷하고 존경스러우며 언행은 천사와도 같고 신과 같은 외모를 지니고 있다.
　너희는 지상의 소금이다.
　너희는 태산을 움직일 수 있고 어떤 불가능한 일도 해낼 수 있는 비결을 갖고 있다.
　그런데 너희는 믿지 않았다.
　너희는 행복으로 가는 지도를 불태웠고 마음의 평화를 가질 권리를 포기했고 영광의 길을 밝히는 촛불을 꺼 버렸다. 그리하여 암흑 속에서 헛되이 비틀거리며 헤매고, 겁을 먹은 채 자책감으로 결국은 자신이 만든 지옥에 떨어져 버렸다.
　그리하여 너희는 울부짖고 가슴을 치며 자신의 운명만을 저주하였다. 너희는 자신의 옹졸했던 사고와 게으른 행위를 인정하기를 거부했으며, 자신의 실패를 전가할 대상을 찾으려했다. 그리고 빨리도 그 대상을 찾았다.
　너희는 그 책임을 오직 나에게 돌렸다.
　너희는 자신의 결함, 범용, 기회의 결핍, 실패……, 모두가 나의 뜻이었다고 울부짖었다.
　너희 생각은 잘못이다.
　자! 그렇다면 너희 재산목록을 조사해 보자.
　먼저 너의 결함부터 말해 보라.
　내가 너희에게 도구도 주지 않고 새로운 인생을 건축하라고 어떻게 요구할 수 있겠는가.
　너는 장님이냐? 네가 알지 못하는 채 해가 떠서 지고 마느냐?
　아니다. 너는 볼 수 있다. 나는 네가 잎, 눈, 독수리, 연못, 어린이, 구름, 별, 장미, 무지개 등 대자연의 신비와 그리고 사랑의 표정을 볼 수 있도록 1억의 감각 세포를 네 눈에 주었다. 세어라. 하나의 축복이다.
　너는 귀머거리냐?
　너는 어린아이의 울음과 웃음 소리를 듣지 못하느냐?
　아니다. 너는 들을 수 있다. 나무에 부딪치는 바람 소리, 바위에 부딪치는 파도 소리, 오페라의 신비감, 새들의 울음 소리, 어린아이의 장난치는 소리와 ……, 그리고 사랑한다는 말을 들을 수 있도록 2만 4천 개의 조직으로 네 귀를 만들어 놓았다. 그건 또 하나의 축복이다.
　너는 벙어리냐?
　네 입술은 움직여도 단지 침만 만들어 내느냐?
　아니다. 너는 말을 할 수 있으며, 내가 창조한 다른 동물과는 달리 너의 말은 노여움을 안정시키고, 풀죽은 사람을 고무하고, 포기자를 자극하며, 불행한 자를 위로하며, 외로운 자를 감싸 주며, 무식한 사람을 일깨울 수 있으며……, 그리고 사랑한다는 이 말을 할 수 있다. 또 하나의 축복이다.
　너는 중풍환자냐?
　너는 마비된 몸으로 한 곳에서 움직일 수 없느냐?
　아니다. 너는 움직일 수 있다. 너는 바람에 시달리며 한 곳에 서 있는 한 그루의 나무가 아니다. 두 팔을 뻗을 수 있고 달리고 춤추며 일할 수 있도록 나는 너에게 5백 개의 근육과 2백 개의 뼈와 7마일이나 되는 길이의 섬유를 주었다. 또 다른 축복이다.
　너는 사랑을 받지도 못하고 하지도 않느냐?
　너는 밤마다 날마다 고독이 휩싸고 있느냐?
　아니다. 왜냐하면 너는 이제 사랑을 받기 위해서는 먼저 아무 대가도 생각하지 않고 사랑을 주어야 한다는 사랑의 비밀을 알고 있기 때문이다. 사랑이란 대가를 필요로 하지 않는 선물이다. 너는 이제 이기심이 없는 사랑이야말로 스스로 보답을 받는다는 사실을 알게 되었다. 사랑을 주고도 사랑을 받지 못했다고 사랑을 잃은 것은 아니다. 왜냐하면 보상받지 못한 사랑은 네게로 돌아와 너의 마음을 부드럽고 순수하게 해 주기 때문이다. 또 다른 하나의 축복인 것이다.

이것은 두 개로 셈을 하여야 한다.

너의 심장은 상처를 입었느냐?

너의 생명을 지탱할 수 없을 정도로 피가 새어 나오고 약해진 상태냐?

아니다. 너의 심장은 강하다. 가슴에 손을 얹고 심장의 고동을 느껴 보라. 조금도 쉬지 않고, 낮과 밤을 가리지 않고 매년 3천 6백만 번이나 고동치며 세월이 흘러도 자나깨나 6만 마일이나 되는 정맥·동맥, 그리고 혈관을 통해 매년 6십만 갤론 이상의 피를 뿜어 대는 것이다. 인간은 이런 기계를 만들지 못한다. 또 하나의 축복이다.

너는 피부병이 있느냐?

사람들이 네게 다가서면 무서워하며 돌아서느냐?

아니다. 너의 피부는 깨끗하며 위대한 창조물이며 비누와 향수와 술과 정성으로 잘 가꾸기만 하면 된다. 또 쇠붙이라도 세월이 지나가면 때가 묻고 녹이 슬지만 너의 피부는 그렇지 않다. 아무리 강한 쇠붙이도 사용하면 마멸되지만 나는 너를 그렇게 만들지는 않았다. 쉴새없이 새로운 세포가 만들어져 늙은 세포와 교환되며 이것은 네가 이제 다시 새로워진 것과도 같다. 또 다른 축복인 것이다.

너의 폐는 병들었느냐?

숨을 들이마시는 것이 고통스러우냐?

아니다. 너의 허파는 네가 최악의 환경에 처해서도 지탱할 수 있도록 언제나 활발하게 움직이고 있으며, 6억 개의 허파꽈리는 생명을 주는 맑은 산소를 온몸에 공급해 준다. 또 다른 축복이다.

너의 피는 오염되었느냐? 물이 섞여 묽게 되고 썩어서 악취가 나느냐?

아니다. 너의 5쿼터(Quarts)의 피 속에는 22조 억 개의 혈액세포가 있으며 각각의 세포는 수백만의 분자들로 되어 있으며, 또한 하나의 분자 속에는 1초에 1천만 번 이상 진동하는 원자가 있다. 매초마다 2백만 이상의 혈액세포가 죽어서 새로운 세포와 교체되며 이러한 작용은 출생 이후 계속되어 왔다. 체내에서 이런 변화가 계속된 것과 같이 이제 너의 외부에서도 그럴 것이다. 또 다른 하나의 축복이다.

너는 정신이 없느냐?

너는 이미 스스로 생각할 수도 없느냐?

아니다. 너의 두뇌는 우주에서 가장 복잡한 구조를 가지고 있다. 나는 알고 있다. 3파운드 무게의 뇌 속에는 백 30억 개의 신경세포가 있으며, 이것은 지구 인구의 3배 이상이나 된다. 너의 모든 지각, 소리, 맛, 냄새 등 출생 이후의 모든 행동들을 잊어버리지 않도록 나는 10억조 개가 넘는 단백질 분자를 너의 세포 속에 심어 놓았다.

너의 모든 생각은 이 속에 간직되어 있다. 그리고 네 육체의 조정을 위한 뇌의 활동을 도울 수 있도록 몸 전체에 4백만 개의 통점과 50만 개의 압점들, 20만 개 이상의 온점을 분산시켜 놓았다. 국보(國寶)라고 해도 너보다 더 잘 보호되지는 않았다. 네 조상들이 경이스러워했던 어떤 일보다도 너는 더 위대하다.

너는 나의 가장 훌륭한 창조물이다.

너에게는 이 세상의 아무리 큰 도시라도 파괴시킬 수 있고 또 재건할 수 있는 원자 에너지가 있다.

너는 가난하냐?

네 지갑에는 한 푼의 금화나 은화도 없느냐?

아니다. 너는 부자다! 우리는 함께 너의 재산을 계산해 보았다. 항목을 다시 검토하라. 네 재산을 다시 셈해 보라.

너는 왜 자신을 배신하느냐? 너는 왜 인간의 모든 축복이 네게 없다고 울부짖느냐? 왜 너는 삶을 변화시킬 힘이 없다고 자신을 속이고 있느냐? 너는 희망이 없느냐? 너는 왜 응달에 움츠려서 실망을 하고 공허와 절망의 지옥 속으로 빠지기만 기다리고 있느냐?

너는 매우 많은 것을 가지고 있다. 나는 아량과 충심으로 너에게 이것들을 주었는데도 불구하고, 사치에 빠져 버린 철없는 어린아이와도 같이 그것들을 생각지 않고 있는 것이다.

나에게 대답을 해라.

네 스스로 대답해 보라.

늙고, 병들고, 무기력하고, 정신 이상이 된 어떤 부자도 그들 창고의 모든 재산을 주고 네가 지금 천시하고 있는 이런 축복을 구하려 할 것이다. 그러면 성공과 행복을 향한 첫번째 비밀을 들으라. —— 너희는 지금도 위대한 영광을 얻기 위한 모든 축복을 갖고 있다.

그러므로 너에게 말하노니 너의 축복을 계산해 보면 너는 이제 나의 위대한 창조물이라는 것을 알지니라. 이것이야말로 네가 이 세상의 제일 위대한 기적을 수행하고 산송장으로부터 인간생활로 되돌아오기 위해 지켜야 할 첫번째 법칙이다.

빈곤 속에서 배우게 되는 많은 교훈을 감사히 생각하라. 사람은 적게 가지고 있어 가난한 것이 아니라 지나치게 많은 욕망만 가지고 있어 가난한 것이다. 또 진정한 안전이란 가지고 있는 속에 있는 것이 아니라 갖지 않고도 할 수 있는 것 속에 있다.

네 실패를 유발시키는 결함은 어디에 있느냐?

그건 오직 네 마음속에 있다.

너의 축복을 계산해라.

두 번째 법칙도 첫번째와 같다. 너의 진귀함을 선포하라.

너는 스스로 공동묘지를 찾아 거기에 누워 자신의 패배를 용서하지 못하고 자학심, 자책감으로 자신을 파멸시키고 있다.

너는 혼동이 되지 않느냐?

너는 어찌하여 자기는 할 수 없는데도 내가 너의 실패, 위법, 유감스런 행동들을 용서해 줄 수 있는가 의문스럽지 않느냐?

이제 너에게 세 가지 이유를 알려 주리라. 너는 내가 필요한 것이다. 너는 평범함 속에서 파멸을 향하여 달리는 무리의 하나가 아니다. 너는 매우 희귀한 존재다.

램브란트의 그림, 데가의 동상, 스트라디바리우스의 바이올린 연주, 셰익스피어의 희곡들을 생각해 보라. 그들은 두 가지 이유로 위대한 값어치를 갖는다. 이들 창작자는 뛰어났으며, 그 작품은 극소수에 지나지 않는다. 그러나 이것보다 더 위대한 것이 있다.

너야말로 이 세상에서 가장 값진 보물이다. 왜냐하면 너를 만든 것은 나이며, 이 세상에 너는 오직 너밖에는 없기 때문이다.

70억 인간이 세상을 살아왔지만 너와 똑같은 사람은 없었다. 앞으로도 역사가 다하는 날이 오더라도 너와 똑같은 사람은 없을 것이다.

너는 너의 독특함을 알지 못하고 평가하지 못했다. 그렇지만 너는 이 세계에서 제일 진귀한 존재다.

사랑이 절정에 다다랐던 순간에 너의 아버지로부터 사랑의 씨앗이 4억 이상이나 흘러나왔다. 그들은 모두 네 어머니의 몸 속에서 너의 다른 반쪽을 찾아 헤엄쳐 갔지만 도중에서 포기하고 죽었던 것이다. 오직 하나를 제외하고! 그것이 너다.

오직 너는 혼자 어머니의 따뜻한 사랑의 체온 속에 살아나, 하나의 도토리 껍질에 가득히 채우는 데 무려 2백만 개 이상이 필요한 너의 다른 반쪽을 찾아낸 것이다. 그리하여 거의 불가능한데도 불구하고 어둡고 험난한 넓은 해양 속에서 너는 참고 견디었으며 드디어 그 작은 세포를 발견하고 결합하여 새로운 생명이 시작되었다. 바로 너의 생명이니라.

너는 나의 전갈을 받고 성장하였다. 두 개의 세포는 이제 기적적인 결합을 하였고, 두 개의 세포는 24개의 염색체를 가졌으며, 각각의 염색체 속에는 수백 개의 유전인자가 있어서 너의 성질과 눈의 색깔, 태도, 매력, 두뇌의 크기를 결정하였다.

나는 누구를 만들었던가?

그것은 너다. 오로지 가장 귀중한 창조물이다. 정신, 언어, 행동, 외모, 동작을 갖고 있으며 전에도 없었고 앞으로도 없을, 값을 헤아릴 수 없는 보물인 것이다.

너는 제왕처럼 값있는 존재인데도 왜 스스로 보잘것없다고 생각하느냐?

왜 너는 값어치를 형편없이 떨어뜨리려는 자에게 귀를 기울이며……, 더욱 더 나쁜 것은 왜 그들을 믿었느냐?

내 충고를 들어라. 너의 진귀함을 더 이상 어둠 속에 파묻지 말아라. 밖으로 꺼내라. 세상에 보여라. 결코 타인과 같이 행동하지 마라. 흉내내지 마라. 왜냐하면 너는 악을 흉내내지 말아야 한다는 것을 알고 있으며, 악을 흉내낸다면 항상 그보다 더 악하게 되며 또 선을 흉내낸다고 해도 그 보다는 못하기 때문이다. 그 누구도 모방하지 말고 네 주관대로 행하라. 그리하여 세상에 너의 독특함을 보여 주어라. 그러면 세상은 너에게 황금을 뿌릴 것이다.
 너의 진귀함을 선포하라.
 그러면 이제 너는 두 개의 법칙을 배운 것이다.
 너의 축복을 계산하라!
 너의 진귀함을 선포하라!
 너는 결함을 가지고 있지 않다. 너는 평범한 사람이 아니다.
 네 다음 불평은 무엇이냐? 기회가 결코 내게는 오지 않는다는 것이냐?
 나의 조언을 들어라. 그러면 어떤 역경에서도 성공할 수 있는 법칙을 가르쳐 주겠다. 오래 전 나는 너의 선조들에게 이런 법칙을 산꼭대기에서 전해 주었다. 어떤 자는 그 법칙을 주의 깊게 수행했으며, 그들의 생은 행복과 성공, 황금, 그리고 마음의 평화로 가득 찼었다.
 그러나 대부분은 듣지 않았다. 그들은 마술 같은 방법이나 비뚤어진 길을 찾고 있었고 혹은 악마가 그들에게 풍요한 삶의 행운을 가져다 주기를 고대했기 때문이다. 그들은 헛되이 기다렸으니……, 마치 너와도 같았느니라. 그리고는 너와 마찬가지로 울부짖으면서 행운이 없다는 핑계를 나에게 하였었다.
 이 법칙이란 간단하다. 소년이나 노인이나, 거지나 왕이나, 흑인이나 백인이나, 남자나 여자나……, 누구든지 이 비결을 활용할 수 있다. 성공의 모든 비결 중에서 결코 실패하지 않는 유일한 방법은 누군가 너에게 1마일을 함께 가기를 강요한다면 2마일을 가는 것이다.
 이것이 제3의 법칙이니, 이 비결은 너에게 재산을 안겨다 주고 꿈을 성취시켜 줄 것이다. 1마일을 더 전진하라!
 성공을 위한 가장 확실한 수단은 무슨 일이건 너에게 요구되는 것보다 더 많은, 더 훌륭한 봉사를 제공하는 것이다. 옛날부터 모든 성공했던 사람들이 걸어온 길이다. 그러므로 내가 말하노라. 네가 보수를 받은 만큼밖에 일하지 않는다면 너 자신은 범인에 불과한 것이다.
 네가 받은 보수보다 더 많은 것을 했다고 해서 속았다고 생각하지 말아

라. 인생은 시계추 같은 것이라 네가 오늘 보답받지 못한 것은 내일 열 배가 되어 되돌아올 것이다.

1마일 앞으로 더 나아가는 것은 너 자신이 자진해서 해야할 특권이며 이것을 회피해서는 절대 안된다. 이것을 무시하고 다른 사람과 마찬가지로 조금밖에 않는다면 실패할 것이며 그 책임은 모두 너에게 있는 것이다.

너는 대가 없이도 다른 사람을 도와줄 수 있는 것처럼 보상의 부족함을 참을 수 있어야 한다.

다시 1마일을 전진하라.

네 주인이 못마땅하더라도 상관하지 말고 더 많이 헌신하라.

그 사람 대신 내가 너에게 보상하리라. 보상이 늦다고 탓하지 마라. 지불유예는 그만큼 너에게 이익이 생기니 복리이자를 적용하리라.

다시 1마일을 전진하라!

네게 기회가 없다고 울고 있을 이유가 어디에 있느냐? 보라! 제 주위를 살펴보라. 지난날 심한 자책감에서 허우적거리던 네가 이제는 황금의 카펫 위를 당당히 걸어가고 있지 않느냐. 오직 너를 제외하고는 아무것도 변한 것이 없다. 그러나 너는 곧 모든 것이니라.

너는 나의 가장 위대한 기적이다.

너는 이 세계에서 제일 위대한 기적의 산물이다.

이제 행복과 성공의 법칙이 3개가 되었다.

너의 축복을 계산하라!

너의 진귀함을 선포하라!

다시 1마일을 전진하라!

너는 너의 진보에 대하여 참을성을 지녀라. 감사한 마음으로 너의 축복을 헤아리고 자랑스럽게 너의 진귀함을 선포하고 다른 사람들보다 1마일을 더 전진하라!

모두가 순식간에 이루어지는 것은 아니다. 하지만 어려움 속에서 얻은 것이 더 값지고 오래 간직할 수 있으니 스스로 번 재산은 유산보다 훨씬 값진 것이다.

새로운 인생으로 들어가는 것을 두려워 말라. 모든 귀중한 성취는 위험을 동반하고 있다. 시작을 두려워하는 자는 얻을 수가 없다. 이제 너는 기적의 산물임을 알고 있다. 기적에는 두려움이 없다.

자만심을 가져라. 너는 인간의 실험실에서 순간적 기분으로 멋대로 만들어진 것이 아니다. 너는 어떤 힘에 끌리는 노예가 아니다. 너는 오직 나만의 힘과 나만의 사랑에 이끌리는 자유스런 존재다. 너는 뚜렷한 목적하에 만들어졌다.

내 손길을 느끼라. 내 말을 들으라. 너는 내가 필요하며, 나는 네가 필요하다.

우리는 세상을 새롭게 창조해야 되며, 세상은 우리의 기적을 원하고 있다. 우리는 둘 다 기적물이며 이제 우리에게는 서로가 있다.

나는 처음 거대한 파도로 너를 만들어 사막에 던져 놓은 후로 결코 너에 대한 믿음을 잃지 않았다. 헤아려 보니 5억만 년 이상 된다. 나는 3만 년전 너의 완성품을 만들기까지는 그야말로 많은 형상과 크기의 여러 가지 모델을 만들어야만 했다. 그 후 여태까지 너를 더 개선하기 위한 노력을 하지 않았다. 어떻게 기적물을 개량할 수 있겠느냐? 네가 걸작품이라 나는 만족했다. 그리고 이 우주의 어떤 창조물도 갖지 않은 힘을 주었다.

나는 너에게 사고의 힘을 주었다.
나는 너에게 사랑할 수 있는 힘을 주었다.
나는 너에게 의지의 힘을 주었다.
나는 너에게 웃음의 힘을 주었다.
나는 너에게 상상의 힘을 주었다.
나는 너에게 창조의 힘을 주었다.
나는 너에게 계획의 힘을 주었다.
나는 너에게 언어의 힘을 주었다.
나는 너에게 기도의 힘을 주었다.

너에 대한 나의 자랑은 끝이 없느니라. 너는 나의 최종적이고 가장 위대한 창조물이며 가장 완전한 생명체다.

너는 어떤 기후, 역경, 도전에도 적응할 수 있는 존재이다. 너는 나의 간섭 없이 자기의 운명을 좌우할 수 있다.

이제 우리는 성공과 행복의 네 번째 법칙에 도달했다. 나는 너에게 나의 천사들도 갖지 못한 또 하나의 힘을 주었다.

나는 너에게 선택의 힘을 주었다.

이 힘을 줌으로써 너희는 나의 천사들보다도 높은 지위에 올랐다. 왜냐하면 천사들은 범죄를 자유롭게 선택할 수가 없기 때문이다. 나는 너에게 스스로 운명을 좌우할 수 있게 하였다. 너는 자신이 좋다면 누구의 간섭도 없이 마음대로 행할 수 있다.

너는 인생에서 최하의 형태로 퇴보할 수도 있고 신처럼 고귀한 형태로 승화할 수도 있다.

나는 너의 위대한 선택의 힘을 결코 다시 빼앗지 않았다.

이 거대한 힘으로 너는 무엇을 하였느냐? 돌이켜 보아라. 너는 살아오면서 어떤 선택을 하였는지 생각해 보아라. 다시 선택을 할 수만 있었다면 무릎을 꿇고 감사를 했을 그 아팠던 순간을 회상해 보아라.

지난 일은 지난 것이며 이제 너는 행복과 성공을 위한 네 번째의 법칙을 알았으니 이 선택의 힘을 지혜롭게 이용하라.

힐책보다는…… 사랑을.
눈물보다는…… 웃음을.
파괴보다는…… 창조를.
중단보다는…… 인내를.
비난보다는…… 칭찬을.
죽음보다는…… 구제를.
도둑질보다는…… 기증을.
지연보다는…… 실행을.
퇴보보다는…… 성장을.
저주보다는…… 기도를.
죽음보다는…… 삶을 택하라.

자, 이제 너는 너의 불행이 내 뜻이 아니었음을 알게 되었노라. 내가 네게 준 모든 힘을 갖고도 인간답지 못한 행위와 생각을 한 책임은 내가 아니라 너에게 있는 것이다. 내가 너에게 준 선물은 너의 작은 몸에 비한다면 너무나도 큰 것이다. 자, 이제 너는 완전히 성장했으며 세상의 모든 열매는 너의 것이니라.

너는 놀라운 일을 행할 수가 있다. 너의 잠재력은 무한하다. 나의 창조물 가운데 누가 불을 사용할 수 있단 말인가? 나의 창조물 가운데서 누가 하늘을 날고 질병과 전염병과 가뭄을 정복했단 말인가?

다시는 스스로를 천시하지 말라!

낙오자 같은 생을 지속하지 말라!

오늘부터는 너의 재능을 감추어 두지 말라!

어린애들은 '내가 청년이 되면'하고 말하지만 그게 무엇이냐? 청년들은 '내가 어른이 되면'하고 말하고, 또 어른들은 '내가 결혼을 하게 되면'하고 말한다. 그러나 결혼을 하면 어떻게 되느냐? 그때는 또 생각이 바뀌어 '내가 퇴직을 하면'이라고 말한다. 그리고 퇴직할 때가 되어 자신이 걸어온 길을 되돌아보면 모든 것은 가 버렸으며, 차가운 바람만 휘몰아칠 것이다.

오늘을 즐기라. 그리고 내일, 또 내일.

너는 이 세상의 위대한 기적을 수행하였다.

너는 산송장으로부터 되살아났다.

너는 다시 태어났다. 그러나 전과 마찬가지로 너는 실패와 절망, 또는 성공과 행복을 택할 수 있다.

그러니 4가지의 성공과 행복의 비결을 기억하라.

너의 축복을 계산하라!

너의 진귀함을 선포하라!

다시 1마일을 전진하라!

선택의 힘을 지혜롭게 이용하라!

그리고 이 네 가지를 성취하기 위한 또 한 가지가 있다. 모든 일은 사랑을 가지고 행하라. 자신을 위해 사랑하라. 다른 모든 사람을 위해 사랑하라. 그리고 나를 위해 사랑하라.

눈물을 거두고 손을 뻗어 나의 손을 잡고 똑바로 서라. 너의 몸을 묶고 있는 죽음의 옷들을 벗어 버려라.

오늘 너는 입증되었다.

너는 이 세상에서 가장 위대한 기적의 산물이다.

10

　나는 모든 직장의 크리스마스 파티는 사라져야 한다고 생각한다!
　적어도 한 사람쯤은 자신의 울적했던 마음을 술로 풀어 보려 할 것이고 그렇게 되면 종국에는 후에 후회할 싸움판이 벌어질 수도 있으며 또는 술이 취한 채 운전을 하여 사고를 낼 수도 있다. 나 자신조차도 오래 전 술에 취해 어리석은 행동을 한 적이 있었던 것이다.
　매번, 크리스마스를 지내고 첫번째로 출근을 하게 되면 다음해에는 꼭 파티를 중단해야겠다고 결심한다. 우리는 쓸데없이 낭비하는 돈을 가난한 이웃을 돕는 일에 쓰리라. 그러나 매년 위원회가 파티의 계획을 짜기 시작하면 나는 마음이 약해져 다시 찬성을 하고 만다.
　그리하여……, 나는 서너 잔 술을 마시고 누군가의 녹음기에서 흘러나오는 〈화이트 크리스마스〉를 들으며, 억지웃음 속에서 서로 복주머니를 교환하는 우스꽝스런 짓을 했다. 그런 후에 나는 주위를 한 바퀴 돌면서 모두의 어깨를 두드리고 뺨에 키스를 하면서, 가는 도중 호텔이나 나이트클럽에 들르지 말고 집으로 가 줄 것을 당부하는 것이었다.
　드디어 술은 동이 났고 사람들은 쓰레기만 가득 남긴 채 떠났고 나는 청소부 아저씨를 위하여 20달러를 지불해야만 했다. 돈은 여느 때와 마찬가지로 크리스마스 카드에 끼워 패트의 책상 위에 올려놓았으며 청소부는 그것을 잊지 않고 찾아가는 것이었다.
　나는 마지막 한 잔의 술을 들이키고 맥없이 소파에 앉으며 유리잔을 재떨이 위에 놓았다. 유리잔을 바라보고 있자니 거의 최면에 걸린 상태였다. 시몬, 우리가 함께 나누었던 쉐리주…… 시몬, 시몬, 당신은 지금 어디에 있습니까?

갑자기 나는 어떤 결심을 하고 책상으로 갔다. 나는 나의 전화 메모판에서 F자를 넘겨 프레데릭 펠의 자택 전화번호를 찾았다. 나는 다이얼을 돌렸다.
"즐거운 휴일입니다."
내가 말하자 펠은 내 목소리를 알아 들었다.
"오그, 목소리를 들으니 정말 반갑군. 잘 있나? 시카고의 일기는 어떻지?"
"눈이 오고 있어요."
"여긴 이틀 동안 계속 비만 오는 중이야. 롱아일랜드가 바다 속에 침몰하지 않을까 걱정이야."
"그렇다면 마이애미로 가시지요."
"너무 늦은 것 같군. 한데 요즘은 어떻게 지내지?"
"지금 막 사무실에서 크리스마스 파티를 했어요."
"…… 그래서 몇 잔 들이키니까 우울해지고 내 생각이 났단 말이군?"
"그렇기도 하지만……, 또 다른 이유가 있어요."
"말해 보게."
"다른 책을 쓸 작정입니다."
"뭐라구? 곧이 들리지 않는군. 난 자네가 번 돈을 헤아리기에 분주한 나머지 책을 쓸 시간이 없다는 생각을 하고 있었는데……, 어쩔 작정인가? 무엇에 관한 책인가?"
"말할 수가 없습니다. 한 사람 개인에게는 설명할 수가 없습니다. 지금 막 생각이 났어요."
"제목이 뭔가?"
"세계에서 제일 위대한 기적."
"그거 정말 멋있군. 어떤 기적인가?"
"묻지 말아 주세요."
"세계에서 제일 위대한 상인과 같이 걸작일까?"
"더 이상."
"좋아, 오그. 내 힘껏 후원해 주지. 계약을 원하나?"
"그렇게 서두를 필요는 없습니다. 기회가 있을 때 하세요."
"전과 같은 계약조건으로?"

"예. 좋습니다."
"원고는 언제 넘겨줄 수 있지?"
"가만 계십시오……, 1년 1개월 후에 꼭 넘겨 드리겠습니다."
"1년 1개월이라……, 그렇게 오래 걸리나?"
"그렇습니다."
"좋아. 결정되었다고 생각하게. 우리의 관계는 정말 희한하구만! 뭐가 뭔지도 모르고 계약을 해 버리는 출판인이 어디 또 있겠나. 메리 크리스마스, 오그."
"당신도 프레드, 사랑해요."
"나도 자네를 사랑하네."

사무실을 나섰을 때 밖은 매우 어두웠으나 아직도 눈은 내리고 있었다. 주차장으로 향하는 내 발자국이 가지런히 뒤에 남았다. 나는 웬지 모르게 허탈감을 느꼈다. 주차장 건너편으로 내가 그렇게도 많은 즐거운 시간을 보냈던 아파트의 어두운 그림자를 보았다.

여기저기 아파트 창 밖으로 비치는 불빛이 눈발 사이로 조용히 비치고 있었다. 바로 이 순간에 우리는 서로 술잔을 들고 크리스마스를 축복할 것이며, 그는 나의 하찮은 선물을 풀어보고 목메어 했을 텐데…… 시몬, 시몬.

"보고 싶습니다. 정말 보고 싶습니다."

나는 바람과 눈이 쏟아지는 속으로 크게 소리쳤다. 그리고는 억지로 새어 나오려는 흐느낌을 억제했다. 나는 너무나도 고독했다.

마침내 나는 정신을 되찾았다. 집으로 가야만 했다. 시내에 가서 선물을 사야만 했다. 인생은 계속되는 것이다.

나는 열쇠를 찾아서 문을 열었다. 엔진에 시동을 걸자 갑자기 한 잔 더 마시고 싶은 충동이 솟았다. 그러나 나는 곧 다음에 어떤 일이 일어날 것인가가 느껴졌다. 한 잔이 스무 잔이 되어……, 그리고 아무리 많은 술집을 찾아 다녀도 시몬을 찾아낼 수는 없으리라.

나는 차를 몰아 주차장 출구에서 급정거했다. 타이어가 주루룩 눈에 미끄러졌다. 나는 차에서 내려 열쇠를 주차장 문의 노란 통에 넣고 돌렸다.

문은 소리를 내면서 천천히 위로 올라갔다. 기어를 넣고 주차장 문 앞의 오르막길을 천천히 올라갔다. 오르막 위에 올라오자 헤드라이트 불빛은 캄캄한 아파트 2층을 비추었다.

나는 눈을 껌벅이면서 설레설레 머리를 저었다. 그리고 다시 쳐다보았다. 차의 헤드라이트는 창문 밖 화초상자 안의 한 물체를 비추고 있었다.

오, 하나님!

상자 속에는 한 포기의 꽃이 있었으며…… 눈보라에 조용히 흔들거리고 있었던 것이다.

한 포기의 아름다운 꽃!

푸른 리본이 둘러진 꽃!

한 포기의 붉은 유리 제라늄.

제 **4** 부

아카바의 선물

아직도 기적이 있다고 믿는
사람들에게

프 롤 로 그

　로물루스(역주 : 로마 신화에 나오는 인물로 그의 쌍둥이 동생인 레무스와 함께 늑대에 의해 양육되었고, 고대 로마를 세웠다 함)와 레무스가 로마를 세운 것보다도 훨씬 더 이전, 그리고 호머가 서사시 일리어드를 쓴 것보다도 훨씬 더 이전, 이스라엘 백성이 가나안 땅에 이르기 훨씬 더 오래 전의 옛날, 영국 땅에 스톤헨지(역주 : 영국 윌셔주 샐리스베리 평원에 있는 석기시대 후기의 거대한 돌기둥)가 세워진 것보다도 더 먼 옛날에, 알제리아의 동굴에 벽화가 새겨지고 쿠푸 왕의 거대한 피라밋이 완성되기 훨씬 이전, 느부갓네살 왕 (역주 : 고대 바빌론의 왕)이 교수형장을 만들고 인도에서 석가가 설법을 시작한 것보다도 훨씬 더 오랜 옛날에 지금은 라프랜드(역주 : 스칸디나비아반도의 최북단지역)라고 불리우는 10만 평방마일도 넘는 태고의 광야에서 그들은 사냥과 유랑생활을 했다. 세상 사람들은 그들을 라프인이라고 했다. 그러나 그들은 스스로를 세임인이라고 부른다. 그들의 수효는 지금 3만 5천을 넘지 못하며 노르웨이, 스웨덴, 핀란드, 그리고 러시아 등의 최북부지역 전역에 걸쳐 흩어져 있는 작은 마을의 통나무집에서 살고 있다.
　그들은 비할 데 없이 가혹한 기후를 용기와 인내로 견디어 왔다. 그들은 사랑과 애정으로 가정을 돌보아 왔으며, 아이들에게는 살아가는 기술과 자부심을 가르쳤다. 그리고 그들은 인내해 왔다. 그들에게는 그들의 것이라고 부를 수 있는 국가가 있었던 적도 없었으며, 또한 그들은 어떠한 나라로부터도 도움을 받아들이지 않았었다.
　그들은 체구가 작다. 그러나 그들의 마음은 한없이 크다. 그들의 문전에서는 어떤 나그네라도 푸대접을 받지 않았으며, 그들의 집은 대문을 잠그는 법이 없었던 것이다. 범죄나 이혼 따위의 말은 몇 가지 안되는 그들의 신문을 통해 읽혀지거나 라디오를 통해서도 들을 수 없었고, 알려지지도 않았을 것이다.
 라프인들은 8천 년 이상이나 인류의 본보기가 되어 왔다. 그러나 그들에 대해서는 지상의 어떠한 민족에 대해서보다도 덜 알려져 있다. 영원의 알 수 없는 순환 속에서 그들이 역사의 초점이 된 순간은 오래 전에 끝났음이 분명한가 보다.
 그리하여 한 옛날에……, 그러나 그다지 오래지는 않은 옛날에……, 북극 지방 멀리 북쪽의 황량하고 작은 라프랜드 마을에서 한 기적이 일어났다.
 세상 사람들이 그 기적을 알고만 있었더라도……

1

밖의 어두움 속에서 고독한 이리의 애처로운 울음 소리가 메아리쳤다. 구슬픈 그 울음 소리는 황량한 마을을 휩쓸고 지나가는 겨울의 첫 노풍(怒風)을 타고 칼발라 마을의 모든 집에 울려 퍼졌다.

툴루 마티스는 연필을 놓고 초록색 가죽 표지의 장부책을 옆으로 밀어 놓았다. 그는 숨을 죽이고 귀를 기울였다. 이리가 다시 한 번 울부짖었다. 그리고 한 방의 총성이 얼어붙은 동토 위에 울려 퍼졌다.

안도의 한숨을 내쉬며 툴루는 탁자 앞에서 일어나 고통스러운 듯 절룩거리며 누이동생의 작은 침실을 향해 걸어갔다. 그는 졸고 있는 스피츠(개) 니쿠의 곁을 지나면서 잠시 발을 멈추어 니쿠의 짙은 회색털을 쓰다듬었다.

"니쿠, 늙으니까 너도 게을러지는구나. 옛날에는 이리가 울면 문을 뚫고 나가기라도 할 듯 설쳐대더니……."

그는 잔나의 침대 곁으로 다가갔다. 이불을 잔뜩 뒤집어쓴 채 겁먹은 목소리로 그녀가 말했다.

"오빠, 이리 우는 소리 들었어요?"

"그래, 발노 삼촌이 쏜 것이 틀림없어. 삼촌이 경비를 서니까 우리 순록에게는 아무런 피해도 없을 거야. 그리고 네게도 아무 일 없을 거야. 그러니까 어서 자려무나."

그가 식당의 탁자께로 돌아왔을 때 초록색 장부책은 펼쳐진 채 놓여 있었다. 툴루는 장부책을 집어들어 갓 없는 전등 밑에 놓고 열네 번째 생일에 썼던 글을 읽기 시작했다.

12월 12일
지금은 암흑 시기이다.

해가 뜨려면 아직도 2개월이 지나야 한다.
  하지만 설사 여름밤의 태양이 빛나고 우리의 목초지에 히드(역주:식물명)와 미역취(역주:식물명)가 온통 덮여 있다 해도 이번은 내 일생 중 가장 슬픈 생일이 될 것이다. 지난 1년 동안 잔나와 내가 잃어버린 것은 결코 되찾아질 수가 없다.
  어떠한 역경 속에서라도 찾기만 한다면 반드시 행복의 씨앗을 발견할 수 있다고 나는 책에서 읽었다. 나는 찾아보았지만 소용이 없었다. 내 노력의 결과로 얻어진 것은 아픈 마음 뿐이었으며, 그것은 사라지지 않을 것이다.
  하지만 희망을 잃어서는 안된다. 잔나를 위해서라도 강해져야 한다.
  툴루는 천천히 장부책을 덮었다. 그는 커다란 갈색 눈에서 흘러나오는 눈물을 닦으면서 그 탁자 위에 늘 놓여 있는 타원형으로 금테가 둘러진 작은 사진틀로 얼굴을 돌렸다. 그는 양손으로 어머니의 사진을 감싸 쥐었다. 바람소리가 들려왔다. 그는 마치 어머니의 다정한 음성을 다시 한 번 듣는 것 같았다.
  "내 아들, 툴루야. 하나님께서는 너에 대해 분명 특별한 계획을 갖고 계신 것이 틀림없어. 그렇지 않다면 너의 천부적인 글솜씨들은 어떻게 설명할 수 있겠니? 언젠가는 우리 민족 모두가 너를 칭송하게 될 것이며, 네가 쓴 글은 가죽 책으로 만들어질 거야. 그리고 네 글 속의 진리와 아름다움은 희망의 별처럼 온 세계를 밝히며 영원히 남겨질 거야."
  툴루의 작은 몸이 흐느낌으로 인해 율동을 한다. 그는 사진틀을 들어올려, 그 사진틀에다 몇 번이고 입을 맞추었다.
  "어머니……, 어머니……, 보고 싶어요……, 보고 싶어요……."
  니쿠가 참을 수 없다는 듯 문을 긁어대는 소리에 툴루는 자신에 대한 슬픔에서 깨어났다. 습관적으로 그는 잔나가 짜 준 양털 외투를 입고 사각모자를 쓴 후 니쿠를 따라 야간 순찰을 돌기 위해 목초지로 나갔다.
  눈이 그치고 구름도 걷히어 있었다. 이제 바람은 속삭이듯 부드럽게 불고 있었다. 평소의 별이 총총히 박힌 진청색 하늘 대신 오늘의 하늘은 여러 가지 색깔이 조각조각 모여 빛을 내며 물결치는 것 같았다. 태양처럼 밝고 강렬한 불꽃이 위로 솟구쳐 오르면서 부풀어오르는 연보라색과 황금색의 분출 광채

위로 반짝이는 초록색 파편의 파도를 폭포처럼 쏟아져 내리게 했다. 소년은 북방의 빛이 그토록 찬란하게 빛나는 것을 일찍이 본 적이 없었다. 발 아래 짓밟히는 눈마저도 빛나는 오로라의 광채를 받아 가물거리고 있었다. 온 목초지가 루비와 에메랄드, 오팔과 다이아몬드로 가득 찬 마법의 호수처럼 보였다.

툴루는 춤을 추는 광채에 너무나 매혹되어 슬픔도 다 잊어버렸다. 그는 자신의 성치 못한 무릎마저도 망각한 채 웃음을 터뜨리고 노래를 부르며 수시로 색깔이 변하는 눈더미를 헤쳐 깡충거리며 춤을 추었다. 툴루는 수정과도 같은 눈을 한 줌 듬뿍 손으로 떠서 니쿠에게 뿌렸다. 눈가루는 마치 다이아몬드의 가루처럼 반짝였다. 마침내 툴루는 커다란 나무 아래에 이르렀다. 그는 숨을 헐떡이며 나무 아래 쓰러졌다. 그러나 니쿠는 눈을 뒤집어쓴 채 툴루에게로 다가와 다시금 춤을 시작하자고 성화하듯 요란스럽게 짖어댔다. 그러나 툴루는 눈 위에 드러누워 두툼한 소나무 가지의 실루엣 사이로 하늘의 불꽃, 코로나의 색깔이 계속해서 변화하는 것을 지켜보았다.

그 큰 나무는 아주 오랜 옛날부터 그 마을의 경계 표시가 되어 왔었다. 겨울이면 어둠과, 혹독한 영하의 날이 계속되고 여름은 짧기 때문에 키 작은 잡초와 말라빠진 자작나무와 작달막한 가문비나무와 참나무들이 자라는 그 땅에서도 그 나무의 줄기는 15미터 이상이나 높이 우뚝 솟아 있었다. 그 나무의 잎은 길고 푸르렀으며, 그 가지는 쉴사이 없이 불어나고 자라서 마치 그 뿌리가 비옥한 열대 삼림지의 흙에서 영양을 섭취하고 있는 것이 아닐까 하는 생각도 들게 할 정도였다. 어떤 사람들은 그 나무가 수백 년 전에 세임인의 전설상의 영웅인 스탈로가 심은 것이라고 말했다. 그 나무 줄기의 지면에서 가까운 일부는, 그 나무를 만지면 행운이 온다고 믿었던 사람들의 손길에 의해 껍질이 벗겨져 있었다. 잔나는 그 나무를 자기의 별나무라고 불렀으며, 순진하게도 진짜 별들이 커다란 나뭇가지에 마치 과일처럼 매달려 있다고 주장했다. 그리고 아닌게 아니라 잔나의 키 높이에서 보면 그렇게 보이기도 했기에 아무도 잔나를 놀리지 않았다.

툴루는 갑자기 몸을 일으켜 앉아서 거칠은 나무 등걸에다 등을 기대었다. 북쪽의 빛깔이 소용돌이를 치면서 계속 형형 색색으로 변해가는 모습을 보고 있노라니 이상한 생각이 떠오르는 것이었다.
"니쿠야, 현명했던 우리 조상들, 북을 치고 주문을 외어 우리 민족을 보호했던 마법사들이 북쪽의 빛을 향해서 휘파람을 불면 죽은 사람을 불러낼 수 있다고 한 말이 사실이라고 생각하니?"
어린 주인과 함께 더 장난을 치고 싶다는 듯 니쿠는 깽깽댔다.
"알 수 없어……, 알 수 없어……."
툴루는 부드럽게 휘파람을 불기 시작했다. 잔나가 아직도 나무로 만든 구유에 있었을 때 어머니가 종종 불러 주곤 했던 자장가 곡이었다. 그는 작은 손을 나팔 모양으로 입에 대고 번쩍이는 광채가 가장 밝은 부분을 향해 휘파람 소리를 날려 보냈다.
그리고 그는 눈을 감았다. 자장가의 서글픈 멜로디가 한들거리는 솔잎 틈을 뚫고 끝없이 하늘로 퍼져 갔다. 생각은 시간을 통과해 뒤로 움직여 그의 짧은 과거에 있었던 사건들을 연상케 해 주었다. 별나무 아래에 앉아 하늘을 보며 휘파람을 불고 있었지만 그의 운명은 결코 예측하지 못할 방향으로 결정이 되어져 가고 있었다.

2

페달 마티스는 그의 아들이 걸음마를 떼기가 무섭게 아들을 위해 작은 스키 한 벌을 만들어 주었다. 다른 모든 라프 아이들과 마찬가지로 툴루는 나무 스키를 타는 법에 곧 익숙해졌고, 세 살이 되기도 전에 이미 라베그 씨의 상점 마을까지 갔다가 도움이 없이 혼자 돌아올 수 있을 만큼 스키를 잘 타게 되었다.
다섯 살이 되자, 툴루는 가장 사나운 순록의 목에도 로프를 옭아맬 수 있을 만큼 올가미 밧줄을 잘 다룰 수 있게 되었다. 페달은 또 툴루에게 얼음을 깨고 고기를 낚는 법과, 손칼을 사용하고 보관하는 법, 순록 가죽을 처리하는 법, 순록의 힘줄을 씹어서 실을 만드는 법, 그리고 여름용 천막을 치는 법을 가르쳤다. 툴루가 좀더 나이가 들자, 페달은 툴루에게 바닥이 편편한 썰매를 조종하는 기술과, 그들의 가증스러운 적 늑대를 추적하는 법, 그리고 적으로부터 자신과 그들의 순록을 보호하기 위해 스키 지팡이를 사용하는 방법 등을 가르쳐 주었다.

세임 민족의 관습을 아직도 자랑스레 지켜 나가고 있는 페달과 그의 아내 잉가 마티스에게는 순록이야말로 살아나가는 데 가장 중요한 존재였다. 완전히 성장해 봐야 4피트를 넘지 못하는 키에, 무게도 300파운드 이상이 못되었지만 이 놀라운, 그러나 겁많은 짐승은 어떠한 가축도 견디 내지 못하고 죽는 나쁜 기후를 견디낼 수 있었던 것이다. 마티스 가(家)의 순록떼는 약 200마리 정도로서 그들 일가에게 밀크와 고기와 의복을, 그리고 매년 가을마다 한 차례씩 있는 라운드업(역주 : 방목했던 짐승들을 한 곳에 몰아 모으는 것)을 통해 일부를 팔아 넘김으로써 돈까지도 공급해 주는 것이었다. 순록에게는 아무것도 버릴 것이 없었다. 혓바닥은 국을 끓여 먹었고, 피는 말려서 개에게 먹였으며, 뼈의 골수는 이빨이 나기 시작하는 어린아이들을 위한 보약이 되었고, 뿔은 칼로 깎아 칼자루나 장식품을 만드는 데 사용이 되었다.

세월은 쏜살같이 흘러갔다. 마티스 가의 운은 지나칠 정도로 좋았다. 매년 여름이 되면 그들은 가축을 몰고 그들의 칼발라 마을을 떠나 여러 날 걸리는 여행을 하며 목초가 무성한 산기슭으로 이동을 했으며, 한밤의 태양을 받아 따사로운 그 곳 산기슭에 천막을 쳤다. 순록들은 많은 새끼들을 낳는다. 해가 지남에 따라 그들의 가축의 수도, 그리고 그들의 행복한 추억도 불어 가기만 했다.

그러나 툴루가 가장 좋아하는 추억은 산지에서 보내는, 해가 지지 않는 날들의 것이 아니라, 태양이 2개월 이상이나 자취를 감추고, 아버지와 함께 순록떼를 경비하고, 모피를 채집하며 칼발라에 있는 그들의 오두막집에서 지내는 겨울철 어두운 날들의 추억들이었다.

매서운 바람과 혹독한 추위를 피하기 위해 툴루는 아버지와 함께 눈 속 깊숙이 구덩이를 파고 들어앉아 자그마한 불을 피워 더운 커피를 끓여 마시곤 했다. 그러면 아버지는 툴루가 설탕 덩어리를 이빨 사이에 문 채로 뜨거운 커피를 마시는 것을 흉내내 보려 하는 것을 재미있다는 듯 지켜보곤 했다. 다른 것과 마찬가지로 툴루는 대단히 어려운 세임 민족의 이 풍습 또한 곧 몸에 익혔다.

어느 고요한 밤, 툴루는 아버지의 허벅지를 베고 누워 있었다. 순록떼는 쉬지 않고 눈더미를 헤치며 그들이 즐겨 먹는 이끼를 찾고 있었다. 하늘의 별을 바라보며 툴루는 아버지에게 물었다.

"아버지, 하늘에는 별이 몇 개나 있어요?"

"모르겠구나 툴루야. 아마 수백만 개가 될 테지."

"별들은 아주 멀리 있나요?"

"제일 빠른 독수리가 평생을 날아도 도착할 수 없을 만큼 멀리 있단다."

"별은 얼마나 큰가요?"

"정말 아는 것이 많으셨던 네 할아버지께서는 내게 우리의 태양이 이 지구의 백 배도 넘게 크지만 하늘의 저 별들 중에는 그 태양보다도 훨씬 더 큰 별들이 있다고 말씀하셨단다."

"아버지, 어째서 우리 태양은 겨울만 되면 사라져서 우리를 그토록 오랫동안 어둠 속에서 살게 만들까요? 그리고 왜 여름이 되면 다시 돌아와 밤낮으로 우리를 밝혀 주나요?"

페달은 힘없이 고개를 가로저었다.

"툴루야, 내가 너만 했을 때엔 이곳에 학교가 있었단다. 네게 어떻게 대답해야 좋을지 모르겠구나. 하지만 내 생각으로는 그런 현상이 이 지구가 매년 일정한 시기가 되면 태양에 가까워졌다 멀어졌다 하는 것, 그리고 우리가 사는 곳이 지구의 맨 꼭대기 근처인 것과 관계가 있는 것 같다."

페달은 손을 뻗어 툴루의 얼굴을 부드럽게 어루만졌다.

"네 어머니는 우리가 세상의 꼭대기에서 사는 것, 하나님과 가까운 곳에서 사는 것에 비하면 어둠과 추위 속에서 지내야 하는 몇 개월은 보잘것없는 희생이라고 말하더구나."

"알고 있어요. 하지만 아버지, 만일 어느 겨울엔가 태양이 사라져서 봄이 되어도 다시 돌아오지 않는다면 우리는 어떻게 되지요?"

페달은 파이프에 천천히 담배를 재넣었다. 여러 개비의 성냥을 버리고서야 그는 파이프에 불을 붙일 수가 있었다. 매콤한 연기를 길게 빨아들이면서 페달은 대답했다.
" 태양이 만일 돌아오지 않는다면 우리는 아마 오래 견디지 못하고 죽게 될 거야."
"어째서죠?"
"어둠 속에서는 어떠한 식물도 자랄 수가 없고, 목초와 갈대와 이끼가 없으면 순록들이 굶어 죽을 테니까 말이다. 그리고 순록이 없다면 우리는 음식도, 옷도, 돈도 구할 수가 없어. 순록을 길러 살아가는 집안의 사람들은 생활을 계속하지 못하게 될 거야."
아버지가 한 말을 곰곰이 생각해 보고 나서 툴루는 다시 물었다.
"하나님께서는 원하시면 봄에 태양이 우리에게 돌아오는 것을 멈추게 하실 수 있나요?"
"하나님께서는 무슨 일이든 하실 수 있다, 툴루야."
다시 잠시 침묵이 흘렀다.
"아버지, 지금 막 별 한 개가 하늘을 가로지르며 사라지는 것을 보았어요. 그런 별들은 아주 작은 별인가요?"
"그럴 거야."
"그것이 작은 별이라면 우리가 살펴보고 만져 볼 수 있게 땅에도 떨어지나요?"
페달은 한숨을 내쉬었다.
"모르겠구나, 툴루."
"아버지 더 많은 것을 알고 싶어요. 별들에 대해서, 태양에 대해서, 그리고 하나님에 대해서, 모든 것에 대해서 말이에요."
다음날 아침 페달은 식탁 위로 손을 뻗어 아내의 두 손을 꼭 붙잡았다. 툴루는 아직도 잠자리에 들어 있었다. 남편이 아침 식사를 하면서 평소와는 달리 말이 없는 것을 이상스럽게 생각하고 있던 잉가는 고개를 갸웃하고서 남편의 말을 기다렸다.
"여보, 툴루가 너무 총명한 것인지, 아니면 내가 너무 어리석은 것인지 알 수가 없소. 아무튼 툴루는 벌써부터 나로서는 대답할 수 없는 질문을 하고 있다오. 예정대로라면 내년 가을에나 학교를 보내야 할 테지만 그때까지 꼭 기다릴 필요가 없다고 생각하오. 당장 툴루를 입학시킵시다."
"당신 생각이 그렇다면 그렇게 하세요. 하지만 당신과 툴루는 너무도 가까워요. 서로 떨어져 있는 것이 쉽지 않을 거예요."
"어쩔 수 없는 일이지. 우리가 사는 이 세계는 늘 변화하고 있소. 방목지는 점점 줄어들어 가고 더 이상 북쪽으로 이동할 수도 없게 되었소. 차가운 바다 속으로라도 들어가지 않는다면 말이오. 새로운 도로가 생겨나고 관광객들이 몰려 오고 있으며, 이미 멀지 않은 곳에까지 공장, 광부, 발전소들이 진출해 있소. 이제 우리는 기름 등잔 대신 전기를 사용하며 매일 우리 머리 위로는 비행기가 날아다니고 있소. 어제는 눈자동차라는 것에 대한 이야기를 들었는데, 순록이나 스키를 타는 사람보다 더 빨리 눈 위를 달릴 수가 있다는 거요. 어쩔 수 없이 닥치게 될 텐데, 이렇게 새로운 생활 방식에 대처해 나가려면 툴루는 가능한 한 빨리 교육을 받아야 할 거요."
"당신은요?"
"나는 절대로 변하지 않을 거요. 나는 죽는 날까지 순록치기로 살 거요."
"하지만 혼자는 아니예요."
"무슨 뜻이지?"
잉가는 일어나서 식기를 정리하기 시작했다. 그러더니 얼굴을 찡그린 채 앉아 있는 남편에게로 몸을 숙여 엄지와 검지로 남편의 코를 쥐더니 살며시 비틀었다.
"무슨 뜻이냐 하면 툴루가 학교에 가 있는 동안 당신 뒤를 따라다닐 꼬마를 곧 또 하나 얻게 될 거라는 뜻이에요"

3

칼발라 마을의 젊은 교장 아롤 노비스는 기껏해야 5피트를 넘지 못하는 대부분의 라프인들에 비해 1피트나 키가 더 컸다. 그는 벽난로 앞에서 호리호리한 몸을 곧게 편 채 서 있었다. 페달과 잉가는 공손한 태도로 말없이 앉아 있었다.

"제가 온 것은 두 분과 툴루에 대해서 이야기를 나누기 위해서입니다."
페달은 입에서 파이프를 빼내었다.
"그 아이 때문에 속이라도 썩으시는지요?"
"천만에요. 툴루는 공손하고 예의가 밝아 가르치기에 아무런 힘도 들지 않습니다. 그 애 생각은……."
페달이 갑자기 말을 가로막았다.
"생각이라뇨? 혹시 그 애가 잘못된 생각이라도 한단 말입니까?"
"전혀 그런 일은 없습니다. 아버님, 대학에서 우리는 학생이 단 한 가지라도 뚜렷한 생각을 갖고 있다면 결코 그 학생에 대해 실망해서는 안된다고 배웠습니다. 그런데 툴루는 뚜렷한 생각을 수없이 갖고 있어요! 댁의 아드님처럼 동료 학생들에 비할 수 없을 만큼 우수한 학생은 가르쳐 본 적이 없습니다. 툴루에게는 한 과목을 한 번만 읽어 주면 충분합니다. 그리고 그 애의 질문은 정말 놀랍습니다. 툴루는 항상 모든 것에 대해 설명을 요구합니다. 왜? 왜? 왜? 그것이 그 애가 가장 좋아하는 말이랍니다. 그 애는 벌써 우리 학교 도서관에 있는 책을 모두 읽었습니다. 지금 그 책들을 다시 읽어 나가고 있지요. 심지어는 성경을 세 번씩이나 읽었다니까요! 정말 그런 아이는 처음입니다."

페달은 아내의 입을 바라보며 고개를 끄덕였다. 툴루를 일찍 학교에 보내야 한다는 자신의 판단이 옳았음이 교장의 말로 확인되자 저으기 기뻤던 것이다.

이제 아롤은 손을 흔들거리며 방안을 서성이고 있었다.

"그것 뿐이 아닙니다. 툴루는 벌써 세임어 읽기와 쓰기를 통달했습니다. 그래서 제게 핀란드어와 스웨덴어를 가르쳐 달라는 겁니다. 아버님, 핀란드어와 스웨덴어는 열 살이 되기 전에는 배우지 않는 과목입니다. 하지만 툴루는 저에게 세임어로 씌어진 책은 충분하지가 않아서 알고 싶은 것을 전부 배울 수가 없다고 말한답니다. 그리고 불행하게도 그 애의 말은 사실입니다. 아무튼 그 애는 너무나……, 너무나 뛰어납니다. 그 대부분의 아이들은 그저 어쩔 수 없어서 학교를 다니고 있습니다. 스키를 타거나 낚시를 하거나 사냥하기를 훨씬 더 좋아하고 있습니다. 그리고 그 애의 글과 시는 또……"
침묵을 지키던 잉가가 입을 열었다.
"글? 시?"
"툴루는 시를 짓고 소설을 쓴답니다. 여지껏 제 학교의 학생들이 썼던 것보다 훨씬 훌륭한 글입니다. 그 애는 아주 간단한 자연현상 한 가지에서도 이야기를 끌어낼 수 있는 재능을 갖고 있습니다. 그 애의 글이 잘 다듬어지기만 한다면 우리 고장의 전설이나 민담이 오히려 빛을 잃을 정도입니다. 이대로 계속 나아가면 언젠가 툴루는 훌륭한 작가가 될 겁니다. 우리 민족으로는 보기 드문……"
페달은 이제 더 이상 자기 만족을 느끼진 못할 것 같았다. 그는 당황한 듯 고개를 가로 저었다.
"교장 선생님, 그렇다면 우리는 무얼 어떻게 해야 할까요?"
"부모님들께서 하실 일은 오직 한 가지입니다. 나무에 물을 주는 것입니다. 비료를 주는 것이지요. 가능한 한 최대한으로 자라날 수 있도록 보살펴 주고 사랑해 주고 도와주는 것이지요."
"어떻게요? 선생님은 우리를 잘 아십니다. 우리에게는 얼마 안되는 순록 떼 밖에는 없으며, 저나 아내나 거의 무식장이가 아닙니까?"
"책입니다 아버님. 책이에요! 순록이 겨울을 지내려면 이끼가 있어야 하는 것과 마찬가지로 위대한 정신을 지닌 사람에게는 영양이 되는 책이 필요한 것입니다. 툴루에게는 책을 주어야 합니다. 더 많은 책을 말입니다. 원하신다면 로바니에미와 헬싱키에 있는 출판사에서 우리 학교로 보내 주는 도서 목록을 살펴서 권할 만한 책들의 목록을 작성해 드리겠습니다. 부모님들께서 툴루에게 책을 사 주실 의향을 갖고 계시다면 제가 대신 책을 주문해 드리겠습니다. 그래야만 툴루는 마음껏 읽고 배울 수가 있을 것입니다. 툴루는 정말 뛰어난 아입니다. 아, 깜빡 잊을 뻔했군요. 한 가지 더 말씀 드릴 것이 있습니다."

"더 있어요?"
페달은 큰소리로 웃음을 터뜨렸다.
"선생님께서는 우리 아이가 놀라운 아이라고 말씀하셨는데 그 이상 무엇이 더 있다는 말입니까?"
아롤은 미소를 지었다.
"아버님께서는 연을 날려 보신 적이 있으신가요?"
"연? 연? 연을 날릴 시간이 있었겠습니까? 전 평생껏 연을 본 일도 없었습니다."
"그렇다면 앞으로는 연을 수없이 보게 될 것입니다."
페달은 잉가에게로 돌아서 벽난로 쪽을 가리키며 말했다.
"여보, 우리 선생님께 커피를 한 잔 더 드려야 하겠소. 어지러우신 모양이야. 마흔 명이나 되는 학생들을 지도하시느라 몹시 피곤해지신 것 같구려. 방학이 되려면 아직도 두 달이나 남았는데……."
"아버님, 그런 게 아닙니다! 툴루는 17세기에 어느 선교사가 영서(英書)를 번역해 낸 낡은 책을 한 권 찾아냈습니다. 연의 역사와 연을 만들어 날리는 법이 씌어진 책이죠. 툴루는 직접 연을 만들어 날린다는 생각에 사로잡히게 되었습니다. 지금도 툴루는 학교에서 그 책에 씌어져 있는 방법에 따라 연을 만들고 있습니다. 다른 것들도 있지만 툴루는 또한 연에 대한 것도 전문가 못지않게 되어 있단 말입니다. 그 애는 중국에서 연이 처음 날려졌다는 사실을 알고 있으며, 일본에서 만들어졌던 1톤 이상 무게가 나가는 거대한 연들이 어떻게 하늘로 띄워 올려졌는지를 알고 있습니다. 그리고 그는 미국의 벤자민 프랭클린이 벼락에 대한 연구를 하기 위해 연을 날렸던 것에 대해서도 자세히 알고 있습니다."
"그러니까 우리 아들이 순록을 치는 것보다 시나 소설을 쓰고 연을 날리는 것을 더 좋아하고 있다는 말입니까? 선생님!"
"그렇습니다."
페달은 자리에서 일어나 벽난로 벽에 파이프를 세차게 두드려 파이프 속의 담뱃재를 불 속에 털어 넣었다. 그는 탁탁 소리를 내며 타는 통나무를 물끄러미 바라보았다. 잉가와 아롤은 말없이 그를 지켜보고 있었다. 이윽고 페달은 어깨를 으쓱해 보이며 입을 열었다.
"잘 알겠습니다. 우리의 이 보잘것없는 정원의 놀라운 꽃나무에 열심히 물을 주도록 하겠습니다. 선생님, 그 아이가 읽어야 한다고 생각되는 책이라면 무엇이든 주문해 주십시오. 대금은 제가 기꺼이 치르겠습니다."
"감사합니다. 아버님."
"아니, 천만에요! 우리 아이에게 그토록 정성과 관심을 쏟아 주시다니 감사를 드려야 할 것은 오히려 저와 제 아내입니다. 진심입니다. 선생님이 계셔서 얼마나 다행인지 모르겠습니다."
"아버님, 교사로서 천부적인 자질을 지닌 학생을 가르칠 수 있는 기회를 갖게 되기는 쉬운 일이 아닙니다. 무엇인지 우리는 알 수 없지만 하나님께서 툴루를 우리에게 보내셨을 때에는 어떤 목적이 있었을 것입니다. 우리는 툴루를……, 그리고 하나님을 실망시켜서는 안될 것입니다."
교장 선생님이 돌아간 뒤에도 오랫동안 페달 부부는 그가 떠나면서 한 말의 의미를 곰곰이 생각해 보고 있었다.

봄이 돌아오고 순록이 북쪽으로 이동하게 되자 잉가는 다시 한 번 선두 썰매를 타게 되었다. 페달은 앞에서 스키를 타고 갔으며, 갓 태어난 그녀의 딸 잔나는 그녀의 무릎 사이에 포근히 감싸 안겨져 있었다.

잉가의 썰매 뒤로는 책상자로 가득 찬 툴루의 썰매가 따르고 있었다. 여름 내내 시간이 나기만 하면 툴루는 책을 읽고 공부를 하고 글을 썼다. 책을 보거나 글을 쓰지 않을 때면 그는 바위투성이인 산등성이에 올라 노끈이 잔뜩 감긴 두툼한 버드나무 가지를 단단히 쥔 채 연을 날렸다.

연이 맑은 하늘로 높이 더 높이 떠올라 감에 따라 연줄은 공중에서 노래를 부르듯 윙윙거리곤 했다. 연줄 끝에는 자그마한 붉은색 연이 매달려 있었다. 툴루는 자신의 연이 눈부신 햇빛을 받으며 공중에서 회전과 곡예를 거듭하는 것을 지켜보았다. 하늘 높이 솟아오른 진홍빛의 마름모꼴 연은 때로는 싸움을 하는 용처럼, 때로는 거대한 나비처럼도, 심지어는 유유히 헤엄치는 백조와 같이도 보였다. 그리고 마침내 연은 변덕스러운 하강 기류에 휘말려 마치 공격을 하는 독수리처럼 곧 바로 지상을 향해 곤두박질을 치곤 하였다. 그리고는 땅에 충돌하는 것이었다.

그럴 때면 툴루는 언제나 괴로운 듯 비명 소리를 내지르며 추락한 자신의 천사를 주우러 들판을 가로질러 뛰어가는 것이었다. 그는 집어든 연을 연약한 자기 가슴에 끌어안은 채 연을 바라보며 위로의 말을 해 주곤 했다. 그리고 나서 그는 연을 천막으로 가져가 부서진 곳을 수리하곤 했다.

이제 내일이 되면 그 연은 다시금 하늘로 날아오를 것이었다.

4

잉가는 걱정스러운 표정으로 남편 곁으로 다가섰다. 겁먹은 첫번째 순록떼가 가운데 우리로 몰려들고 있었다. 잉가는 남편의 옷자락을 끌어당기며 몇 발자국 떨어진 곳에 서 있는 툴루에게 들리지 않게끔 작은 목소리로 남편에게 속삭였다.

"툴루가 이 일을 해낼 수 있겠어요?"

4년 동안 마티스 가에는 기쁨과 웃음이 충만해 있었다. 그리고 매년 가을 순록을 치는 모든 가구가 참여하는 축제와도 같은 라운드업이 시작되면 그 기쁨과 웃음의 분위기는 절정에 달하게 되는 것이었다.

페달은 고개를 돌려 툴루가 연습삼아 올가미 밧줄을 던지는 것을 바라보았다. 페달은 자신 있게 고개를 끄덕였다.

"저 앤 벌써 열세 살이오. 나는 훨씬 어렸을 때부터 라운드업에서 일을 했다오."

"그건 알아요. 하지만 당신이 어렸을 때에는 순록이 당신 생활의 전부였어요. 그런데 툴루는 순록보다는 책과 글짓기를 하는 데 훨씬 더 많은 시간을 보내고 있어요."

"그렇긴 해. 그리고 저 앤 올가미 밧줄보다는 연줄을 훨씬 더 잘 다루지. 하지만 그렇다고 하더라도 저 애가 나를 돕겠다는데 어떻게 거절할 수가 없군. 다른 아이들이 아버지와 함께 일하는데 우리가 저 애의 체면을 깎이게 한다면 툴루는 몹시 상심을 할 거요."
"당신은 다른 아이들이 툴루에게 뭐라고 하는지 아세요?"
"아니……"
"연치기래요! 우리 아이를 연치기라고 부르고 있단 말이에요. 발노 삼촌의 큰애 에르키까지도 툴루에게 네 올가미 밧줄에는 왜 꼬리가 안 달렸냐고 묻는 거예요. 그리고 라이모 씨의 두 아이는 툴루에게 밧줄 대신 책으로 순록을 옭아맬 수 있느냐고 놀린다는 거예요. 전 우리 아이가 그런 말을 듣는 게 싫어요, 여보."
"그래 툴루는 뭐라고 말했대?"
"아무 말도 하지 않았어요. 그저 빙긋이 웃기만 했어요."
페달의 입가가 긴장되었다.
"알았소. 툴루가 어떤지를 그 애들에게 보여 주게 될 거요. 준비가 다 되었소? 지금 몰려온 떼에 우리 것이 몇 마리 섞여 있던데……"
근심 걱정이 없는 여름 동안이면 순록들은 마음대로 몰려다니며 다른 마을에서 온 순록떼와 자유로이 뒤섞여 풀을 뜯었다. 이제 산기슭의 모든 순록을 한 곳에 모은 것에 뒤이어 각 가정에서는 자기네 순록을 가려 내야만 했다. 그러면 겨울을 보내기 위해서 칼발라로 돌아가는 긴 여행이 다시금 시작되는 것이다. 잉가는 그들의 몫으로 지정된 작은 울타리 앞으로 가서 기다리고 서 있었다.
페달과 툴루는 울타리 담장을 기어올라가 가운데 우리 안의 바닥으로 뛰어내렸다. 우리 안은 먼지가 뽀얗게 피어 올랐다. 울타리의 널빤지에 붙어 선 채 그들은 겁먹은 순록떼가 우뢰 같은 발굽 소리를 내며 몰려 지나가는 것을 지켜보았다. 그들은 사납게 뿔을 휘둘러댔으며, 날카로운 발굽에 채여 모래와 자갈이 사방으로 튀어 날아가고 있었다. 갑자기 페달이 소리를 질렀다.
"저기 우리 것이 한 마리 있다! 툴루, 저 놈을 잡아라!"
툴루는 큼직한 수놈 순록의 귀에 자기집의 표시가 찍혀 있음을 발견했다. 그는 침착한 태도로 올가미 밧줄을 머리 위로 들어올려 돌리기 시작했다. 콧김을 내뿜으며 순록이 가까이 다가왔다. 툴루가 팔목을 젖히는 것과 함께 밧줄은 휘파람 소리를 내며 허공을 가로질러 까불거리는 순록의 머리 위로 살며시 떨어졌다. 순록은 뒷걸음질을 치며 밧줄을 잡아당겼다. 툴루가 거의 끌려갈 지경이었다. 그러나 이내 순록은 반항을 멈추고 순순히 툴루에게로 끌려 왔다. 툴루는 기쁨에 넘쳐 밧줄을 감아들였다. 대견스러운 듯 페달은 아들의 어깨를 두드려 주었고 툴루는 눈짓으로 아버지의 칭찬에 대답을 하였다. 툴루는 잡은 순록을 그들의 우리로 끌고 갔다. 어머니가 우리 문을 열어 주었다.
"정말 잘했다, 툴루!"
잉가가 큰소리로 외쳤다.
"고마워요, 어머니. 더 많이 잡아 올 거예요."
올가미 작업과 분류 작업은 하루종일 계속되었다. 페달 부자는 잠시 식사를 하는 시간만 제외하고는 한시도 쉬지 않고 열심히 일을 했다. 그들이 자기네의 암컷 순록에 밧줄을 옭아매면 새로 난 순록 새끼는 어미의 뒤를 따라 저절로 잡혀지곤 했다. 페달은 새끼 순록을 조심스레 붙잡았고, 툴루는 새끼 순록의 왼쪽 귀에 마티스 가의 표시를 찍어 넣곤 했다. 그리고 나서 툴루는 다리가 긴 새끼 순록의 등을 부드럽게 쓰다듬어 준 후 그들의 우리로 끌고 가는 것이었다.
해질녘이 되어서야 마지막 순록떼가 가운데 우리로 몰려 들어왔다. 각 가정에서 피워 놓은 모닥불의 연기와 우리에서 피어오르는 모래먼지 속에서 올가미 밧줄은 순록떼를 향해 사방으로부터 날아들어 왔다. 사람들은 해가 져 아주 어두워지기 전에 남은 순록을 몰아들이기 위해 서두르고 있었다.
페달은 지친 표정으로 아들의 옆구리를 쿡 찔렀다.
"뿔이 부러진 우리 괴물이 저기 있구나. 저 놈은 내가 잡도록 하겠다."
툴루는 아버지에게 간청을 했다.
"아니예요, 아버지! 저 놈은 제가 처리하겠어요. 하루종일 저는 순한 놈만 상대 했잖아요? 제가 하는 걸 보세요! 멋지게 해치울께요! 저도 다른 아이들 만큼 할 수 있단 말이에요. 두고 보세요!"
페달은 내키지 않는 마음으로 뒤로 물러섰다. 그러나 그의 입가에는 아들이 대견스럽다는 듯한 미소가 떠올라 있었다. 그는 고개를 끄덕였다.
툴루는 밧줄을 움켜쥔 채 기다렸다. 모래먼지 사이로 뿔이 꺾인 순록의 모습이 보였다. 머리를 까불거리며, 눈을 크게 치켜뜬 채 순록은 담장 쪽을 향해 접근해 오고 있었다. 툴루는 능숙한 투우사처럼 침착한 태도로 한 걸음 뒤로 물러섰다. 그는 밧줄을 머리 위로 날렸다. 올가미는 콧김을 내뿜고 있는 순록의 머리 위로 살며시 떨어졌다.

 툴루가 밧줄을 막 끌어당기는 순간 어미를 찾지 못해 허둥대던 새끼 순록 한 마리가 툴루의 다리 사이를 끼고 지나갔다. 몸의 균형을 잃은 툴루는 왼쪽 팔목에 묶인 밧줄에 끌려 바닥에 쓰러졌다. 올가미에 묶인 순록은 갑자기 방향을 바꾸어 툴루를 질질 끌고 우글거리는 순록떼 한가운데로 달려가기 시작했다.

 툴루는 아버지의 날카로운 비명 소리를 들었다. 다음 순간 마찰에 의해 털실로 짠 그의 셔츠 소매가 떨어져 나갔고 툴루는 팔에 심한 통증을 느꼈다. 묶인 순록이 올가미에서 벗어나기 위하여 필사적으로 머리를 흔들어댐에 따라 툴루의 작은 몸은 땅바닥 위를 마구 뒹굴게 되었다.

 페달은 그의 아들을 향해 달려갔다. 탁 소리를 내며 밧줄이 끊어졌다. 순간 페달은 몸을 날려 자신의 몸으로 피에 젖은 툴루의 몸을 덮었다. 돌처럼 단단한 수십 개의 발굽이 그들의 몸 위를 밟고 지나갔다.

 다음날 아침 발노 삼촌은 부상당한 툴루를 그의 썰매로 안고 가 조카의 오른쪽 다리를 치료해 주었으며, 툴루의 오른쪽 다리에 임시로 댄 부목에 모포를 여러 겹으로 받쳐 주었다. 그는 한 줄로 된 가죽 고삐를 툴루의 손에 쥐어 주고 마구를 잉가가 앉아 있는 두 번째 썰매에 연결시켰다. 잉가는 잔나를 앞에 앉힌 채 머리를 숙이고 있었다. 맨 끝의 두 썰매에 고삐 연결을 끝낸 발노는 선두 순록에게 가볍게 채찍질을 했다.

 오른손으로 채찍을 헐렁히 쥔 채 툴루는 꼼짝 않고 앉아 있었다. 눈물이 뺨 위로 흘러내렸지만 그는 아랑곳하지 않았다. 그는 썰매 안에서 몸을 돌려 그의 어머니에게 고개를 끄덕여 보였다. 잔나는 세 번째 썰매에 조심스럽게 싼 아버지의 시체가 실려 있다는 것도 모른 채 신이 나서 손을 흔들며 툴루의 이름을 부르고 있었다.

5

눈을 뜬 툴루는 그의 어머니가 그의 다리에 부드럽게 기름을 바르고 있는 것을 볼 수가 있었다. 그러나 그는 어머니의 손길을 느낄 수가 없었다. 변색한 아들의 무릎을 마사지해 주면서 그녀는 아들이 잠에서 깨어났다는 것을 알아차리지 못했다. 그것은 크리스마스 직전에 말니 의사가 기브스를 뜯어낸 후 하루에 두 번씩 하라고 처방한 요법이었다.

잉가는 그녀의 부드러운 목소리를 높여 이렇게 말하고 있었다.

"사랑하는 하나님, 이 아이는 너무도 작고 당신은 너무도 크십니다. 이 아이는 너무도 연약하고 당신은 너무도 강하십니다. 이 아이를 버리지 마옵소서! 하나님, 이 아이를 다시금 걷게 하소서……, 간청하나이다."

툴루는 무엇인가 차가운 것이 그의 무릎에 와 닿는 것을 느꼈다. 한 번… 두 번… 세 번… 어머니는 울고 있었다. 어머니의 눈물이 마치 봄눈이 녹아 내리듯, 그의 비틀린 종아리뼈 위로 떨어지고 있었다.

"어머니, 느낄 수가 있어요! 어머니의 눈물이 느껴져요! 이젠 어머니의 손도 느낄 수가 있어요! 제발 울지 마세요!"

대야에 담겼던 기름이 마룻바닥에 쏟아졌다.

"정말이냐? 툴루, 정말이야? 오, 하나님! 감사합니다."

"정말이에요! 그리고 보세요. 발가락도 약간씩 움직일 수가 있어요!"

잉가는 무릎을 꿇고 툴루의 상처난 다리에 입을 맞추었다.

"이제 곧 예전처럼 걷고 뛸 수 있을 거야. 틀림없어! 그렇구 말구!"

나중에 잉가가 툴루에게 먹을 것을 가지고 왔을 때 툴루의 얼굴에는 이상한 표정이 깃들어 있었다. 그녀는 쟁반을 그의 무릎 사이에 내려놓고 물었다.

"왜 그러니? 툴루."

"어머니, 하나님께 도와 달라고 기도를 하시면서 어머니는 하나님께서 어머니의 기도를 들으신다고 믿으시나요?"
"물론이지! 하나님께서는 누구의 기도든지 다 들으신단다. 소리를 내서 하는 것이든, 마음속으로 하는 것이든 말이다."
"하나님께서 어머니에게 대답도 하시나요?"
"늘 그러시지. 오늘 있었던 일을 생각해 보렴."
"하나님께서 언제나 어머니가 하나님께 부탁하는 대로 해 주신단 말인가요?"
"아니, 그렇지는 않아."
툴루는 알 수 없다는 듯한 표정을 지었다.
"그렇다면 하나님께서 항상 대답해 주지 않으신다는 말인가요?"
잉가는 눈을 크게 뜨며 미소를 지었다.
"아니, 대답은 항상 하시지. 하지만 하나님의 계획은 아무도 모르는 일이라서 때로 하나님의 대답은 거절일 경우도 있단다."

그 이후 시련의 나날 동안 툴루는 매일같이 부상당한 다리로 걸어 보려고 시도를 했다. 그러나 매번 그는 실망과 함께 다시 침대에 누워야 했다. 그러나 잉가는 그녀의 아들이 실망하는 것을 허용치 않았다. 계속 노력을 하면 반드시 성공을 할 것이라고 그녀는 아들에게 확신을 주었다. 내일은 좀더 나아질 것이라고. 몹시 바쁘신 하나님께서는 머지 않아 그들의 기도에 응답해 주실 것이라고. 그들은 기다리고, 노력하고, 믿기만 하면 된다고.

그렇게 기다리는 동안 툴루는 네 명의 손님을 맞았다. 첫번째 손님은 브졸크 목사였다. 그는 흰 머리에 금테 안경을 쓴 작달막한 사람이었는데 15년 전 잉가와 페달의 결혼식에 주례를 서기도 한 사람이었다. 에르노 브졸크 목사의 작은 교회는 항상 수리를 해야 할 상태에 있었다. 그러나 그는 신도들로부터 들어오는 적은 돈을 칠을 하거나 못질을 하는 등의 별로 중요하지도 않은 일에 쓰느니보다는 가난한 사람들을 위해 사용하는 것이 더 낫다고 생각하고 있었다. 그는 설교를 하면서 크고 화려한 교회는 목사의 허영을 보여 주는 기념관이지, 하나님의 제단은 아니라고 말하기도 했다.

브졸크 목사는 툴루에게 책 한 권을 주었다.『세임 민족의 역사』라는 책이었다. 툴루는 사흘 만에 그 책을 다 읽었다. 그는 1,800여년 전에 로마의 역사가인 타키투스가 툴루의 선조 페니 부족에 관해 기록한 것을, 그리고 892년 전에 노르웨이의 탐험가인 오타르가 세임 민족을 '순록을 키우는 사냥꾼들'이라고 불렀던 것을 알게 되었다.

사고 후 처음으로 툴루는 글이 쓰고 싶어졌다. 그는 세임 민족의 자랑스러운 유산에 대한 시를 지어 보기도 했다. 브죨크 목사가 택한 선물은 어떠한 위로의 말보다도 유익한 것이었다.

며칠 후 툴루를 방문한 두 사람은 발노 삼촌과 그의 아들 에르키였다. 발노 삼촌은 자신의 형수를 돕기 위해 거의 매일 잉가를 찾아왔지만 에르키가 지난번에 툴루에게 올가미 밧줄에 연꼬리를 매달지 않는다고 놀린 이후, 에르키와 툴루가 만난 것은 이번이 처음이었다.

당황한 표정으로 에르키가 툴루의 침대 곁으로 다가서는 것을 발노와 잉가는 걱정스러운 표정으로 지켜보며 침실 문 앞에 서 있었다. 에르키가 말했다.

"툴루야, 네가 어서 걷게 되길 바란다."

에르키는 쭈빗거리며 갈색 종이로 포장된 꾸러미를 툴루의 다친 다리 가까이에 내려놓고 뒤로 물러섰다. 툴루는 급히 포장을 뜯었다. 가죽 표지의 커다란 장부책이었다.

"일기책이란다."

에르키가 설명을 했다.

"매일 매일의 있었던 일을 그 안에 쓸 수 있을 거야. 앞뒤를 다 따지면 1천 페이지도 넘을 거야!"

줄이 쳐진 책장을 넘겨 보며 툴루는 에르키에게 감사를 했다. 그는 그것이 일기책이 아니라 경리계원이 사용하는 장부책의 일종이라는 것을 말해 발노 삼촌의 기분을 상하게 하고 싶지 않았다.

그들이 떠나간 후 툴루는 어머니에게 그 선물에 대해 설명을 해 주었다. 그리고 칼발라로 돌아온 이래 처음으로 마티스 가에는 웃음 소리가 들렸다. 툴루가 정색을 하며,

"어머니, 우리 집은 부자니까 이 장부는 정말 쓸모가 있을 거예요."

하고 말하자, 잉가는 배를 잡고 폭소를 터뜨렸다.
 봄으로 접어들기 시작했다. 툴루의 좌절감은 더욱 심해졌다. 자신의 꾸준한 노력과 어머니의 격려에도 불구하고 그는 단 한걸음도 걷거나 서 있을 수가 없었다. 그래도 그는 어머니가 다락에서 찾아 준 낡은 지팡이 사용을 완강히 거부했다. 지팡이는 노인네들이나 사용하는 것이라고 그는 잘라 말했다.
 네 번째 방문객은 젊은 교장 선생님 아롤 노비스였다. 잉가가 문 앞에서 그를 맞았을 때 그는 신문 한 장을 들고 서 있었다. 그러나 그는 다른 사람들과는 달리 안으로 들어와 툴루를 만나 보라는 잉가의 말을 거부했다. 그 대신 그는 툴루의 방문 밖에 서서 잉가에게 툴루가 그를 볼 수 있게끔 문에 걸린 순록 가죽을 걷어 올리라고 손짓을 했다.
 아롤은 신문의 제1면을 펴 양손으로 쳐들었다. 그는 목소리를 높여 말했다.
 "툴루 마티스, 이게 무언지 알겠니?"
 "신문이에요."
 침실로부터 대답이 들려 왔다.
 "무슨 신문이지?"
 "「사브멜라스」지로군요."
 "맞았어! 최근호야. 자, 거기서는 안 보이겠지만 이 신문 1면의 오른쪽 상단에는 아주 멋진 기사가 실려 있다."
 잠시 침묵이 흘렀다.
 "아마 너라면 이 기사의 문체와 어휘 사용을 보면 누구의 것인지를 알 수 있을 거야. 내용은 연에 관한 어떤 사람의 애정을 멋지게 그려 놓은 거란다."
 교장은 잠시 말을 멈추고 미소를 지었다.
 "나는 글쓴 이의 양해도 없이 이 글을 신문사에 기고했단다."
 잉가는 교장 선생님을 물끄러미 바라보았다. 이제 그가 하는 말의 의미는 자명한 것이었다. 툴루는 몸의 균형을 유지하기 위해 양팔을 벌린 채로 비틀거리며 침실 밖으로 걸어 나왔다. 잉가의 눈이 휘둥그레졌다. 문 앞까지 나온 툴루는 교장 선생님의 가슴에 쓰러지듯 몸을 기대었다.

사랑하는 제자를 한 팔로 부축해 주면서 아롤 노비스는 즐거운 듯 잉가를 보고 고개를 숙여 보였다.
"자, 어머님, 우리의 나사렛을 만나 보실까요."

6

그날 밤 자신의 인생이 참으로 다시 소생되었음을 믿으며 툴루는 초록색 장부책 첫 페이지를 기록해 나가기 시작했다.

추억
추억이란 별과도 같은 것. 밤낮으로 우리와 함께 있으면서 또다시 떠올려 주기를 끈기 있게 기다린다.
예전에는 별나무 밑에 앉아 북쪽의 빛을 향해 휘파람을 불고 있노라면 툴루는 얼마되지 않은 자신의 생애 중에 있었던 커다란 사건들을 생생하게 기억해 낼 수가 있었다. 그러나 근 1년전 툴루가 절룩거리며 아롤 노비스에게로 걸어가 자신의 처음으로 활자화된 글을 의기양양해 하며 읽었을 때부터는 어찌된 일인지 별들의 힘도 그 위력을 잃어 툴루로 하여금 과거를 기억해 내지 못하게 만드는 것이었다. 망각이라는 자비로운 존재가 있어, 때로는 우리의 기억으로부터 견딜 수 없을 만큼 괴로운 것을 없애 주는 것과 마찬가지로 툴루는 지난 9개월 동안의 고통스러웠던 일들을 머리 속에서 지워 버리는 데 거의 성공을 한 것이었다.
물론 초록색 장부는 있었다. 에르키에게서 세 개의 강철 핀으로 묶인 가죽 표지의 줄이 쳐진 장부책을 받은 이후 툴루는 더없이 양심적인 경리 사원처럼 하루도 빠짐없이 그 곳에 기록을 했다. 모든 것이 그 안에 있었다. 그런데 그는 바로 이 순간에 그것을 다시금 살펴보고 싶어지는 이유를 알 수가 없었다.

3월 16일

　오늘은 기쁜 날이었다. 말니 의사가 내 다리를 살펴보러 오셔서 어머니께 나를 인아리에 있는 병원의 전문의에게 보이기 위해 우리 가축을 팔아야 한다고는 생각지 않는다고 말씀하셨다. 말니 의사의 말은 내가 약간 절룩거리기는 하겠지만 곧 걸을 수 있게 될 것이란다. 말니 의사가 돌아간 후 어머니는 무릎을 꿇고 하나님께 감사를 드렸다. 나도 따라 했다.

3월 25일

　오늘 아침 장부에 글을 쓰고 있는 것을 보시고 어머니께서 나를 놀리셨다. 언젠가 내 글이 가죽책으로 묶여져 온 세상 사람들이 읽게 될 것이라고 예언을 하시며 어머니께서 마음속으로 생각하셨던 것은 장부책 이상의 것이었다는 것이다. 신문에 글이 실린 것을 보고서도 그다지 글을 열심히 쓰지 않아 교장 선생님께서도 아마 실망을 하시고 있을 테지. 머지 않아서 두 분을 모두 깜짝 놀라게 만들어야겠다.

4월 2일

　어머니께서 또 여러 시간 집을 비우셨다. 무언가를 하고 계신 모양이다. 돌아오실 때면 언제나 상자를 가져와 다락방에 올려 놓으신다. 잔나와 내게는 그 곳에 가는 것이 금지되어 있다. 어머니께 물어 보아도 언제나 웃기만 하시며 화제를 딴 곳으로 돌리신다.

4월 7일

　교장 선생님께서 명언집을 한 권 보내 주셨다. 9페이지로 씌어진 세네카의 말에는 빨간 크레용으로 밑줄이 그어져 있다. '용기를 가지고 역경을 견뎌내는 법을 알고 있는 사람 만큼 존경을 받는 사람은 없다.' 세네카와 이야기를 할 수 있었으면 좋겠다. 하지만 나는 그분이 오래 전, 아주 오래 전에 죽었다는 사실을 알고 있다.

4월 11일

　매년 열리는 순록 경주대회가 오늘 마을에서 있었다. 아버지가 여기 안계

셔 망신을 당한 나를 보지 못하신 것이 차라리 다행스럽다. 초반 반환점에 이를 때까지는 선두에 나설 수 있었다. 그런데 반환점을 돌아 결승점으로 향할 때 아픈 다리가 비틀리는 바람에 우리 순록 라이노가 혼자서 골인해 버렸다. 아직 어머니께 말씀드리지는 않았지만 나는 스키를 내동댕이쳐 버렸다.

4월 14일
  나는 들판 나의 별나무 아래 앉아서 이 글을 쓰고 있다.
나는 이 나무가 행운을 찾는 사람을 도와주는 마력을 지니고 있음을 알고 있다. 하지만 나는 그처럼 자주 이 나무의 껍질을 만지는데도 아무 변화도 일어나지 않는 것 같다. 어머니께서는 이 나무의 마법이 스스로를 도울 준비가 다 되어 있는 사람에게만 효과를 발휘하는 것이라고 말씀하신다.

4월 18일
  발노 삼촌과 어머니는 많은 이야기를 나누셨다. 나는 그 이유를 알고 있다. 이번 여름에는 삼촌이 우리 순록떼를 삼촌네 것과 함께 산으로 몰고 가실 것이다. 그리고 어머니께서는 삼촌에게 수고비조로 우리 순록이 낳는 새끼 순록들의 3분의 1을 줄 것이다. 왜 그래야 하는지를 어머니께서 말씀하시지 않지만 나는 알고 있다. 산등성이를 다니며 순록떼와, 어린 딸과, 별로 도움도 되지 않는 아들을 모두 보살피기는 힘든 일이라고 생각하신 것일 게다. 오늘따라 아버지가 더더욱 그리워진다.

4월 23일
  오늘 아침 나는 별나무까지 달려갔다가 집으로 돌아왔다. 내일은 두 번 왕복을, 모레는 세 번 왕복을 하게 될 것이다. 머지 않아 내 다리는 사고 전과 마찬가지로 튼튼해질 것이다. 우리를 위해 그토록 애쓰시는 어머니를 실망시킬 수는 없다. 아버지께서 했던 것처럼 어머니를 도와 드릴 수 있다면 좋겠다. 어머님 말씀대로 이제는 내가 가장이라면 가장답게 행동할 시기가 된 것 같다.

5월 2일
성가신 모기떼들이 몰려 왔다. 오늘부터 순록떼가 북으로 이동하기 시작했다. 발노 삼촌은 늙은 칼라두를 수송용으로, 세 마리 순록을 식육용으로 우리에게 남겨 두셨다. 그러나 니쿠만 빼놓고 개는 모두 데리고 가셨다. 모두 떠나가니 어머니께서는 우셨다. 우리도 함께 울었다. 여름에 순록떼와 함께 산지로 떠나지 않기는 이번이 처음이다.

5월 19일
차고에서 나의 오래 된 연을 찾아내 들판으로 가지고 나갔다. 예나 다름없이 잘 난다. 나는, 까마득히 높이 떠오른 나의 빨간 연을 바라보면서 말할 수 없이 기뻤다. 연은 얼마나 높이 날아갈 수 있을까? 다리가 아파 온다. 하지만 아직도 내가 연을 잘 날린다는 사실을 알게 되어 기쁘다.

5월 27일
여름을 지내기 위해 이동을 했다. 산에서 여름이면 사용했던 천막을 칼발라에서 12킬로쯤 떨어져 있는 고속도로 변에 쳤다. 어머니께서 모아 두셨던 상자에는 우리 마을 사람들이 만든 수예품들이 담겨졌다. 어머니께서는 관광객들에게 팔기 위해 길 옆에 선반을 만들고 수예품을 진열해 놓았다.

뿔을 조각해 만든 수저, 혁대, 모카신, 순록 가죽으로 만든 모자, 그리고 수백 종의 동물 목각, 인형 등이 있다. 어머니께서는 파는 물건을 하나도 빼지 않고 기록하신다. 가을이 되어 마을로 돌아가게 되면 어머니께서는 이 곳에서 파는 값의 절반값으로 남은 물건들을 반품하실 것이란다.
어머니께서는 우리가 모두 함께 열심히 일을 한다면 2년 안에 내가 대학에 등록을 할 수 있을 만큼 저축을 하게 될 것이라고 말씀하셨다. 별나무 아래서의 나의 그 숱한 기원이 모두 헛되지는 않았던 것 같다.

6월 6일
우리의 새 사업이 잘 되어 가고 있다. 오늘은 트럭을 타고 바렌저 반도로

가던 낚시꾼들이 차를 멈추고 커피를 주문했다. 어머니는 재빨리 커피를 한 주전자 끓였다. 그래서 이제 우리는 커피도 팔게 되었다. 또 얼마 후에는 관광 버스가 우리 앞에 멈추었고 관광객들이 내려 우리 천막 앞에서 우리와 함께 사진을 찍게 해달라고 했다. 어머니께서는 그들 한 사람 앞에 5마르카스씩을 받으셨다. 어머니께서는 항상 열심히 일하시며, 하나님께 도움을 청하고, 결코 실망하지 않으면 어떠한 소원도 이룰 수 있다고 말씀하신다.

7월 13일
어머니가 며칠째 기침을 하신다. 너무 과로하신 것 같다. 24시간 동안 해가 지지 않아 관광객들이 쉬지 않고 오고 있기 때문에 어머니께서는 손님을 놓칠까 두려워, 거의 잠을 이루지 못하신다. 잔나와 나는 진심으로 어머니를 도와드리고 싶어했지만 어머니는 직접 손님을 상대하려고 하신다. 오늘 밤에는 워낙 피곤하신지 잔나에게 저녁을 짓게 하셨다. 잔나는 크면 좋은 아내가 될 것이다.

7월 29일
장사는 무척 잘 되지만 어머니가 편찮으시다. 어머니의 몸이 많이 야위셨다. 얼굴색까지도 이상하다. 거의 잿빛이 되어 있다. 전보다 더 심하게 기침을 하시면서도 내가 좀 쉬시라고 말하면 들은 척도 않으신다. 걱정이 된다. 집안의 남자 노릇을 한다는 것이 쉽지 않다.

9월 30일
어머니께서 돌아가셨다. 이 순간까지 나는 어머니께서 돌아가셨다고 쓸 수가 없었다. 어머니께서는 8월 2일 밤에 주무시다가 그만 돌아가셨다. 그날 저녁, 어머니께서는 처음으로 잠시 눈을 붙일 테니 잔나와 함께 손님들을 응대하라고 내게 말씀하셨다. 얼마 후 나는 어머니께서 내 이름을 부르는 소리를 듣고 천막으로 달려갔다. 어머니께서는 손을 뻗어 내 손을 꼭 쥐어 가슴 위에 얹으시고,
"나의 사랑하는 툴루야, 네 누이를 잘 보살펴 주어야 한다. 그리고 너의

인생은 칼발라를 초월해 있음을 명심해야 한다. 위를 보고 뻗어 나가라. 하나님과 별나무가 너를 도우실 게다."
그리고는 어머니는 잠이 드셨다. 다음날 아침 우리가 잠에서 깨어났을 때 어머니께서는 이미 돌아가신 후였다.
어머니를 아버지 묘지 곁에 묻었다는 것을 제외하고는 그 장례식에 대한 것은 아무 기억도 나지 않는다. 발노 삼촌과 스티나 숙모가 우리에게 삼촌집에서 함께 살자고 하셨다. 하지만 잔나와 나는 우리들의 오두막집에 남아 서로를 보살피며 살아 나가기로 결심을 했다.
툴루는 힘없이 초록색 장부책을 옆으로 밀어 놓았다. 그는 북방의 빛을 향해 휘파람을 불었고 적어도 마음속으로 과거와 돌아가신 아버지 어머니를 회상했었다. 그러나 내일은 어떻게 되는 것일까? 그는 알 수가 없었다. 그리고 또 모레는? 그와 그의 어린 누이는 차차 어떻게 되는 것일까?

7

찬란한 북방의 빛은 이번 역시 끔찍스러운 악천후에 대한 전조였음이 밝혀졌다. 칼발라를 휩쓴 이번의 눈보라는 겨울 내내 쉬지 않고 쏟아지는 가는 눈가루의 세례와는 그 성질이 다른 것이었다.
폭설이 시작된지 이틀째 되는 날 툴루는 몇 년전 아버지가 사온 갈색 플라스틱 탁상용 라디오의 스위치를 켰다. 칼발라 남쪽 50킬로쯤 떨어진 곳에 있는 인아리의 어느 방송국에서 시벨리우스의 음악이 흘러나오고 있었다. 그는 라디오 다이얼을 다른 곳으로 돌렸다. 마침 뉴스가 나오고 있었다.
"… 여러 곳의 전선이 끊어졌습니다. 인아리와 이발로 지방에는 1미터 이상의 눈이 쌓였으며, 저기압의 중심은 현재 이동하지 않고 있습니다. 관상대 발표에 따르면 우리 나라를 강타한 이번 눈은 근래에 보기 드문 최악의 폭설이라고 합니다. 이 지방의 모든 주민, 특히 극북지역의 격리된 마을의 주민들은 주의하시기 바랍니다."

툴루는 서둘러 두터운 옷으로 갈아입었다. 그는 썰매에 칼라두를 매단 후 어둠 속으로 달려 나갔다. 두 시간쯤 후 그는 몸을 와들와들 떨며 돌아왔다. 밀가루 한 부대와 양초 세 개가 썰매에 실려 있었다. 라베그 씨의 상점에 갔다 온 것이었다. 남아 있는 일용품을 하나라도 더 사기 위해 서로 밀치며 고함을 지르는 겁먹은 표정의 마을사람들로 가득 찬 라베그 씨의 상점은 마치 라운드업 때 어쩔줄 모르며, 빙빙 돌아대는 순록떼가 모인 우리를 연상케 했다.

썰매에서 내려 집 안으로 들어가니 발노 삼촌이 와 있었다. 그는 조용히 커피를 마시고 있었다. 툴루가 들어오자 그는 툴루의 어깨에 손을 얹으며 입을 열었다.

"너희 숙모가 너희 둘 때문에 걱정을 하고 있단다. 우리와 함께 사는 게 어떻겠니? 최소한 이 끔찍한 날씨가 좋아질 때까지 만이라도 말이다. 마이동풍격이기는 할 테지만 너희들에게 한 번 더 이야기를 해보라고 그러더구나."

툴루는 머리를 가로 저었다.

"우린 괜찮을 거예요, 삼촌."

"툴루, 너무 자신만만해 해서는 안돼. 내가 너만 했을 때에 이런 날씨가 계속된 일이 한번 있었던 것 같다. 하지만 그때는 사정이 좀 달랐어."

"다르다뇨?"

발노는 식탁을 쾅 하고 주먹으로 내리쳤다. 커피가 엎질러졌다.

"아마……, 넌 이해하지 못할 거야. 네가 아무리 책을 많이 읽고 공부를 많이 했다 하더라도 네가 읽고 배운 그 비싼 책 속에는 소위 이 현대문명이라는 것이 우리 세임 민족을 물렁 팥죽으로 만들어, 옛날 우리의 선조들처럼 스스로의 생존을 위해 싸우며 지켜 나가지 못하는 족속으로 만들어 놓았다는 사실이 들어 있지는 않아."

발노는 석유난로 앞으로 다가가 경멸하는 듯한 태도로 난로를 가리키며 말했다.

"이 물건이 무얼하는 거니?"

툴루가 대답했다.
"그것으로 취사도 하고 난방도 하지요. 삼촌 집에도 이런 난로가 있잖아요."
"그러면 이 쇳덩어리 괴물한테 집어 넣을 기름이 다 떨어지고, 벽난로용 통나무마저 동이 난다면 넌 어떻게 추위를 견디어 내겠니?"
"이번과 같은 눈보라를 보기는 처음이에요. 그래서 어떻게 해야 할지 알 수가 없어요."
더듬거리며 툴루가 대답했다.
"칼발라의 모든 주민들이 너와 마찬가지로 어떻게 해야 될지를 모르고 있어!"
발노는 쩌렁쩌렁 울리는 목소리로 이렇게 말한 뒤 식탁 앞으로 가 손을 들어 올려 전기불을 껐다. 어둠 속에서 그의 목소리가 울려퍼졌다.
"또, 전선이 끊어져 이 유리 전구에서 더 이상 빛이 나오지 않게 되면 너희들은 어떻게 하겠니?"
잔나가 가느다란 목소리로 말했다.
"그럼 촛불을 켜면 되죠."
"초마저 다 써 버린다면? 이젠 상점에도 초가 없어."
"그럼 석유 등잔을 켜면 되죠."
잔나는 의기양양하게 대답했다. 발노 삼촌이 전기불을 켰다. 잔나는 눈이 부셔 눈을 깜박였다.
"천만에. 그렇게는 안될 거야! 조금이라도 기름이 남아 있다면 그것은 난로용으로 남겨 두어야 할 거야. 그렇게 하지 않으면 추워서 얼어죽을 뿐만 아니라 더운 고기국 대신에 말린 고기만 먹어야 할 테니까 말이야."
"하지만 말린 고기는 없어요!"
"왜 없지?"
"순록 고기를 빼 놓고는 필요한 것은 모두 라베그 씨네 상점에서 사 오기 때문이에요."
"그런데 이제 라베그네 상점에는 아무것도 없단 말이다, 툴루! 너는 네 눈으로 그걸 보았잖니? 우리와 마찬가지로 다른 사람들도 모두 라베그네 상점으로 몰려가 남아 있는 것이라면 무엇이든 몽땅 사 버렸어. 이제는 식료품도, 석유도 남질 않았어. 그리고 남쪽에서 보급차도 오지를 못해. 우리는 이제 완전히 격리된 동물원 우리 안의 짐승처럼 아무런 힘도 쓸 수가 없게 된 거야."

잔나와 툴루 남매는 조용히 삼촌의 계속되는 말을 듣고 있었다.

"우리는 모두가 똑같은 함정에 빠져 버린 거야. 하지만 그건 우리들 자신이 판 무덤이니 그 누구를 탓할 수가 없지. 스스로 성실하고 용감하게 수천 년간을 이 땅 위에서 살아온 우리 선조의 생활양식을 잊어버렸던 거야. 우리는 값싼 사치와 우리의 유산을 바꾸어 버린 거야. 50년 전, 심지어는 25년 전만 해도 집집마다 자기네 순록떼를 갖고 있었고, 세임족은 자신의 가족과 하나님 이외에는 그 누구에게도 의지하지 않았어. 그런데 이제 이 지방에서 순록을 치고 있는 집안이 얼마나 되겠니? 이제 우리 동포들은 탄광에서, 공장에서, 그리고 발전소에서 일을 하게 되었어. 모두가 스스로 만든 사슬에 얽매인 노예가 된 거야. 우리는 전등, 축음기……, 그런 따위의 사치를 위하여 우리의 귀중한 재산인 자부심과, 독립심, 그리고 순록을 팔아 버린 거야!"

발노는 일어서서 코트 주머니에 손을 찔러 넣었다.

"언젠가 그들은 우리를 한 곳에 모아 주위에 담장을 치고, 우리 순록을 쏘아 죽이고는, 그들이 아메리카 인디안과 그들의 물소에게 했던 것처럼 우리를 잊어버리게 될 거다."

발노는 몸을 앞으로 숙여 잔나의 콧등에 입을 맞추었다.

"미안하다. 연설을 하려거나, 너를 무섭게 할 생각은 아니었는데……, 네 숙모는 내게 말이 너무 많다고 하더구나. 아무튼 내일 다시 들르도록 하겠다. 너희들이 진짜 세임 민족의 용기를 발휘하여 이 어려움을 견뎌 나가는 지를 보러 말이다."

잔나와 툴루는 삼촌을 썰매에까지 배웅하였다. 삼촌이 썰매에 타자 잔나는 그에게로 바싹 다가가 그의 귀에 대고 말했다.

"발노 삼촌, 우린 무얼해야 해요?"

발노 삼촌은 눈이 덮인 잔나의 머리를 장갑낀 자신의 커다란 손으로 어루

만지며 잔나의 귀에 대고 단 한마디를 속삭였다.
"기도를 해!"

8

폭설 사흘째 날에 툴루는 커다란 연을 한 개 만들었다.
잔나가 잠에서 깨었을 때쯤 그는 버들가지 두 개를 꺾어 손질해서 순록의 힘줄로 꼬아 만든 실을 십자형으로 동여매어 그 테 위에 빨간 색의 낡은 시트를 오려 붙이고 있었다.
"오빠, 그건 세상에서 가장 큰 연일 거야!"
잠에서 깬 잔나가 탄성을 내질렀다.
툴루는 일어서서 자신의 작품을 이모저모 뜯어보며 자랑스런 표정을 지었다.
"아니, 그렇지는 않아. 이것보다 20배나 더 큰 연도 있었어."
"그 연으로 무얼 할 거야?"
"어머니께서 내게 바라시는 일을 할 거야."
"오빠 어머닌 돌아가셨어!"
"어젯밤에 꿈을 꾸었어. 꿈이 어찌나 생시 같든지 그만 잠에서 깨었지. 그리고는 꿈을 생각하느라 다시 잠들 수가 없었어."
"어머니에 대한 꿈이었어?"
"꿈속에서 나는 들판에 나가 있었어. 별나무 옆에서 커다란 빨간색 연을 날리고 있었지. 바람은 세찼고 태양은 빛났어. 그리고 내 연은 거의 보이지 않을 만큼 높이 날려 올렸지. 그런데 갑자기 누가 웃는 소리가 들렸어. 그래서 고개를 돌려 보니 어머니께서 우리 별나무 가지에 앉으셔서 자꾸만 자꾸만 '위를 보고 뻗어 나가라'고 말씀하시는 것이었어. 나는 연줄을 자꾸 풀어 연을 더 높이 띄워 올렸지. 어머니께서 좋아하시는 것 같아 난 기뻤어."
"어머나! 나도 그런 꿈을 한 번 꾸었으면……."
툴루가 손을 들어 누이의 말을 가로막았다.
"기다려, 아직 이야기가 남았어. 그러더니 또 번개와 천둥이 치고 깜깜해지면서 눈이 내리기 시작했어. 나는 눈보라에 내 연이 날아가 버릴까 봐 연줄을 끌어들이려고 했지. 그런데 줄은 내려오지를 않았어. 아무리 잡아 당겨도 소용이 없었어. 그래서 난 울기 시작했지. 그러니까 갑자기 하늘이 대낮처럼 밝아지는 거였어. 그래서 어머니가 계셨던 곳을 바라보니 어머니께서는 어디론가 사라져 버리고 없었어."
"아주 슬픈 꿈이야. 그리고 아름다운……."
"잔나야, 난 꿈에 본 어머니와 별나무에 어떤 뜻이 있다고 생각해. 그게 무엇인지 난 알 것 같아. 조금 있다가 이야기해 줄께. 우선은 그저 내 말만 믿고 있어. 자 서둘러 마을로 가야겠다. 라베그 씨의 상점에 있는 가는 밧줄과 노끈을 모두 사와야 해."
"연에 쓸 거야?"
"내 말만 믿으라니까. 자, 어서 서둘러, 잔나!"
라베그 씨의 잡화상의 입구에는 눈더미가 높이 쌓여 있었다. 툴루와 잔나가 문을 밀치고 안으로 들어가자 상점 안으로 눈이 쏟아져 들어왔다.
"바보 같은 아이들 같으니! 어서, 어서 문을 닫아라! 도대체 내 가게를 어떻게 만들려는 거니?"
핀 라베그의 투덜거리는 듯한 목소리는 그의 생김새나 그의 성격과 꼭 어울리는 것이었다. 그는 50년 이상이나 칼발라에서는 단 하나 뿐인 이 잡화상의 안채에서 친구도 없이 혼자 살아오고 있었다. 한쪽 다리를 테이프로 감아 붙인 뿔테 안경이 언제나 주름살이 펴지지 않는 그의 이마 위의 텁수룩하고 누르스름한 헝클어진 머리카락 속에 파묻혀 있었다. 그는 마분지 박스 더미에서 깡통에 든 식료품을 꺼내 표시를 하고 있었다.
툴루가 소리를 질렀다.
"라베그 아저씨, 우리 삼촌께서는 아저씨 가게에 아무것도 없다고 말씀하셨어요. 그런데 선반마다 꽉차서 없는 게 없잖아요!"

라베그 씨는 신경질적으로 헛기침을 해대며 때묻은 앞치마 자락으로 입가를 닦았다.
"네 삼촌이 무얼 알겠냐? 나는 오래 전부터 가게 뒤 별채에 이 식료품들을 모아 두었어. 왜냐하면……, 언젠가는 이번 같은 폭설이 내려 모든 일용품이 동이 나게 될 것이라는 사실을 미리 점치고 있었기 때문이지. 사람은 언제나 앞을 내다보는 안목을 가져야 하는 법이야. 그리고 언제나 만일을 대비해 두어야지. 이제 모두들 여기 이 물건을 사려면 대가를 치루어야 해. 암, 그렇구 말구. 무엇이든 값을 2배로 올리고 있는 중이야. 수요와 공급, 공급과 수요의 법칙에 따라서 말이다."

그는 계속해서 각 상품마다에 크레용으로 가격을 적어 나갔다. 그는 상점 안에 자기 혼자만 있는 것이 아니라는 것을 잊은 채 숫자를 적으면서 큰소리로 낄낄거렸다. 잔나와 툴루는 밧줄과 실뭉치가 놓인 선반 앞으로 가서 밧줄 뭉치를 몽땅 꺼내 계산기 옆 계산대로 가져갔다.

라베그는 마침내 그들을 돌아보며 고함을 쳤다.
"너희들, 도대체 무얼하고 있는 거냐?"
그들은 입을 모아 대답했다.
"밧줄을 사려는 거예요."
"무얼 하려고? 그렇게 많이 어디에 쓰려는 거지?"

툴루의 얼굴이 창백해졌다. 밧줄과 실을 그렇게 많이 사면 당연히 이상스럽게 생각할 것임을 예상하지 못했기 때문이었다. 잔나는 오빠의 태도에 곧 눈치를 채고 태연스럽게 대답을 했다.

"내년 여름에 고속도로 옆에 천막을 치고 관광객들에게 팔 허리띠와 니트 스웨터를 만들려고 해요."

라베그가 말했다.
"어머니도 없이 장사를 하려고?"
"네."
"어리석은 짓이야. 망하고 말거야. 도대체 너희들이 장사에 대해서 무얼 안다는 거니? 아차, 어쨌든 그건 내가 걱정할 일이 아니로군. 다락방에 가면 밧줄과, 순록 힘줄로 만든 실이 더 있다. 그것도 가져다 줄까? 한꺼번에다 사 간다면 오르기 전 값으로 줄 수도 있지."
 툴루는 잠시 머뭇거렸다. 그는 저축해 둔 돈의 절반이나 가져왔던 것이었다. 그러나 마침내 그는 고개를 끄덕여 보였다.
 몇 시간 후 잔나와 툴루는 기진맥진한 몸으로 벽난로 앞에 앉아 벽난로 안에서 마지막 남은 통나무가 빛을 내며 타는 것을 물끄러미 바라보고 있었다. 그들의 주위에는 밧줄과, 노끈과, 털실 뭉치들이 툴루의 거대한 빨간색 연을 가운데 두고 높다랗게 쌓아 올려져 있었다.
 "오빠, 약속했잖아. 더 이상 기다릴 수가 없어. 이것들이 오빠의 꿈과 무슨 관계가 있는지 어서 이야기해 줘. 이렇게 눈보라가 치는데 오빠는 연을 날리려는 거야?"
 툴루는 어린 누이동생의 해맑은 파란 눈을 바라보며 이해 시킬 수 있는 적당한 말을 찾아내기 위해 애를 썼다.
 "이제 곧 우리의 기름과 초는 동이 나 버릴 거야. 장작처럼 말이야. 그리고 발노 삼촌의 말대로 폭풍 때문에 전깃줄도 곧 끊어져 버릴 거야. 잔나야, 우리는 나그네쥐(역주 : 북극산 쥐의 일종)가 아니야. 그것들처럼 암흑과 추위 속에서 봄이 될 때까지 살아 남을 수가 없어. 나는 어머니께서 아직도 우리를 내려다보고 계신다고 믿고 있단다."
 "어떻게?"
 "난 어젯밤 꿈에 어머니께서 내게 튼튼하고 커다란 연을 만들어 날리라는 말씀을 하시기 위해 나타나신 것이라고 믿고 있어."
 "어째서 그래, 오빠? 연을 날려서 우리가 어떻게 살아날 수가 있다는 거야?"
 툴루는 일어서서 커다란 사각형의 연을 손가락으로 가리켰다.
 "이 연은 우리들의 그물이야. 내일 우리는 이걸로 낚시를 하게 될 거다. 하늘 높이 띄워 올려서 별을 잡을 때까지 낚시질을 하는 거야. 우리에게 봄이 되어 태양이 돌아올 때까지 빛과 온기를 줄 별을……."
 칼발라의 모든 사람들이 겁에 떨며 잠든 사이에 툴루와 잔나 남매는 밤을 새우며 밧줄과 노끈을 하나로 이어 나갔다.

9

 폭설의 나흘째 날 이른 아침에 툴루와 잔나는 그들의 거대한 연을 끌고 눈 사이를 헤쳐 들판으로 나갔다. 하얀 리본으로 만든 길다란 연꼬리가 바람을 맞아 마치 물 밖으로 끌어 낸 연어의 꼬리처럼 파닥거렸다.
 연을 가지고 밖으로 나오기에 앞서 툴루는 거대한 밧줄 타래를 별나무 근처의 바람이 잘 부는 곳에 가져다 놓았었다. 이제 그는 무릎을 꿇고 앉아 밧줄의 끝을 연살에다 능숙하게 묶었다. 만족스러운 듯 그는 잔나에게 고개를 끄덕여 보였다. 잔나는 치켜들었던 등잔을 내리며 한 걸음 뒤로 물러섰다.
 바로 그 순간 세찬 한 줄기의 차가운 바람이 들판을 휩쓸며 지나갔다. 마치 거대한 눈써레에 밀린 듯 눈이 사방으로 흩어졌다. 툴루는 일어섰다. 그는 자신이 만든 거대한 연을 들어올려 온 힘을 다하여 하늘을 향해 던져 올렸다. 마치 한 이파리의 마른 자작나무 잎인 양 빨간 연은 하늘로 떠올랐고 연꼬리를 파닥거리며 순식간에 칠흑같이 어두운 하늘로 사라져 버렸다.
 툴루의 손가락 사이로 연줄이 쉴사이 없이 빠져 나갔다. 밧줄은 요동을 치며 툴루의 장갑 바닥을 찢어발겼다.
 툴루의 가슴은 방망이질을 치기 시작했다. 밧줄 타래는 자꾸 줄어만 갔지만 연줄은 더욱 속력을 내어 하늘로 치솟아 올라갔다. 툴루는 자신의 연이 하강 기류에 한번도 부딪치지 않고 아무런 방해 없이 하늘로 솟아오르는 것에 놀라워하며 발에 힘을 주었다.
 거의 두 시간 이상 흘렀다. 잔나가 툴루의 소맷자락을 잡아당겼다. 툴루는 온몸이 쑤셔 옴을 느꼈다. 다쳤던 다리는 이제 곧 꺾여질 듯 비틀거렸다. 팔은 감각이 없이 멍멍했으며 손가락은 마치 타는 듯 화끈거렸다. 잔나가 밧줄 타래를 손가락으로 가리켰다. 처음의 1/10밖에 안되게 줄어 있었다. 툴루는 어쩔 줄 몰라 고개를 가로 저었다. 노련한 낚시꾼처럼 그는 계속 줄을 내보냈다. 그러나 그는 이제 곧 모든 것이 끝장이라는 것을 알고 있었다. 줄이 끝까지 나가도 연이 계속 치솟아 오른다면 그가 취할 수 있는 방법은 단 두 가지뿐이었다. 줄을 놓아 연을 날려 보내든지 아니면 줄을 붙잡고 줄이 끊어지거나 그의 몸이 연에 매달려 떠올라 갈 때까지 기다리는 것이었다.

매일 밤 잠자리에서 기도를 드릴 때 그렇게 하듯, 툴루는 밧줄을 쥔 자신의 장갑 낀 작은 손을 한데 모았다. 어머니에게서 들은 대로 그는 속삭이기 시작했다.

"도와주소서! 도와주소서!"

힐끗 옆을 보니 잔나는 걱정스러운 얼굴을 하고 서 있었다. 밧줄의 끝이 거의 가까워진 것이었다.

갑자기 그의 손 사이로 달음질치듯 빠져나가던 줄이 멈추었다. 위로부터 당겨 올리던 힘이 중단된 것이었다. 툴루는 연이 하강 기류에 휩쓸린 것이 아닌지를 확인해 보기 위해 연줄을 가볍게 당겨 보았다. 줄은 꼼짝도 하지 않았다. 그는 다시 한 번, 이번에는 좀더 힘을 주어 줄을 당겼다.

"왜 그래? 오빠!"

"모르겠어! 이제 연이 더 이상은 솟아오르질 않는 것 같아. 하지만 내려오지도 않아. 연을 볼 수 있었으면 좋겠는데……, 언제나 줄을 당기면 내려왔었는데……, 바람 때문에 그런가 본데 줄이 끊어질까 봐 너무 세게 당길 수도 없어……, 꿈에서도 그랬어! 꿈에서와 똑같아."

얼마간 망설인 끝에 툴루는 모든 것을 걸고 모험을 해 보기로 결심했다. 그는 세차게 줄을 당겼다. 3미터쯤 밧줄이 그의 손 사이로 당겨 내려졌다. 그는 다시 끌어당겼다. 줄은 점점 땅으로 끌려 내려왔다. 오래지 않아 툴루의 발치에는 밧줄 더미가 높이 쌓이게 되었다.

"저걸 봐, 빛이 있어, 오빠! 빛이 보여!"

잔나가 탄성을 질렀다.

"우리 연 위에 무언가 빛나는 것이 얹혀 있어. 별일까? 당겨 봐, 오빠! 어서!"

그 빛이 점차 내려옴에 따라 눈 위에는 별나무의 그림자가 신비스러운 춤을 추었다. 1백미터 이상이나 떨어져 있는 그들의 오두막까지도 이제는 뚜렷하게 보였다. 연줄을 단단히 움켜쥐고 툴루는 나무 가까이로 가서 그 연과 연 위의 빛나는 물체가 바로 나무의 위에 위치하게끔 했다. 조심스레 툴루는 그의 거대한 빨간 연을 나뭇가지 사이에 착륙시켰다. 나무의 굵직한 가지들이 하늘에서 내려온 그들 빛나는 손님을 감쌌다.

"아주 조그많고 둥글어."

잔나가 소리쳤다.

"정말 별일까? 오빠 난 별이 다섯군데가 뾰족뾰족하게 나와 있다고 생각했는데……, 교회와 내 교과서에 있는 별은 모두 그렇게 생겼단 말이야!"

툴루는 아직도 자신이 무엇을 했는지를 이해할 수가 없었다. 그는 꿈을 꾸듯 몽롱한 목소리로 말했다.

"별들은 아마 사람이나 순록이나 나무처럼 갖가지 모습과 크기와 색채를 갖고 있는 모양이야. 모르겠어……, 저걸 봐! 마치 나무가 타는 것 같아. 우리가 해낸 일을 믿을 수가 없어!"

툴루는 나무 위로 기어올라가 나뭇가지에 얽혀 있는 줄을 잘랐다. 그리고 그는 연을 발로 찼다. 연은 둥실 떠서 땅 위로 떨어졌다. 이제 그는 그 별과 팔을 뻗으면 닿을 거리에 있었다. 그는 그것으로부터 발산되는 온기를 느낄 수가 있었다. 그리고 그의 눈에는 초록색에서 푸른색으로, 그리고 은빛으로 변해 가는 강렬한 빛 때문에 눈이 부셔 눈물이 괴였다. 그는 손을 뻗어 그것을 만져 보고 싶었지만 감히 그럴 수가 없었다.

툴루가 다시 땅바닥으로 내려왔을 때 그 별은 황금색과 은색의 불꽃을 마치 고동치듯이 내뿜고 있었다. 잔나는 손을 맞잡고 힘껏 쥐며 소리를 질렀다.

"이제 우리는 진짜 별나무를 갖게 되었어! 우린 세상에서 단 하나 뿐인 별나무를 갖게 된 거야!"

툴루는 너무나 큰 놀라움에 고개를 가로 저었다.

"나뭇가지가 모두 빛나고 있어……, 꿈에서와 똑같이……."

10

"툴루, 툴루! 일어나라, 일어나!"
발노는 그의 조카를 가만히 흔들었다. 기진맥진해 잠이 들었던 툴루는 겨우 정신을 차려 침대 머리 위의 전등 스위치 줄을 잡아당겼다. 불이 켜지지 않았다. 그는 다시 줄을 잡아당겼다.
"전등불이 어떻게 되었나요? 삼촌!"
어둠 속에서 발노 삼촌이 말했다.
"모르겠다. 내가 말한 대로 끊어진 게로구나. 하지만 그 때문에 여기온 게 아니다."
"무슨 일이 있어요? 삼촌!"
"무슨 일이 있었냐구? 네가 내게 묻는 거냐? 너는 세상이 끝나도 아무것도 모르고 여기서 잠만 잘 아이로구나. 내 생각으로는 이것이 세상의 끝일지도 모르겠다. 자, 어서 옷을 입고 나를 따라 오너라!"
툴루는 정신없이 그의 삼촌을 따라 뒷문께로 나갔다. 문이 열리자 툴루는 눈부신 광채에 눈을 깜박였다.
"삼촌, 왜 사람들이 우리 들판에 모였어요?"
"왜? 왜냐구? 넌 장님이냐? 너희 나무에 무엇이 있는지 안 보인단 말이냐?"
"저건 우리 별이에요."
"너희 별?"
"우리 별이에요."
차분한 음성으로 툴루가 다시 한 번 말했다.
"어젯밤에 잡았어요."
"네가 잡았어? 네가…… 별을…… 잡아?"

오두막 안을 가득 채운 휘황한 불빛 속에서 발노는 허리를 숙여 조카의 얼굴을 유심히 살펴보았다. 그는 허리를 펴고 고개를 가로저으며 식탁 앞으로 가 잔나의 곁에 털썩 주저앉았다. 잔나는 툴루와 발노 삼촌의 목소리에 깨어 일어나 있었다.

"너희들 중 누구라도, 제발 이 별에 대해 이야기를 좀 해 보려무나."

어린 남매가 번갈아 가며 이야기를 하는 동안 발노 삼촌의 머리는 쉴새없이 이쪽 저쪽으로 돌아갔고, 그의 이마에는 깊은 주름이 새겨져 있었으며, 그의 입은 열렸다 닫히기를 반복하였다. 마침내 그들의 이야기가 끝나자 발노 삼촌이 물었다.

"그럼 너희가 만들었다는 그 연은 어디에 있지?"

"헛간에 있어요."

발노 삼촌은 이내 돌아왔다. 돌아왔을 때 그의 목소리와 태도는 한결 부드러웠다.

"그래, 너희들은 이 별을 어떻게 할 생각이지?"

"그냥 그 곳에 놓아 둘 거예요. 눈보라와 어둠이 계속되는 동안 우리 오두막을 밝혀 주고 따뜻하게 해 줄 수 있도록 말이에요. 삼촌은 우리가 자랑스럽지 않으세요?"

툴루가 물었다.

"별을 잡기가 쉬운 일은 아니예요."

"쉽지 않다고 말했니? 물론 쉽지 않고 말고. 불가능해, 전혀 불가능한 일이야! 내가 무슨 말을 할 수 있겠니? 이 황폐한 고장에서 기적이 일어날 것을 누가 생각이나 했겠니? 믿을 수가 없어. 도무지 믿을 수 없는 일이야."

이 믿기 어려운 이야기를 전해 듣자 칼발라의 사람들은 모두 즐거워했다. 나이든 부인네들은 무릎을 꿇고 감사의 기도를 드렸으며, 젊은 부부들은 서로 손을 잡고 노래를 부르면서 마치 이들은 축제라도 맞은 듯 춤을 추고 장난을 쳐댔다. 모든 사람들이 잠시 자신들의 어려움을 잊은 채, 브졸크 목사가 말한 '하나님이 보내신 빛'을 기꺼운 마음으로 쬐었다.

여러 시간 후 마을 사람들이 모두 돌아가고 잔나가 잠이 들었을 때 툴루는 그의 초록색장부에다 지난 하룻동안에 있었던 놀라운 사건을 기록하기 시작

아카바의 선물   263

했다. 그때 그는 다시금 들판으로 나가고픈 마음의 억제할 수 없는 충동을 느꼈다. 그는 서둘러 옷을 입고 밖으로 나갔다.
 약간 경사진 언덕길인 들판에는 강한 바람 때문에 눈이 거의 날려가 버리고 없었다. 나무 주위의 얼음이 녹은 곳에는 연록색의 순록 이끼가 돋아 있었다. 툴루는 쩔룩거리며 나뭇가지 아래로 가 별의 따스한 빛을 쪼이려했다. 눈송이가 떨어지며 빗방울로 변해 그의 손바닥에 떨어졌다.
 "안녕, 툴루!"
 깜짝 놀란 툴루는 주위를 한 바퀴 빙 둘러보았다. 누가 아직도 들판에 남아 있는지 알 수가 없었다. 아무도 보이지 않았다.
 굵직한 목소리가 다시 한 번 울려 퍼졌다.
 "안녕, 툴루. 겁내지 말고 위를 쳐다보렴."
 툴루는 몸의 균형을 유지하기 위해 나무 줄기를 끌어안고 별을 올려다 보았다.
 "말도… 할… 수… 가… 있나요?"
 더듬거리며 툴루가 물었다.
 "물론이지!"
 "제 이름… 도… 알고… 있… 구요?"
 "난 너에 대해서 많은 것을 알고 있단다."
 "어떻게 말을 하세요? 입도 없잖아요?"
 은색 불꽃이, 우유빛으로 빛나는 별의 꼭대기에서 마치 소나기처럼 뿜어 나와 천천히 땅 위로 낙하했다.
 "너는 마치 나를 지상의 인간처럼 생각하는 모양이로구나. 나는 사람이 아니야. 나는 별이고 내가 방출하는 에너지의 적은 한 부분이 바로 내 목소리란다."
 "저를 볼 수 있으세요?"
 "아주 잘 볼 수 있지. 내게도 너와 똑같은 모든 감각 기능이 있어. 하지만 그건 별로 이상한 일이 아니란다. 우리는 모두가 똑같은 물질로 만들어진 것이니까 말이다. 나에게도 너와 마찬가지로 감각이……, 심지어는 기분까지도 있단다. 나는 울기도 하고 웃기도 하지. 그리고 기분이 좋을 때가 있는가 하면 나쁠 때도 있는 거야."
"이름이 있으신가요?"
"물론이지. 나는 태어난 이후 이제까지 아카바라고 불려왔단다. 그러니까 지구상의 시간으로 따지면 약 10만 년은 되겠구나."
이미 툴루는 하늘에서 내려온 손님과 이야기하는 데에 아무 불안도 느끼지 않고 있었다. 별과 이야기한다는 것이 마치 당연한 일인 것처럼 느껴졌다. 그는 미소를 지으며 입 안으로 그 괴상한 이름을 중얼거려 보았다. "아카바… 아카바… 나이가 그렇게 많은데, 왜 그렇게 작아요?"
아카바의 색깔이 붉어졌다.
"나는 아주 나이가 어린 별이기 때문이지. 몇 조 년만 있으면 나도 너희 지구 사람들이 알고 있는 대각성(大角星, 역주 : 목동좌의 가장 큰 별)이나 직녀성(역주 : 전문고좌의 1등성)처럼 큰 별이 될 거야. 하지만 내가 작거나 어리다고 해서 내 임무를 수행하는 데 지장이 있는 것은 아니란다."
"별들은 모두 말을 하나요?"
"많은 언어를 통해서 말을 하지. 하지만 커다란 별들은 서로 너무나 멀리 떨어져 있어 이야기를 나눌 기회를 거의 갖지 못한단다. 커지게 되면 고독이라는 대가를 치루어야 하는 거야. 그리고 하늘에서는 나처럼 마음대로 움직일 수 있는 작은 별들이 대단히 중요하단다. 너도 우리같은 작은 별들이 때때로 하늘을 가로지르며 날아가는 것을 보았을 거야. 우리는 그렇게 누군가를 돕기 위해 항상 하늘을 날아다닌단다. 내가 이곳에 온 것도 바로 그런 이유에서야."
툴루는 어리둥절했다.
"그러니까 저를 도와주러 이곳에 오셨다는 말인가요?"
"그래."
"내……, 연……, 그러니까 내 연에 일부러 걸리신 건가요?"
"물론이지. 내가 원치 않는다면 지구상의 밧줄을 전부 올려도 나를 잡을 수는 없어. 하지만 어쨌든 네가 연을 다루는 솜씨 하나만은 정말 훌륭했다."
툴루는 기뻐서 몸을 빙글 돌렸다. 그는 균형을 잃어 거의 땅바닥에 쓰러질 뻔했다.
"고마워요, 아카바 별님, 고마워요! 이렇게 어려울 때 우리 오두막을 밝히고 따뜻하게 해 주러 그 먼 곳에서 여기까지 오셨다니 정말 고마워요."
별빛이 연한 푸른색으로 변했다.
"툴루, 내가 여기 온 것은 그 때문이 아니야. 네가 원한다면 그 정도는 해 줄 능력이 있지만 말이다. 사실 나는 네게 줄 선물을 하나 가지고 왔단다. 네 오두막에 잠시 온기와 빛을 주는 것보다는 훨씬 더 귀중한 선물이야."
툴루는 천천히 나무 주위를 돌며 눈을 가늘게 뜨고 빛나는 별을 모든 방향에서 자세히 살펴보았다.
"선물이라구요? 보이지 않는데요?"
우뢰와 같은 웃음 소리에 별나무가 흔들렸다.
"내 선물은 예쁜 종이로 싸서 리본을 맨 그런 선물이 아니란다. 툴루, 조금 참아 보렴, 설명을 해 볼 테니까 말이다. 학교에서 배워서 너도 알 테지만, 이 지구는 지구 사람들이 은하수라고 부르는 거대한 별들의 집단 속에 들어 있는 작은 하나의 혹성에 불과하단다. 그런데 이 우주에는 그런 은하가 수십억 개도 넘게 있어. 너무나 많아, 그걸 생각해 내려니 머리가 다 어지러워지는구나. 이 지구가 속해 있는 은하수에 만도 1천억 개가 넘는 별들이 있고, 그중에서 1억 개 이상에 생물체가 살고 있단다."
"그건 처음 알았어요!"
툴루가 소리쳤다.
"물론 몰랐겠지. 지구 사람들은 아직도 많은 것을 배워야 해. 하지만 무슨 이유에서인지 생물체가 사는 그 많은 혹성들 중에서 유일하게 지구의 인간에게만 선택의 힘이라는 아주 특별한 힘이 주어져 있단다. 환경이 어떻든 간에 지구의 인간만이 스스로의 선택을 통해 스스로의 운명을 결정해 나가는 힘을 갖고 있는 거야. 그래서 지구의 사람들은 상냥한 사람이나 증오에 찬 사람이 되든지, 용감한 자나 겁장이가 되든지, 부자나 가난뱅이가 부지런해지거나, 죄를 짓거나 경건해지거나를 선택할 수가 있는 거야. 그리고 물론 그 행동에 대한 결과는 스스로가 책임지게 되지. 에덴동산의 시절서부터 모든 인간에게는 그러한 능력이 부여된 것이란다."

"저도 아담과 이브에 대해서는 알고 있어요."
아카바의 빛이 빠르게 뿜어져 나왔다.
"아무튼 그 두 사람이 잘못된 선택을 한 이후로 우리는 커다란 관심 속에서 이곳 인간들의 행동을 지켜보았지. 그리고는 실망을 했어. 두 가지 선택을 앞에 놓고 사람들은 보통 그릇된 편을 택했지. 여러 세기를 통해 인간의 선택 능력을 현명하게 사용한 사람들도 많았지만 대개는 자신들의 귀중한 시간을 주위의 낙원을 즐기는데 사용하지 못하고 오히려 자신의 처지를 슬퍼하는 데 허비해 왔어. 이런 말을 하기는 미안하지만 인간은 사는 법을 모르고 있는 거야. 그리고 툴루, 너역시 다른 사람들보다 나을 게 없어."
"저도요?"
"물론이지! 지난 1년 동안 네가 자신에 대해 슬프게 생각했던 것을 잊었니?"
"별님의 선물이 나를 변화시킬 수 있을까요? 그것이 내게 사는 법을 가르쳐 줄까요?"
"네 스스로가 노력할 마음을 갖지 않는 한 내 선물만으로는 아무 소용도 없어. 생활이란 내부에서부터 변화해야만 하는 거야."
"어머니와 똑같은 말씀을 하시는군요."
"난 네 어머니에 못지 않게 오랫동안 너를 지켜보아 왔다. 나는 너의 특별한 별이었기에 네가 태어났을 때부터 너를 내려다보고 있었어. 나는 너와 함께 슬퍼했고……, 그리고 네가 글을 쓰는 기술을 습득했을 때 나는 너와 함께 자랑스러워했지. 그런데 너는 사고를 당했고 불행을 만났을 때 다른 지상의 인간들이 그러하듯이 인생을 포기했어. 내 선물은 네게 주는 것이지만 또한 제일 높은 산을 기어오르지 못하거나 창고를 황금으로 가득 채우지 못해서 자신의 인생이 실패작이라고 생각하는 지상의 모든 사람에게 주는 선물이기도 하단다."
아카바의 말에 툴루는 더럭 겁이 났다. 그가 원했던 것은 그의 오두막을 밝혀 주고 따뜻하게 해 주는 작은 별이었던 것이다. 툴루의 대답은 너무도 작아 윙윙거리는 바람 소리에도 거의 들리지가 않을 정도였다.

"아카바 별님께서는 전에도 지구에 오신 적이 있었나요?"
그 별은 아무 대답 없이 가물거리기만 했다.
"아카바 별님……?"
"그래, 그래. 듣고 있어. 네게 대답을 해야 좋을지, 말아야 좋을지를 생각하는 중이란다. 하지만 아무튼 너와 내가 이야기를 했다는 것은 아무도 믿지 않을 거야."
"제 누이동생은 믿을 거예요. 별님의 목소리를 듣기만 한다면……."
"하지만 그 애는 내 목소리를 들을 수가 없어. 별은 지구상에서 그 별의 특별한 한 사람에게만 말할 수가 있단다."
"아무래도 좋으니 말해 주세요. 아카바 별님은 지구에 오신 적이 있었나요?"
별의 광채가 줄어들었다. 자랑스러운 듯한 목소리의 대답이 들려 왔다.
"그래. 아주 특별한 임무를 띠고 이곳에 온 일이 꼭 한번 있었지. 아주 오래 전에 나는 어느 초라한 여관 뒤에 작은 동굴 위를 밝히라는 임무를 띠고 많은 별들 중에서 뽑혀 지구로 파견이 되었었지. 내 기억으로는 북위 32도에 동경 35도가 되는 지점이었어. 내게 내려진 명령은 다른 별들이 감히 엄두도 낼 수 없는 것이었단다. 동굴을 찾아내면 그 동굴 1천 미터 상공에서 움직이지 말고 7일 밤낮을 빛을 발하며 있으라는 것이었어. 그리고 나서야 돌아갈 수가 있었지. 그 일은 극히 힘든 일이었어. 하지만 난 해내고 말았지!"
질문을 하는 툴루의 음성은 탁 쉬어 있었다.
"그것이 얼마나 오래 전의 일이었나요. 아카바 별님?"
"지구의 시간으로 약 2천 년전의 일이었어."
"그 곳의 지명을 기억하고 계신가요?"
"아마 난 그것을 결코 잊지 못할 거다. 그 곳은 꼭 이 마을만한 작은 마을이었다. 다만 그 곳은 사막 한가운데 있었지. 그 마을의 이름은 베들레헴이었어."

11

잔나는 툴루가 케이크를 배불리 먹기를 기다렸다가 그에게 물었다. 툴루는 밤새 초록색 장부에 일기를 쓰느라 몹시 지쳐 있었다.
"오빠, 난 우리 별에 대해서 생각을 하느라고 별로 잠을 못잤어. 이제 곧 칼발라에서는 우리만이 빛과 온기를 갖게 될 텐데, 그건 옳은 일이 아닐 것 같애."
"작은 별이잖니?"
툴루가 대답했다.
"그것으로 온 마을을 밝힐 수는 없어. 더욱이 우리에게는 장작도 없고 전기도 끊어졌어. 양초와 석유도 이제 2, 3일밖에는 안 갈 테고 말이다."
"하지만 벌써 석유와 양초가 떨어진 집도 많아. 그리고 라베그 씨는 물건값을 많이 올려서 살 수도 없어. 그러니 그 사람들은 어떻게 해?"
툴루는 못들은 척하며 문간으로 걸어갔다.
"발노 삼촌이 오시면 난 들판에 있다고 말씀 드려라. 삼촌하고 아카바를 집 안으로 들여오기 위한 계획을 세워야 하겠다."
"누굴 들여온다고?"
"별 말이다."
"아크… 아카… 아카바라고 했어? 오빠 벌써 그 별에 이름을 붙였어?"
툴루는 대답을 하지 않고 집을 빠져나와 쩔룩거리며 별나무 있는 곳으로 갔다.
"안녕, 툴루. 네 밝은 얼굴에 어두운 그림자가 덮여 있는 것 같구나. 무슨 일이 있었니?"
"안녕, 아카바 별님. 누이 때문에 그래요. 많은 사람들이 우리 이상으로 별님을 필요로 하고 있으니 제가 별님을 우리 집 안에 들이는 것은 이기적인 일이라는 거예요."
"그래, 너는 네 누이의 말이 옳다는 것을 알고 양심에 가책을 느낀 거로구나. 우리 자신의 내부에 있는 양심보다 더 무서운 심판자는 없는 법이란다."
잠시 침묵을 지키더니 아카바는 다시 말을 이었다.
"양심 이야기가 나왔으니 말인데, 넌 왜 그 잘 쓰는 시와 소설을 요즘은 쓰지 않는 거니? 왜 넌 자신의 재능을 활용하지 않고 녹슬게 하고 있지?"
툴루는 아카바와 마주보지 않기 위해 고개를 숙였다. 그는 어깨를 으쓱해 보이며 발로 눈을 걷어찼다. 그리고는 처량한 음성으로 대답했다.
"무슨 소용이 있겠어요. 나는 절름발이예요. 공부도 별로 못하고……, 대학에 갈 돈도 생기지 않을 거예요. 내가 쓰는 글은 신통치가 못해요. 아무래도 세임 사람이 쓴 시에 관심을 보일 사람은 없을 거예요. 어머니와 제게는 멋진 계획이 많이 있었어요. 하지만 모두가 이루어질 수 없는 것들이었어요."
아카바에서 붉은 불꽃이 뿜어져 나왔다.
"이루어질 수 없는 일이란 없어! 그건 이곳 지상의 많은 인간들이 수천년을 두고 뇌까려 온 자기 동정의 말이야. 모든 사람이 역경 앞에서 포기하는 길을 택하지 않았으니 지상의 인간들은 그래도 다행이다. 그렇지 않았다면 인간은 벌써 오래 전에 자취를 감추었을 테니까 말이다. 그런데 넌 너의 빚을 어떻게 갚을 생각이지?"
아카바의 말에 놀라며 툴루는 대답했다.
"빚이라뇨? 전 아무에게도 빚이 없어요. 라베그 씨 상점에조차 외상이라고는 없는 걸요."
"천만에, 있고말고. 선택의 능력과 함께 너는 우리의 창조주가 부여할 수 있는 가장 귀중한 선물을 받았어. 그건 바로 생명력이야. 그것을 받게 되면 무엇이든 자신의 특별한 재능을 발휘하여 이 세상을 태어났을 때보다 더 나은 곳으로 만들어 놓고 떠나야 하는 의무를 지니게 되는 거야. 그런데 수많은 사람들이 그 의무를 이행치 못한 채 삶을 헛되이 보냈지. 하지만 네가 너의 재능을 발휘하여 너의 빚을 갚는다면……"

툴루는 기다릴 수가 없었다.
"그럼 어떻게 되나요, 아카바 별님?"
"빚을 갚고, 매일 매일 자신의 무엇인가를 이 세상에 나누어 주면 지상에서의 너의 삶은 조화와 만족과 사랑으로 가득 차게 되며, 그 이후에는 영원한 왕국에서 영원한 기쁨을 갖게 되는 것이란다."
툴루는 얼굴을 찌푸렸다.
"영원한 왕국이라는 것은 처음 들어 보는 말이에요."
"그럴 테지. 지상의 인간들은 우주에 대한 지식에 있어서는 아직도 어린아이나 마찬가지니까 말이다. 하늘을 바라봐! 네 머리 위를 똑바로 쳐다봐라."
1주일 이상만에 처음으로 별들이 갑자기 선명하게 보였다. 툴루는 하늘을 바라보며 아카바의 다음 말을 기다렸다.
"왼쪽의 저 밝은 별이 보이니? 저것이 루이 파스테르란다. 파스테르에 대해서 배웠던가?"
"배웠어요."
"그리고 파스테르의 왼쪽에 있는 저 별이 보이니?"
"보여요."
"저것이 세네카이다. 넌 그 위대한 로마인을 알고 있겠지?"
"알고 말고요. 그의 명언을 여러 개나 배웠는 걸요!"
"그렇다면 네가 책을 보기 위해 사용한 시간은 헛된 것이 아니었구나. 자, 이제 너의 오두막 쪽을 보려무나. 굴뚝 위의 저 별이 보이니?"
"네."
"갈릴레오란다. 그리고 그 옆에 있는 것이 벤자민 프랭클린이지."
"그 사람도 연을 날렸어요?"
"그래, 그랬지. 어느 날 밤엔가는 자칫했으면 죽을 뻔하기도 했지. 하지만 그가 저기 올라간 것은 연 날리는 것 이상의 일을 했기 때문이라는 것을 말해 줘야겠구나."
"아카바 별님, 그러니까 제가 하나님께서 주신 재능을 사용하여 이 세상을 좀더 좋은 곳으로 만들기만 하면 저는 영원한 왕국에서 빛나는 별이 될 수 있다는 건가요?"
"툴루, 우리는 수천 년 동안이나 그 간단한 법칙을 지상의 인간에게 알려 주려고 무척 노력을 해 왔단다. 그럼에도 불구하고 많은 인간들이 자신의 삶에 목적도, 의미도, 계획도 없다고 생각하며 태어나 자라고 죽어 갔지. 그들은 질서와 계획으로 가득 차 있는 우리의 이 위대한 우주가 단지 우연한 것에 지나지 않는다고 생각을 했던 거야. 그러니 그들에게 삶의 고난에 대처할 용기가 없다는 것도 놀라운 일은 아니지."
"휴!"
툴루는 탄성을 내지르며 펄쩍뛰었다. 그의 머리가 나무의 가장 낮은 가지에 부딪쳤다. 다리가 성치 못하다는 것도 잊은 채 그는 별나무 주위를 뛰어 돌며 손가락으로 하나씩 하늘의 별을 가리켰다. 그가 지적할 때마다 아카바는 하나씩 이름을 알려 주었다.
"잔다크…… 토마스 에디슨…… 마하트마 간디…… 셰익스피어…… 마르코 폴로…… 잉가 마티스……."
"누구요?"
툴루의 몸이 굳어졌다. 그의 손은 하늘을 가리킨 채 멈추어져 있었다.
"잉가 마티스. 네가 가리키고 있는 그 별은 바로 네 어머니야. 그런데 왜 놀라니, 툴루?"
"제 어머니라고요? 어떻게 어머니가……."
"툴루, 넌 내 말을 잘 듣지 않았구나. 자신의 운명을 완수하기 위해서 돈이 많다거나, 유명하거나, 천재여야 할 필요는 없는 거야. 필요한 것은 무엇이든 자신이 갖고 있는 자질을 최대한으로 활용하는 거야. 자신의 기술이 망치질하는 것이라면 집을 지어야 하고, 괭이질을 잘한다면 농사를 지으면 되는 거야. 바다에 나가는 것이 즐거운 사람은 어부가 되고, 글재주가 있으면 글을 써야 하는 거야!"
부끄러움도 잊은 채 툴루는 눈물을 흘렸다. 그는 양손을 반짝이는 작은 별을 향해 내뻗었다.
"어머니… 어머니!"
"그래, 좀더 자세히 보면 어머니 옆에 네 아버지가 계신 것을 볼 수 있을 거야. 그 두 사람은 스스로를 가여워하느라 한순간도 허비하지 않고 정직하고 열심히 일했기에 이 세계는 분명 좀더 나은 곳이 된 것이란다."
 어린 툴루로서는 아카바의 말을 잘 이해할 수가 없었다. 그는 털썩 무릎을 꿇고 앉았다.
 "그렇지만 제가 이곳을 좀더 나은 세상으로 만들기 위해 무엇을 할 수 있단 말인가요? 여기에서는 살아나가는 것만도 힘이 들어요."
 "넌 참으로 운이 좋구나."
 아카바가 말했다.
 "저를 놀리시는군요, 아카바 별님."
 "천만에. 나는 너를 놀리는 것이 아니란다. 어린 시인이여. 만일 네가 호화로운 곳에서 태어났다면 너는 네 자신을 스스로의 노력을 통해 강인하게 만들 수 있는 기회를 갖지 못했을 거야. 투쟁은 자신의 모든 힘을 발휘할 수 있는 단 한가지의 확실한 방법이란다. 네 아버지가 돌아가셨을 때 네 어머니께서는 자포자기를 하셨니? 그렇지 않았어! 넌 네 어머니의 모범을 따라야 했어. 그런데 너는 그렇게 하지 못하고 자신을 가여워하기만 했던 거야!"
 "어쩔 수가 없어요. 저도 노력은 하고 있어요. 하지만 제게 산다는 것은 너무나 절망적이에요. 심지어는 다른 사람들처럼 걸을 수도 없잖아요."
 아카바의 목소리는 천둥과도 같았다.
 "저기에는 또 다른 별들도 있어. 귀머거리였던 베토벤, 장님이었던 밀톤, 너보다 훨씬 더 가난했던 링컨……, 그런 별들이 있단 말이다. 내 말을 들어 봐라, 툴루! 역경은 저주가 아니야. 그것은 축복이야. 하늘의 가장 빛나는 별들은 역경의 용광로에서 시련을 받았던 사람들이야. 한번도 고난을 겪지 않은 사람이 있다면 그는 세상에서 가장 불행한 사람일 거야, 툴루."
 아카바의 빛깔이 천천히 짙은 청색으로 변하면서 그의 목소리가 부드러워졌다.
 "툴루, 이 세상의 사람들은 항상 자신의 실패에 변명을 하고 있지. 노력하는 것보다는 그만두는 편이 쉽기 때문이야. 그러나 나는 너에게 절망의 길을 걷게 할 수가 없구나. 내가 여기 온 것은 네가 자랑스럽고 만족스럽게 네 자신의 삶을 충족시킬 수 있도록 도와주기 위해서란다. 그리고 네가 내 말을 마음에 새기고 또한 나의 선물을 잘 이용하기만 한다면 그렇게 될 수가 있을 거야."
"선물… 깜빡 잊고 있었어요."
"툴루, 네게 주는 내 선물은 아주 작고 간단한 것이란다. 그래서 과연 그것의 가치나 힘을 깨달을 사람이 있을지 걱정이 되는구나. 그 선물이란 내가 오래 전부터 인간이 태어나서 죽어가는 것을 지켜보면서, 또한 위대한 철인들과 예언자들의 말이 그대로 묻혀 잊혀지는 것을 지켜보면서 모아 둔 것이란다. 나는 이런 잘못을 고쳐야만 하겠다고 생각했지. 그래서 지상에 살았던 가장 위대한 인간들의 지혜를 모아 두기 시작했던 거야. 그리고 나서 1천 년쯤 후에 나는 놀라운 발견을 하게 되었다."
툴루는 열심히 귀를 기울였다.
"나는 세상에서 가장 현명하고 창조적인 사람들은 시대가 다르고 사는 곳이 다르다 해도 다른 인간들과는 다른 법칙에 의해 인도를 받는 것처럼 행동하며 산다는 것을 발견했어. 그래서 나는 그들이 선하고 평온한 생활을 누리는 법칙과 비방을 모아 '크레덴다'라고 이름을 붙였지."
"크……, 크레덴다? 그게 무슨 뜻인가요, 아카바 별님?"
"미안하구나, 툴루. 난 항상 세네카나 키케로 시대의 말을 사용하려 해서……, 크레덴다란, 믿음에 대한 문제, 혹은 믿어야 할 원칙 등을 의미하는 라틴어란다. 믿는다, 혹은 신뢰한다는 뜻의 동사 '크레데레'에서 파생된 것이지."
"크레덴다…"
툴루는 그 말을 입 속으로 중얼거려 보았다.
"아주 이상하게 들려요. 그리고 어떤 마력을 지니고 있는 것처럼……."
"그렇단다. 이 지상에서는 벌써 수백 년 동안이나 사용하지 않은 단어니까 당연히 이상하게 들리겠지. 그러나 그 마법적인 힘은 이미 너의 내부에 담겨 있어……, 모든 인간의 내부에 말이다! 그 마법적인 힘은 네가 두 가지 요구만 충족시킨다면 너의 것이 될 수가 있단다."

"무엇이든 하겠어요, 아카바 별님. 무엇이든지요!"
"내가 요구하는 것이 무엇인지 알게 될 때까지는 입을 다물고 있도록 해. 나는 네가 이기적인 사람이 아니라는 것을 알고 있다. 그러니 우선 넌 네 마을의 지도자들에게 가서, 그들의 결정에 따라 칼발라 사람들에게 최대한으로 도움이 될 수 있는 곳에다 나를 갖다 놓겠다고 말해야 한다. 그들의 결정이 어떻게 내려지든 거기에 따르겠다고 알려 주도록 해라. 다만 태양이 다시 돌아오게 되면 즉시 나를 이곳 아름다운 나뭇가지 위로 다시 데려 올 것이라는 단서를 붙여야 한다. 그래야 나는 다시 너의 연을 타고 하늘로 돌아갈 수 있을 테니까 말이다. 툴루, 내가 지난번 지구를 방문했을 때에는 그 동굴 위를 마음대로 떠다닐 수 있었지만, 이번에는 네 도움 없이 나 혼자서는 지구의 인력권을 벗어날 수가 없을 거다. 툴루, 그렇게 해 주겠니? 나를 위해서…… 또 너 자신을 위해서 말이다."

툴루는 자신의 작은 얼굴을 거친 나무 껍질에 갖다 대었다. 그는 거의 알아 볼 수 없을 정도로 힘없이 고개를 끄덕였다.

"어린 친구, 난 네가 나의 희망을 이루어 줄 수 있는 용기와 착한 마음을 가지고 있다고 확신한다. 네 스스로도 그렇게 하는 것이 옳은 일이라는 것을 알고 있을 테니까 말이다. 자, 이제 나의 두 번째 요구를 말해 주지. 지난번에 사고를 당하고 회복되면서부터 일기를 써 왔지? 그 초록색 장부에 말이다."

"그래요. 그런데 어떻게 그걸……? 아, 참! 깜빡 잊고 있었어요. 별님은 제게 대해 모르시는 것이 없죠."

"내일, 마을 지도자들을 만나고 돌아오면 그 초록색 장부를 이리 가져오너라. 크레덴다를 한 자씩 불러 줄 테니 그걸 네 장부에 받아쓰도록 해라. 양도 얼마 되지 않으니까 사람들이 날 옮겨 가기 위해 이 곳에 오기 전에 끝낼 수가 있을 거야. 그리고 내가 떠나고 나면 크레덴다를 어떻게 해서든지 세상의 다른 사람들에게도 전해 주었으면 정말 좋겠다. 다른 사람들도 내가 네게 주고자 하는 그런 조화 있는 삶을 살아갈 기회를 가질 수 있게 말이다. 그렇게 해 주겠니, 툴루?"

"네, 아카바 별님. 별님의 말씀이라면 뭐든지 하겠어요."

"고맙구나. 그럼 그렇게 결정이 된 것으로 알겠다. 자, 이제 난 좀 쉬어야겠구나. 한꺼번에 이렇게 많이 말하기는 생전 처음이다. 그래서 체력이 많이 소모된 것 같구나. 하지만 내일이면 다시 원기를 완전히 회복하게 될 테니 걱정할 것은 없어. 자 그만 가 보도록 해, 툴루. 난 네가 정말 좋단다."

"저도요, 아카바 별님."

별나무로부터 비춰지는 별빛을 받으며, 툴루는 오두막으로 돌아갔다. 그는 잔나에게 그들의 별을 마을 사람들에게 주기로 결정했다고 말해 주었다. 잔나는 몹시 기뻐했다. 그리고 나서 툴루는 식탁 앞에 앉아 조금 전 아카바와 나눈 대화를 한 마디도 빼놓지 않고 초록색 장부에 기록하면서 자신이 내일 할일을 위해 마음의 준비를 하였다.

12월 17일자 툴루의 일기는 이렇게 맺어졌다.

이제야 나는 하늘에 별이 왜 그렇게도 많은지 이유를 알게 되었다.

별 하나하나 마다 우리들 한사람 한사람을 지켜보게 하신 하나님께서는 정말 생각이 깊으시다. 사람들이 이 사실을 알기만 한다면 살아가면서 희망을 잃어버리거나 고독을 느끼게 되는 일은 결코 없을 텐데……

오늘 나는 너무나도 많은 것을 배웠다. 하지만 그래도 이해할 수 없는 일이 꼭 한 가지 있다. 세상 수십억의 사람들 중에 왜 하필이면 내가 그 옛날 베들레헴의 작은 동굴 위를 비추었던 바로 그 별을 나의 특별한 별로 갖게 되었을까?

어째서일까?

12

칼발라 마을 의회 의장인 툰투 반 그리빈은 머뭇거리는 그의 손님들의 어깨를 떠밀쳐 가며 벽지를 바른 커다란 방으로 들어갔다. 실내는 8자루의 커다란 양초와 3개의 등잔불로 환하게 밝혀져 있었고, 탁탁 소리를 내며 벽난로가 타오르고 있었다.

시장(반 그리빈은 비공식적이지만 시장의 직책을 맡고 있었다)은 뚱뚱한 몸을 대나무 의자에 기대어 앉아 툴루와 잔나를 번갈아 쳐다보았다.

"오, 이건 정말 영광이로구나. 세상에서 유일하게 자신의 별을 갖고 있는 사람이 나를 찾아 주다니, 놀라운 일이야! 오랫동안 함께 이야기를 나눌 수 있었으면 좋겠다. 그런데 한 시간 후면 여기서 의회 회의가 열리게 되겠는 걸. 우리가 당면해 있는 끔찍한 위기에 대처하기 위한 방법을 강구하기 위해서 말이다. 대부분의 집에 식량과 석유가 거의 다 떨어졌고 양초는 다이아몬드보다 더 귀해졌고, 게다가 전깃줄마저 산더미 같은 눈에 파묻혀 버렸으니……, 우리는 풍전등화격이 되었단 말이다. 끔찍해, 끔찍한 일이야. 하지만 우리는 살 길을 찾고야 말 거야. 결코 굴복하지 않을 거야. 자, 그런데 두 꼬마 양반들께서는 집에 그 멋진 보물을 놓아 두고 무얼하러 여기에 온 거지?"

툴루는 수줍은 표정으로 더듬더듬 입을 열었다.

"시장님, 우리는 우리 별을 마을 사람들에게 주어서 모두가 그 빛을 받을 수 있게 하려고 해요."

"무어라구?"

반 그리빈이 소리를 질렀다.

"내 귀가 잘못된 것이 아닌지……, 믿을 수가 없구나. 마을을 위해서 너희들의 그 귀중한 별을 포기하겠다는 말이냐?"

툴루와 잔나는 고개를 끄덕였다.

"놀라운 일이야. 이건 그 별이 나타난 것에 못지 않는 위대한 기적이야! 그렇다면 그 별을 어디에 가져다 두는 것이 좋겠니?"

툴루는 머리를 가로저었다.

"모르겠어요, 시장님. 그것은 시장님께 맡기겠어요."

"저런, 그건 안될 말이지! 내게 맡기다니, 만부당한 말이야. 조금만 기다리면 의회 의원들이 이곳에 모이게 될 거야. 그러니 그 사람들에게 결정을 짓게 하자꾸나. 그렇게 하는 것이 공식적인 방법이야. 또 합법적이고……,

그래 맞았어. 의회에서 결정을 해야 할 거야. 그런데 아직도 믿어지지가 않는구나! 세상에, 이럴 수가……."

마을 의회의 나머지 의원은 상점 주인 핀 라베그 씨와, 에르노 브졸크 목사, 아롤 노비스 교장 선생님, 그리고 칼발라의 유일한 의사인 죠르타 말니 선생이었다.

반 그리빈의 길다란 식탁 주위에 모두들 둘러앉자 그는 회의의 개회를 선언했다. 툴루와 잔나는 바싹 붙은 채 식탁의 맨 끝에 함께 앉아 있었다. 반 그리빈은 다른 의안을 다 제쳐놓고 극적인 어조로 툴루와 잔나가 그를 방문한 취지를 밝혔다.

우렁찬 박수 소리가 터져나왔다. 한참 후, 반 그리빈은 테이블을 두드려 주의를 환기시키고 나서 더없이 의젓한 음성으로 입을 열었다.

"이제 그러면, 그 별을 놓아 둘 가장 적당한 곳에 대한 제안을 받도록 하겠습니다. 브졸크 목사께서 우선 말씀해 주시겠습니까?"

목사가 일어섰다. 그는 툴루와 잔나를 바라보며 이야기를 시작했다.

"여러분, 이 세상에서 이제껏 없었던 너무나도 고결한 행동을 이 자리에서 보게 된 우리는 더없이 축복을 받은 사람들입니다. 여기 이 두 사랑스러운 아이들이 아무런 보상이나 대가를 생각지 않고 스스로 우러나오는 마음에서 자신들의 가장 귀한 재산을 이웃과 함께 나누기 위해 이곳을 찾았으니……, 이는 지고한 사랑과 거룩한 마음씨의 표현이라 아니할 수 없을 것입니다."

잔나는 불안한 듯 툴루를 쳐다보았다. 툴루는 어깨를 으쓱해 보일 뿐이었다. 목사의 말이 계속되었다.

"이곳에는 나를 포함해서 어떤 식으로든 칼발라의 모든 사람에게 봉사를 하고 있는 사람이 다섯 명이 있습니다. 그러나 이 의회의 명예를 걸고 나는 그 별이 놓여질 위치는 다른 누구가 아닌 그 주인, 즉 툴루와 잔나에 의해서 결정되어져야만 할 것이라고 믿는 바입니다."

상점 주인 라베그는 얼굴이 빨갛게 달아올라 무어라고 중얼거렸다. 그러나 다른 사람들은 브졸크 목사의 말이 끝날 때까지 조용히 귀를 기울였다.

"나는 우리들 각 의원이 차례로 그 별이 놓여야 할 곳과 그 이유를 이야기한 후에 이 아이들로 하여금 결정을 내리도록, 그리고 우리 모두는 그 결정에 따르도록 할 것을 제안합니다."
아롤 노비스가 즉시 대답을 했다.
"그 의견에 동의합니다."
지명되기를 기다리지도 않고 핀 라베그는 자리에서 벌떡 일어섰다. 그는 두 어린이를 바라보며 누런 이를 드러내고 이상야릇한 미소를 지어 보였다. 그는 마치 우는 듯한 음성으로 그 곳에 모인 사람들에게 마을에서 자신의 상점이 지니는 위치의 중요성과 어두운 곳에서는 손님에게 제대로 봉사할 수가 없다는 점을 재삼 강조했다. 그는 주먹으로 테이블을 내리치면서,
"여러분들은 그 별을 나의 위대한 상점을 밝히는데 사용하도록 해 주어야 합니다. 그렇게 하지 않으면 우리 마을은 망해 버릴 것입니다!"
라고 말해 그의 장황한 연설을 끝맺었다.
그와는 대조적으로 아롤 노비스는 침착한 태도로 교육의 중요성과 빛이 없으면 아이들을 가르칠 수 없다는 점을 간단하게 이야기했다. 그는 배우지 않고 흘려 보낸 지난 나날은 결코 되돌아오지 않는다고 설명한 후 마지막으로,
"나는 나 자신이 아니라 내일의 시민들을 위하여 그 별을 요구하는 것입니다. 여러분은 그들에게 무엇보다도 귀중한 지식의 빛을 주어야 합니다."
라고 말했다.
말니 의사는 약간 당황하는 듯했으나 진지한 태도로 사람들에게 자신의 병원이 그 마을에서는 유일한 의료기관임을 상기시켰다. 그는 자신이 살려낸 생명과 자신의 병원에서 태어난 아기들에 대해서, 그리고 심지어는 자신이 툴루의 다리를 치료한 일에 관해서도 이야기했다. 그는 다음과 같이 말하며 이야기를 끝맺었다.
"나의 병원은 이제 곧 완전한 암흑 속에 빠지게 될 것입니다. 그 별이 내 병원에 있음으로 해서 누군가 죽을 사람이 살아나게 될 것입니다."
마지막 순서는 브졸크 목사였다. 그는 그 마을에 일어난 그 기적과, 툴루의 연을 그 별에게로 인도한 하나님의 손길에 관해서 이야기를 했다. 그는 비통한 음성으로 역경이 있을 때면 모든 사람의 피난처가 되어야 할 자신의 교회

가 텅비고 암흑 속에 있다고 말했다. 교회의 모든 양초와 석유를 가난한 사람들에게 나누어 주었다는 것이었다. 그는 깊이 숨을 들이마신 후 툴루와 잔나를 향해 고개를 숙여 보였다.
"나는 하나님의 기적을 하나님의 집…… 바로 교회에 모셔 줄 것을 간곡히 부탁한다……."
이윽고 모든 시선은 툴루와 잔나를 향하고 있었다. 툴루는 안타까운 얼굴로 그의 누이를 바라보았다. 잔나는 당장이라도 울음을 터뜨릴 것 같은 표정이었다. 잔나는 입술을 깨물며 모기 소리만 한 음성으로 말했다.
"어떻게 해야 할지 모르겠어, 오빠."
툴루와 잔나가 결정을 내리지 못한다는 것이 차츰 명백해 지자 반 그리빈 시장의 얼굴에 떠올라 있던 만족스러운 미소는 서서히 사라져 갔다. 마침내 그는 큰소리로 손가락을 퉁기며 선언을 했다.
"여러분들, 내게 한 가지 생각이 있습니다. 오랜 세월 동안 여러 가지 문제를 성공시켜 온 내 경험에 비춰볼 때 이번 문제에 있어서는 딱 한가지의 방법밖에는 없는 것 같습니다. 여기 이 아이들은 여러분 중 세 사람을 실망시키는 것이 몹시 어렵게 생각되는 모양입니다. 따라서 나는……."
그는 잠시 말을 멈추었다가 다시 계속했다.
"나는 우리가 그 별을 네 조각으로 나눔으로써 모두가 만족할 수 있을 것이라고 생각합니다. 그렇게 함으로써 이 암흑 기간 동안 학교와, 교회와, 병원과, 상점을 통하여 온 마을 사람들이 공평하게 그 별의 혜택을 누릴 수가 있을 것입니다. 빛의 양은 줄어들 테지만 아무튼 공평하게 말입니다. 밧줄과 활차를 사용하면 그 별을 나무에서 내리는 것은 쉬운 일입니다. 그런 다음에 망치와 끌을 사용해서 그것을 네 조각을 내는 것입니다. 그러면 모두 만족스러울 것입니다."
시장은 숨을 헐떡이며 자리에 앉았다.
"안돼요!"
툴루의 비명 소리가 방안에 울려 퍼졌다.
"그건 절대로 안돼요. 그별을 쪼개서는 절대 안돼요. 만일 그렇게 되면 그 별은 다시 하늘로 올라갈 수가 없을 거예요. 암흑기가 끝나면 저는 그 별을 연에 매달아 하늘로 다시 띄워 올려 보낼 거란 말이예요. 그 별은 우리의 소유물이 아니예요. 또 그 별은 우리와 마찬가지로 살아 있단 말이예요."

반 그리빈 시장은 발끈 화를 내며 말했다.

"그건 어쩌다 불이 붙어 있는 작은 돌덩어리에 불과한 거야. 그런데 너는 그것에 마치 생명이라도 있다는 듯이 이야기를 하는구나. 너희들은 동화를 너무 많이 읽은 모양이로구나."

라베그는 노기등등한 태도로 테이블 앞에서 일어서더니 성큼성큼 겁에 질려 있는 툴루 남매 앞으로 다가가 길다란 손가락을 어린 남매의 얼굴 앞에서 휘저어대며 입을 열었다.

"그러니까 너희들은 많은 사람들이 혜택을 받을 수 있다는 데도 그 별을 너희들의 그 오두막에 놓아 두겠다는 말이냐? 너희들은 정말 이기주의자로구나!"

라베그 씨는 돌아서서 노기등등한 태도로 시장을 바라보았다.

"우리가 무엇 때문에 마을 전체의 공동 소유인 것을 이 어리석은 고아 아이들에게 달라고 간청을 하며 귀중한 시간을 낭비하고 있는 것입니까?"

"그 별은 우리 것이예요."

툴루가 소리쳤다.

"이런, 천만에!"

라베그가 소리쳤다. 그는 아롤 노비스를 향해 고개짓을 해 보이며 말을 계속했다.

"너희들은 여기 계신 선생님한테서 '토지 수용권'에 대해서 배우지 않았단 말이냐?"

어린 남매는 세차게 고개를 가로 저었다.

"저런! 그렇다면 내가 가르쳐 주지. 토지 수용권이란 어떠한 사유 재산이라도 공적인 용도로 쓰이게 될 때 그 주인에게 적당한 보상을 하면 가져갈 수 있는 정부의 권리야. 의원 여러분, 나는 우리가 토지 수용권을 발동하여 그 별을 수용할 것을 제안하는……"

"다른 방법으로 그 별을 함께 나누면 안된단 말인가요?"

자그마한 목소리가 늙은 상인의 말을 가로막았다. 모든 사람의 시선이 잔나에게로 향했다. 그녀는 미소를 지으며 이야기를 계속했다.
"모두들 돌려가면서 2주일씩 그 별을 사용하세요. 그러면 그때쯤이면 태양이 다시 돌아오게 될 거예요. 사용하는 순서는 제비를 뽑으면 될 거예요."
방안에는 벽난로 속에서 장작이 타는 소리만이 들릴 뿐이었다. 이윽고 브졸크 목사가 양손을 모으며 목메인 음성으로 속삭이듯 말했다.
"어린아이들의 입에서……, 우리는 어린아이들이 하나님의 사도이며 우리에게 사랑과 자비와 동정과 희망을 가르치기 위해 보내진 것이라는 진리를 여기서 다시 한 번 목격하게 되었습니다. 칼발라는 참으로 축복받은 마을입니다. 나는 나이에 비할 수 없는 지혜를 가진 잔나 마티스의 제안을 받아들일 것에 동의합니다."
브졸크 목사의 동의안은 재청이 되었고 그대로 행해졌다. 제비를 뽑은 결과 핀 라베그가 1등이었다. 그래서 그 별은 14일동안 그의 상점을 밝혀주게 되었고 이어서 학교와 병원, 그리고 마지막으로 교회를 밝히게 될 것이었다. 그리고 그 다음날 그 별을 옮기기 위한 모든 조치가 완결되었다.
집에 가까워짐에 따라 툴루와 잔나의 고개는 자꾸만 아래로 떨구어졌다. 그들은 들판 쪽을 감히 바라볼 수가 없었던 것이다.
그러나 슬픈 마음을 억누르며 툴루는 그날 있었던 모든 일을 초록색 장부에 기록했다.

13

8일째 되던 날에 폭풍은 가라앉았고 일찍 일어난 사람들은 창백한 반달을 볼 수가 있었다. 그러나 황폐해진 마을의 분위기는 아직도 우울할 뿐이었다. 마을의 순록은 이미 태반이 굶어 죽은 것이다. 엄청나게 쌓인 눈 때문에 순록들은 눈 밑의 이끼를 찾아낼 수가 없었기 때문이었다.

잠에서 깨어나기가 바쁘게 툴루는 초록색 장부를 들고 들판으로 나갔다. 툴루가 나무 밑에 바로 가서 설 때까지 아카바는 아무 말도 하지 않았다.

"이런, 세상에! 지상에서는 처음으로 크레덴다를 기록하게 된 사람치고는 너무 풀이 죽은 표정이로구나. 비록 양피지 두루마리는 아니지만 그래도 종이 위에 수백 년간에 걸친 내 조사 결과가 기록되어지게 되어 나는 무척 흥분하고 있는데……."

툴루는 초록색 장부를 떨어뜨리며 힘없이 말했다.

"오늘 사람들이 별님을 데리러 올 거예요."

"아, 그랬었구나. 이처럼 낮은 곳에서는 모든 일을 다 알기가 힘들거든. 그래 넌 나와의 첫번째 약속을 지킨 것이로구나?"

툴루는 고개를 끄덕였다.

"상점과 교회, 학교와 병원에서 2주일씩 별님을 돌아가면서 가져가기로 했어요. 그 다음에 제가 연에 매달아 다시 별님을 하늘로 보내 드리겠어요."

"아주 잘했어! 어려운 문제를 아주 근사하게 해결해 냈구나."

"잔나가 생각해 낸 거예요. 사람들은 별님을 네 조각으로 나누자고 했었어요."

"오, 내 생명을 구해 줘서 고맙다. 자, 이제 슬픈 얼굴은 그만 짓도록 해. 우린 매일 서로 만날 수가 있을 테니까 말이다."

"어쩔 수가 없어요, 아카바 별님. 전 우리가 하는 일이 옳다는 것을 알고 있어요. 하지만 별님과 헤어진다는 것을 생각하면 견딜 수가 없는 걸요. 맨 처음엔 아버지가 떠나시고 다음엔 어머니가 떠나시더니, 이젠 또 별님이……, 전 별님이 늘 곁에 있어 주길 바래요. 별님은 저의 가장 친한 친구이기 때문이에요. 별님에게 빛이나 열이 있건 없건, 그것은 제게 상관이 없어요. 별님께서 제 곁에 있어 줄 수만 있다면 전 무엇이라도 포기할 거예요. 별님의 그 선물까지도 말이에요."

아카바의 빛이 짙은 핑크색으로 변했다.

"어린 친구여, 제발 눈물을 거두어라. 난 너의 이기심 없는 행동을 무척 자랑스럽게 생각하고 있단다. 이 지구상에서 비이기적인 사람이 된다는 것은 쉬운 일이 아니란다. 인간은 다른 어떤 문제보다 이 문제에 있어 더 빈번히 실수를 저지르지. 그렇게 하면 자신의 모든 미래가 물거품이 돼 버린다는 사실을 깨닫지 못하고서 말이다. 자, 너는 나와의 약속 중 하나를 잘 지켜 주었어. 그러니 나도 내 약속을 지켜야겠구나. 사람들이 날 데리러 오기 전에 말이다. 자, 크레덴다를 받아 쓸 준비가 다 되었니?"
툴루는 고개를 끄덕이며 그의 초록색 장부의 빈 페이지를 펼쳤다. 안 주머니에서 연필을 꺼내 들며 툴루는 이렇게 물었다.
"아카바 별님, 제가 별님의 선물에 따라 생활을 한다면 전 부유하고 유명한 사람이 될 수 있을까요?"
아카바에서 여러 가지 빛깔의 불꽃이 폭포수처럼 쏟아져 내려왔다.
"툴루, 무엇보다도 넌 이걸 알아야 하겠구나! 부와 명예는 바람과도 같이 무상한 것이며 결국 소멸되고야 마는, 그런 것으로는 결코 만족한 기쁨을 얻을 수가 없다. 네가 삶으로부터 무엇을 취하든 간에 어떠한 목적을 달성하기 위하여 열심히 일하고, 일단 얻어진 것을 간직하기 위하여 더 열심히 일한다면 네 인생은 보람된 것이라는 사실을 결코 잊어서는 안된다. 인간은 철인의 돌(역주 : 보통 쇠붙이를 황금으로 변화시키는 힘이 있다고 믿어 연금술사들이 찾아 헤맸던 것. 실현 불가능한 것을 비유함)을 찾아내려는 헛된 욕망을 버리지 않는 한 결코 행복해질 수가 없단다."
툴루는 이해를 할 수가 없었다.
"제가 여지껏 읽은 책 속에는 철인의 돌이라는 말이 없었어요."
뿜어져 나오던 불꽃이 중단되었다.
"그것은 납이나 구리같은 값싼 금속을 황금과 은으로 변하게 할 수 있는 마법의 물질이라고 한다. 그것이 있으면 행복과 만족이 당연히 뒤따를 것이라고 사람들은 믿고 있지. 어리석은 생각이야! 이 지구상에 흘러다니는 가장 지독한 거짓말이 바로, 돈이 인간을 행복하게 만들 수 있다는 말이야! 그리고 두 번째로 지독한 거짓말은 성공과 명예는 어떠한 희생도 치룰 만큼 가치 있다는 것이지."
"아카바 별님, 그러면 그 철인의 돌은 어디에 있나요?"
"철인의 돌 같은 것은 아무 데도 없어!"

별의 고함 소리에 나무가 부르르 떨었다.
"쉽사리 행복한 삶을 얻을 수 있는 길이 있다면 그것은 자연의 법칙에 위배되는 일이야. 그리고 인간은 자연의 법을 위반함으로써 멸망하게 되는 거지. 자, 이제 그 이야기는 그만두고 너와 나의 일을 시작하도록 하자."
툴루는 나무에 등을 기대며 말했다.
"준비됐어요."
"네가 그 책에다 크레덴다를 기록한다니 정말 의미가 있는 일이로구나. 넌 잘 모르겠지만 장부책이란 사람이 사업상의 모든 이익과 손해를 기록하는 책이란다. 그리고 크레덴다란 인생에 있어서의 이익과 손해를 균형 있게 만들 수 있도록 도와주기 위한 간단한 안내서 같은 것이지. 따라서 너의 초록색 장부는 아주 알맞는……."
들판 넘어의 어두운 곳에서 갑자기 세 개의 등잔불이 춤추듯 너울거리며 나타났다. 툴루는 깜짝 놀라며 장부책을 옆으로 던지고 몸을 일으켰다.
"안돼요! 아카바 별님, 사람들이 벌써 오고 있어요. 우린 시작도 하지 않았는데, 어떻게 하면 좋아요, 어떻게 해야 해요?"
별은 침착한 음성으로 대답했다.
"어려운 상황에 처할수록 침착해야 되지. 툴루, 어서 일어나라! 내가 떠난 후에도 함께 있을 수 있는 시간은 많아. 아직 내게서 선물을 받을 기회는 얼마든지 있어. 자, 난 너를 자랑스러워하고 있는데, 당황하지 말고 침착해라, 툴루."
툴루가 대답을 하기도 전에 발노 삼촌이 두툼한 밧줄 꾸러미를 들고 그의 옆으로 다가왔다. 발노 삼촌은 성을 낸 것같아 보이기도 했고, 망설이는 것같아 보이기도 했다. 발노 삼촌의 뒤에는 4명의 마을 의회 의원과 싱글거리는 시장이 서 있었다.
발노는 툴루의 등에 그의 손을 얹었다. 그는 얼굴을 찌푸린 채 다른 사람들을 향해 고갯짓을 해 보이며 이렇게 말했다.
"네가 네 별을 가져가도 좋다고 허락했다는데 그게 사실이냐, 툴루?"
"네, 삼촌."
"그 결정은 너의 자유로운 의사와 판단에 의해 내려진 것이냐? 혹시 시장님이나 다른 사람들이 네게 압력을 가한 것은 아니냐?"

"잔나와 저는 여러 사람들이 혜택을 받을 수 있는데 우리만 그 별을 간직하고 있어서는 안될 것이라고 결정을 내렸어요."

발노 삼촌은 그의 널찍한 어깨를 으쓱해 보였다.

"잘 알겠다. 그렇다면 작업을 시작해야지. 이제 별을 끌어올릴 테니 네 누이를 이 나무 곁에 다가오지 못하도록 해라."

"조심하세요, 삼촌."

발노 삼촌은 미소를 지었다.

"나를 위해 조심하라는 거니, 아니면 너의 귀중한 별을 조심스럽게 다루라는 거니?"

툴루와 잔나가 걱정스러운 표정으로 지켜 보는 가운데 시장과 교장 선생님은 네 마리의 순록이 끄는 썰매를 나무 바로 밑에 세워 놓았다. 잔나의 작은 손을 꼭쥔 채 툴루는 그의 누이가 흐느끼며 작은 몸을 떨고 있다는 것을 느낄 수가 있었다.

발노는 나무 위로 올라가 별 주위에 조심스럽게 밧줄을 감아 묶었다. 그는 여러 군데를 묶은 후 옆 가지로 옮겨가 밧줄을 높다란 가지에다 걸쳤다. 밑에서 밧줄을 잡아당겨 별을 나뭇가지 사이에서 끌어올린 후에 다시 아래로 내려 썰매 위에 실으려는 것이었다.

마침내 발노 삼촌이 시장에게 신호를 보냈다. 의회 의원들은 모두 밧줄을 잡고 끌어당기기 시작했다. 나무가 흔들리면서 별은 가지 사이에서 빠져나와 천천히 회전을 하며 청자줏빛 하늘을 배경으로 조금씩 올라가기 시작했다.

"마치 커다란 크리스마스 추리같이 보이는데, 오빠!"

한숨을 길게 내쉬며 잔나가 말했다.

바람에 가볍게 흔들거리며 은빛에서 붉은 색으로, 그리고 다시 황금색으로 변해 가는 별의 색깔을 바라보며 아무도 입을 열지 못했다. 아카바가 한치 한치 썰매를 향해 내려지는 것을 바라보며 툴루는 주먹을 움켜쥐었다.

갑자기 발노 삼촌의 고통스러운 비명 소리가 들판을 가로질러 퍼졌다.

"빨리! 빨리 해! 밧줄이 벌어지려고 해! 어서 밧줄을 낮추어요! 어서!"

밧줄을 잡고 있던 사람들은 최선을 다했지만 그들의 동작은 너무도 느렸다. 거대한 시계추처럼 흔들거리던 별은 벌어진 밧줄 사이로 빠져나와 불꽃을 내뿜으며 땅 위로 떨어졌다.
　들판은 암흑 세계로 돌변했다.
　"발노 삼촌!"
　비명을 내지르며 툴루는 떨어진 별에게로 뛰어갔다.
　"우리가 죽였어요. 우리가 죽인 거예요! 아카바 별님의 빛이 사라졌어요. 아카바 별님은 죽은 거예요!
　툴루는 순록 이끼 속에 반쯤 파묻혀 버린 잿빛 돌덩어리 위에 몸을 쓰러뜨렸다.
　"아카바 별님, 죄송해요. 별님은 그냥 하늘에 계셔야 했어요. 공연히 저를 도와주시려다가 죽게 된 거예요. 죄송해요!"
　아롤 노비스가 맨 먼저 입을 열었다. 툴루는 아직도 생명이 끊어진 별 위에 쓰러져 있었다. 노비스 선생은 노기등등하게 라베그를 바라보며 말했다.
　"욕심 때문에 이런 비극이 일어난 거요."
　"무식한 것이 죄요."
　등잔불로 벌어진 밧줄을 비춰 보이며 라베그가 말했다.
　브졸크 목사가 손을 들어올리며 말했다.
　"하나님의 말씀입니다. 이것은 인간이 자연을 넘볼 때 어떠한 결과가 나타나는지를 가르쳐 주는 또 하나의 경고입니다. 콘크리트로 만든 우리의 고속도로는 하나님의 숲을 훼손하고 있으며, 하나님의 산을 우리의 탄광이 좀먹고, 우리들의 공장은 하나님의 대기를 오염시키고 있습니다. 이 별은 하늘에 있는 다른 모든 별들과 마찬가지로 하나님의 보석이었습니다. 우리에게는 그것을 우리의 천박한 목적으로 사용할 권리가 없었던 것입니다. 하나님! 우리들의 죄를 용서하소서!"
　"여러분……,"
　우울한 표정으로 시장은 한숨을 내쉬었다.
　"우리가 무슨 말을 해도 이 사랑스러운 별이 다시 빛을 내지는 못할 것입니다. 우리는 재를 황금 가구로 만들 수가 없습니다. 모두들 집으로 돌아가 이 위기를 타개할 또 다른 해결책을 찾아낼 수 있게 해 달라고 기도를 드립시다!"
 사람들이 모두 떠나자, 발노 삼촌은 땅에 떨어진 별 곁에 무릎을 꿇은 채 앉아 있는 그의 조카들에게로 다가갔다.
 "애들아, 여기 이러고 있어도 아무 소용이 없어. 자, 집으로 돌아가도록 하자꾸나."
 발노 삼촌은 잔나를 일으켜 가슴에 안았다. 툴루는 절뚝거리며 나무 밑으로 가 그의 장부책을 찾아 들었다. 그는 다시 별에게로 돌아가 이제는 차가워진 별의 거친 표면을 손바닥으로 쓰다듬었다.
 "제발 용서해 주세요, 아카바 별님. 전 빛이나 열은 없어도 별님의 곁에 있고 싶다고 말했어요. 그런데 이제 내 소원대로 되었어요. 그런 소원을 말해서는 안되는 것이었는데, 저도 함께 죽을 수 있었으면 좋겠어요……."
 별나무도 바람을 맞으며 흐느껴 울고 있었다.

14

 반 그리빈 시장은 아무 생각 없이 푹신한 침대 위에서 코를 골며 자고 있었지만 들판에서의 그 비극적인 사건 이후 나머지 의회 의원들은 거의 잠을 이루지 못했다.
 핀 라베그 씨는 자신의 행운이 너무나도 갑자기 변해 버린 데에 몹시 실망해 그의 상점 안의 어둠침침한 통로를 서성이고 있었다. 그의 상점에는 가느다란 양초 두 자루가 밝혀져 있었다. 이제 그는, 태양이 다시 돌아와 길에 쌓인 눈이 녹을 때까지는 매상과 이익을 늘릴 수가 없을 것이었다. 그는 깡통에 담긴 식료품들이 진열된 선반에다 자신의 머리를 부닥뜨리며 시장과 툴루 마티스에 이르기까지 모든 사람들에게 저주를 퍼부었다.
 죠르타 말니 선생은 그의 작은 병원 안에 있는 두 명의 환자를 마지막으로 한 번 더 살펴본 후 담요를 한 장씩 더 덮어 주고, 두 개의 등잔불을 모두

꺼 버렸다. 급한 환자만 없다면 연료가 나흘은 더 지탱할 수 있을 것이다. 그러나 수술실을 사용하게 된다면 모든 것은 순식간에 동이 나 버릴 것이다.

아롤 노비스는 아무도 없는 쓸쓸한 교실의 책상 앞에 앉아 노오란 메모지 위에 작은 별들을 그리고 있었다. 거의 다 타 버린 양초 한 자루가 깜박거리며 빛을 발하고 있었다. 그가 처한 상황은 거의 절망적이었다. 학교는 공식적으로 폐쇄될 것이 분명했다. 그리고 칼발라에서는 수업을 하는 날에 대해서만 교사에게 급료를 지불하는 것이 관례로 되어 있었다. 그는 입 속으로 중얼거렸다.

"이번 겨울은 여러 가지 면에서 가장 추운 겨울이 되겠구나……."

에르노 브졸크는 어두운 교회에 혼자 앉아서 지난 며칠간의 기이한 사건들을 곰곰이 생각해 보았다. 지구상의 마지막으로 기적이 일어났던 것이 언제인가? 그들에게 바깥 세상에 이 기적을 알릴 증거가 과연 있을까? 무식하고 소박한 세임 사람들의 말을 아무도 믿지 않을 것이었다. 결국 그 사건은 외부 사람들에게는 전혀 무의미한 것이 되고 말 것이다. 물론 절반쯤 흙에 파묻힌 검게 탄 돌덩어리가 있기는 했다. 그러나……, 그는 고개를 가로 저으며 하나님께 기도를 드렸다.

가능한 해결책을 맨 처음 생각해 낸 사람은 라베그 씨였다. 늦은 시간이었음에도 불구하고 그는 두 마리 순록이 끄는 썰매를 타고 눈 속을 헤쳐 마티스가의 오두막집을 찾아왔다.

상점 주인은 두 아이를 깨워 일으켜 이렇게 말했다.

"얘들아, 내게 우리의 문제를 해결할 좋은 생각이 있다. 내가 아니면 아무도 그걸 생각해 내지 못할 거야!"

툴루와 잔나는 눈을 비비며 잠자리에서 일어나 그의 말을 기다렸다.

"넌 연을 다시 날려서 다른 별을 또 하나 따 와야 해! 한 번 해냈으니 틀림없이 또 해낼 수가 있을 거다. 더욱 중요한 것은 노끈이란 노끈은 모두 네가 갖고 있다는 거야. 내 밧줄을 몽땅 사 버린 것은 참 현명한 처사였어. 그렇지 않았다면 온 마을 사람들이 나서서 별을 따려할 텐데 말이야. 너만이 우리 마을을 구할 수가 있다는 걸 명심해라, 꼬마야. 별을 다시 하나 따서 봄이 될 때까지 내게 맡기도록 해. 그러면 네게 어마어마한 상금을 줄 테다. 난 네 어머니가 항상 너를 대학에 보내야 하겠다고 말하던 것을 기억하고 있단다. 내게 별을 가져다 줘. 그러면 나는 겨울 동안의 이익을 너와 나누도록 하겠다. 그것이면 최소한 1년간의 등록금은 될 거야. 어떻게 생각하니?"
툴루는 놀라서 잠이 덜 깬 상태에서 머리를 가로 저었다.
"또 다른 별을요, 라베그 씨? 모르겠어요…… 모르겠어요."
"자, 자 생각을 좀 해 보자구. 이건 네가 무언가가 될 수 있는 좋은 기회야. 어쩌면 마지막 기회일는지도 모른다구. 더군다나 내가 언제나 그런 제안을 하는 것도 아니야. 벌써 자정이 지났다. 오늘 정오까지 결정을 내려서 내게 알려 다오. 알겠니?"
이른 아침, 두 아이가 아직 잠들어 있을 때 누군가가 또다시 그들의 집 문을 두드렸다. 잔나가 문을 열자 브졸크 목사가 좁은 문을 비집고 안으로 들어왔다.
잔나는 커피를 한 주전자 끓였다. 초조한 듯 커피를 몇 모금 홀짝거리다가 이윽고 목사는 입을 열었다.
"개인적으로 너희들의 그 커다란 손실에 대해서 위로를 해 주러 오고 싶었다. 하나님께서 우리에게 주신 것은 하나님께서 다시 거두어 가실 수 있다는 것을 우리는 잘 알고 있지만, 이 위대한 기적이 어찌 그다지도 빨리 사라져야 했는지 알 수가 없구나. 나는 하나님께 나를 인도해 달라고 기도를 드렸다. 그리고 나는 그 응답을 얻었다고 생각한다. 툴루, 그리고 잔나, 너희는 연을 다시 날려야 해. 하늘 높이 연을 날려라. 그리고 다시금 별을 얻게 된다면 제발 그것을 교회로 가져오너라. 우리 마을의 모든 사람에게 용기와 위안을 줄 수 있도록 말이다. 그렇게만 해 준다면 나는 내가 할 수 있는 오직 한 가지 방법으로 너희들에게 보답을 하겠다. 나는 내가 살아 있는 단 하루도 빠짐없이 너희들의 영원한 영광을 위해 기도하겠다."
브졸크 목사가 떠난 지 30분도 안돼서 말니 의사가 그들을 찾아왔다. 그 역시 위로의 말과 함께 툴루의 다리가 어떤지를 물었다. 그리고 그는 이렇게 말했다.

"툴루, 난 나의 병원이 여러 해 동안 이 마을을 위해 많은 봉사를 해 왔다고 믿는다. 난 치료비를 받지 않은 적도 많았다. 이제 내 병원의 연료는 거의 바닥이 나 있다. 불행히도 누구에겐가 사고가 일어난다면, 네가 그랬던 것처럼 말이다. 그렇게 되었을 때 나는 어두운 병원에서 수술을 할 수가 없게 될 거다. 난 네가 너의 연을 다시 날려야 한다고 믿는다. 연을 날려서 다시 한 번 별을 따는 기적을 일으켜 다오. 그리고 그 별을 병원으로 가져오너라. 우리보다 더욱 불행한 사람들의 생명을 위해서 말이다."

툴루는 어색한 미소를 지었다.

"브졸크 목사님께서도……,"

"목사께서도 이곳에 와서 똑같은 제안을 했단 말이냐?"

"네, 그리고 라베그 씨도요."

말니 의사의 얼굴을 창백해졌다. 그는 외투를 집어 들었다.

"그 생각은 못했구나. 하지만 아무튼 네가 다시 한 번 해 보기로 결심을 한다면 꼭 우리 병원을 생각해 주길 바란다."

아롤 노비스 선생은 정오 직전에 찾아왔다. 그의 안색은 잿빛이 되어 있었으며, 잠을 못 자서인지 눈은 반쯤 감겨 있었다.

"툴루, 요점만 말하도록 하겠다. 나는 네가 지난번과 똑같이 하기만 한다면 또 다른 별을 따는 것이 수학적으로 가능하다고 믿는다. 나는 네게 연을 다시 한 번 날려 달라고 부탁을 하러 왔다. 너의 친구이자 급우인 학교의 아이들을 위해서 말이다."

툴루는 대답을 하려했으나 교장 선생님은 손을 들어 그의 말을 막고 이야기를 계속했다.

"툴루, 아이들을 위해서 새 별을 하나 따 다오. 그러면 나는 내년에 네가 장학생으로 대학에 갈 수 있도록 최선을 다하겠다. 대학에는 내 친구들도 있고 해서 내가 어느 정도 영향력을 미칠 수가 있어. 또 네가 시험에 합격할 수 있도록 네게는 과외로 공부를 가르치겠다."

교장 선생님은 두 아이의 답변을 기다리지 않고 서둘러 그 곳을 떠났다.

오후가 되어서 손님이 한 사람 더 찾아왔다. 발노 삼촌이었다. 그는 묵직한 등잔을 들고 문가에 서서 들판 쪽을 가리켰다.

"너희들 오늘 별나무 있는 데 가 보았니?"
"아뇨. 왜요?"
발노 삼촌은 이상한 미소를 지었다.
"자, 따뜻한 옷을 끼어 입고 나를 따라 오너라."
발노 삼촌이 등잔을 들고 길을 밝히며 앞장을 섰다. 그 나무에서 40미터쯤 떨어져 있는 약간 언덕진 곳에 이르렀을 때, 발노 삼촌은 등잔으로 나무의 밑둥을 가리키며 소리를 질렀다.
"저걸 좀 봐라!"
그 곳에는 툴루네의 순록들이 모두 한데 모여 나무 아래의 잿빛 별 덩어리를 바라보고 있었다. 그들은 사람들이 다가왔음에도 조금도 동요치 않고 나무 주위에 모여 있었다.
잔나가 속삭였다.
"저걸 좀 봐 오빠. 여느 때처럼 낑낑거리지도 않잖아. 바람 소리밖에는 안 들리는 걸."
"저놈들이 왜 그러는 걸까요, 삼촌?"
툴루가 물었다.
발노 삼촌은 고개를 가로 저으며 어깨를 으쓱여 보였다.
"기적을 일으키는 것은 너희들 아니냐? 난 너희들이나 알 거라고 생각했지. 난 평생을 순록과 함께 살아왔지만 이런 일은 처음이구나. 마치 떨어진 네 별에 대해 애도를 표시하러 모여든 것 같아. 아무튼 자기 가족이 죽어도 저런 일은 없는데, 저걸 좀 보렴! 이 순간에는 늑대가 달려들어도 꼼짝하지 않을 것 같구나. 나로서는 도저히 모를 일이야. 지난 한 주일간의 일이 다 그랬지만 말이다. 어쨌든 저 별 때문에 순록들이 저런다면 그걸 파묻어야 할 것 같은데……."
"안돼요!"
잔나와 툴루는 함께 소리를 질렀다.
툴루는 순록들 사이를 헤치고 나무 밑으로 갔다. 그는 땅에 엎드려 파묻힌 별을 부드럽게 어루만졌다.
"툴루! 툴루!"

발노 삼촌의 목소리가 툴루의 명상을 깨뜨렸다. 그는 다시 일어 나 절룩거리며 두 사람에게로 갔다. 발노 삼촌이 물었다.
"그래, 어떻게 해야겠니? 아무튼 이건 네 별이니까 말이다."
이제 툴루의 목소리는 단호했고 확신에 차 있었다.
"제가 할일이 무엇인지 알겠어요. 순록은 아주 현명한 짐승이에요. 전 그들이 제게 무엇인가를 말하려고 여기 모인 것이라고 생각해요."
"툴루, 제발……"
신음하듯 발노 삼촌은 말했다.
"그건 어리석은 얘기야. 네 머리 속은 허황된 전설과 책에서 읽은 동화로 가득 차 있는 모양이로구나. 순록은 그저 순록에 지나지 않는 거야."
툴루는 고개를 들어, 별이 총총히 박힌 하늘을 바라보며 다시 한 번 말했다.
"제가 할 일이 무엇인지 알고 있어요."
"어디 얘기를 해 보렴."
"전 연을 다시 날릴 거예요. 그리고 하나님의 뜻이 그것이라면 우리는 칼발라를 밝혀 줄 새 별을 찾아내게 될 거예요."

15

들판에 도착하자 마을 사람들의 우렁찬 박수와 격려의 환호성이 그들 세 사람을 반겨 주었다.
"입장료를 받아야 할 걸 잘못했군."
세찬 바람에 퍼덕거리는 연을 끙끙거리며 운반하던 발노 삼촌이 투덜대듯 중얼거렸다.
4명의 의회 의원들과 함께 반 그리빈 시장이 다가왔다. 그는 모든 사람이 들을 수 있게끔 목소리를 높였다.

"여러분! 오늘은 칼발라의 모든 주민이 결코 잊지 못할 역사적인 날입니다. 말할 필요도 없겠지만 우리 모두의 운명은 여기 이 소년의 손에 달려 있습니다. 모두들……"
"툴루!"
발노 삼촌이 갑자기 고함을 질렀다.
"어서 서둘러라! 더 이상 이 괴물 같은 것을 더 듣고 있을 수가 없어. 막 날아가 버리려고 하는구나. 잘못하다가는 나도 함께 날아가 버리겠어. 어서 이것을 하늘로 날리자, 어서!"
발노 삼촌은 연을 머리 위로 높이 들어올린 채 불안해 하며 기다리고 있었다. 이윽고 별나무가 휘청거릴 정도로 강한 바람이 몰아쳐 왔다. 툴루가 소리를 쳤다.
"지금이에요!"
발노 삼촌은 마치 역도 선수처럼 끙 소리를 내며 연을 밀어 올렸다. 연은 마치 대포로 쏘아 올린 듯 당장에 하늘 높이 떠올랐다.
쏜살같이 손가락 사이를 빠져나가는 연줄을 조정하기 위해 툴루는 젖먹던 힘까지 모두 발휘해야만 했다. 얼마 지나지 않아 그는 밧줄과 그의 가죽 장갑이 마찰하여 뜨거워지는 것을 느낄 수 있었다. 그는 고개를 들어 쳐다보았다. 연의 하얀 꼬리가 눈으로 가득 찬 구름의 천장을 뚫고 막 사라져 가고 있었다.
고통스러운 시간이 거의 세 시간 이상이나 흘렀다. 마을 사람들은 점점 초조해져 가고 있었다. 추위에도 불구하고 툴루의 얼굴은 온통 땀으로 덮여 있었으며, 그의 입 안은 바싹 말라 마치 말린 순록 고기를 씹는 듯한 맛이었다. 어깨가 쑤시고 오른쪽 무릎은 감각이 무디어졌다. 눈은 매서운 바람으로 인해 쓰라렸다. 그는 그만두고 싶었다. 연을 그대로 날려보내 모든 고통을 끝맺고 싶었다. 그러나 그는 그럴 수가 없었다. 그에게는 아카바와…… 어머니와…… 마을에 대해서 이번 비행을 성공시킬 부채가 있는 것이었다.
이윽고, 첫번째와 마찬가지로 연줄이 위로 잡아당겨지던 힘이 갑자기 중단되었다.
"왜 그래, 오빠? 무얼 잡았어?"

"모르겠어, 잔나."
헉헉거리며 툴루가 말했다.
"그랬으면 좋겠는데……, 줄을 끌어들일 테니까 내 옆에 가만히 서 있도록 해."
툴루는 줄을 잡아당겨 보았다. 아무런 저항도 없었다. 침착하게 그는 조심조심 줄을 아래로 끌어 내렸다. 웅성거리며 마을 사람들이 그의 곁에 모여들었다.
"보여요, 보여!"
잔나가 소리쳤다.
"빛이…… 빛이…… 점점 가까워지고 있어요. 오빠, 성공이야, 성공! 또 별을 딴 거야!"
사람들은 소리를 내지르고 웃음을 터뜨리며 앞으로 밀려와 서로 먼저 그들의 어린 영웅 툴루에게 축하를 하고 그의 손을 잡아 보려했다.
"뒤로 물러서요!"
손을 들어 조카를 감싸 안으며 발노 삼촌이 외쳤다.
"제발, 제발! 툴루에게 공간을 주어야 해요. 조심하세요! 저것이 머리 위에 떨어지면 죽을지도 몰라요! 물러서요, 제발!"
조금씩 줄을 끌어 내릴 때마다 별은 어둠을 뚫고 조용히 아래로 내려왔다. 고개를 들어 하늘을 우러러보는 사람들의 얼굴은 온통 부드러운 오렌지빛 광채로 뒤덮여 있었다.
발노 삼촌마저도 거친 얼굴 위로 눈물을 흘리며, 능숙하게 연을 조정해 내리는 그의 조카를 자랑스러운 표정으로 지켜보았다. 마침내 자그마한 그 별과 연은 별나무 바로 위에까지 내려왔다. 툴루는 더욱 조심스럽게 연줄을 조정하여 새로운 별을 지난번 아카바가 놓여졌던 바로 그 곳 나뭇가지 사이에 내리게 했다.
들판에서 축하 잔치가 끝나고 잔나가 잠이 든지도 오래 되었으나 너무나도 흥분한 툴루는 잠을 이루지 못해 다시금 들판으로 나갔다. 그는 별나무를 타고 올라 그 별과 한 팔 거리인 곳까지 다가갔다. 이번의 것은 아카바보다 작은 별이었으며, 여러 가지 분홍색과 노란색 등으로 끊임없이 변해 가고 있었다. 툴루는 떨리는 손을 내밀어 따스하고 단단한 별의 표면을 가만히 어루만졌다.
 툴루가 한숨을 내쉬며 말했다.
 "이렇게 아름다울 수가! 제 기도를 들어 주셔서 정말 고마워요."
 "천만에!"
 툴루는 가까운 나뭇가지를 붙잡았다. 그렇지 않았으면 그는 땅바닥에 떨어졌을 것이다.
 "이번에도 말하는 별이! 이럴 수가."
 "꼬마야, 우리 모두 할 수 있단다. 아카바의 말을 벌써 잊었니? 아무튼 나 때문에 놀랐다면 미안하구나. 나는 네가 지금쯤은 별과 이야기를 하는 것엔 상당히 익숙해져 있을 거라고 생각했구나."
 "아카바 별님을 아시나요?"
 "물론이지."
 "아카바 별님은 죽었어요."
 툴루가 속삭였다.
 "저기 나무 밑을 보세요."
 "여기 와서는 안되는 것이었는데, 우리들은 모두 다 이번 임무가 지난번 그가 베들레헴에서 해냈던 것보다 훨씬 더 위험하다고 경고를 했어. 하지만 그는 조금도 걱정 하지 않았어. 그는 임무가 끝나면 네가 그를 도와 하늘로 돌아오게 해 줄 것이라고 확신하고 있었지. 그는 너를 인도하는 별이어서 네가 태어났을 때부터 내려다보고 있었다. 우리들은 대부분이 한 명 이상의 인간을 맡아 내려다보며 너무 분명하게 드러나지 않는 범위 내에서 그 사람을 도와주고 있지. 내가 맡은 사람은 로데지아라는 곳에 사는 귀여운 여자 아이란다. 아카바는 너의 글솜씨가 놀랍게 발전하는 것을 지켜보면서 너는 아주 특별한 아이라고 생각했다. 그러던 중 너는 불행한 사고를 당해 자신감을 잃게 되었지. 그는 몹시 화를 냈어. 그가 그렇게 화를 내는 것은 처음 보았었다. 그는 거듭해서 너와 대화를 해 보려 했지만 너의 머리는 패배감과 자신에 대한 연민으로 너무나 가득 차 있었어. 그래서는 성공할 수가 없었단다. 그래서 그는 마침내 이곳으로 내려와 너를 구해야겠다고 결심을 했던 거야."
툴루는 고개를 떨구었다.
"아카바 별님은 저를 위해 귀중한 자신의 생명을 바치신 거예요. 작은 마을의 아무것도 아닌 저 때문에……."
"툴루, 넌 정말 잘못된 생각을 갖고 있구나. 하나님께서는 아무것도 아닌 사람을 결코 창조하지 않으신다! 그리고 하나님께서 모르시거나 사랑하지 않을 만큼 작은 마을이란 없는 법이야. 더욱이 더 이상 너의 친구 아카바 때문에 비통해서는 안된다. 그는 죽지 않았어!"
"아니, 죽었어요! 보이지 않나요? 저기 나무 밑을 보세요!"
"다시 한 번 말하지만 아카바는 죽지 않았어. 저기 돌덩어리는 그의 것이었지만 네가 영원의 왕국으로 부름을 받을 때 네 육체를 버리게 되는 것과 마찬가지로 아카바 또한 그렇게 된 거야. 그는 다시 하늘로 올라가 어디엔가, 지금 이 순간에도 우리를 내려다보고 우리의 말을 듣고 있어. 난 확신한다. 물론 그는 인생을 새로이 시작해야 하겠지. 하지만 한 5만 년쯤 후면 그는 예전과 마찬가지로 다시 하늘을 날아 다니게 될 거야. 5만 년이란, 그다지 오랜 시간이 아니란다."
툴루는 눈을 크게 뜨고 별이 가득 찬 하늘을 바라보았다.
"제가 여지껏 들어온 것중 가장 좋은 소식이에요! 아카바 별님이 살아 계시다니! 아카바 별님이 살아 계시다니! 아, 다시 만날 수 있으면 얼마나 좋을까!"
"그렇게 될 거야, 툴루."
"그렇게 좋은 소식을 전해 주셔서 정말 고마워요. 그런데 저어……."
"난 리라라고 한다."
"리라? 목소리가 아카바 별님과는 달라요. 마치……."
"여자 목소리 같다는 거니? 사실이야. 난 여자거든."
"정말인가요?"
"물론이지. 무엇 때문에 넌 하늘의 별들이 모두 남자라고 생각하게 되었니?"
"리라? 참 예쁜 이름이에요. 별님은 참 예뻐요."

별은 진한 주홍색으로 타올랐다.
"고맙다, 툴루. 진심에서 우러난 칭찬은 친구를 사귀는 훌륭한 방법이야."
한참 동안 침묵을 지키다가 이윽고 툴루는 더듬거리며 이렇게 물었다.
"리라 별님, 아카바 별님이 저를 도우러 이곳에 오기 위해 그렇게 큰 모험을 하셨는데, 리라 별님은 무엇 때문에 여기 오셨나요?"
별은 대답하지 않았다.
툴루는 용감하게 다그쳐 물었다.
"리라 별님, 왜 이곳에 오셨나요? 무엇 때문에 제 연에 잡히신 건가요?"
별빛이 강하게 밝아졌다.
"난 올 수밖에 없었어. 아카바와 나는 오랫동안 무척 가깝게 지내왔단다. 그의 가장 큰 소망은 그가 사랑하는 이 지구가 그 가능성을 완전히 이루는 것을 보는 것이었어. 처음에 나는 그의 꿈을 함께 나누지 않았다. 때때로 나는 지구의 사람들이 자신들의 선택 능력을 잘못 사용하여 매일 매일 저지르는 수많은 비행을 지적해 주곤 했지. 그러면 그는 내게 이곳의 위대한 영웅과 철인과 성인과 예언자와 작가와 발명가들에 대해 이야기를 해 주곤 했어. 그리고 그는 나를 데리고 지구의 주위를 돌며 자신과 아이들을 위해 좀더 나은 생활을 누리기 위해 투쟁을 하며 인도와 희망을 필요로 하는 수십억 지구 인간들의 모습을 내게 보여 주곤 했다. 그는 나를 설득시켰어. 그리고 아카바에 따르면 너 툴루 마티스는 모든 인간을 위한 위대한 희망의 별이 될 운명이란다."
"희망의 별이라구요?"
"어머니께서도 저와 제 글에 대해서 그런 말씀을 하신 적이 있었어요. 하지만 그런 일이 어떻게 가능할 수 있을지…… 알 수가 없어요. 아카바 별님이 오실 때까지만 해도 전 우리의 순록과 마찬가지로 아무 목적도 없이 몰려 가는 무리 중의 한 사람이었어요. 그런데 아카바 별님이 제게 제 자신을 가르쳐 주셨던 거예요. 하지만 아카바 별님이 땅에 떨어졌을 때 제 꿈도 함께 죽어 버리게 되었어요."
리라는 돌연 화제를 바꿔 툴루의 말을 중단시켰다.
"꼬마야, 넌 나를 어떻게 할 생각이니? 나를 이 아름다운 나무 위에 있게 하면서 이 들판을 밝히도록 하지는 않을 것이라고 생각하는데?"
툴루는 뒤통수를 긁적이며 한숨을 내쉬었다.
"리라 별님, 어떻게 해야 좋을지 모르겠어요. 우리 가난한 마을을 위해서 또다시 별을 가져오고 싶어했지만 여러 사람의 말을 듣고 나니 몹시 망설여져요. 다만 한 가지 확실한 것은 별님을 이곳 저곳으로 옮겨지게는 할 수 없다는 것이에요. 어디에든 일단 결정이 되면 별님은 태양이 돌아올 때까지 그 곳에 머물다가 제 연으로 다시 하늘로 돌아가게 될 거예요."
리라는 한숨을 내쉬었다.
"난 어디든 네가 원하는 곳으로 가겠다. 하지만 내가 선택할 수 있다면 난 학교를 택하겠어. 난 어린아이들을 무척 좋아한단다. 새로 태어나는 아이들은 모두가 하나님의 새로운 메시지이기 때문이야. 이건 여자로서의 감정 때문일 테지만 아무튼 나는 칼발라 소년 소녀들을 위해 교실을 밝히게 된다면 제일 좋겠어."
툴루는 씁쓸한 미소를 지었다.
"곧 리라 별님과도 헤어지게 되겠군요."
"툴루, 내 말을 잘 들어라! 영원히 헤어진다는 것은 없어. 언젠가 네가 다시 한 번 네 어머니와, 아버지와, 아카바, 그리고 나와 함께 있게 될 때면 이해하게 될 거다. 넌 내가 왜 이곳에 왔냐고 물었지? 툴루, 난 이 세상과 너를 위한 아카바의 꿈을 이루게 함으로써 그를 기리기 위해 이곳에 온 거야. 난 그의 선물을 네게 주려고 이곳에 온 거야!"
"크레덴다 말인가요? 크레덴다를 갖고 계신가요?"
"나는 아카바가 모든 지혜를 수집해 들이는 일을 도와주었어. 그래서 나는 크레덴다를 완전히 외우고 있지. 지난 주에 이곳에서 있었던 일을 알고 있었기 때문에 나는 네가 다시 연을 날렸을 때, 이곳으로 오지 않을 수가 없었던 거야."
"그럼 제게 아직 기회가 있군요! 리라 별님, 뭐라고 말을……, 와 주셔서 고마워요. 정말 고마워요!"
"잠깐만, 툴루. 너와 의논해야 할 극히 중요한 문제가 한 가지 더 있다. 아카바는 신앙과 지혜와 진리로 무장한 용감한 인간이라면 이 세계를 변화시킬 수 있을 것이라고 믿었다. 예전에도 그러했으니까 말이다. 그는 네게 크레덴다를 주고 싶어했지만 그는 또한 네가 너의 온힘을 다해서 그의 선물을 다른 사람과 함께 나누기를 원했다는 것도 명심해야 한다. 자, 내게 이야기를 해 보렴. 넌 어떻게 세상 사람들에게 네가 받은 선물을 전달할 생각이니?"

툴루는 눈을 감고 리라의 질문에 대해 곰곰이 생각해 보았다.

"글… 가죽 표지로 묶인 글… 너의 운명은 칼발라를 넘은 곳에… 희망의 별… 위를 보라… 뻗어 나가라…"

"무슨 소리니? 뭐라고 말하는 거니?"

리라가 물었다.

"방법을 찾아내겠어요, 리라 별님. 꼭 약속하겠어요. 방법을 찾고야 말겠어요."

"그래 좋다. 그럼 그것은 네게 맡기도록 하지. 내일 네 초록색 장부를 가지고 이곳에 다시 오렴. 그러면 네게 크레덴다를 한 자씩 일러 주도록 할게. 그리고 나서 태양이 교장 선생님께 돌아올 때까지 나를 가지고 가도 좋다고 말씀을 드려라. 그리고 만약 교장 선생님이 나를 필요없다고 하시면 난 어디든 네가 원하는 곳으로 갈 거다. 그럼 잘자라, 툴루."

다음날 아침, 툴루는 일찌감치 옷을 입고 서둘러 들판으로 나갔다. 30분도 지나지 않아 아카바의 선물은 하늘에서 내려온 사자에 의해 지상의 전령에게로 안전하게 전달되었다.

16

크레덴다

군중과, 군중의 명예와 재산에 대한 헛된 추구를 멀리하라. 탐욕과 욕망의 가련한 소용돌이로 향하는 문을 닫으면서 결코 아쉬워하지 마라. 실패와 불운의 눈물을 닦아 버려라. 무거운 짐을 풀어놓고 마음이 평온해질 때까지 휴식을 취하라. 평화로움을 지니라. 지상에서 너희의 삶은 기껏해야 두 영원 간의 찰나에 지나지 않으니, 이미 너희의 생각보다는 늦어 있느니라. 두려워 하지 말라. 너 자신 이외에는 지상의 그 무엇도 너를 해치지 못하리라. 두려워 하는 것을 행하고 자랑스럽게 승리를 간직하라. 너의 모든 힘을 한 곳에 모으라. 모든 것을 다함은 한 가지도 못함과 같은 것이니라. 시간을 아까워하라. 시간이야 말로 너희의 가장 귀한 보물이기 때문이다. 목표를 다시금 생각하라. 무엇엔가 지나치게 마음을 쏟기 전에 그것을 이미 지니고 있는 사람들이 얼마나 행복해 하는지를 살펴보라. 너희 가족을 사랑하고 그들을 축복하라. 그들이 없으면 얼마나 그리울 것인지를 생각하라. 이룰 수 없는 꿈을 버리고 아무리 싫은 것이라도 눈앞에 있는 너의 임무를 완수하라. 모든 위대한 업적은 노력과 기다림으로 얻어지는 것이다. 인내하라, 하나님께서 연기하심은 거부하심이 아니니라. 지탱하라, 지속하라, 너의 주인은 항상 곁에 있음을 명심하라. 선이든 악이든 심은 대로 거두리라. 결코 자신의 불행을 남의 탓으로 돌리지 말라. 너는 너의 선택만으로 오늘에 이른 것이다. 가난해도 정직하게 사는 법을 배우라. 황금을 묘지까지 가져가는 것보다는 좀더 중요한 일에 관심을 가지라. 역경의 중도에서 굴복하지 말라. 불안은 삶의 녹 같은 것, 오늘의 짐에 내일의 짐을 더하면 그 무게는 견딜 수 없게 될 것이다. 패배를 했다고 후회하지 말고 감사를 해라. 네가 필요로 하지 않았다면 네게 오지 않았을 것이다. 항상 다른 사람에게서 배우라. 스스로를 가르치는 사람은 바보이니라. 주의하라. 양심을 무겁게 누르지 말라. 수다쟁이로 가득 찬 세상에 살 듯 인생을 살아가라. 허풍을 삼가라. 자신에게서 자랑스러운 것이 발견되면 자세히 살펴보라. 그러면 모든 인간이 동등치 않다는 것을 깨달으리라. 자연에 평등이란 존재치 않기 때문이다. 그러나 모든 인간은 스스로 할 일을 지니고 태어난다. 매일 매일이 마치 세상의 첫날인 듯 열심히 일하라. 그러나 모든 생명을 마치, 그들이 자정이면 모두 스러질 것처럼 상냥하게 대하라. 너를 부정하는 사람이라도 모든 사람을 사랑하라. 증오란 너희로서는 즐길 수 없는 사치이기 때문이다. 궁핍한 사람을 찾아내라. 한 줌을 주는 사람은 언제나 두 줌을 받게 된다는 것을 명심하라. 항상 즐거워하라. 무엇보다도 행복한 삶을 살기 위해서 필요한 것은 거의 없음을 명심하라. 위를 보라. 뻗어 나가라. 하나님께 매달려 자비로움과 미소로 영원으로 향하는 길을 조용히 여행하라. 그리하면 네가 떠난 때 모든 사람은 네가 남긴 세상이 네가 태어난 세상보다 더 좋은 곳이었다고 말하게 될 것이다.

17

잔나는 오빠에게서 고삐를 빼앗아 들고 썰매가 멈출 때까지 온 힘을 다해 잡아당겼다.
"오빠, 무슨 일이 있어?"
"아니, 아무 일도……, 왜?"
"노비스 교장 선생님께 우리 별을 드리겠다고 말씀 드리러 학교로 가는 길이야?"
"그래."
"오빠!"
잔나는 세차게 고개를 가로 저으며 소리를 질렀다.
"학교는 벌써 지났어. 오빠, 어디 아파? 집에서 나올 때부터 아무 말도 하지 않았잖아?"
"미안하다, 잔나."
툴루가 대답했다. 약간 이상하고 낯설게 들리는 단조로운 음성이었다.
"여러 가지 일을 생각하고 있었다. 언젠가 너도 이해하게 될 거야."
툴루는 누이에게서 고삐를 돌려받아 썰매를 되돌려 오던 길로 다시 향했다. 칼라두의 목에 매인 방울의 율동적인 소리에 맞추어 아침의 어둠을 헤치며 요란하게 달리는 썰매의 주위에는 여러 마리의 개가 짖어대며 호위를 하고 있었다.
아롤 노비스는 텅 빈 교실에서 혼자 책을 읽고 있었다. 잔나가 교실에 들어서자 마자 소리를 쳤다.
"선생님! 우리는 우리의 새 별을 학교에 놓아 두기로 했어요!"
충격을 받은 듯 교장 선생님의 머리가 불쑥 위로 들려졌다. 잠시 후 정신을 차렸는지 그는 일어서서 두 학생을 품에 끌어안았다.
"고맙구나. 너희들의 제안에 나는 정말 감격했다. 땅은 황폐하고 기후는 험악함에도 칼발라가 아름다운 것은 너희와 같은 사람들 때문일 거야."
교장 선생님은 다시 의자에 앉더니 고개를 떨구었다. 그의 음성은 목메인 소리였다.
"우리는 우리가 주는 것을 통해 부자가 되고, 우리가 간직하려는 것을 통해 가난해지지, 툴루. 난 너의 집을 찾아가 대학에 들어가도록 도와줄 테니 그 대가로 별을 달라고 말한 이후로 몹시 부끄러웠다. 난 오직 사랑만으로 너를 도왔어야 했는데, 오히려 난 이기적으로 되어 나의 우정에 대가를 요구했고, 너의 미래의 대가로 네가 현재 지니고 있는 가장 귀중한 것을 요구했던 거야."
툴루와 잔나는 교장 선생님이 이런 기분이 되어 있는 것을 결코 본 일이 없었다. 툴루는 교장 선생님의 손을 가만히 잡으며 말했다.
"선생님, 제가 대학에 가는 것은 걱정하지 마세요. 우리는 다만 아이들을 위해 선생님께서 우리 별을 가져 가시기를 바라는 거예요. 이젠 대학 같은 것은 별로 중요하지가 않아요."
아롤 노비스는 툴루를 끌어당겨 다시 한 번 품에 안았다. 그러더니 교장 선생님은 그의 자랑스러운 제자를 물끄러미 바라보며 입을 열었다.
"얼굴이 몹시 뜨겁구나. 그리고 눈도 충혈이 되었어. 툴루, 정말 괜찮니?"
"네, 그저 피곤할 뿐이에요. 선생님, 우리 별을 가져 가시겠어요?"
교장 선생님은 미소를 지었다. 그러나 그는 완강히 고개를 가로 저었다.
"아니, 하지만 네가 준비만 되면 대학에 들어갈 수 있도록 너를 도와주겠다. 별에 대해서는……, 교회로 가져 가는 것이 좋을 것 같다. 달리 칼발라에는 그 별에 알맞는 장소가 없을 거야. 첫번째도 그랬고, 이번에도 너의 연을 인도하신 것은 하나님의 손길이었어. 하나님의 것은 하나님께로 돌아가야 한다고 생각한다. 우리 학생들은 언제나 그랬듯이 견뎌 내고야 말

거야. 그리고 해가 다시 뜨면 모두 과외로 공부를 더 할 거야. 사랑의 결핍만을 빼고는 어린이들은 무엇에도 적응을 할 수가 있어. 그리고 우리 민족에게는 결코 사랑의 마음이 사라지지 않을 거야."

툴루와 잔나는 학교 밖으로 나와 썰매에 올라탔다. 학교 문 앞에서 교장 선생님이 다시 한 번 말했다.

"하나님의 것은 하나님께 돌려드려야 한다!"

교장 선생님은 고개를 끄덕이며 손을 흔들었다.

브졸크 목사는 교회의 맨 앞 줄에 혼자 앉아 있었다. 제단에는 작은 양초 한 자루가 타고 있었다.

"오, 귀여운 아이들. 너희들을 보게 되어 정말 기쁘구나. 난 여기 오랫동안 앉아서 하나님께 내 죄를 용서해 달라고 빌고 있었다. 시간이 얼마나 지났는지 모르겠구나."

잔나는 이해할 수가 없었다.

"목사님의 죄를요?"

"그래."

슬픔에 찬 목소리로 목사가 대답했다.

"나는 사소한 나의 이익에 눈이 어두워 평생토록 설교해 온 것을 잊었던 거야. 양초와 연료가 거의 다 떨어지게 되자 나는 믿음을 잃어버리고 우리 교회가 이 짧은 어둠의 시련을 이겨내지 못할 것이라고 생각하게 되었던 거야. 수백 년에 걸친 암흑의 시대에서도 살아 남아 왔는데 말이다. 나보다 더 그 별을 필요로 하는 사람이 그렇게 많은데도 나는 너의 별을 달라고 간청까지 했지. 이 나이에 내가 그토록 끔찍하게 이기적인 사람이 되다니 ……, 오 주여, 저에게서 악마를 데려가 주소서."

툴루와 잔나는 몸을 떨며 브졸크 목사가 그들에게 무엇 때문에 교회에 왔는지를 묻기 전에 뒷걸음질을 쳐 교회 밖으로 빠져 나갔다.

말니 의사 또한 별을 갖지 않겠다고 했다. 오늘 아침 시장에게서 약간의 연료를 받았는데 그것이면 등잔과 난로를 적어도 1주일간 더 켤 수가 있을 것이라는 것이었다. 그는 잔나와 툴루에게 진심으로 감사를 하면서 결코 그들의 호의를 잊지 않겠다고 말했다. 그는 또한 개인적으로는 라베그 씨와 그의 장사하는 수법을 좋아하지 않지만 이 마을에서 그의 상점은 상당히 중요할 것이라는 말도 했다.
 결국 그들은 라베그 씨의 상점에 도착했다. 상점 안의 계산대 앞에서 툴루는 라베그 씨에게 말했다.
 "라베그 아저씨, 우리는 태양이 다시 뜰 때까지 우리 별을 아저씨네 상점에 놓아 두기로 했어요."
 라베그 씨는 신이 나서 낄낄거리기 시작했다. 그렇게 낄낄거리다 그는 기침이 나와 거의 고꾸라질 뻔하기까지도 했다. 겨우 숨을 돌린 그는 카운터 뒤에서 나와 두 아이의 뺨을 토닥이며 말했다.
 "너희들 정말 똑똑한 아이로구나! 정말 똑똑해! 더군다나 계산도 빠르고 말이다. 난 너희들과의 약속을 지키겠다. 나를 믿어라! 이번 결정은 절대로 후회하지 않게 될 거다."
 "아저씨!"
 잔나는 라베그 씨의 주의를 끌기 위해 깡총깡총 뛰었다.
 "오빠와 저는 아저씨에게 돈을 바라는 게 아니예요. 이 마을 사람들이 어두운 곳에서 물건을 사지 않아도 되게끔 아저씨에게 우리 별을 빌려 드리는 것 뿐이에요."
 상점 주인의 얼굴에서 미소가 사라졌다. 그는 두 아이를 뚫어지게 노려보았다.
 "뭐라고? 돈이 필요없다고? 별의 대가로 아무것도 원치 않는다고? 이해할 수가 없구나. 왜, 무엇 때문이냐?"
 툴루는 시선을 떨구며 말했다.
 "우리는…… 그 별을 학교에 주고 싶어했어요."
 "그건 어리석은 일이야."
 라베그 씨가 잘라 말했다.
 "노비스 선생은 너희들에게 아무것도 줄 수가 없어. 아무것도!"
 "우리는 아무것도 바라지 않았어요. 노비스 선생님께서는 고맙지만 그 별을 브졸크 목사님의 교회에 주라고 하셨어요. 그리고 브졸크 목사님께서는 그 별을 달라고 했던 것이 미안하시다며……, 그래서 우리는 병원으로 갔어요."
"그리고 말니 역시 거절했단 말이냐?"
라베그는 어쩔 줄 몰라 하며 소리를 쳤다.
"그래서 너희들이 이곳으로 오게 된 거니?"
"네."
라베그 씨는 카운터에 비스듬히 몸을 기대었다.
"그 별이 무엇이 잘못된 걸까? 너희들에게 숨기고 있는 게 뭐지?"
"아무것도 없어요. 그건 아름다운 별이에요"
"흐음, 모를 일이야, 모를 일이야. 그 별이 몹시 갖고 싶긴 하지만……, 무엇 때문에 모두들 그걸 거절했을까? 브쥴크, 노비스, 그리고 말니는 똑똑치는 못하지만 바보도 아니란 말이야. 이곳에 더 이상 말썽이 생겨서는 안되지. 어쨌든 그 괴상한 물건은 폭발을 해 버릴지도 몰라. 아니면, 이곳을 태워 버릴지도. 무슨 일이 일어날지 알게 뭐람! 결국 우리가 별에 대해서 알고 있는 것이 뭐란 말인가?"
"그들이 우리에 대해 알고 있는 것 만큼은 몰라요."
"뭐라고? 뭐라고 했니?"
툴루는 천정을 올려다보며 대답은 하지 않았다.
라베그는 실망을 하여 낡은 계산기의 서랍이 튀어나오도록 계산대를 마구 두드려댔다. 그는 신경질적으로 계산기 서랍을 닫으며 소리를 질렀다.
"그런 모험을 할 수는 없어. 그것 때문에 평생을 두고 모은 재산을 다 잃게 될지도 모른다구! 잘못하다간 나까지 죽을지 몰라! 난 생각이 바뀌었다. 네 별은 필요가 없어. 자 이제 그만 없어져! 너희들 때문에 이미 많은 괴로움을 당했다구!"
툴루와 잔나는 내내 노래를 부르면서 집으로 돌아왔다. 잠자리에 들기 전에 그들은 식탁 앞에 앉아 커피와 케이크를 먹으면서 곰곰이 생각한 끝에 별을 집 안으로 들여다 놓는 것은 옳지 못하다고 결정을 내렸다.
그 대신 그들은 7주일 동안 그들의 빛나는 손님을 칼발라의 모든 사람들과 함께 나누었다. 눈보라가 그치자 아이들은 그 들판으로 놀러 왔다. 아롤 노비스는 나무 근처 따스한 곳에서 수업을 했고, 브쥴크 목사님도 그 곳에서 주일

예배회를 가졌다. 심지어는 라베그 씨까지도 일용품을 썰매에 싣고 나무 근처에 와서 장사를 했다.

그러던 어느 날…… 지평선 위로 황금빛의 작은 호(弧)를 그리며 태양이 떠올랐다. 툴루는 리라와의 약속을 지킬 때가 왔음을 깨달았다.

그의 튼튼한 빨간 연만 있으면 리라를 다시 하늘로 돌려보내는 일은 어렵지 않을 것이다.

문제는 크레덴다를 온 세상 사람들과 함께 나누는 것이었다. 그러나 크레덴다와 함께 일주일을 살아온 그는, 확실히 성공할 수 있는 방법은 단 한 가지 뿐이라는 사실을 알고 있었다.

우선 그는 자신을 통해 칼발라의 주민들에게 무한히 귀중한 그 보물을 전달해야만 했다.

그러면 마을 사람들은 그들 나름대로 적당한 시기에 차츰 아카바의 그 선물을 전세계의 사람들에게 선사할 것이다.

18

리라가 지상에 내려왔던 그날과 마찬가지로 들판은 다시 한 번 마을 사람들로 가득 차게 되었다. 리라가 떠날 시간은 차츰 다가왔다. 마치 장례식 전 교회 밖에 서 있는 것처럼 사람들은 미소를 잊은 채 무리를 지어 조용히 서 있었다.

툴루의 눈에는 짙은 그림자가 드리워져 있었다. 그는 노끈과 밧줄을 한 뭉치 말아 들고 별 나무의 가지를 헤치면서 리라에게로 올라갔다.

"이 봐, 툴루. 슬퍼할 이유가 없잖아? 우린 다시 만나게 될 텐데."

위로를 하려는 듯 리라가 속삭였다.

"알고 있어요."

"툴루, 목소리도 표정도 몹시 이상해 보이는구나. 마치 무슨 꿈을 꾸고 있는 것 같아. 오늘 일을 잘 해낼 수 있겠니? 괜찮아?"
"괜찮아요, 리라 별님. 아무 걱정도 마세요."
"그렇다면 웃어야지. 마치 세상이 끝난 듯 그렇게 굴지는 말아."
툴루는 고개를 끄덕여 보였다.
그는 별의 주위에 밧줄을 감아 여러 곳을 묶었다. 리라가 물었다.
"크레덴다를 세상 사람에게 어떻게 알릴 것인지에 관해 생각좀 해 보았니?"
"절 믿으세요, 리라 별님. 제게 계획이 있어요."
"난 정말 널 믿는다. 지난 몇 주일을 함께 보낸 이후로는 더욱더 말이다. 난 너를 가르치러 이곳에 왔어. 그런데 오히려 네게서⋯⋯, 그리고 다른 사람들을 관찰하면서 많은 것을 배웠어. 아카바의 말이 옳았던 거야. 지상의 사람들이 필요로 하는 것은 그들을 인도할 빛 뿐이야. 네 어머니의 말대로 희망의 별을 필요로 하는 거야. 자, 이젠 작별을 해야겠구나. 난 너를 사랑한다. 툴루."
"저도요. 리라 별님."
툴루는 별 주위에 묶은 네 가닥 밧줄을 아래에 있는 삼촌에게 던져 주었다. 발노 삼촌은 밧줄을 하나하나 연살에 묶었다. 툴루는 말없이 별을 다시 한 번 어루만진 후 나뭇가지를 타고 땅으로 내려섰다.
툴루는 마지막 밧줄이 연줄에 단단히 묶여지기를 기다려 삼촌에게 물었다.
"발노 삼촌, 제게 무슨 일이 일어나면 잔나를 돌봐 주시겠어요?"
발노 삼촌은 어리둥절한 표정을 지으며 조카에게로 돌아섰다.
"물론이지. 네 숙모와 나는 언제나 너희들이 우리와 함께 살기를 바랬잖니? 그런데 지금 같은 때에 왜 그런 질문을 하지?"
"그저 궁금했어요."
"자, 그런 일을 궁금해 하는 것은 중지하고, 아직 바람이 잘 불 때에 일을 끝내도록 하자꾸나."
툴루는 절룩거리며 잔나에게로 다가갔다. 그녀는 커다란 뭉치에서 노끈을 열심히 풀어내고 있었다. 그는 몸을 숙여 잔나의 두 손을 잡다 자신의 가슴에 가져다 대었다.
"잔나, 내 초록색 장부가 어디 있는지 아니?"
"알아. 오빠 옷장에 제일 큰 서랍에 있잖아? 그런데, 왜?"
"내게 혹시 무슨 일이 일어나면 그 장부를 노비스 선생님께 갖다 드리겠다고 약속해 주겠니? 선생님이라면 그걸 어떻게 할 것인지 아실 거야."
"응, 그렇지만……"
툴루는 미소를 지으며 잔나의 콧등에 입을 맞추었다. 그리고 나서 그는 서둘러 나무 밑으로 돌아갔다. 나무는 훈훈한 서풍을 받아 휘청거리고 있었다. 이제 준비는 다 된 것이다.
툴루의 신호와 함께 발노는 연을 들어올려 하늘로 날렸다. 사나운 바람에 연의 붉은 천이 큰소리를 내며 퍼덕였다. 발노는 재빨리 고개를 돌려 나뭇가지 사이의 별을 바라보았다. 은빛 공에 감긴 네 가닥의 밧줄이 팽팽해졌다. 연은 세차게 하늘로 치솟았다. 마침내 별은 나뭇가지 사이를 빠져 나와 분홍과 은빛의 시계추처럼 가볍게 흔들거리며 빨간 연의 뒤를 따라 점점 높이 진청색 하늘로 날아올랐다.
한 사람만을 제외하고는 모든 사람의 눈이 별을 향하고 있었다.
툴루는 주머니에서 사냥용 칼을 꺼내 들었다. 그는 빠른 동작으로 연에 매어진 밧줄을 자신의 허리춤에다 여러 번 감아 단단히 묶었다. 그리고 나서 그는 단 한번 의 동작으로 허리 아래의 밧줄을 사냥용 칼로 끊어 버렸다.
잔나의 비명 소리가 제일 먼저 터져 나왔다.
"오빠, 오빠!"
그녀는 삼촌에게로 달려가 그의 가슴을 미친 듯이 두드려 댔다.
"발노 삼촌, 오빠를 잡아요! 오빠를 구해 주세요! 어떻게 좀 해 봐요!"
발노 삼촌은 잔나를 가슴에 안은 채 두려운 마음으로 그의 어린 조카가 자신이 사랑하는 별과 연의 뒤를 따라 하늘로 날아 올라가는 것을 지켜보았다.
짙어 가는 황혼과 함께 반짝이던 별조차도 이내 시야에서 사라져 버렸다. 이제 공포에 질린 칼발라의 주민들 눈에 보이는 것이라고는 이른 봄날 저녁의 지평선 너머에 떠오른 몇 개의 반짝이는 샛별들 뿐이었다.

19

 툴루가 하늘로 사라진 직후 슬픔에 잠긴 잔나가 전해 주었던 초록색 장부를 아롤 노비스 교장 선생은 2개월이 지나서야 펼쳐 볼 수가 있었다.
 장부의 페이지 마다 기록된 어린이다운 일기의 내용이 전해 주는 놀라운 의미는 아롤 노비스에게 있어서는 혼자서 감당할 수 없는 무거운 짐이 되었다. 그래서 그는 시장에게 요청하여 마을 의회를 긴급 소집했다. 의원들은 말없이 아롤 노비스가 읽어 주는 일기의 내용을 들었다. 물론 크레덴다도 포함되어 있었다.
 언제나 그러하듯, 이번에도 라베그가 제일 먼저 입을 열었다.
 "관광객! 만일 이 문제를 적절하게 이용하여 선전한다면 우리 마을은 전 핀란드 아니, 전 유럽에서도 가장 유명한 관광지가 될 겁니다! 인아리의 박물관, 카리강스니에미 근처의 사금광, 타나 강의 연어잡이, 바르되후스 고성……, 이런 것들은 칼발라 관광에 비하면 보잘것없는 것이 될 겁니다. 별 덩어리와 별나무를 만져보고 툴루가 살던 집을 구경하기 위해서 전세계 방방곡곡에서 밀려들 수천 수만의 관광객을 수용하기 위해 많은 호텔과 상점, 그리고 비행장이 세워질 것입니다. 그리고 돈! 관광객들은 돈을 가져올 겁니다. 기념품 판매소 하나만 해도 백만장자가 될 거요!"
 브졸크 목사가 말했다.
 "그 들판에는 라우데에 있는 것보다 더 큰 교회가 세워질 것입니다!"
 아롤 노비스 선생까지도 미소를 짓고 있었다.
 "그리고 우리의 새 학교는 전국에서 가장 시설이 훌륭한 학교가 될 거예요."
 결국 그들의 공상을 멈추게 한 것은 시장이었다. 그는 의원들에게 칼발라 외부의 사람은 아무도 그 마을에서 일어났던 그 기묘하고 멋진 사건을 알지 못한다는 점을 상기시켰다. 그는 칼발라의 기적을 전세계 사람들에게 적절히 전달해 줄 방법을 찾아내지 못하면 그들의 멋진 꿈은 하나도 실현될 수 없다는 점을 일깨워 주었다.

브졸크 목사도 시장의 의견에 찬성을 했다.

"결국 툴루가 자신의 생명을 포기한 것도 그래서가 아니겠습니까? 내 생각이 종교적이라면 용서해 주십시오. 하지만 우리의 어린 소년이 그렇게 위대한 희생을 한 것은 우리 민족으로 하여금, 또 나아가서는 전세계로 하여금 아카바의 선물 속에 포함되어 있는 사랑과 동정이라는 위대한 진리를 깨닫게 하려했던 것이 아니었겠습니까? 오래 전 베들레헴에서 아카바의 빛을 받으며 태어났던 그 아기도 우리로 하여금 하나님의 왕국이 진실로 우리에게 가까이 있음을 깨닫게 해 주기 위해 자신의 육신을 버렸던 것이 아니겠습니까?"

오랜 시간에 걸친 의논 끝에 결국 아롤 노비스를 유급 휴가를 주어 마을의 경비로 즉시 헬싱키에 파견하자는 결론이 내려졌다. 헬싱키에서 아롤 노비스 선생은 칼발라의 기적을 그 곳의 유명한 신문과, 잡지, 방송국측에 이야기하게 된 것이다. 라베그 씨는 세계의 작가들이 글을 쓰기 위해 칼발라를 찾아오기 이전에 칼발라의 지명을 좀더 근사한 것으로 고치는 것이 어떻겠느냐는 제안을 했다. 이 제안은 만장일치로 찬성되었지만 반 그리빈 시장이 지명의 변경에 필요한 법적 절차를 확인할 때까지는 연기하기로 했다.

3주일 후, 아롤 노비스는 헬싱키로부터 기진맥진해서 돌아왔다. 그는 핀란드에서 가장 규모가 큰 신문인 「사모마트」지의 편집장 2명을 만나 보았는데, 그들은 그의 이야기를 끝까지 들으며 이것저것을 기록하더니 웃음을 터뜨리면서, 아롤 노비스에게 아무도 속지 않을 터무니없는 이야기로 그들을 속이려 한다고 비난을 했다는 것이다. 그 초록색 장부책을 보고도 그들은 모두가 꾸며낸 이야기라고 일축해 버렸다는 것이었다. 별이 땅으로 내려오다니! 더구나 말하는 별이. 그들은 아롤 노비스에게 환각 증세가 있는 것이 아니냐고까지 물었다는 것이다.

또 「우시 수오미」지의 어느 기자는, 그 이야기가 관광객과 황량한 동토지로 토지 투기꾼들을 끌어들이기 위한 천재적인 발상이라고 아롤 노비스 교장에게 말했다. 그는 아롤에게 칼발라의 원로들이 그런 계획을 생각해 낸 데 대해 지대한 경의를 표한다고 말했다. 그러나 그는 그러한 사기극에 휘말려 들어 신문사의 명예를 더럽힐 수는 없다고 말했다.

한 라디오 방송국의 해설 위원은 그 마을과, 별 덩어리, 그리고 별나무에 대해 선전을 해 줄 뜻을 약간 비추었다. 그러나 물론 대가를 지불해야만 하는 것이었다.

아롤 노비스의 이야기나, 초록색 장부책에 기록된 것을 믿으려하는 사람은 아무도 없었다.

시장과 의회 의원들은 묵묵히 아롤 노비스의 보고를 들었다. 보고가 끝나고 시장이 비극적인 사태에 대해 언급해 줄 것을 요구했음에도 한동안 아무도 입을 열지 않았다.

이윽고 브졸크 목사가 일어서서 목청을 한 번 가다듬으며 입을 열었다. "여러분, 이루어져야 할 일은 이루어지는 것입니다. 하나님께서는, 칼발라나 혹은 그 주민들로 하여금 이 문제에 더 깊게 관여시키려는 계획을 갖고 계시지 않은 것이 분명합니다. 어쩌면 아직 적당한 시기가 오지 않은 것인지도 모릅니다. 그러나 나는 어느 날엔가는 우리가 생각해 낼 수 없는 어떤 방법에 의하여 툴루의 소망은 이루어질 것이며, 크레덴다의 말씀은 툴루의 용기와 사랑의 마음에 대한 영원한 기념물이 될 것이라고 확신하고 있습니다. 그러나 우리들이 툴루에 대해서 커다란 빚을 지고 있다는 것은 아무도 부정할 수가 없을 것입니다. 따라서 나는 그 나무 밑, 떨어진 별 곁에 기념비를 세워 우리의 용감한 툴루의 넋을 영원히 기려 주기를 제안합니다. 또한 나는 그와 같은 기념비를 만드는 비용은 칼발라의 모든 주민이 분담해야 한다고 생각합니다.

목사의 제안은 당장에 동의를 얻어 통과되었으며, 시장은 기념비의 비문이 결정되는 대로 괴테볼그에 있는 조각가 친구에게 부탁해 비문을 새기도록 하겠다고 말했다. 비문을 만드는 일은 아롤 노비스에게 맡겨졌으며, 그가 만든 비문은 다음번 의회에서 만장일치로 통과되었다.

툴루가 하늘로 올라간 1주년이 되는 날, 들판은 다시 한 번 칼발라의 남녀노소로 가득 차게 되었다. 시장과 목사의 짤막한 인사의 말이 끝나자 발노는 그의 조카 잔나를 데리고 나무 밑 기념비 옆으로 다가섰다. 기념비는 교회에서 빌린 자줏빛 우단 제단보로 덮여 있었다. 잔나는 겁먹은 얼굴로 그녀의 삼촌을 바라보았다. 발노 삼촌은 안스러운 얼굴로 기념비를 덮은 포장을 가리키며 고개를 끄덕였다.

잔나는 한 발자국 앞으로 나아가 우단보의 한 쪽 귀를 잡고 끌어당겼다. 그녀의 키 반쯤 되는 가느다란 사각형의 화강암 비석이 그 모습을 드러냈다. 사람들은 가까이 다가왔다. 잔나는 비석 앞에 무릎을 꿇고 앉아 그녀의 오빠 이름과 그 아래 새겨진 비문을 조용히 읽어 내려갔다. 그 비문은 거의 2천여 년전에 또 한 사람의 오빠를 잃은 누이를 위로하기 위해 쓰여진 것이었다.

툴루 마티스 (1947—1961)
네 오라비의 휴식을 서러워하지 말라
그는 마침내 자유롭고 안락하게 되었노라.
불멸의 생을 얻어 끝없는 하늘 나라로 기쁘게 날아가노라.
그는 이 비천한 땅을 떠나 물질의 사슬에서 벗어난 영혼을 받아들이는 행복한 곳으로 날아 올라갔노라.
네 오라비는 대낮의 밝음을 잃은 것이 아니며, 다만 더욱 영원한 빛을 얻었음이니라.
그는 우리를 떠난 것이 아니라 다만 과거로 돌아갔노라.
—세네카—

그 초록색 장부는 노비스 교장 선생집의 거실 책장 꼭대기에 얹힌 채 여러 해 동안 먼지가 쌓여 있었다. 어느 날 아롤의 아내 킬스티가 그 책을 곧 테노반 그리빈과 결혼을 하게 되는 잔나에게 결혼 선물의 한 가지로 돌려 주는 것이 어떻겠냐고 남편에게 제안을 했다. 잔나는 착잡한 심정으로 초록색 장부를 받아들었다. 그 책에 대해서는 한순간도 잊었던 일이 없었지만 오빠를 잃은 슬픔의 상처를 다시금 건드리고 싶지는 않았던 것이었다. 그녀는 그것을 펴 보지 않은 채 트렁크 안에 챙겨 넣었고 결혼식이 끝난 후 그 트렁

크는 젊은 부부와 함께 헬싱키로 운반되어졌다. 대학 졸업과 동시에 테노는 헬싱키의 어느 법률 사무소에서 일하게 되었던 것이었다. 잔나는 자신의 집과 토지를 그녀의 시아버지에게 팔아 버렸고 들판은 마을에 기증하였다.
그리고 그 들판은 '별나무 공원'이라고 불려지게 되었다.
헬싱키로 이사온지 2년째 되는 해에 잔나와 테노 사이에서 여자 아이가 태어났다. 아기에게는 외할머니의 이름을 따라 잉가라는 이름이 붙여졌다. 아이들은 늘상 그러하지만, 잉가 또한 그녀의 부모에게 행운을 가져다 주었다. 테노는 핀란드 UN대표단의 고문직을 맡게 되었고, 4년 후에는 사회·문화 문제를 담당하는 UN총회의 상임위원회에서 일하게 되었다. 그들은 뉴욕으로 이사를 했고, UN본부 근처인 이스트리버 가의 발코니가 있는 작은 아파트에 세들었다. 초록색 장부책은 다시 한 번 가방에서 꺼내져 벽장 선반 위에 놓이게 되었다.
어느 따스한 봄날 저녁, 잔나와 테노는 발코니에 앉아 이스트 강의 검은 물 위를 떠내려가는 선박들의 깜빡거리는 불빛을 한가로이 지켜보고 있었다. 잉가가 어머니의 무릎 위로 기어올라 하늘의 별들을 바라보며 말했다.
"엄마, 툴루 삼촌과 그 별들의 이야기를 한 번만 다시 들려 주시겠어요?"
잔나는 고개를 가로 저으며 그녀의 남편쪽을 바라보았다. 그는 만족스러운 듯 파이프를 빨아대며 못들은 척하고 있었다.
"잉가, 벌써 백 번도 더 해 줬잖니? 이젠 네가 엄마보다 더 잘 알 텐데 왜 그러니?"
금발의 작은 머리가 어머니의 품안으로 더욱 깊이 파고들었다.
"상관없어요. 다시 한 번 들려 주세요, 어머니."
잔나가 칼발라를 찾아온 두 번째 별 이야기를 하게 되었을 즈음 잉가의 눈은 감겨 있었다.
"잠들었어요, 여보."
"자지 않아요."
품에 안긴 채 잉가가 말했다. 그러더니 잠시 후 자그마한 손이 잔나의 얼굴께로 올라왔다. 손가락 한 개가 하늘을 가리키고 있었다.
"저길 봐요, 어머니, 아버지! 툴루 삼촌의 연이 있어요! 툴루 삼촌의 연이 보여요!"
　잔나의 얼굴이 창백해졌다. 그녀는 앉은 채 몸을 바로 세워 눈을 가늘게 뜨고 그녀의 어린 딸이 손가락으로 가리키고 있는 곳을 바라보았다. 어린 딸이 발견한 것이 무엇인지를 깨닫게 된 테노는 웃음을 터뜨렸다. 그는 의자에서 일어나 잉가의 옆 발코니 바닥에 앉았다. 그는 한 손으로 아내의 손을 잡았다.
　"아냐, 아가야. 저건 툴루 삼촌의 연이 아니야. 저기 있는 7개의 별은 '큰국자(역주 : 북두칠성을 말함)라고 불리우는 별이란다. 자, 저 모양을 보렴. 별 세 개는 손잡이고 네 개는 네모난 국자처럼 보이지 않니? 그렇지?"
　"저건 국자가 아니예요, 아버지. 아니예요! 저건 툴루 삼촌의 연이에요. 그렇죠, 어머니?"
　잔나는 거의 들리지 않을 정도로 가느다랗게 속삭였다.
　"모르겠구나, 잉가. 모르겠어……"
　"저건 툴루 삼촌의 연이에요. 보세요! 저기 저 별 네 개는 연의 모서리이고 그 뒤의 세 개는 꼬리예요. 보세요 아버지"
　테노는 한참 동안 그의 딸의 어깨 너머로 잔나를 바라보았다. 잔나가 힘없이 고개를 끄덕였다.
　"그렇구나, 잉가. 이제야 보인다. 네 말이 맞아. 저건 툴루 삼촌의 연이야." 테노가 말했다.
　돌연 아이의 손이 다시 한 번 들리었다.
　"이제 툴루 삼촌이 보여요. 툴루 삼촌이 보여요!"
　잔나는 양손을 입가에 가져다 대며 소리를 질렀다.
　"잉가, 제발. 이젠 그만 해!"
　"하지만 보이는 걸요, 어머니. 정말 툴루 삼촌이 보여요! 보세요! 꼬리의 별 세 개 중에 가운데 있는 별이 보이세요?"
　"보이는구나!"
　"그 가운데 별 옆에 작은 별이 또 하나 있어요. 보이세요? 저게 툴루 삼촌이에요! 툴루 삼촌이 아직도 연에 매달려 있는 거예요!"
　잔나는 눈물이 고인 눈으로 꼬리의 가운데 별을 응시하였다. 이윽고 그녀가 소리를 질렀다.
 "세상에! 테노, 또 다른 작은 별이 있어요. 보세요, 여보!"
 테노는 아내의 어깨를 힘껏 잡았다. 대답을 하는 그의 목소리는 메인 소리였다.
 "보지 않아도 안다오, 여보. 손잡이에는…… 아니 잉가의 말대로 꼬리에는 별이 세 개 있지. 천문학에서는 아랍어로 그 세 개의 별을 각각 '알카이드', '미잘' 그리고 '알리오스'라고 부른다오. 가운데의 '미잘' 옆에는 맨눈으로는 거의 발견하지 못하는 아주 작은 별이 있어. 그 별은 '알코'라고 불리지. 잔나, 당신은 아랍어로 '알코'가 무슨 뜻인지 알고 있소? 내가 말해 주리다. 그건 '매달려 있는 사람'이라는 뜻이라오."
 어머니의 흐느끼는 소리에 잉가는 겁이 났다. 그녀는 자신의 작은 두 손으로 어머니의 보드라운 뺨에 묻은 눈물을 열심히 닦아냈다.
 "울지 마세요, 어머니. 슬퍼하시면 안돼요. 오늘은 우리들의 가장 행복한 날이에요. 오늘 밤에 우리는 툴루 삼촌을 찾아냈잖아요? 우리가 살아 있는 한 툴루 삼촌은 저기에서 언제나 우리를 지켜줄 거예요."

 당신도 하늘을 우러러보면 당신의 눈으로, 그리고 당신의 마음으로 툴루를 발견하게 될 것이다. 그리하여 그 초록색 장부의 말씀은 실현될 것이다. 이제 그 비밀이 당신의 일부가 되고, 그것은 영원의 왕국에까지도……, 언제나 당신과 함께 있게 될 터이니…….

* 끝 *

부록
성공기록표

> "
> 성공자는 전문가라고 인정받을 때도
> 자신이 아직 얼마나 더 많이 배워야
> 하는지를 알고 있다.
> "

                                                                월 일~ 월 일까지

요일	두 번째 두루마리	구분	1주	2주	3주	4주	5주
월요일	1. 나는 두 번째 두루마리를 읽었다. 2. 나는 사랑으로 오늘을 맞이했다. 나는 나의 적들을 칭찬했다. 나는 만나는 사람마다 마음속으로 "나는 너를 사랑한다"고 말했다. 나는 방종으로부터 내 육체를 보호하고 사악과 절망으로부터 내 정신을 보호할 수 있을 만큼 너무나내 자신을 사랑했다.	횟수					
		점수					
		합계					
화요일	1. 나는 두 번째 두루마리를 읽었다. 2. 나는 사랑으로 오늘을 맞이했다. 나는 나의 적들을 칭찬했다. 나는 만나는 사람마다 마음속으로 "나는 너를 사랑한다"고 말했다. 나는 방종으로부터 내 육체를 보호하고 사악과 절망으로부터 내 정신을 보호할 수 있을 만큼 너무나내 자신을 사랑했다.	횟수					
		점수					
		합계					
수요일	1. 나는 두 번째 두루마리를 읽었다. 2. 나는 사랑으로 오늘을 맞이했다. 나는 나의 적들을 칭찬했다. 나는 만나는 사람마다 마음속으로 "나는 너를 사랑한다"고 말했다. 나는 방종으로부터 내 육체를 보호하고 사악과 절망으로부터 내 정신을 보호할 수 있을 만큼 너무나내 자신을 사랑했다.	횟수					
		점수					
		합계					
목요일	1. 나는 두 번째 두루마리를 읽었다. 2. 나는 사랑으로 오늘을 맞이했다. 나는 나의 적들을 칭찬했다. 나는 만나는 사람마다 마음속으로 "나는 너를 사랑한다"고 말했다. 나는 방종으로부터 내 육체를 보호하고 사악과 절망으로부터 내 정신을 보호할 수 있을 만큼 너무나내 자신을 사랑했다.	횟수					
		점수					
		합계					
금요일	1. 나는 두 번째 두루마리를 읽었다. 2. 나는 사랑으로 오늘을 맞이했다. 나는 나의 적들을 칭찬했다. 나는 만나는 사람마다 마음속으로 "나는 너를 사랑한다"고 말했다. 나는 방종으로부터 내 육체를 보호하고 사악과 절망으로부터 내 정신을 보호할 수 있을 만큼 너무나내 자신을 사랑했다.	횟수					
		점수					
		합계					
	★ 창조의 뼈대는 사랑이다.	총점					

MEMO

제 1 주

제 2 주

제 3 주

제 4 주

제 5 주

월 일~ 월 일까지

요일	세 번째 두루마리	구분	6주	7주	8주	9주	10주
월요일	1. 나는 세 번째 두루마리를 읽었다. 2. 나는 울고 불평하는 나약한 자들을 멀리 하였다. 나는 부정적인 생각이나 말을 하지 않았다. 나는 집에 갈 시간이 되어도 하나라도 더 팔기 위해, 한 가지 임무라도 더 완수하기 위해 노력하였다. 나는 오늘을 실패로 끝나지 않게 하였다.	횟수					
		점수					
		합계					
화요일	1. 나는 세 번째 두루마리를 읽었다. 2. 나는 울고 불평하는 나약한 자들을 멀리 하였다. 나는 부정적인 생각이나 말을 하지 않았다. 나는 집에 갈 시간이 되어도 하나라도 더 팔기 위해, 한 가지 임무라도 더 완수하기 위해 노력하였다. 나는 오늘을 실패로 끝나지 않게 하였다.	횟수					
		점수					
		합계					
수요일	1. 나는 세 번째 두루마리를 읽었다. 2. 나는 울고 불평하는 나약한 자들을 멀리 하였다. 나는 부정적인 생각이나 말을 하지 않았다. 나는 집에 갈 시간이 되어도 하나라도 더 팔기 위해, 한 가지 임무라도 더 완수하기 위해 노력하였다. 나는 오늘을 실패로 끝나지 않게 하였다.	횟수					
		점수					
		합계					
목요일	1. 나는 세 번째 두루마리를 읽었다. 2. 나는 울고 불평하는 나약한 자들을 멀리 하였다. 나는 부정적인 생각이나 말을 하지 않았다. 나는 집에 갈 시간이 되어도 하나라도 더 팔기 위해, 한 가지 임무라도 더 완수하기 위해 노력하였다. 나는 오늘을 실패로 끝나지 않게 하였다.	횟수					
		점수					
		합계					
금요일	1. 나는 세 번째 두루마리를 읽었다. 2. 나는 울고 불평하는 나약한 자들을 멀리 하였다. 나는 부정적인 생각이나 말을 하지 않았다. 나는 집에 갈 시간이 되어도 하나라도 더 팔기 위해, 한 가지 임무라도 더 완수하기 위해 노력하였다. 나는 오늘을 실패로 끝나지 않게 하였다.	횟수					
		점수					
		합계					
★ 인내하는 사람은 다른 사람들이 실패하는 곳에서 성공을 시작한다.		총점					

MEMO

제 6 주

제 7 주

제 8 주

제 9 주

제10주

월 일~ 월 일까지

요일	네 번째 두루마리	구분	11주	12주	13주	14주	15주
월요일	1. 나는 네 번째 두루마리를 읽었다. 2. 나는 결코 자화자찬을 하지 않았다. 나는 내가 취급하는 상품의 장점이나 특징을 최소한 한 가지 이상 배웠다. 나는 상품을 소개하는 데 있어 지난번보다 잘하기 위하여 최선을 다했다. 나는 나의 매너를 개선하기 위해 노력했고, 집에 돌아와서는 사업에 관한 생각은 하지 않았다.	횟수					
		점수					
		합계					
화요일	1. 나는 네 번째 두루마리를 읽었다. 2. 나는 결코 자화자찬을 하지 않았다. 나는 내가 취급하는 상품의 장점이나 특징을 최소한 한 가지 이상 배웠다. 나는 상품을 소개하는 데 있어 지난번보다 잘하기 위하여 최선을 다했다. 나는 나의 매너를 개선하기 위해 노력했고, 집에 돌아와서는 사업에 관한 생각은 하지 않았다.	횟수					
		점수					
		합계					
수요일	1. 나는 네 번째 두루마리를 읽었다. 2. 나는 결코 자화자찬을 하지 않았다. 나는 내가 취급하는 상품의 장점이나 특징을 최소한 한 가지 이상 배웠다. 나는 상품을 소개하는 데 있어 지난번보다 잘하기 위하여 최선을 다했다. 나는 나의 매너를 개선하기 위해 노력했고, 집에 돌아와서는 사업에 관한 생각은 하지 않았다.	횟수					
		점수					
		합계					
목요일	1. 나는 네 번째 두루마리를 읽었다. 2. 나는 결코 자화자찬을 하지 않았다. 나는 내가 취급하는 상품의 장점이나 특징을 최소한 한 가지 이상 배웠다. 나는 상품을 소개하는 데 있어 지난번보다 잘하기 위하여 최선을 다했다. 나는 나의 매너를 개선하기 위해 노력했고, 집에 돌아와서는 사업에 관한 생각은 하지 않았다.	횟수					
		점수					
		합계					
금요일	1. 나는 네 번째 두루마리를 읽었다. 2. 나는 결코 자화자찬을 하지 않았다. 나는 내가 취급하는 상품의 장점이나 특징을 최소한 한 가지 이상 배웠다. 나는 상품을 소개하는 데 있어 지난번보다 잘하기 위하여 최선을 다했다. 나는 나의 매너를 개선하기 위해 노력했고, 집에 돌아와서는 사업에 관한 생각은 하지 않았다.	횟수					
		점수					
		합계					
	★ 최고의 처세술은 타협하지 말고 적응하는 것이다.	총점					

MEMO

제11주

제12주

제13주

제14주

제15주

_____월 일~ 월 일까지

요일	다섯 번째 두루마리	구분 주	16주	17주	18주	19주	20주
월요일	1. 나는 다섯 번째 두루마리를 읽었다. 2. 나는 또 하루를 얻었다는 기쁨으로 오늘 아침을 맞았다. 나는 어제의 실수와 패배를 슬퍼하지 않았다. 나는 어리석은 일로 나의 귀중한 시간을 허비하지 않았다. 나는 모든 사람을 다시는 만나지 못할 것처럼 친절히 대했으며, 마치 오늘이 나의 마지막 날인 듯 진실하게 살았다.	횟수					
		점수					
		합계					
화요일	1. 나는 다섯 번째 두루마리를 읽었다. 2. 나는 또 하루를 얻었다는 기쁨으로 오늘 아침을 맞았다. 나는 어제의 실수와 패배를 슬퍼하지 않았다. 나는 어리석은 일로 나의 귀중한 시간을 허비하지 않았다. 나는 모든 사람을 다시 만나지 못할 것처럼 친절히 대했으며, 마치 오늘이 나의 마지막 날인 듯 진실하게 살았다.	횟수					
		점수					
		합계					
수요일	1. 나는 다섯 번째 두루마리를 읽었다. 2. 나는 또 하루를 얻었다는 기쁨으로 오늘 아침을 맞았다. 나는 어제의 실수와 패배를 슬퍼하지 않았다. 나는 어리석은 일로 나의 귀중한 시간을 허비하지 않았다. 나는 모든 사람을 다시 만나지 못할 것처럼 친절히 대했으며, 마치 오늘이 나의 마지막 날인 듯 진실하게 살았다.	횟수					
		점수					
		합계					
목요일	1. 나는 다섯 번째 두루마리를 읽었다. 2. 나는 또 하루를 얻었다는 기쁨으로 오늘 아침을 맞았다. 나는 어제의 실수와 패배를 슬퍼하지 않았다. 나는 어리석은 일로 나의 귀중한 시간을 허비하지 않았다. 나는 모든 사람을 다시 만나지 못할 것처럼 친절히 대했으며, 마치 오늘이 나의 마지막 날인 듯 진실하게 살았다.	횟수					
		점수					
		합계					
금요일	1. 나는 다섯 번째 두루마리를 읽었다. 2. 나는 또 하루를 얻었다는 기쁨으로 오늘 아침을 맞았다. 나는 어제의 실수와 패배를 슬퍼하지 않았다. 나는 어리석은 일로 나의 귀중한 시간을 허비하지 않았다. 나는 모든 사람을 다시 만나지 못할 것처럼 친절히 대했으며, 마치 오늘이 나의 마지막 날인 듯 진실하게 살았다.	횟수					
		점수					
		합계					
★ 현명한 사람은 기회를 찾기보다는 스스로 만든다.		총점					

MEMO

제16주

제17주

제18주

제19주

제20주

월 일~ 월 일까지

요일	여섯 번째 두루마리	구분 주	21주	22주	23주	24주	25주
월요일	1. 나는 여섯 번째 두루마리를 읽었다. 2. 나는 내 행동을 통해 나의 생각을 통제함으로써 절망이나 실패같은 부정적인 생각을 하지 않았다. 나는 자주 미소를 지었으며, 부지런히 움직였다. 나는 자신감을 키우기 위해 큰 목소리로 이야기했다. 나는 다른 사람들의 기분을 파악하려 했으며, 나 자신의 우울한 기분이나 고민이 하루를 망치게 만들지 않았다.	횟수					
		점수					
		합계					
화요일	1. 나는 여섯 번째 두루마리를 읽었다. 2. 나는 내 행동을 통해 나의 생각을 통제함으로써 절망이나 실패같은 부정적인 생각을 하지 않았다. 나는 자주 미소를 지었으며, 부지런히 움직였다. 나는 자신감을 키우기 위해 큰 목소리로 이야기했다. 나는 다른 사람들의 기분을 파악하려 했으며, 나 자신의 우울한 기분이나 고민이 하루를 망치게 만들지 않았다.	횟수					
		점수					
		합계					
수요일	1. 나는 여섯 번째 두루마리를 읽었다. 2. 나는 내 행동을 통해 나의 생각을 통제함으로써 절망이나 실패같은 부정적인 생각을 하지 않았다. 나는 자주 미소를 지었으며, 부지런히 움직였다. 나는 자신감을 키우기 위해 큰 목소리로 이야기했다. 나는 다른 사람들의 기분을 파악하려 했으며, 나 자신의 우울한 기분이나 고민이 하루를 망치게 만들지 않았다.	횟수					
		점수					
		합계					
목요일	1. 나는 여섯 번째 두루마리를 읽었다. 2. 나는 내 행동을 통해 나의 생각을 통제함으로써 절망이나 실패같은 부정적인 생각을 하지 않았다. 나는 자주 미소를 지었으며, 부지런히 움직였다. 나는 자신감을 키우기 위해 큰 목소리로 이야기했다. 나는 다른 사람들의 기분을 파악하려 했으며, 나 자신의 우울한 기분이나 고민이 하루를 망치게 만들지 않았다.	횟수					
		점수					
		합계					
금요일	1. 나는 여섯 번째 두루마리를 읽었다. 2. 나는 내 행동을 통해 나의 생각을 통제함으로써 절망이나 실패같은 부정적인 생각을 하지 않았다. 나는 자주 미소를 지었으며, 부지런히 움직였다. 나는 자신감을 키우기 위해 큰 목소리로 이야기했다. 나는 다른 사람들의 기분을 파악하려 했으며, 나 자신의 우울한 기분이나 고민이 하루를 망치게 만들지 않았다.	횟수					
		점수					
		합계					
★ 분주한 벌은 슬퍼할 시간이 없다.		총점					

MEMO

제21주

제22주

제23주

제24주

제25주

월 일~ 월 일까지

요일	일곱 번째 두루마리	구분	26주	27주	28주	29주	30주
월요일	1. 나는 일곱 번째 두루마리를 읽었다. 2. 나는 세상과 자신을 보고 웃었다. 나는 나의 사소한 문제들을 지나치게 심각하게 생각하지 않았다. 나는 나의 고민과, 상심과, 실패, 심지어는 나의 성공까지도 웃음으로 대했다. 나는 하루 종일 내 자신에게 "이 일 역시 지나간다"라고 말함으로써 나의 통찰력을 유지했다.	횟수					
		점수					
		합계					
화요일	1. 나는 일곱 번째 두루마리를 읽었다. 2. 나는 세상과 자신을 보고 웃었다. 나는 나의 사소한 문제들을 지나치게 심각하게 생각하지 않았다. 나는 나의 고민과, 상심과, 실패, 심지어는 나의 성공까지도 웃음으로 대했다. 나는 하루 종일 내 자신에게 "이 일 역시 지나간다"라고 말함으로써 나의 통찰력을 유지했다.	횟수					
		점수					
		합계					
수요일	1. 나는 일곱 번째 두루마리를 읽었다. 2. 나는 세상과 자신을 보고 웃었다. 나는 나의 사소한 문제들을 지나치게 심각하게 생각하지 않았다. 나는 나의 고민과, 상심과, 실패, 심지어는 나의 성공까지도 웃음으로 대했다. 나는 하루 종일 내 자신에게 "이 일 역시 지나간다"라고 말함으로써 나의 통찰력을 유지했다.	횟수					
		점수					
		합계					
목요일	1. 나는 일곱 번째 두루마리를 읽었다. 2. 나는 세상과 자신을 보고 웃었다. 나는 나의 사소한 문제들을 지나치게 심각하게 생각하지 않았다. 나는 나의 고민과, 상심과, 실패, 심지어는 나의 성공까지도 웃음으로 대했다. 나는 하루 종일 내 자신에게 "이 일 역시 지나간다"라고 말함으로써 나의 통찰력을 유지했다.	횟수					
		점수					
		합계					
금요일	1. 나는 일곱 번째 두루마리를 읽었다. 2. 나는 세상과 자신을 보고 웃었다. 나는 나의 사소한 문제들을 지나치게 심각하게 생각하지 않았다. 나는 나의 고민과, 상심과, 실패, 심지어는 나의 성공까지도 웃음으로 대했다. 나는 하루 종일 내 자신에게 "이 일 역시 지나간다"라고 말함으로써 나의 통찰력을 유지했다.	횟수					
		점수					
		합계					
★ 한번의 웃음은 백 번의 불평의 가치가 있다.		총점					

MEMO

제26주

제27주

제28주

제29주

제30주

　　　　　　　　　　　　　　　　　　　　월　일~　월　일까지

요일	여덟 번째 두루마리	구분	31주	32주	33주	34주	35주
월요일	1. 나는 여덟 번째 두루마리를 읽었다. 2. 나는 오늘 어제보다 생산성이 2배가 되는 목표를 세웠다. 나는 그 목표를 모든 사람에게 발표함으로써 꼭 이루겠다고 결심을 하게 했다. 나는 어제 전염병을 대하듯 회피했던 일들을 최소한 한 가지 이상 시도해 보았다. 그리고 나는 오늘의 성과에 만족하지 않는다.	횟수					
		점수					
		합계					
화요일	1. 나는 여덟 번째 두루마리를 읽었다. 2. 나는 오늘 어제보다 생산성이 2배가 되는 목표를 세웠다. 나는 그 목표를 모든 사람에게 발표함으로써 꼭 이루겠다고 결심을 하게 했다. 나는 어제 전염병을 대하듯 회피했던 일들을 최소한 한 가지 이상 시도해 보았다. 그리고 나는 오늘의 성과에 만족하지 않는다.	횟수					
		점수					
		합계					
수요일	1. 나는 여덟 번째 두루마리를 읽었다. 2. 나는 오늘 어제보다 생산성이 2배가 되는 목표를 세웠다. 나는 그 목표를 모든 사람에게 발표함으로써 꼭 이루겠다고 결심을 하게 했다. 나는 어제 전염병을 대하듯 회피했던 일들을 최소한 한 가지 이상 시도해 보았다. 그리고 나는 오늘의 성과에 만족하지 않는다.	횟수					
		점수					
		합계					
목요일	1. 나는 여덟 번째 두루마리를 읽었다. 2. 나는 오늘 어제보다 생산성이 2배가 되는 목표를 세웠다. 나는 그 목표를 모든 사람에게 발표함으로써 꼭 이루겠다고 결심을 하게 했다. 나는 어제 전염병을 대하듯 회피했던 일들을 최소한 한 가지 이상 시도해 보았다. 그리고 나는 오늘의 성과에 만족하지 않는다.	횟수					
		점수					
		합계					
금요일	1. 나는 여덟 번째 두루마리를 읽었다. 2. 나는 오늘 어제보다 생산성이 2배가 되는 목표를 세웠다. 나는 그 목표를 모든 사람에게 발표함으로써 꼭 이루겠다고 결심을 하게 했다. 나는 어제 전염병을 대하듯 회피했던 일들을 최소한 한 가지 이상 시도해 보았다. 그리고 나는 오늘의 성과에 만족하지 않는다.	횟수					
		점수					
		합계					
★ 할일을 찾아낸 자는 축복받을 지어다.		총점					

MEMO

제31주

제32주

제33주

제34주

제35주

월 일~ 월 일까지

요일	아홉 번째 두루마리	구분	36주	37주	38주	39주	40주
월요일	1. 나는 아홉 번째 두루마리를 읽었다. 2. 나는 잠이 깨자마자 행동했다. 나는 지체없이 잠자리에서 뛰쳐나왔다. 나는 하루종일 자신에게 "당장 행동하라! 당장!"이라고 말했다. 나는 행동으로 두려움을 극복했다. 나는 하기 싫은 일을 다음으로 미루지 않았다. 나는 민첩하게 움직였으며 유혹을 떨쳐 버리기 위하여 바쁘게 행동했다. 오늘 나는 행동적이었다!	횟수					
		점수					
		합계					
화요일	1. 나는 아홉 번째 두루마리를 읽었다. 2. 나는 잠이 깨자마자 행동했다. 나는 지체없이 잠자리에서 뛰쳐나왔다. 나는 하루종일 자신에게 "당장 행동하라! 당장!"이라고 말했다. 나는 행동으로 두려움을 극복했다. 나는 하기 싫은 일을 다음으로 미루지 않았다. 나는 민첩하게 움직였으며 유혹을 떨쳐 버리기 위하여 바쁘게 행동했다. 오늘 나는 행동적이었다!	횟수					
		점수					
		합계					
수요일	1. 나는 아홉 번째 두루마리를 읽었다. 2. 나는 잠이 깨자마자 행동했다. 나는 지체없이 잠자리에서 뛰쳐나왔다. 나는 하루종일 자신에게 "당장 행동하라! 당장!"이라고 말했다. 나는 행동으로 두려움을 극복했다. 나는 하기 싫은 일을 다음으로 미루지 않았다. 나는 민첩하게 움직였으며 유혹을 떨쳐 버리기 위하여 바쁘게 행동했다. 오늘 나는 행동적이었다!	횟수					
		점수					
		합계					
목요일	1. 나는 아홉 번째 두루마리를 읽었다. 2. 나는 잠이 깨자마자 행동했다. 나는 지체없이 잠자리에서 뛰쳐나왔다. 나는 하루종일 자신에게 "당장 행동하라! 당장!"이라고 말했다. 나는 행동으로 두려움을 극복했다. 나는 하기 싫은 일을 다음으로 미루지 않았다. 나는 민첩하게 움직였으며 유혹을 떨쳐 버리기 위하여 바쁘게 행동했다. 오늘 나는 행동적이었다!	횟수					
		점수					
		합계					
금요일	1. 나는 아홉 번째 두루마리를 읽었다. 2. 나는 잠이 깨자마자 행동했다. 나는 지체없이 잠자리에서 뛰쳐나왔다. 나는 하루종일 자신에게 "당장 행동하라! 당장!"이라고 말했다. 나는 행동으로 두려움을 극복했다. 나는 하기 싫은 일을 다음으로 미루지 않았다. 나는 민첩하게 움직였으며 유혹을 떨쳐 버리기 위하여 바쁘게 행동했다. 오늘 나는 행동적이었다!	횟수					
		점수					
		합계					
	★ 하늘은 행동하지 않는 자를 돕지 않는다.	총점					

MEMO

제36주

제37주

제38주

제39주

제40주

월 일~ 월 일까지

요일	열 번째 두루마리	주 구분	41주	42주	43주	44주	45주
월요일	1. 나는 열 번째 두루마리를 읽었다. 2. 나는 오늘 기도했다. 나는 두루마리에 나와 있는 상인의 기도를 반복했다. 또한 내 자신의 문제나 사업상의 문제에서 나를 인도해 달라는 몇 마디 나 자신의 기도를 올렸다. 나는 오늘 무엇인가를 이룰 수 있는 특권을, 그리고 생명을 주신 창조주에게 감사를 드렸다.	횟수					
		점수					
		합계					
화요일	1. 나는 열 번째 두루마리를 읽었다. 2. 나는 오늘 기도했다. 나는 두루마리에 나와 있는 상인의 기도를 반복했다. 또한 내 자신의 문제나 사업상의 문제에서 나를 인도해 달라는 몇 마디 나 자신의 기도를 올렸다. 나는 오늘 무엇인가를 이룰 수 있는 특권을, 그리고 생명을 주신 창조주에게 감사를 드렸다.	횟수					
		점수					
		합계					
수요일	1. 나는 열 번째 두루마리를 읽었다. 2. 나는 오늘 기도했다. 나는 두루마리에 나와 있는 상인의 기도를 반복했다. 또한 내 자신의 문제나 사업상의 문제에서 나를 인도해 달라는 몇 마디 나 자신의 기도를 올렸다. 나는 오늘 무엇인가를 이룰 수 있는 특권을, 그리고 생명을 주신 창조주에게 감사를 드렸다.	횟수					
		점수					
		합계					
목요일	1. 나는 열 번째 두루마리를 읽었다. 2. 나는 오늘 기도했다. 나는 두루마리에 나와 있는 상인의 기도를 반복했다. 또한 내 자신의 문제나 사업상의 문제에서 나를 인도해 달라는 몇 마디 나 자신의 기도를 올렸다. 나는 오늘 무엇인가를 이룰 수 있는 특권을, 그리고 생명을 주신 창조주에게 감사를 드렸다.	횟수					
		점수					
		합계					
금요일	1. 나는 열 번째 두루마리를 읽었다. 2. 나는 오늘 기도했다. 나는 두루마리에 나와 있는 상인의 기도를 반복했다. 또한 내 자신의 문제나 사업상의 문제에서 나를 인도해 달라는 몇 마디 나 자신의 기도를 올렸다. 나는 오늘 무엇인가를 이룰 수 있는 특권을, 그리고 생명을 주신 창조주에게 감사를 드렸다.	횟수					
		점수					
		합계					
	★ 밝은 마음은 육체와 정신의 최상의 위생이다.	총점					

MEMO

제41주

제42주

제43주

제44주

제45주

화제의 책!!

정상에서 만납시다

"당신을 정상으로 이끌어 주는 성공의 지침서"

인간이기에 더욱 인간이기를 갈구했던 사람들
어둠의 공간에서 한 줄기 빛을 그리던 사람들
눈을 뜨고도 세상의 아름다움을 보지 못했던 사람들
그들의 이 위태로운 삶에 희망의 불을 지른
8백 가지 이상의 감동적인 휴먼 스토리.
이 감동적인 실화가 당신의 영혼을 더욱 맑게 해 준다.

자, 지그와 함께 성공 여행을 떠나십시오.

지그 지글라 · 白基完 · 신국판 · 324면 · 값 6,000원

學一出版社　서울 종로구 종로 6가 196 석천B/D
☎763-6767　762-9348　(FAX)765-1331

■ 白基完 略歷
- 서울출생
- 동국대학교 정치외교학과
- 대한디지탈전자 상무이사
- 한국산업교육총협회 부회장
- Sales & Marketing Consultant
- Management Consultant
- 현대판매연구소 소장
- 국제경영연구원 원장
- 1,500여 기업 강의 및 교육 지도
- 100여 기업 경영 컨설팅

■ 편·저서
- 『신념의 위력』
- 『사장이 되는 길』
- 『정상에서 만납시다』 등

아카바의 선물

1980년 7월 25일   초판 발행
1991년 10월 30일   개정 발행

저 자   오그만디노
번 역   백 기 완
발 행   학일출판사

주 소   서울시 중랑구 동일로 820-1
전 화   02 2209 0954
팩 스   0303 0337 0000
가 격   10,000 원
ISBN   89-7724-411-0 03800

▶ 잘못 만들어진 책은 교환해 드립니다.